De muerto en peor

Charlaine Harris (Misisipi, Estados Unidos, 1951), licenciada en Filología Inglesa, se especializó como novelista en historias de fantasía y misterio. Con la serie de novelas *Real Murders*, nominada a los premios Agatha en 1990, se ganó el reconocimiento del público. Pero su gran éxito le llegó con *Muerto hasta el anochecer* (2001), primera novela de la saga vampírica *Sookie Stackhouse*, ambientada en el sur de Estados Unidos. La traducción de las ocho novelas de la saga a otros idiomas y su adaptación a la serie de televisión *TrueBlood (Sangre fresca)* han convertido las obras de Charlaine Harris en best-sellers internacionales.

TÍTULOS PUBLICADOS DE LA SERIE:

1 – Muerto hasta el anochecer (Punto de Lectura)
2 - Vivir y morir en Dallas (Punto de Lectura)
3 – El club de los muertos (Punto de Lectura)
4 – Muerto para el mundo (Punto de Lectura)
5 – Más muerto que nunca (Punto de Lectura)
6 – Definitivamente muerta (Punto de Lectura)
7 – Todos juntos y muertos (Punto de Lectura)
8 – De muerto en peor (Punto de Lectura)
9 – Muerto y enterrado (Suma de Letras)
10 – Una pizca de muerte (Suma de Letras)
11 – Muerto en familia (Suma de Letras)

PRÓXIMAMENTE:

12 – El día del juicio mortal (Suma de Letras)

www.hbo.com/trueblood
www.sangrefresca.es
www.charlaineharris.com

De muerto en peor

CHARLAINE HARRIS

Traducción de Isabel Murillo

Sp

punto de lectura

PRISA EDICIONES

Título original: *From Death to Worse*

2011, Santillana Ediciones Generales, S.L.
Torrelaguna, 60. 28043 Madrid (España)
Teléfono 91 744 90 60
www.puntodelectura.com

ISBN: 978-84-663-0466-5
Depósito legal: B-27.602-2011
Impreso en España – Printed in Spain

Diseño de cubierta: María Pérez-Aguilera
Imagen de cubierta: © Xavier Torres-Bacchetta

Primera edición: septiembre 2011

Impreso por blackprint A CPI COMPANY

Aun sin poder caminar ni ver tan bien como antes,
mi madre, Jean Harris, sigue siendo la persona
más completa que he conocido en mi vida. Ha sido
el baluarte de mi existencia, los cimientos sobre
los que me creé y la mejor madre que haya
podido tener una mujer.

Agradecimientos

Una reverencia para Anastasia Luettecke, una perfeccionista que me aportó todo el latín de Octavia. Y gracias a Murv Sellars por actuar de intermediaria. Como siempre, tengo una gran deuda y quiero mostrar todo mi agradecimiento hacia Toni L. P. Kelner y Dana Cameron por sus valiosos comentarios y por su precioso tiempo. Mi única e incomparable acólita, Debi Murray, me ayudó con sus conocimientos enciclopédicos del universo de Sookie. El grupo de entusiastas lectores conocido con el nombre de «Charlaine's Charlatans» me dio moral y apoyo (moral), y espero que este libro les sirva a modo de recompensa.

Si esto fuera *El señor de los anillos* y yo tuviera un elegante acento británico como Cate Blanchett, podría contarte los antecedentes de los acontecimientos de aquel otoño en un tono auténtico de suspense. Y te morirías de ganas de escuchar el resto.

Pero lo que sucedió en mi pequeño rincón del noroeste de Luisiana no fue una historia épica. La guerra de vampiros fue algo más al estilo de un golpe de estado en un pequeño país y la guerra de los cambiantes fue una especie de trifulca fronteriza. Incluso en los anales de la América sobrenatural —que imagino deben de existir por alguna parte—, no fueron más que capítulos menores..., siempre y cuando uno no estuviera implicado en los golpes de estado y en las trifulcas.

Porque, en ese caso, pasaban a ser condenadamente importantes.

Y todo fue por culpa del Katrina, el desastre que no hizo más que dejar a su paso dolor, desgracias y cambios permanentes.

Antes del huracán Katrina, Luisiana poseía una próspera comunidad de vampiros. De hecho, la población de vampiros de Nueva Orleans había aumentado, convirtiendo la ciudad en un lugar al que se debía acudir si uno quería ver vampiros; algo que hacían muchos norteamericanos. Los clubes de jazz de los no muertos, donde actuaban músicos a los que nadie había visto tocar en público desde hacía décadas, eran un gancho increíble. Clubes de *striptease* de vampiros, vampiros clarividentes, actos sexuales vampíricos...; lugares secretos y no tan secretos donde poder ser mordido y tener un orgasmo allí mismo: en el sur de Luisiana había de todo.

Pero en la parte norte del estado no había tantas cosas. Yo vivo en esa zona, en una pequeña ciudad llamada Bon Temps. Pero incluso allí, donde los vampiros son relativamente escasos, los no muertos estaban realizando importantes avances económicos y sociales.

En conjunto, los negocios de vampiros en el estado del Pelícano marchaban viento en popa. Pero entonces llegó la muerte del rey de Arkansas mientras su esposa, la reina de Luisiana, se divertía con él poco después de su boda. Y como el cadáver se desintegró y todos los testigos —excepto yo— eran seres sobrenaturales, la ley humana lo pasó por alto. Pero los demás vampiros prestaron atención al caso y la reina, Sophie-Anne Leclerq, se encontró en una posición legal muy insegura. Entonces llegó el Katrina, que asoló las bases económicas del imperio de Sophie-Anne. Y encima, cuando la reina empezaba a recuperarse de todos estos desastres, se produjo otro. Sophie-Anne y algunos de sus más fieles seguidores —entre los que estaba yo, Sookie Stackhouse, telépata y humana— nos vimos sorprendidos por una terrible explosión en Rhodes que produjo la destrucción del hotel para vampiros llamado Pyramid of Gizeh. Una facción disidente de la Hermandad del Sol reclamó la autoría del atentado y, pese a que los líderes de esa «iglesia» contraria a los vampiros censuraron el odioso crimen, todo el mundo sabía que a la Hermandad le traía sin cuidado el destino de los que habían resultado gravemente heridos por la explosión y mucho menos el de los vampiros muertos (ahora ya muertos del todo) o el de los humanos que trabajaban para ellos.

Sophie-Anne había perdido las piernas, a varios miembros de su séquito y a su compañero del alma. Su abogado medio diablo, el señor Cataliades, le había salvado la vida. Pero su recuperación iba a ser muy lenta y se encontraba en una situación de enorme vulnerabilidad.

¿Qué papel desempeñaba yo en todo esto?

Había ayudado a salvar vidas después del derrumbamiento de la pirámide y me aterraba pensar que me encontraba en el radar de gente que podía quererme a su servicio y utilizar mis dotes telepáticos para satisfacer sus objetivos. Había objetivos buenos, y no me importaría echar una mano de vez en cuando a los servicios de rescate, pero quería seguir viviendo mi vida. Había sobrevivido; como también lo había hecho mi novio, Quinn, y los vampiros que más me importaban. En lo referente a los problemas de Sophie-Anne, las consecuencias políticas del atentado y el hecho de que grupos sobrenaturales estuvieran dando vueltas al debilitado estado de Luisiana como hienas en torno a una gacela moribunda..., había decidido no pensar en ello.

Tenía otras cosas en la cabeza, asuntos personales. No estoy acostumbrada a pensar mucho más allá de mañana; es mi única excusa. Pero no sólo no estaba pensando en la situación de los vampiros, sino que tampoco me di cuenta de otra circunstancia sobrenatural sobre la que no había reflexionado y que resultó ser crucial para mi futuro.

Cerca de Bon Temps, en Shreveport, hay una manada de licántropos cuyas filas están repletas de hombres y mujeres de la base aérea de Barksdale. El año pasado, la manada de lobos había quedado claramente dividida en dos facciones. Y yo había aprendido en Historia de América lo que había dicho Abraham Lincoln, citando la Biblia, sobre casas divididas.

Suponer que esas dos situaciones se solucionarían solas, no prever que su resolución acabaría implicándome..., la verdad, había sido una cuestión de ceguera incomprensible. Pero soy telépata, no vidente. Para mí, la mente de los vampiros es un relajante espacio en blanco. Leer la mente de los hombres lobo es complicado, aunque no imposible. Es la única excusa que me libra de no haberme dado cuenta de los problemas que se estaban gestando a mi alrededor.

¿Y qué era lo que mantenía mi cabeza tan ocupada? Pues las bodas… y mi novio, que estaba en paradero desconocido.

Capítulo 1

Estaba poniendo en orden las botellas de licor sobre la mesa plegable que había detrás de la barra portátil cuando entró corriendo Halleigh Robinson, toda sofocada y con su rostro, habitualmente dulce, bañado de lágrimas. Me llamó la atención de inmediato, pues iba a casarse en menos de una hora e iba todavía vestida con pantalones vaqueros y camiseta.

—¡Sookie! —dijo, rodeando la barra para agarrarme del brazo—. Tienes que ayudarme.

Ya la había ayudado vistiéndome con mi ropa de camarera en lugar del bonito vestido que pensaba ponerme.

—Claro —dije, imaginándome que Halleigh quería que le preparara alguna bebida especial…, aunque si hubiera escuchado sus pensamientos sabría ya que no me quería precisamente para eso. Pero como me apetecía estar de buen humor, había puesto en marcha mis mejores escudos protectores. Ser telépata no es divertido, sobre todo si estás metida en una ceremonia de alta tensión como es una doble boda. Esperaba ser invitada, no camarera. Pero el camarero del catering había sufrido un accidente de coche cuando venía de Shreveport y Sam, que había sido despedido cuando E(E)E insistió en utilizar su propio camarero, tuvo que ser contratado rápidamente de nuevo.

Yo estaba un poco frustrada por tener que verme en el lado profesional de la barra, pero no me había quedado otro remedio que hacerle un favor a la novia en un día tan especial como aquél.

—¿Qué puedo hacer por ti? —le pregunté.

—Necesito que seas mi dama de honor —respondió.

—¿Qué?

—Tiffany se ha desmayado después de que el señor Cumberland hiciera la primera tanda de fotografías. Va camino del hospital.

Faltaba una hora para la boda y el fotógrafo había decidido ir adelantando las fotografías de grupo. Las damas de honor y los padrinos ya estaban acicalados. Halleigh debería estar ya ataviada con sus galas de boda pero iba aún en vaqueros y con rulos, sin maquillar y con la cara llena de lágrimas.

¿Quién habría sido capaz de negarse?

—Tienes la talla adecuada —dijo—. Y seguramente a Tiffany tendrán que operarla de apendicitis. ¿Puedes probarte el vestido?

Miré de reojo a Sam, mi jefe.

Sam me sonrió y movió afirmativamente la cabeza.

—Adelante, Sook. Oficialmente no abrimos el negocio hasta después de la boda.

De modo que entré con Halleigh en Belle Rive, la mansión de los Bellefleur, recientemente restaurada para que recuperara el esplendor que mostraba antes de la Guerra de Secesión. Los suelos de madera estaban resplandecientes, los dorados del arpa que había junto a la escalera relucían, la cubertería del enorme aparador del comedor brillaba. Por todas partes revoloteaban criados con chaquetas blancas en las que estaba grabado el logo de E(E)E con elaborada caligrafía negra. Extreme(ly Elegant) Events se había convertido en la empresa más importante de catering de lujo de Estados Unidos. Sentí una punzada en el corazón cuando vi el logotipo, pues mi chico, el que había desaparecido, trabajaba para la división sobrenatural de E(E)E. No dispuse de mucho tiempo para sentir aquel dolor, pues Halleigh me arrastró escaleras arriba de un modo inexorable.

La primera habitación de la planta superior estaba llena de jovencitas vestidas de dorado alborotando en torno a la futura cuñada de Halleigh, Portia Bellefleur. Halleigh pasó corriendo por delante de aquella puerta para entrar en la segunda habitación a la izquierda. También estaba llena de mujeres jóvenes, pero éstas iban vestidas con gasa de color azul noche. Reinaba el caos y la ropa de calle de las damas de honor estaba amontonada por todas partes. Junto a una de las paredes había un puesto de maquillaje y peluquería atendido por una mujer de aire estoico vestida con un blusón rosa, rulos en mano.

Halleigh lanzó las presentaciones al aire como si fueran confeti.

—Chicas, os presento a Sookie Stackhouse. Sookie, ésta es mi hermana Fay, mi prima Kelly, mi mejor amiga Sarah, mi otra mejor amiga Dana. Y aquí está el vestido. Es una treinta y ocho.

Me sorprendía que Halleigh hubiera tenido el aplomo necesario para despojar a Tiffany de su vestido de dama de honor antes de que se la llevaran al hospital. Me quedé en paños menores en cuestión de minutos. Me alegré de haberme puesto ropa interior bonita, pues no era momento de ser recatada. ¡Qué violenta me habría sentido de haber llevado una de esas bragas de abuela con agujeros! El vestido estaba forrado, por lo que no necesitaba combinación, otro golpe de suerte. Había un par de medias sobrantes, que me puse enseguida, casi al mismo tiempo que me pasaba el vestido por la cabeza. A veces llevo una cuarenta —de hecho, la mayoría de las veces—, por lo que me tocó aguantar la respiración mientras Fay me subía la cremallera.

Si no respiraba mucho, todo saldría bien.

—¡Súper! —exclamó feliz una de las otras mujeres (¿Dana?)—. Ahora los zapatos.

—¡Oh, Dios mío! —dije cuando los vi. Eran unos zapatos de tacón altísimo a juego con el azul noche del vestido. Introduje los pies en ellos, temiéndome ya la sensación de dolor. Kelly (quizá) abrochó las hebillas y me levanté. Todo el mundo contuvo la respiración cuando di un primer paso, luego otro. Me iban medio número pequeños. Un medio número muy importante.

—Podré aguantar la boda —dije, y todas aplaudieron.

—Vamos allá, entonces —dijo Blusón Rosa, y me senté en su silla. Aplicó más maquillaje sobre el que ya llevaba y me arregló el peinado mientras las verdaderas damas de honor y la madre de Halleigh ayudaban a Halleigh a vestirse. Blusón Rosa tenía una buena melena con la que trabajar. En los últimos tres años sólo había ido cortándome las puntas y la llevaba casi por la cintura. La chica con la que compartía mi casa, Amelia, me había hecho unas mechas, que habían salido bien de verdad. Estaba más rubia que nunca.

Me examiné en el espejo de cuerpo entero y me pareció imposible que aquella transformación se hubiera llevado a cabo en sólo veinte minutos. De camarera con camisa blanca con chorreras y pantalón negro a dama de honor con un vestido azul noche... y diez centímetros más alta, además.

Oye, estaba estupenda. El color del vestido era ideal para mí, la falda tenía un ligero corte trapecio, las mangas cortas no me iban muy apretadas y el largo era el adecuado para no parecer una fulana. Con las tetas que tengo, el factor fulana se dispara al instante si no me ando con cuidado.

Fui arrancada de la admiración hacia mi persona por la práctica Dana, que dijo:

—Mira, aquí tienes el procedimiento a seguir.

A partir de aquel momento me limité a escuchar y a asentir. Examiné el pequeño esquema. Asentí un poco más. Dana era una chica organizada. Si alguna vez decidiera invadir un pequeño país, querría tener a esa mujer de mi lado.

Cuando descendimos con cuidado la escalera (falda larga y tacones altos no son lo que se dice una buena combinación), ya estaba enterada de cómo iba a ir todo y lista para mi primera excursión por el pasillo hacia el altar como dama de honor.

Es algo que la mayoría de chicas ha hecho ya un par de veces antes de los veintiséis, pero Tara Thorton, la única amiga que tenía lo bastante íntima como para pedírmelo, había aprovechado para casarse cuando yo estaba fuera de la ciudad.

El otro grupo de la boda estaba reunido abajo cuando llegamos. Los invitados de Portia irían por delante de los de Halleigh. Los dos novios y los padrinos tenían que estar ya fuera si todo iba según lo previsto, pues faltaban sólo cinco minutos para el despegue.

Portia Bellefleur y sus damas de honor eran en promedio siete años mayores que el destacamento de Halleigh. Portia era la hermana mayor de Andy Bellefleur, inspector de policía de Bon Temps y prometido de Halleigh. El vestido de Portia era un poco desmesurado —cubierto con tantas perlas, encaje y lentejuelas que me imaginé que debía de aguantarse solo—, pero era el gran día de Portia y podía ponerse lo que le viniera realmente en gana. Las damas de honor de Portia iban de dorado.

Los ramos de las novias eran iguales: blanco, azul oscuro y amarillo. En coordinación con el azul oscuro de las damas de honor de Halleigh, el resultado era precioso.

La encargada de la planificación de la boda, una mujer nerviosa y delgada con una enorme mata de pelo oscuro rizado, contaba cabezas de forma casi inaudible. Cuando se sintió satisfecha viendo que todos los imprescindibles estaban presentes, abrió las puertas dobles que daban al gigantesco patio con paredes de ladrillo. Vimos la multitud sentada en sillas plegables de color blanco de espaldas a nosotras y dividida en dos secciones, con una alfombra roja separando los dos lados. Estaban de cara a la plataforma donde esperaba el sacerdote junto a un altar cubierto con una tela y con velas encendidas. A la derecha del sacerdote, esperaba el novio de Portia, Glen Vick, de cara a la casa. Y, por lo tanto, a nosotras. Aunque se le veía muy, pero que muy nervioso, sonreía. Sus padrinos estaban ya en su puesto, flanqueándolo.

Las damas de honor doradas de Portia salieron al patio, y una a una iniciaron su marcha por el pasillo a través del cuidado jardín. El aroma de las flores de la ceremonia endulzaba la noche. Y las rosas Belle Rive estaban en flor, aun siendo octubre.

Finalmente, acompañada por un crescendo de música, Portia atravesó el patio hasta alcanzar el final de la alfombra. La coordinadora de la boda le seguía levantando, no sin cierto esfuerzo, la cola del vestido para que no se arrastrase por el suelo.

A la orden de un ademán del sacerdote, todo el mundo se puso en pie y miró hacia atrás para contemplar la marcha triunfal de Portia. Llevaba años esperando aquello.

Después de la llegada de Portia al altar, le llegó el turno a nuestro grupo. Antes de salir al patio, Halleigh nos dio un beso en la mejilla a cada una de nosotras cuando pasamos por delante de ella. Me lo dio incluso a mí, todo un detalle por su parte. La coordinadora de la boda nos hizo salir una a una y fuimos colocándonos delante de nuestro correspondiente testigo. El mío era un primo Bellefleur procedente de Monroe que se quedó sorprendido al verme a mí ocupando el lugar de Tiffany. Utilicé el paso lento que Dana me había indicado, sujetando entre mis manos entrelazadas el ramo inclinado en el ángulo deseado. Había estado observando como un halcón a las demás damas de honor. Quería hacerlo bien.

Todas las caras estaban vueltas hacia mí y me puse tan nerviosa que me olvidé de levantar mis escudos mentales: los pensamientos de la multitud vinieron corriendo hacia mí en una oleada de comunicación no deseada. «Está preciosa... ¿Qué le habrá ocurrido a Tiffany?... Caray, vaya percha... Daos prisa, necesito una copa... ¿Qué demonios hago yo aquí? Siempre consigue arrastrarme a todas las movidas de la parroquia... Me encantan las tartas de boda».

Una fotógrafa se cruzó en mi camino y me hizo una fotografía. La conocía, era una hermosa mujer lobo llamada María Estrella Cooper. Era la ayudante de Al Cumberland, un conocido fotógrafo de Shreveport. Sonreí a María Estrella y me hizo otra foto. Continué avanzando por la alfombra, manteniendo la sonrisa, y alejé de mí todo el alboroto que tenía en la cabeza.

Al cabo de un momento me di cuenta de que entre la multitud había puntos negros, lo que indicaba la presencia de vampiros. Glen había pedido que la boda se celebrara de noche para poder invitar a algunos de sus clientes vampiros más importantes. Portia tenía que quererle de verdad para haber accedido a sus deseos, pues no le gustaban en absoluto los chupadores de sangre. De hecho, le daban náuseas.

A mí, en general, me gustaban los vampiros porque no podía acceder a su cerebro. Estar en su compañía me resultaba extrañamente apacible. De acuerdo, resultaba tenso en otros sentidos, pero al menos con ellos podía relajar el cerebro.

Por fin llegué al lugar que me habían designado. Había observado que los asistentes de Portia y de Glen se habían dispuesto en una V invertida, dejando un espacio delante para la pareja nupcial. Nuestro grupo estaba haciendo lo mismo. «Lo he pillado», pensé, y suspiré aliviada. Mi trabajo estaba hecho, pues no ocupaba el puesto de primera dama de honor. Lo único que me quedaba por hacer era permanecer quietecita y dar la sensación de que prestaba atención, y estaba segura de poder hacerlo.

La música se enfiló en un segundo crescendo y el sacerdote dio de nuevo la señal. Toda la gente se puso en pie y se volvió para mirar a la segunda novia. Halleigh empezó a desfilar lentamente hacia nosotras. Estaba radiante. Halleigh había elegido un vestido mucho más sencillo que el de Portia y se la veía muy joven y muy dulce. Era al menos cinco años menor que Andy, tal vez más. El padre de Halleigh, tan bronceado y en forma como su esposa, dio un paso al frente para coger a su hija del brazo cuando ésta llegó delante de él; como Portia había desfilado sola por el pasillo (su padre había muerto mucho tiempo atrás), se decidió que Halleigh lo hiciera también.

Cuando me harté de la sonrisa de Halleigh, eché un vistazo a la gente que se había vuelto para ver avanzar a la novia.

Había muchas caras conocidas: maestros de la escuela elemental donde Halleigh daba clases, miembros del departamento de policía donde trabajaba Andy, los amigos de la anciana señora Caroline Bellefleur que seguían vivos y tambaleándose, los abogados compañeros de Portia y otra gente del mundo judicial, y los clientes de Glen Vick y otros contables. Estaban ocupadas prácticamente todas las sillas.

Se veían algunas caras negras, y algunas caras morenas, pero la mayoría de los invitados a la boda eran personas de raza blanca y de clase media. Las caras más pálidas eran las de los vampiros, naturalmente. A uno de ellos lo conocía bien. Bill Compton, mi vecino y antiguo amante, estaba sentado hacia la mitad, vestido de esmoquin y muy guapo. A Bill le sentaba bien cualquier cosa que se pusiera encima. A su lado estaba sentada su novia humana, Selah Pumphrey, agente de la propiedad inmobiliaria de Clarice. Llevaba un vestido granate que resaltaba su pelo oscuro. Había cinco vampiros a los que no conocía. Me imaginé que serían los clientes de Glen. Aunque Glen no lo sabía, había otros invitados que eran más (y menos) que humanos. Mi jefe, Sam, era un cambiante excepcional capaz de transformarse en cualquier animal. El fotógrafo era un hombre lobo, igual que su ayudante. Para los invitados «normales» a la boda era un afroamericano con buen cuerpo, más bien bajito, que iba vestido con un buen traje y llevaba una cámara enorme. Pero Al se convertía en lobo las noches de luna llena, igual que María Estrella. Entre el gentío había algunos licántropos más, aunque sólo conocía a uno de ellos: Amanda, una mujer pelirroja que rondaba los cuarenta y que era propietaria de un bar en Shreveport llamado el Pelo del Perro. A lo mejor la empresa de Glen llevaba la contabilidad de ese bar.

Y había un hombre pantera, Calvin Norris. Me alegró ver que Calvin había venido acompañado, aunque la sensación desapareció cuando la identifiqué como Tanya Grissom. Mierda. ¿Qué hacía de nuevo en la ciudad? ¿Y por qué estaba Calvin en la lista de invitados? Me caía bien, pero no lograba entender su relación con los novios.

Mientras yo me dedicaba a examinar la multitud en busca de rostros familiares, Halleigh se había colocado ya en su puesto junto a Andy y los testigos y las damas de honor tenían que volverse para escuchar la ceremonia.

Ya que no tenía una gran implicación emocional en el acto, me descubrí divagando mientras el padre Kempton Littrell, el sacerdote episcopal que solía acudir a la iglesia de Bon Temps dos veces por semana, seguía con la ceremonia. Las luces que habían encendido para iluminar el jardín se reflejaban en las gafas del padre Littrell y restaban color a su rostro. Parecía casi un vampiro.

Todo avanzó según el plan habitual. Chico, era una suerte que estuviera acostumbrada a estar de pie en el bar, pues la misa suponía mucho rato sin sentarse, y además con tacones. Casi nunca los llevo, y mucho menos de diez centímetros. Se me haría raro midiendo un metro setenta y cinco. Intenté no cambiar de posición armándome de paciencia.

Glen estaba poniéndole el anillo a Portia y ella estaba casi guapa cuando miró sus manos unidas. Nunca había sido de mis personas favoritas —ni yo de ella—, pero le deseaba lo mejor. Glen era huesudo, tenía el pelo castaño con entradas y llevaba gafas de cristales gruesos. Si llamaras a una agencia de casting y pidieras un personaje «tipo contable», te enviarían a Glen. Pero por su cerebro sabía que quería a Portia, y que ella le quería a él.

Cambié levemente de posición, colocando el peso de mi cuerpo sobre mi pierna derecha.

Entonces el padre Littrell inició de nuevo el proceso con Halleigh y Andy. Mantuve la sonrisa en la cara (ningún problema en este sentido; es lo que hacía todo el tiempo que pasaba en el bar) y fui testigo de cómo Halleigh se convertía en la señora de Andrew Bellefleur. Estaba de suerte. Las bodas por el rito episcopal pueden ser largas, pero las dos parejas habían optado por el formato de ceremonia más breve.

La música sonó por fin con notas triunfantes y los recién casados partieron hacia la casa. El cortejo nupcial los siguió en orden inverso. Avancé por el pasillo sintiéndome sinceramente feliz y un poquitín orgullosa. Había ayudado a Halleigh cuando lo había necesitado... y muy pronto podría quitarme aquellos zapatos.

Me llamó la atención Bill, que sentado en su asiento se llevó en silencio la mano al corazón. Fue un gesto romántico y totalmente inesperado y me ablandé por un instante. A punto estuve de sonreírle, aunque Selah estaba a su lado. Justo a tiempo recordé que Bill era un canalla y un cabrón y seguí avanzando lastimeramente. Sam estaba de pie un par de metros más allá de la última hilera de sillas, vestido con una camisa de etiqueta como la que yo llevaba antes y pantalones negros de traje. Relajado y cómodo, así era Sam. En su imagen encajaba incluso su alborotado halo de cabello rubio cobrizo.

Le lancé una sonrisa sincera, y él me la devolvió. Me hizo una señal de aprobación levantando el dedo pulgar y, pese a lo complicado que es leer el cerebro de los cambiantes, adiviné que aprobaba tanto mi aspecto como mi comportamiento. Sus brillantes ojos azules no me abandonaron ni un momento. Hace cinco años que es mi jefe y nos hemos llevado estupendamente bien la mayoría de ese tiempo. Se enfadó mucho cuando empecé a salir con un vampiro, pero lo superó.

Tenía que ponerme a trabajar, y enseguida. Me puse a la altura de Dana.

—¿Cuándo podremos cambiarnos? —le pregunté.

—Oh, aún tenemos que hacer las fotografías —respondió alegremente Dana. Su marido se había reunido también con ella y estaba abrazándola. Él llevaba en el regazo a su bebé, una cosita menuda vestida de imparcial color amarillo.

—Me imagino que no me necesitaréis para eso —dije—. Hicisteis muchas fotografías antes, ¿verdad? Antes de que... como se llame se pusiera enferma.

—Tiffany. Sí, pero habrá más.

Tenía serias dudas de que la familia me quisiera presente en ellas, aunque mi ausencia desequilibraría la simetría en las fotografías de grupo. Encontré a Al Cumberland.

—Sí —dijo, fotografiando a las damas de honor y a los padrinos, que no dejaban de sonreír—. Necesito hacer algunas fotos más. Tienes que seguir con el vestido.

—Mierda —dije, porque me dolían los pies.

—Mira, Sookie, lo único que puedo hacer es fotografiar a tu grupo en primer lugar. ¡Andy, Halleigh! Perdón... ¡señora Bellefleur! Si queréis venir por aquí, empezaremos con vuestras fotografías.

Portia Bellefleur Vick se quedó un poco perpleja al ver que su grupo no era el primero, pero tenía gente de sobra a la que saludar para exasperarse en serio. Mientras María Estrella fotografiaba la conmovedora escena, un pariente lejano acompañaba a la señora Caroline, en su silla de ruedas, hasta donde estaba Portia. Ella se inclinó para besar a su abuela. Portia y Andy llevaban años conviviendo con la señora Caroline, desde que fallecieran sus padres. La debilitada salud de la anciana había retrasado la boda al menos dos veces. Originalmente, la ceremonia estaba planificada para la pasada primavera y se había organizado con urgencia porque ella estaba mal. Había sufrido un infarto del que se había recuperado. Después se rompió la cadera. Hay que decir que, para haber sufrido dos graves percances de salud, la señora Caroline tenía un aspecto... Bueno, a decir verdad, tenía simplemente el aspecto de una anciana dama que había sufrido un infarto y una fractura de cadera. Iba engalanada con un traje de seda beis. Incluso se había maquillado un poco y llevaba su pelo, blanco como la nieve, peinado al estilo Lauren Bacall. Una belleza en su día, había sido una autócrata toda la vida y una cocinera famosa hasta hacía muy poco.

Caroline Bellefleur estaba aquella noche en el séptimo cielo. Había casado a sus dos nietos, estaba recibiendo el homenaje de todo el mundo y Belle Rive se mostraba espectacular, gracias al vampiro que la observaba con un rostro completamente impenetrable.

Bill Compton había descubierto que era antepasado de los Bellefleur y había donado de forma anónima una cantidad grandísima de dinero a la señora Caroline. La anciana había disfrutado gastándolo, sin tener ni idea de que provenía de un vampiro. Imaginaba que era el legado de un pariente lejano. Resultaba paradójico que los Bellefleur lo mismo pudieran odiar a Bill que sentirse agradecidos con él. Pero como en el fondo formaba parte de la familia, me alegré de que hubiera encontrado la manera de asistir a la boda.

Respiré hondo, alejé la oscura mirada de Bill de mi consciencia y sonreí a la cámara. Ocupé el lugar que tenía designado en las fotografías para equilibrar el cortejo nupcial, esquivé al primo de los ojos saltones y por fin subí corriendo las escaleras para cambiarme y ponerme mi atuendo de camarera.

Arriba no había nadie, y fue un alivio poder cambiarme sola en la habitación.

Me quité el vestido, lo colgué y me senté en un taburete para desabrocharme aquellos dolorosos zapatos.

Oí un ruido en la puerta y levanté la vista sorprendida. Bill acababa de entrar en la habitación, tenía las manos en los bolsillos y su piel resplandecía levemente. Traía los colmillos extendidos.

—Estaba intentando cambiarme —dije secamente. No tenía sentido mostrarme recatada. Bill había visto hasta el último centímetro de mi cuerpo.

—No les contaste nada —dijo.

—¿Qué? —Entonces mi cerebro lo captó. Bill se refería a que no les había contado a los Bellefleur que él era su antepasado—. No, por supuesto que no —dije—. Me pediste que no lo hiciera.

—Pensé que, con tu enfado, podrías haberles dado la información.

Le miré con incredulidad.

—No, los hay que aún tenemos honor —dije. Bill apartó un momento la vista—. Por cierto, veo que tienes las cara muy bien.

Durante el atentado que la Hermandad del Sol había efectuado en Rhodes, la cara de Bill había quedado expuesta al sol con resultados realmente repulsivos.

—Pasé seis días durmiendo —dijo—. Cuando por fin me desperté, estaba prácticamente curado. Y en cuanto a tu indirecta respecto a mi honor, no tengo defensa... excepto que cuando Sophie-Anne me pidió que te persiguiera... yo no quería hacerlo, Sookie. Al principio, ni siquiera quería fingir mantener una relación estable con una mujer humana. Pensé que me degradaría. Sólo entré en el bar para identificarte cuando ya no pude postergarlo por más tiempo. Y aquella noche nada salió como yo tenía pensado. Salí fuera con los drenantes, y sucedieron cosas. Cuando vi que solamente tú acudías en mi ayuda, decidí que era el destino. Hice lo que mi reina me dijo que hiciera. Y al hacerlo, caí en una trampa de la que no pude escapar. Y sigo sin poder escapar de ella.

«La trampa del AMOOOOR», pensé con sarcasmo. Pero Bill estaba demasiado serio, demasiado tranquilo como para burlarme de él. Yo estaba simplemente defendiendo mi corazón con el arma de la antipatía.

—Te has buscado una novia —dije—. Vuelve con Selah. —Bajé la vista para asegurarme de que me había desabrochado bien el segundo zapato. Me descalcé. Cuando levanté de nuevo la vista, los oscuros ojos de Bill estaban clavados en mí.

—Daría cualquier cosa por yacer otra vez contigo —dijo.

Me quedé helada, con las manos paralizadas a medio retirar la media de mi pierna izquierda.

Veamos, lo que acababa de decir me había sorprendido a muchos niveles. En primer lugar, por la expresión bíblica «yacer». En segundo lugar, por que me considerara una compañera de cama tan memorable.

O a lo mejor resultaba que sólo se acordaba de las vírgenes.

—Esta noche no me apetece tontear contigo, y Sam está esperándome abajo para que le ayude en el bar —dije secamente—. Vete. —Me levanté y me puse de espaldas a él mientras me ponía la camisa, el pantalón y remetía la camisa por dentro. Ahora tocaba ponerme las zapatillas deportivas negras. Después de echarle un rápido vistazo al espejo para asegurarme de que aún quedaba un poco de carmín en mis labios, me volví hacia la puerta.

Se había ido.

Bajé la escalinata, crucé las puertas del patio y salí al jardín, aliviada por poder ocupar por fin mi puesto detrás de la barra, al que estaba mucho más acostumbrada. Aún me dolían los pies. Y también ese lugar castigado de mi corazón que llevaba el nombre de Bill Compton.

Sam me recibió con una sonrisa cuando ocupé mi puesto. La señora Caroline había vetado nuestra petición de dejar a la vista un bote para las propinas, pero los clientes de la barra habían empezado ya a llenar con unos cuantos billetes una copa de cristal en forma de globo. Decidí seguir dejándola donde estaba.

—Estabas realmente guapa con ese vestido —dijo Sam, preparando un ron con Coca-Cola. Serví una cerveza y sonreí al anciano que me la había pedido. Me dio una propina importante y bajé la vista al darme cuenta de que con mis prisas por bajar me había olvidado de abrocharme un botón. Estaba enseñando un poco más de lo conveniente. Por un momento me sentí incómoda, pero no era un botón que me hiciera parecer una fulana, sino un botón que decía: «Mirad, tengo tetas». De modo que lo dejé como estaba.

—Gracias —dije, confiando en que Sam no se hubiera percatado del rápido repaso que me había dado el anciano—. Espero haberlo hecho todo bien.

—Por supuesto que sí —dijo Sam, como si en ningún momento se le hubiese pasado por la cabeza la posibilidad de que hubiera fracasado en mi nuevo papel. Por eso es el mejor jefe que he tenido en mi vida.

—Buenas noches —dijo una voz ligeramente nasal, y cuando levanté la vista de la copa de vino que estaba sirviendo vi que Tanya Grissom ocupaba el espacio y respiraba el aire que bien podría utilizar cualquier otra persona. A su escolta, Calvin, no se le veía por ningún lado.

—Hola, Tanya —dijo Sam—. ¿Qué tal estás? Hacía ya tiempo que no se te veía.

—Tuve que atar algunos cabos sueltos en Misisipi —dijo Tanya—. Estoy aquí de visita y me preguntaba si necesitarías algo de ayuda a tiempo parcial, Sam.

Me obligué a mantener la boca cerrada y las manos ocupadas. Tanya se acercó todo lo que pudo a Sam mientras una señora anciana me pedía una tónica con un gajo de lima. Se la serví con tanta rapidez que la mujer se quedó pasmada y pasé enseguida a atender al siguiente cliente. El cerebro de Sam me decía que estaba encantado de ver a Tanya. Los hombres son idiotas, ¿verdad? Aunque, para ser justos, yo sabía ciertas cosas sobre ella que Sam desconocía.

Selah Pumphrey era la siguiente en la cola. Mi suerte me tenía sorprendida. Pero la novia de Bill se limitó a pedirme un ron con Coca-Cola.

—Enseguida —dije, tratando de no delatar que me sentía aliviada, y empecé a preparar el combinado.

—Le he oído —dijo Selah en voz muy baja.

—¿Has oído a quién? —pregunté, distraída por mi esfuerzo por escuchar, con mis oídos o con mi cerebro, lo que Sam y Tanya estaban hablando.

—He oído a Bill hablando antes contigo. —Viendo que yo no decía nada, continuó—. Lo seguí escaleras arriba.

—Entonces, él sabe que estabas allí —dije, distraídamente, y le entregué su copa. Me miró por un segundo con los ojos abiertos de par en par. ¿Alarmada, enojada? Se marchó. Si los deseos pudieran matar, yo habría muerto en el acto.

Tanya empezó a darle la espalda a Sam, como si su cuerpo pensara en marcharse aunque su cabeza siguiera hablando con mi jefe. Finalmente, su persona completa regresó con su pareja. La seguí con la mirada, llena de oscuros pensamientos.

—Una buena noticia —dijo Sam con una sonrisa—. Tanya estará disponible una temporada.

Reprimí mis ganas de decirle que Tanya había dejado más que claro que estaba disponible.

—Oh, sí, estupendo —dije. Había mucha gente que me caía bien. ¿Por qué habrían tenido que asistir a la boda dos de las mujeres que realmente me traían sin cuidado? Al menos, mis pies estaban prácticamente gimiendo de placer al sentirse libres de aquellos tacones de vértigo.

Sonreí, preparé copas, retiré botellas vacías y fui hasta la camioneta de Sam para descargar más material. Abrí cervezas, serví vino y sequé manchas hasta que empecé a sentirme como una máquina en eterno movimiento.

Los clientes vampiros se acercaron a la barra en grupo. Descorché una botella de Royalty Blended, una mezcla de calidad superior de sangre sintética y sangre auténtica de la realeza europea. Tenía que estar refrigerada, claro está, y era un regalo muy especial para los clientes de Glen, un regalo que él mismo había dispuesto personalmente. (La única bebida para vampiros que excedía en precio a Royalty Blended era Royalty casi pura, que apenas tenía conservantes). Sam dispuso las copas de vino en fila. Y luego me dijo que lo sirviera. Fui con un cuidado extremo para no derramar ni una gota. Sam entregó una a una las copas. Los vampiros, Bill incluido, dieron unas propinas excelentes y, con grandes sonrisas, levantaron las copas para brindar en honor de los recién casados.

Después de dar el primer sorbo al líquido oscuro que llenaba las copas, mostraron los colmillos como prueba de su beneplácito. Algunos de los invitados humanos estaban algo incómodos ante aquella muestra de agrado, pero enseguida apareció Glen, sonriendo y realizando gestos de asentimiento. Conocía a los vampiros lo bastante bien como para no ofrecerles un apretón de manos. Me di cuenta de que la nueva señora Vick no se codeaba con los invitados no muertos, aunque pasó un momento entre el grupo con una sonrisa tensa dibujada en la cara.

Cuando uno de los vampiros volvió a la barra para pedir una copa de TrueBlood normal, le serví la bebida caliente.

—Gracias —dijo, dejándome una nueva propina. Cuando abrió la cartera vi que su carné de conducir era de Nevada. Conozco bien los carnés porque estoy harta de pedirles la identificación a los niños que acuden al bar; venía de muy lejos para asistir a la boda. Era la primera vez que lo veía. Cuando se dio cuenta de que me había llamado la atención, juntó las manos e hizo una leve reverencia. Había leído una novela de misterio situada en Tailandia y sabía que aquello era un *wai*, un saludo educado que practicaban los budistas... ¿O serían, tal vez, los tailandeses en general? Da lo mismo, lo que es evidente es que quería mostrarse educado. Después de un instante de duda, dejé el trapo que llevaba en la mano e imité su movimiento. Mi gesto dejó satisfecho al vampiro.

—Me llamo Jonathan —dijo—. Los americanos no saben pronunciar mi verdadero nombre.

Quizá lo dijo con cierto toque de arrogancia y desdén, pero no lo culpé por ello.

—Yo soy Sookie Stackhouse —dije.

Jonathan era un hombre menudo, de aproximadamente un metro setenta de altura, con la tez de color cobre claro y el pelo oscuro característicos de su país. Era guapo. Tenía una nariz ancha y pequeña, y los labios carnosos. Sus ojos castaños estaban coronados por unas cejas negras absolutamente rectas. Tenía una piel tan fina que me resultaba imposible detectarle algún poro. Y ese pequeño resplandor que muestran todos los vampiros.

—¿Es tu marido? —preguntó, cogiendo la copa de sangre e inclinando la cabeza en dirección a Sam. Éste estaba ocupado preparando una piña colada para una de las damas de honor.

—No, señor, es mi jefe.

Justo entonces, apareció Terry Bellefleur, primo segundo de Portia y de Andy, para pedir otra cerveza. Le tenía mucho cariño a Terry, pero era mal bebedor y pensé que iba camino precisamente de eso. Pese a que el veterano de Vietnam quería quedarse a charlar sobre la política del presidente en la guerra actual, le acompañé hasta donde estaba otro familiar, un primo lejano de Baton Rouge, y le pedí que vigilara a Terry y no le dejara conducir su camioneta.

El vampiro Jonathan no me quitó los ojos de encima en todo aquel rato, no sabía por qué. Pero no observé nada agresivo o lujurioso en su postura o comportamiento, y tenía los colmillos retraídos. Me pareció correcto no hacerle más caso y seguir con mi trabajo. Si Jonathan quería hablar conmigo por algún motivo, ya lo averiguaría tarde o temprano. Y si era tarde, no pasaba nada.

Fui a la camioneta de Sam a buscar una caja de Coca-Cola y me llamó la atención un hombre que estaba solo bajo la sombra de un gigantesco roble que había en la parte oeste del jardín. Era alto, delgado e iba impecablemente vestido con un traje que parecía carísimo. El hombre avanzó un poco hacia mí y le vi la cara; me di cuenta de que también estaba mirándome. Lo primero que pensé fue que se trataba de una criatura encantadora, no de un hombre. Fuera lo que fuera, no era precisamente humano. Aun siendo mayor, resultaba extremadamente atractivo y su pelo, todavía rubio dorado, era tan largo como el mío. Lo llevaba recogido. Estaba algo arrugado, como una deliciosa manzana que ha pasado demasiado tiempo en frío, pero iba completamente erguido y no usaba gafas. Llevaba un bastón negro, sencillo y con una cabeza dorada.

Cuando salió de las sombras, los vampiros se volvieron al unísono a mirarlo. Pasado un instante, todos inclinaron la cabeza. Él les devolvió el saludo. Mantuvieron las distancias, como si fuera un personaje peligroso o pavoroso.

Fue un episodio muy extraño, pero no tuve tiempo de pensar en ello. Todo el mundo quería una última copa gratis. La gala se había relajado y la gente empezaba a pasar a la parte delantera de la casa para despedir a las felices parejas. Halleigh y Portia habían desaparecido escaleras arriba para cambiarse. El personal de E(E)E se había encargado de retirar las tazas vacías y los platitos del pastel y el picoteo y el jardín estaba relativamente arreglado.

Ahora que ya no estábamos ocupados, Sam me dijo lo que tenía en mente.

—Sookie, ¿me equivoco o no te gusta Tanya?

—Tengo algo en contra de Tanya —dije—. Lo que pasa es que no estoy segura de si debería contártelo. Es evidente que te gusta. —Cualquiera diría que había estado dándole algún que otro traguito al bourbon. O al suero de la verdad.

—Si no te gusta la idea de trabajar con ella, quiero oír el motivo —dijo—. Eres mi amiga. Respeto tu opinión.

Fue agradable oír aquello.

—Tanya es bonita —dije—. Es brillante y muy capaz. —Aquello eran las cosas buenas.

—¿Y?

—Y vino aquí a espiar —dije—. La enviaron los Pelt, para tratar de averiguar si yo tenía algo que ver con la desaparición de su hija Debbie. ¿Recuerdas cuando vinieron al bar?

—Sí —dijo Sam. Bajo la iluminación que habían colocado en el jardín, quedaba tan brillantemente iluminado como hundido en las sombras—. ¿Tuviste algo que ver con ello?

—Todo —dije tristemente—. Pero fue en defensa propia.

—Sé que tuvo que ser así. —Me había cogido la mano. La mía se estremeció, sorprendida—. Te conozco —dijo, sin soltarme.

La fe de Sam me hizo sentir un calor interior. Llevaba ya mucho tiempo trabajando para él y que me tuviera en buena estima significaba mucho para mí. Casi me atraganté y tuve que toser para aclararme la garganta.

—Así que no me he alegrado de ver a Tanya —continué—. No confié en ella desde el principio, y cuando descubrí por qué había venido a Bon Temps, se me cayó el alma a los pies. No sé si los Pelt siguen pagándole. Además, esta noche ha venido con Calvin y no tiene sentido que quiera ligar contigo. —Mi tono de voz sonó mucho más enojado de lo que pretendía.

—Oh. —Sam estaba desconcertado.

—Pero si quieres salir con ella, adelante —dije, tratando de aligerar la cosa—. Quiero decir que... no tiene por qué ser mala. Y me imagino que creía estar haciendo lo correcto al venir aquí para encontrar información sobre una cambiante desaparecida. —Lo que acababa de decir había sonado bastante bien y podía incluso ser verdad—. No tiene por qué gustarme con quién salgas —añadí, simplemente para dejar claro que comprendía que no tenía ningún derecho sobre él.

—Sí, pero me siento mejor si te gusta —dijo él.

—Lo mismo digo —concedí, para mi sorpresa.

Capítulo 2

Empezamos a recoger con tranquilidad y tratando de no molestar, pues aún quedaban invitados.

—Ya que hablamos de parejas, ¿qué ha sido de Quinn? —preguntó Sam mientras seguíamos trabajando—. Te veo cabizbaja desde que volviste de Rhodes.

—Ya te dije que resultó gravemente herido por la explosión. —La división de Quinn en E(E)E se ocupaba de la preparación de eventos especiales para la comunidad de los seres sobrenaturales: bodas entre la realeza de los vampiros, fiestas de mayoría de edad de hombres lobo, concursos para la elección de líderes de la manada y asuntos similares. Por eso Quinn se encontraba en el Pyramid of Gizeh cuando la Hermandad del Sol nos jugó aquella mala pasada.

Los miembros de la Hermandad del Sol eran contrarios a los vampiros, pero no tenían ni idea de que los vampiros no eran más que la punta visible y pública del iceberg del mundo sobrenatural. Nadie lo sabía; o, como mínimo, lo sabían muy pocas personas, como yo, aunque cada vez éramos más los que compartíamos el gran secreto. Estaba segura de que si los fanáticos de la Hermandad supieran de su existencia, odiarían a los hombres lobo o a los cambiantes como Sam tanto como hacían con los vampiros. Y el momento de que se enteraran podía llegar pronto.

—Sí, pero pensaba…

—Lo sé, yo también pensaba que lo de Quinn y yo estaba asentado —dije, y si mi tono de voz sonaba deprimido era porque pensar en mi hombre tigre desaparecido me hacía sentir así—. Sigo creyendo que en cualquier momento tendré noticias suyas. Pero por ahora ni palabra.

—¿Tienes aún el coche de su hermana? —Frannie Quinn me había prestado su automóvil para regresar a casa después del desastre de Rhodes.

—No, desapareció una noche mientras Amelia y yo estábamos trabajando. Lo llamé y le dejé un mensaje en el contestador para decirle que me lo habían robado, pero no he tenido respuesta.

—Lo siento, Sookie —dijo Sam. Sabía que era una respuesta inadecuada, pero ¿qué decir sino?

—Sí, yo también —dije, tratando de no parecer más deprimida aún. Reconstruir un terreno mental trillado suponía un gran esfuerzo. Sabía que Quinn no me culpaba en absoluto de haber resultado herido. Lo había visto en el hospital de Rhodes antes de irme, y estaba al cuidado de su hermana, Fran, que en aquel momento no parecía odiarme. Pero ¿por qué no había ningún tipo de comunicación?

Era como si se lo hubiera tragado la tierra. Intenté pensar en otra cosa. Estar ocupada siempre había sido el mejor remedio para mis preocupaciones. Empezamos a meter las cosas en la camioneta de Sam, que estaba aparcada a una manzana de distancia. Él cargó con lo más pesado. Sam no es un tipo grande, pero sí muy fuerte, como todos los cambiantes.

Hacia las diez y media casi habíamos acabado. Por los gritos de alegría que se oían en la parte delantera de la casa, supe que las novias habían bajado las escaleras cambiadas ya para marcharse de luna de miel, que habían lanzado al aire sus ramos y que se habían ido. Portia y Glen iban a San Francisco y Halleigh y Andy a Jamaica. No podía evitar saberlo.

Sam me dijo que podía marcharme.

—Le diré a Dawson que me ayude a desmontar la barra —dijo. Dawson, que había sustituido a Sam en el Merlotte's aquella noche, era fuerte como un roble y pensé que no era mala idea.

Nos repartimos las propinas y reuní unos trescientos dólares. Había sido una velada lucrativa. Me guardé el dinero en el bolsillo del pantalón. Era un buen fajo, pues prácticamente todo eran billetes de un dólar. Me alegraba de vivir en Bon Temps y no en una gran ciudad, pues así no tenía que preocuparme de que alguien me diera un golpe en la cabeza antes de llegar al coche.

—Buenas noches, Sam —dije, y busqué en el bolsillo las llaves del coche. No me había molestado en llevar un bolso. Mientras descendía por la pendiente del jardín trasero hacia el camino de acceso a la casa, me toqué tentativamente el pelo. No había logrado impedir que la señora del blusón rosa hiciera lo que quisiera, de modo que me había hecho un peinado con volumen y ondulado, al estilo de Farrah Fawcett. Me sentía como una tonta.

Pasaban coches, en su mayoría de invitados de la boda que empezaban a desfilar. Había además el tráfico normal de un sábado por la noche. La hilera de vehículos aparcados junto al arcén se prolongaba calle abajo y el tráfico avanzaba lentamente. Yo había aparcado ilegalmente con el lado del conductor junto al arcén, aunque esto no solía ser un problema en nuestra pequeña ciudad.

Me incliné para abrir la puerta del coche y oí un leve sonido a mis espaldas. En un único movimiento, guardé las llaves en el hueco de mi mano y apreté el puño, me volví y golpeé con todas mis fuerzas. Las llaves dieron fuerza a mi puño y el hombre que tenía detrás se tambaleó en la acera hasta caer de culo sobre la pendiente del césped.

—No pretendía hacerte ningún daño —dijo Jonathan.

No es fácil mantener un aspecto digno y poco amenazador cuando tienes sangre en la comisura de la boca y estás sentado en el suelo, pero el vampiro asiático lo consiguió.

—Me ha sorprendido —dije, lo que era un gran eufemismo.

—Ya lo veo —respondió él, incorporándose con facilidad. Sacó un pañuelo y se secó la boca.

No pensaba pedirle disculpas. La gente que me sorprende estando sola de noche se merece lo que recibe. Pero me lo replanteé. Los vampiros se mueven en silencio.

—Siento haber supuesto lo peor —dije por compromiso—. Debería haberle identificado.

—No, podría haber sido demasiado tarde —dijo Jonathan—. Una mujer sola debe defenderse.

—Agradezco su comprensión —dije con cautela. Miré más allá de él, intentando que mi cara no revelara nada. He oído tantas cosas raras en el cerebro de la gente, que estoy acostumbrada a hacerlo. Miré directamente a Jonathan—. ¿Ha…? ¿Qué hacía aquí?

—Estoy cruzando Luisiana y vine a la boda como invitado de Hamilton Tharp —dijo—. Estoy en la Zona Cinco con el permiso de Eric Northman.

No tenía ni idea de quién era Hamilton Tharp (seguramente algún amigo de los Bellefleur). Pero conocía bastante bien a Eric Northman. (De hecho, lo había conocido de la cabeza a los pies, pasando por todos los puntos intermedios). Eric era el sheriff de la Zona Cinco, un área que ocupaba una gran parte del norte de Luisiana. Estábamos unidos de una manera compleja, algo de lo que me resentía a diario.

—En realidad, lo que intentaba preguntar es por qué me aborda aquí y ahora. —Me quedé a la espera, sin soltar todavía las llaves. Decidí mirarle a los ojos. Incluso los vampiros son vulnerables en este sentido.

—Sentía curiosidad —dijo por fin Jonathan. Tenía los brazos cruzados. Aquel vampiro empezaba a no gustarme en absoluto.

—¿Por qué?

—En Fangtasia he oído hablar sobre la mujer rubia que Eric tanto valora. Y él es tan poco sentimental que me parecía imposible que una mujer humana pudiera interesarle.

—¿Y cómo sabía que yo iba a estar aquí, en esta boda, esta noche?

Parpadeó. Vi que no esperaba que insistiese tanto con mis preguntas. Confiaba en poder apaciguarme, tal vez en estos momentos intentaba coaccionarme con su atractivo. Pero esas tretas no funcionaban conmigo.

—La joven que trabaja para Eric, su hija Pam, lo mencionó.

«Mentira cochina», pensé. Llevaba un par de semanas sin hablar con Pam y nuestra última conversación no había sido precisamente una típica de chicas sobre mi agenda social y laboral. Ella estaba recuperándose de las heridas que había sufrido en Rhodes. Su recuperación, así como la de Eric y la de la reina, habían sido nuestro único tema de conversación.

—Claro —dije—. Pues buenas noches. Tengo que irme. —Abrí la puerta y entré con cuidado en el coche, intentando no apartar la vista de Jonathan en ningún momento para estar preparada en el caso de que se produjera algún movimiento repentino. Él permaneció inmóvil como una estatua e inclinó la cabeza hacia mí después de que pusiera el coche en marcha y arrancara. Me até el cinturón en cuanto encontré una señal de Stop. No había querido sujetarme mientras lo tuviera cerca. Cerré las puertas del coche y miré a mi alrededor. «No hay vampiros a la vista», pensé. «Esto es muy, pero que muy extraño». Tendría que llamar a Eric y comentarle el incidente.

¿Y sabes cuál es la parte más extraña de todo esto? Que durante todo el rato, el anciano de largo pelo rubio había permanecido escondido entre las sombras detrás del vampiro. Nuestras miradas incluso se habían encontrado en una ocasión. Su hermoso rostro resultaba ilegible. Sabía que él no quería que reconociese su presencia. No le había leído la mente —no podía hacerlo—, pero lo sabía de todos modos.

Y lo más extraño es que Jonathan no sabía que él estaba allí. Teniendo en cuenta el agudo sentido del olfato de los vampiros, la ignorancia de Jonathan resultaba simplemente extraordinaria.

Seguía aún reflexionando sobre aquel raro episodio cuando giré hacia Hummingbird Road y enfilé el largo camino entre los bosques que daba acceso a mi vieja casa. La parte principal del edificio había sido construida hacía más de ciento sesenta años, aunque poco quedaba ya en pie de la estructura original. Había habido añadidos, remodelaciones y el techo se había cambiado un montón de veces con el paso de las décadas. Empezó como una pequeña granja de dos habitaciones y ahora era mucho más grande, aunque seguía siendo sencilla.

Aquella noche, la casa tenía un aspecto tranquilo bajo el resplandor de la luz exterior de seguridad que Amelia Broadway, mi compañera de casa, había dejado encendida. El coche de Amelia estaba aparcado en la parte de atrás y aparqué el mío a su lado. Saqué las llaves por si acaso ella había subido ya a dormir. Había dejado la puerta mosquitera sin el pestillo corrido y yo lo cerré a mis espaldas. Abrí la puerta trasera y volví a cerrarla con llave. Nos obsesionaba la seguridad, a Amelia y a mí, sobre todo por la noche.

Me sorprendió ver que Amelia me esperaba sentada junto a la mesa de la cocina. Después de semanas de convivencia habíamos desarrollado una rutina y normalmente Amelia ya tenía que haber subido arriba a aquellas horas. Allí disponía de su propia televisión, su teléfono móvil y su ordenador portátil y, como se había sacado el carné de la biblioteca, contaba con lectura de sobra. Además, tenía su trabajo con los hechizos, sobre el que nunca le preguntaba. Jamás. Amelia es bruja.

—¿Qué tal ha ido? —me preguntó, removiendo el té como si tratara de crear un remolino diminuto.

—Pues bien, se han casado. Nadie se ha arrepentido en el último momento. Los clientes vampiros de Glen se han comportado y la señora Caroline se ha mostrado amable con todo el mundo. Pero a mí me ha tocado sustituir a una de las damas de honor.

—¡Caray! Cuéntamelo.

Y así lo hice. Nos reímos juntas un buen rato. Pensé en contarle a Amelia lo de aquel hombre tan guapo, pero no lo hice. ¿Qué podía decirle? ¿Que me miró? Pero lo que sí acabé contándole fue lo de ese tal Jonathan de Nevada.

—¿Qué piensas que quería en realidad? —preguntó Amelia.

—No tengo ni idea. —Me encogí de hombros.

—Tienes que descubrirlo. Sobre todo si nunca has oído hablar al que dice que es su anfitrión sobre este tipo.

—Voy a llamar a Eric..., si no esta noche, mañana.

—Es una pena que no comprases una copia de esa base de datos que Bill anda vendiendo. Ayer vi un anuncio de ella en Internet, en una página para vampiros. —Podría parecer un repentino cambio de tema, pero la base de datos de Bill contenía imágenes y/o biografías de todos los vampiros a los que había conseguido localizar por todo el mundo. Yo había oído hablar de unos cuantos de ellos. El pequeño CD de Bill estaba proporcionándole a su jefa, la reina, más dinero del que jamás me habría imaginado. Pero para adquirir una copia era necesario ser vampiro, y tenían métodos para verificarlo.

—Bien, dado que Bill cobra quinientos dólares la unidad y hacerse pasar por vampiro comporta un grave peligro... —dije.

Amelia agitó la mano.

—Eso es que merece la pena —dijo.

Amelia es mucho más sofisticada que yo..., al menos en ciertas cosas. Se crió en Nueva Orleans y había pasado allí casi toda su vida. Ahora vivía conmigo porque había cometido un error gigantesco. Había tenido que abandonar Nueva Orleans después de que su inexperiencia provocara una catástrofe mágica. Tuvo suerte de marcharse cuando lo hizo, pues el Katrina llegó poco después. Desde que se produjo el huracán, su inquilino vivía en el apartamento del piso superior de la casa de Amelia. El apartamento de Amelia, en la planta baja, había sufrido daños. Ahora, no le cobraba nada a su inquilino, pues se ocupaba de supervisar las obras de reparación de la casa.

Y en ese momento apareció por allí el motivo por el cual Amelia no regresaba de momento a Nueva Orleans. Bob entró en la cocina para decir hola, restregándose cariñosamente contra mis piernas.

—Hola, cariñito peludo —dije, cogiendo el gato de pelo largo blanco y negro—. ¿Cómo está mi preciosidad? ¡Es una monada!

—Voy a vomitar —dijo Amelia. Pero sabía de sobra que cuando yo no estaba, ella también le hablaba a Bob de la misma manera.

—¿Algún avance? —pregunté, separando la cabeza del pelaje de Bob. Aquella tarde Amelia lo había bañado..., se adivinaba por lo esponjoso que estaba.

—No —contestó en un tono de voz plano y descorazonado—. Me he pasado una hora trabajando en él y sólo he conseguido ponerle un rabo de lagartija. He hecho todo lo posible para volver a cambiarlo.

Bob era en realidad un tío, es decir, un hombre. Un hombre con aspecto de sabelotodo con cabello oscuro y gafas, aunque Amelia me confió que tenía unos atributos sobresalientes que no se dejaban ver cuando iba vestido de calle. Cuando Amelia convirtió a Bob en gato, no estaba practicando la magia transformadora, sino que supuestamente estaban disfrutando de una aventurera sesión de sexo. Yo nunca había tenido el valor necesario para preguntarle qué estaban intentando hacer. Aunque era evidente que se trataba de algo bastante exótico.

—La cuestión es... —dijo de repente Amelia, y me puse en alerta. Estaba a punto de revelarme el verdadero motivo por el que se había quedado levantada esperándome. Amelia era muy buena transmisora, de modo que lo capté enseguida en su cerebro. Pero dejé que siguiera hablando, porque en realidad a la gente no le gusta que les diga que no es necesario que me lo cuenten, sobre todo cuando el tema es algo en lo que han estado concentrándose—. Mi padre estará mañana en Shreveport y quiere pasarse por Bon Temps para verme —dijo de corrido—. Vendrán él y su chófer, Marley. Quiere venir a cenar.

El día siguiente era domingo. El Merlotte's abriría sólo por la tarde, aunque, de todos modos, y según vi echándole un vistazo al calendario, a mí no me tocaba trabajar.

—Saldré —dije—. Iré a visitar a J.B. y a Tara. Ningún problema.

—Quédate aquí, por favor —dijo con rostro suplicante. No me explicó por qué. Pero leí enseguida sus motivos. Amelia tenía una relación muy complicada con su padre; de hecho, había tomado el apellido de su madre, Broadway, aunque en parte era porque su padre era un personaje muy conocido. Copley Carmichael tenía mucho peso político y era rico, aunque no sabía hasta qué punto el Katrina habría afectado sus ingresos. Carmichael era el propietario de unos almacenes madereros gigantescos y era además constructor. Era posible que el Katrina hubiera destrozado sus negocios. Por otro lado, la verdad es que toda la zona estaba necesitada de madera y reconstrucción.

—¿A qué hora llegará? —pregunté.

—A las cinco.

—¿Sabes si el chófer compartirá mesa con él? —Jamás en mi vida había tenido trato con este tipo de empleados. Teníamos otra mesa en la cocina. No pensaba dejar a aquel hombre sentado en la escalera del porche.

—Oh, Dios mío —dijo Amelia. Era evidente que no se le había ocurrido—. ¿Qué haremos con Marley?

—Por eso te lo pregunto. —Tal vez mi voz sonó un poco impaciente.

—Mira —dijo Amelia—. No conoces a mi padre. No sabes cómo es.

El cerebro de Amelia estaba dándome a entender que sus sentimientos respecto a su padre eran variados. Era muy difícil discernir cuál era la verdadera actitud de Amelia entre tanto amor, miedo y ansiedad. Yo, por mi parte, conocía a muy pocas personas ricas, y mucho menos a personas ricas con chófer.

Sería una visita interesante.

Le deseé buenas noches a Amelia, me fui a la cama y, pese a que había mucho a lo que darle vueltas, mi cuerpo estaba cansado y me dormí enseguida.

El domingo amaneció precioso. Pensé en los recién casados, lanzados hacia su nueva vida, y en la anciana señora Caroline, que disfrutaba de la compañía de un par de primos (jóvenes sexagenarios) a modo de perros guardianes y acompañantes. Cuando Portia y Glen regresasen, los primos volverían a su humilde morada, probablemente aliviados. Halleigh y Andy se trasladarían a vivir a su casita.

Me pregunté por Jonathan y el atractivo hombre maduro.

Me recordé que por la noche tenía que llamar a Eric, cuando éste se hubiera levantado.

Pensé en las inesperadas palabras de Bill.

Por enésima vez, hice especulaciones sobre el silencio de Quinn.

Pero antes de que me diera tiempo a deprimirme, fui atrapada por el huracán Amelia.

Hay muchas cosas que me gustan, que incluso adoro de Amelia. Es directa y entusiasta, y está llena de talento. Lo sabe todo sobre el mundo sobrenatural y sobre el lugar que yo ocupo en el mismo. Considera mi extraño «talento» como algo realmente atractivo. Puedo hablar con ella de todo. Nunca reacciona ni con repugnancia ni horrorizada. Por otro lado, Amelia es impulsiva y testaruda, pero a la gente debe aceptársela tal y como es. Me gusta que Amelia viva conmigo.

En el aspecto práctico, es una cocinera bastante decente, separa muy bien lo que es de cada una y es muy pulcra. Lo que Amelia hace realmente bien es limpiar. Cuando está aburrida, limpia; cuando está nerviosa, limpia; y también limpia cuando se siente culpable. Yo no me quedo manca en cuanto a llevar la casa, pero Amelia es excelente. Un día que estuvo a punto de sufrir un accidente de coche, limpió todo el mobiliario del salón, tapicería incluida. Cuando la llamó su inquilino para decirle que era imprescindible cambiar el tejado de su casa, bajó a EZ Rent y volvió a casa con una máquina para encerar y dar brillo a los suelos de madera de arriba y de abajo.

Me levanté a las nueve y vi enseguida que la inminente visita de su padre había sumergido a Amelia en un frenesí de limpieza. Cuando a las once menos cuarto me fui a la iglesia, Amelia estaba a cuatro patas en el baño del vestíbulo, una escena realmente anticuada teniendo en cuenta las diminutas baldosas octogonales en blanco y negro y la enorme bañera con patas; pero (gracias a mi hermano Jason), el lavabo era moderno. Era el baño que utilizaba Amelia, ya que arriba no había. Yo tenía uno pequeño en mi habitación, un añadido de la década de 1950. En mi casa podían verse las principales tendencias decorativas de las últimas décadas en un solo edificio.

—¿De verdad crees que estaba sucio? —le dije desde el umbral de la puerta. Era una conversación con el trasero de Amelia.

Amelia levantó la cabeza y se pasó por la frente la mano cubierta con el guante de goma para apartarse su corto cabello.

—No, no estaba mal, pero quiero que esté estupendo.

—Mi casa es una casa vieja, Amelia. No creo que pueda tener un aspecto estupendo. —No tenía sentido que estuviese disculpándome por la antigüedad de la casa y su mobiliario. Era lo mejor que podía tener, y me encantaba.

—Es una casa antigua maravillosa, Sookie —dijo acaloradamente Amelia—. Pero necesito estar ocupada con algo.

—De acuerdo —dije—. Me voy a la iglesia. Estaré de vuelta hacia las doce y media.

—¿Puedes pasarte a hacer la compra al salir de la iglesia? La lista está sobre el mostrador de la cocina.

Accedí, contenta de tener algo que hacer que me mantuviera lejos de casa por más tiempo.

La mañana parecía más del mes de marzo (del mes de marzo en el sur, claro está) que de octubre. Cuando al llegar a la iglesia metodista salí del coche, levanté la cara para recibir el impacto de la suave brisa. El ambiente tenía un toque de invierno, un leve sabor a invierno. Las ventanas de la modesta iglesia estaban abiertas. Cuando nos pusimos a cantar, el coro de nuestras voces flotó por encima de la hierba y los árboles. Mientras el pastor predicaba, vi pasar volando unas cuantas hojas.

Francamente, no siempre escucho el sermón. A veces, la hora que paso en la iglesia se convierte en un rato para pensar, un rato para reflexionar hacia dónde va mi vida. Pero, al menos, esos pensamientos están dentro de un contexto. Y cuando observas cómo caen las hojas de los árboles, el contexto se estrecha.

Aquel día me dediqué a escuchar. El reverendo Collins habló sobre darle a Dios lo que es de Dios, igual que aquello de darle al César lo que es del César. Me pareció un sermón típico del quince de abril y me sorprendí preguntándome si el reverendo Collins pagaría trimestralmente sus impuestos. Al cabo de un rato, sin embargo, comprendí que estaba hablando sobre las leyes que quebrantamos constantemente sin sentirnos culpables (como superar el límite de velocidad, o poner una carta junto con los regalos de una caja que envías por correo sin pagar el franqueo adicional de dicha carta).

Al salir de la iglesia sonreí al reverendo Collins. Cuando me ve, siempre parece preocupado.

En el aparcamiento, saludé a Maxine Fortenberry y a su marido Ed. Maxine era grande y estupenda y Ed era tan tímido y callado que resultaba prácticamente invisible. Su hijo, Hoyt, era el mejor amigo de mi hermano Jason. Hoyt caminaba detrás de su madre. Iba vestido con un buen traje y se había peinado. Muy interesante.

—¡Dame un abrazo, cariño! —dijo Maxine, y por supuesto que lo hice. Maxine había sido buena amiga de mi abuela, aun siendo más de la edad que mi padre tendría en la actualidad. Sonreí a Ed y saludé a Hoyt con la mano.

—Estás muy guapo —le dije, y me sonrió. Me parece que nunca había visto a Hoyt sonreír de aquella manera y miré de reojo a Maxine. Estaba radiante.

—Hoyt está saliendo con Holly, la de tu trabajo —dijo Maxine—. Ella tiene un hijo pequeño, un tema en el que hay que pensar, pero a Hoyt siempre le han gustado los niños.

—No lo sabía —dije. La verdad es que últimamente estaba desconectada—. Es estupendo, Hoyt. Holly es una chica encantadora.

No estoy muy segura de que hubiese dicho lo mismo de haber tenido más tiempo para pensarlo, pero tal vez fue una suerte que no lo tuviera. Holly tenía muchas cosas positivas (estaba absolutamente entregada a su hijo, Cody, era una persona fiel a sus amigos, trabajadora). Se había divorciado hacía ya varios años, de modo que no salía con Hoyt por despecho. Me pregunté si Holly le habría contado a Hoyt que era wiccana. No, no lo había hecho; de haber sido así, Maxine no estaría tan risueña.

—Vamos a comer a Sizzler para conocerla —dijo, refiriéndose al restaurante especializado en carnes a la parrilla que había junto a la carretera interestatal—. Holly no es de ir a la iglesia, pero estamos intentando animarla para que venga con nosotros y traiga con ella a Cody. Mejor nos vamos yendo o no llegaremos a tiempo.

—¡Bien hecho, Hoyt! —dije, dándole unos golpecitos en el brazo cuando pasó por mi lado. Me miró satisfecho.

Todo el mundo se casaba o se enamoraba. Me sentía feliz por ellos. Feliz, feliz, feliz. Con una sonrisa dibujada en la cara, me dirigí a Piggly Wiggly. Busqué la lista de Amelia en el bolso. Era larga y estaba segura de que aún se le habrían ocurrido más cosas. La llamé por el teléfono móvil y, efectivamente, ya había pensado en un par de artículos más que añadir, de modo que pasé un buen rato en la tienda.

Cargada con bolsas de plástico, subí las escaleras del porche trasero. Amelia salió corriendo hacia el coche para coger las demás bolsas.

—¿Dónde estabas? —me preguntó, como si me hubiera estado esperando con impaciencia.

Miré el reloj.

—Salí de la iglesia y fui a comprar —dije a la defensiva—. Es sólo la una.

Amelia me adelantó, cargadísima. Movió la cabeza con exasperación, emitiendo un sonido que sólo puede describirse como «Urrrrg».

El resto de la tarde transcurrió igual, como si Amelia estuviera preparándose para la cita de su vida.

No soy mala cocinera, pero Amelia únicamente me dejó realizar las tareas más sencillas durante la preparación de la cena. Me tocó cortar cebollas y tomates. Ah, sí, y me dejó lavar los platos que íbamos a utilizar. Siempre me había preguntado si Amelia sería capaz de lavar los platos como las hadas madrinas de *La Bella Durmiente,* pero se limitó a resoplar cuando saqué el tema a relucir.

La casa estaba limpia como una patena, y aunque intenté no darle importancia, me di cuenta de que Amelia le había dado un repaso incluso al suelo de mi habitación. Como norma, nunca invadimos el territorio de la otra.

—Siento haber entrado en tu habitación —dijo Amelia de repente, y me sobresaltó..., a mí, que era la telépata. Amelia me había derrotado en mi propio terreno—. Fue uno de esos impulsos locos que me dan. Estaba pasando el aspirador y pensé en hacerlo también en tu habitación. Y antes de darme cuenta, ya lo había hecho. Te he dejado las zapatillas debajo de la cama.

—De acuerdo —dije, tratando de mantener un tono de voz neutro.

—Oye, que lo siento.

Moví afirmativamente la cabeza y continué secando los platos y amontonándolos. El menú decidido por Amelia consistía en ensalada verde variada con tomates y zanahoria rallada, lasaña, pan de ajo caliente y verduras al vapor. No tengo ni idea de cómo se preparan las verduras al vapor, pero había dispuesto todo el material en crudo: calabacines, pimientos, champiñones y coliflor.

A última hora de la tarde, fui considerada capaz de remover la ensalada y de poner el mantel, el ramito de flores y los platos en la mesa para cuatro personas.

Me ofrecí para llevarme al señor Marley al salón conmigo, y comer en bandejas mientras veíamos la televisión, pero debió de ser como si me hubiera ofrecido a lavarle los pies, a juzgar por lo horrorizada que se quedó Amelia.

—No, tú te quedarás conmigo —dijo.

—Bien, pero tú tendrás que hablar con tu padre —dije—. En algún momento, tendré que dejaros solos.

Respiró hondo y soltó el aire.

—De acuerdo, soy una mujer adulta —murmuró.

—Y asustadiza como un gato —dije.

—Aún no lo conoces.

A las cuatro y cuarto Amelia subió a su habitación para prepararse. Yo estaba sentada en el salón leyendo un libro de la biblioteca cuando oí un coche avanzar por la gravilla del camino de acceso. Miré el reloj de la repisa de la chimenea. Eran las cuatro cuarenta y ocho. Grité por el hueco de la escalera y me quedé mirando por la ventana. Empezaba a oscurecer, pero como no habíamos cambiado aún de hora, me resultó fácil ver el Lincoln Town Car aparcado delante de casa. Del asiento del conductor salió un hombre de pelo corto y oscuro, vestido de traje. Debía de ser Marley. Para mi frustración, no llevaba la típica gorra de chófer. Abrió la puerta trasera. Y apareció Copley Carmichael.

El padre de Amelia no era muy alto y tenía un pelo corto, grueso y canoso que recordaba a una alfombra de buena calidad, densa, suave y perfectamente nivelada. Estaba muy moreno y sus cejas seguían siendo oscuras. No llevaba gafas. No tenía labios. Bueno, claro está, todo el mundo tiene labios, pero los suyos eran increíblemente finos, dando a su boca el aspecto de una trampa.

El señor Carmichael miró a su alrededor como si estuviera realizando una valoración fiscal.

Oí a Amelia bajar las escaleras detrás de mí; yo seguía observando cómo aquel hombre realizaba su inspección. Marley, el chófer, estaba de frente a la casa. Vio mi cara en la ventana.

—Podría decirse que Marley es nuevo —dijo Amelia—. Sólo lleva dos años con mi padre.

—¿Y tu padre siempre ha tenido chófer?

—Sí. Marley es además guardaespaldas —dijo Amelia sin darle importancia, como si todos los padres llevaran escolta.

Caminaban ya por el camino de gravilla, sin siquiera mirar su pulcro remate de acebo. Subieron los peldaños de madera. Llegaron al porche delantero. Llamaron.

Pensé en todas las criaturas espeluznantes que habían estado en mi casa: hombres lobo, cambiantes, vampiros, incluso un par de demonios. ¿Por qué preocuparme por aquel hombre? Enderecé la espalda, enfrié mi ansioso cerebro y me dirigí a la puerta, aunque Amelia casi me empuja hasta ella. Al fin y al cabo, era mi casa.

Puse la mano en el pomo y esbocé mi sonrisa antes de abrir la puerta.

—Pasen, por favor —dije, y Marley le abrió la puerta mosquitera al señor Carmichael, que entró y abrazó a su hija no sin antes lanzar una mirada exhaustiva al salón.

Transmitía con la misma claridad que su hija.

Estaba pensando que aquello le parecía un poco desvencijado para una hija suya... Amelia vivía con una chica bonita... Se preguntó si Amelia tendría relaciones sexuales con ella... Aquella chica no era a buen seguro mejor que su hija... No tenía antecedentes policiales, aunque había salido con un vampiro y tenía un hermano gamberro...

Naturalmente, un hombre rico y poderoso como Copley Carmichael tenía que hacer investigar a la compañera de casa de su hija. No se me había ocurrido, simplemente, igual que no se me pasaban por la cabeza muchas cosas que los ricos debían de hacer.

Respiré hondo.

—Soy Sookie Stackhouse —dije educadamente—. Usted debe de ser el señor Carmichael. ¿Y usted es...? —Después de estrechar la mano del señor Carmichael, se la tendí a Marley.

Por un segundo, pillé a contrapié al padre de Amelia. Pero se recuperó en tiempo récord.

—Es Tyrese Marley —dijo el señor Carmichael sin alterarse.

El chófer me estrechó la mano con delicadeza, como si tuviera miedo de romperme los huesos, y a continuación hizo un gesto de asentimiento en dirección a Amelia.

—Señorita Amelia —dijo, y Amelia puso cara de enfado, como si fuera a decirle que se ahorrara lo de «señorita», aunque al final lo reconsideró. Tantos pensamientos, yendo de un lado a otro... Tenía de sobra para estar bien distraída.

Tyrese Marley era un afroamericano de piel muy, muy clara. De negro tenía poco; su piel era más bien del color del marfil antiguo. Tenía los ojos de un tono avellana. Aunque tenía el pelo negro, no era para nada rizado, y tenía un matiz rojizo. Marley era un hombre de los que se hacen mirar dos veces.

—Iré con el coche a la ciudad para echarle gasolina —le dijo a su jefe—. Mientras usted está con la señorita Amelia. ¿A qué hora desea que esté de vuelta?

El señor Carmichael miró el reloj.

—De aquí a un par de horas.

—Puede quedarse a cenar —dije, consiguiendo que mi voz sonara muy neutra. Deseaba que todo el mundo se sintiese cómodo.

—Tengo que hacer algunos recados —dijo sin alterarse Tyrese Marley—. Gracias por la invitación. Hasta luego. —Y se fue.

De acuerdo, fin de mi intento de democracia.

Tyrese no podía imaginarse hasta qué punto habría preferido ir a la ciudad con él en lugar de quedarme en casa. Me armé de valor e inicié los consabidos requisitos sociales.

—¿Le apetece una copa de vino, señor Carmichael, o cualquier otra cosa? ¿Y a ti, Amelia?

—Llámame Cope —dijo el señor Carmichael, sonriendo. Se parecía demasiado a la sonrisa de un tiburón como para calentarme el corazón—. Por supuesto, una copa de lo que tenga abierto. ¿Y tú, pequeña?

—Un poco de blanco —dijo Amelia, y mientras me dirigía a la cocina oí que le decía a su padre que tomara asiento.

Serví el vino y lo coloqué en la bandeja junto con nuestros entrantes: crackers, queso brie caliente para untar y mermelada de albaricoque mezclada con chile. Teníamos unos cuchillitos muy monos que quedaban estupendos en la bandeja y Amelia había comprado servilletas de cóctel para las bebidas.

Cope tenía apetito y disfrutó con el brie. Probó el vino, que era de una marca de Arkansas, e hizo un educado gesto de aprobación. Bueno, al menos no lo escupió. Yo apenas bebo y no soy para nada una experta en vinos. De hecho, no soy una experta en nada. Pero disfruté de aquel vino, sorbito a sorbito.

—Amelia, cuéntame a qué te dedicas mientras esperas a que te arreglen la casa —dijo Cope, una forma de iniciar una conversación que me pareció razonable.

Iba a decirle que, para empezar, no se dedicaba a enrollarse conmigo, pero me pareció que quizá resultaría demasiado directo. Me esforcé por no leerle los pensamientos pero, lo juro, con él y su hija en la misma estancia, era como estar escuchando las noticias de la tele.

—He estado haciendo un trabajo de archivo para un agente de seguros de la ciudad. Y trabajo a tiempo parcial en el bar Merlotte's —dijo Amelia—. Sirvo copas y pollo frito de vez en cuando.

—¿Te resulta interesante trabajar en un bar? —Cope no lo dijo con sarcasmo, tengo que admitirlo. Estaba segura, sin embargo, de que también había investigado a Sam.

—No está mal —dijo Amelia con una leve sonrisa. Veía a Amelia muy comedida, de modo que examiné su cerebro y vi que estaba esforzándose en seguir el tono coloquial de la conversación—. Me dan buenas propinas.

Su padre asintió.

—¿Y usted, señorita Stackhouse? —me preguntó con educación Cope.

Lo sabía todo sobre mí, excepto el tono de laca de uñas que utilizaba, y estaba segura de que lo añadiría con gusto a mi ficha de poder hacerlo.

—Trabajo a tiempo completo en el Merlotte's —dije, como si él no lo supiera—. Llevo años allí.

—¿Tiene familia en la zona?

—Oh, sí, somos de aquí de toda la vida —dije—. Vamos, siempre y cuando pueda decirse que los americanos somos de aquí de toda la vida. Pero la familia ha ido menguando. Ahora sólo quedamos mi hermano y yo.

—¿Un hermano mayor? ¿Menor?

—Mayor —respondí—. Casado, hace muy poco.

—Así que es probable que pronto haya pequeños Stackhouse —dijo, tratando de transmitir que aquello era bueno.

Moví afirmativamente la cabeza como si la posibilidad también me complaciera. No me gustaba mucho la esposa de mi hermano y veía muy probable que los niños que pudieran tener fueran malísimos. De hecho, ya había uno en camino, siempre y cuando Crystal no volviera a sufrir un aborto. Mi hermano era un hombre pantera (por mordisco, no por nacimiento) y su esposa era una mujer pantera pura (es decir, por nacimiento). Criarse en la pequeña comunidad de seres pantera de Hotshot no era cosa fácil, y sería más complicado si cabe para los niños que no fuesen cambiantes puros.

—¿Te sirvo un poco más de vino, papá? —Amelia se levantó de su asiento como un tiro y corrió hacia la cocina con la copa de vino medio vacía. Bien, tiempo a solas con el padre de Amelia.

—Sookie —dijo Cope—, ha sido muy amable al permitir que mi hija viva con usted todo este tiempo.

—Amelia paga un alquiler —dije—. Compra la mitad de la comida. Paga su parte.

—De todos modos, me gustaría que me permitiera darle algo a cambio.

—Lo que Amelia me da en concepto de alquiler es suficiente. Al fin y al cabo, también ha pagado algunas mejoras que hemos hecho en la propiedad.

El rostro del padre de Amelia se afiló entonces, como si estuviera olisqueando la pista de algo importante. ¿Pensaría que había convencido a Amelia para instalar una piscina en el jardín?

—Ha instalado un aparato de aire acondicionado de ventana en la habitación de arriba —dije—. Y ha conseguido una línea telefónica adicional para el ordenador. Y creo que ha comprado también una alfombra y unas cortinas para su habitación.

—¿Vive arriba?

—Sí —respondí, sorprendida de que no lo supiera ya. A lo mejor su red de inteligencia no lo había averiguado completamente todo—. Yo vivo aquí abajo y ella vive arriba. Compartimos la cocina y el salón, aunque creo que Amelia también tiene un televisor arriba. ¿Amelia? —grité.

—¿Sí? —Su voz flotó por el aire procedente de la cocina.

—¿Sigues teniendo arriba aquel televisor pequeño?

—Sí, lo he conectado a la televisión por cable.

—Simplemente me lo preguntaba.

Sonreí a Cope, indicándole con ello que la pelota de la conversación estaba en su campo. El hombre estaba pensando en varias cosas que preguntarme y le daba vueltas también a la mejor manera de abordarme para conseguir el máximo de información. De pronto apareció un nombre en la superficie de su remolino de pensamientos y tuve que esforzarme mucho para que mi expresión siguiera siendo educada.

—La primera inquilina que Amelia tuvo en la casa en Chloe... era su prima, ¿verdad? —dijo Cope.

—Hadley. Sí. —Asentí sin perder la calma—. ¿La conocía?

—Conozco a su marido —dijo, y sonrió.

Capítulo 3

Sabía que Amelia había vuelto y estaba de pie junto al sillón orejero que ocupaba su padre, y también que se había quedado paralizada sin poder moverse. Me di cuenta de que pasé un segundo sin respirar.

—Nunca le conocí —dije. Tenía la sensación de estar caminando por la selva y acabar de caer en una trampa escondida. Me alegraba de ser la única telépata de la casa. No le había contado a nadie, absolutamente a nadie, lo que había encontrado en la caja de seguridad de Hadley el día que la vacié en un banco de Nueva Orleans—. Llevaban un tiempo divorciados cuando Hadley murió.

—Algún día tendrías que buscar tiempo para conocerlo. Es un hombre interesante —dijo Cope, como si no fuera consciente de estar lanzándome un auténtico obús. Naturalmente, esperaba mi reacción. Se imaginaba que yo desconocía por completo aquel matrimonio, que me había sorprendido del todo—. Es muy buen carpintero. Me gustaría recuperar su pista y contratarlo de nuevo.

El sillón en el que estaba sentado estaba tapizado en un tejido de color crema con un bordado de diminutas florecitas azules con tallos verdes. Seguía siendo bonito, aunque estaba descolorido. Me concentré en aquel estampado para no demostrarle a Copley Carmichael lo rabiosa que me sentía.

—No significa nada para mí, por muy interesante que sea —dije, con un tono de voz tan plano que podría incluso haberse jugado al billar sobre él—. Su matrimonio terminó. Como estoy segura de que ya sabe, Hadley tenía otra pareja cuando murió. —Fue asesinada. Pero el gobierno no solía tomarse la molestia de perder el tiempo con las muertes de los vampiros, a menos que dichas muertes estuvieran causadas por humanos. Los vampiros regulaban su propio orden.

—Pensé que de todos modos querrías ver al bebé —dijo Copley.

Gracias a Dios que capté aquello en la cabeza de Copley un segundo o dos antes de que pronunciara esas palabras. Pero incluso sabiendo lo que iba a decir, su comentario tan «despreocupado» me sentó como una patada en el estómago. No quería, sin embargo, darle la satisfacción de verme mal.

—Mi prima Hadley era una cabeza loca. Jugaba con las drogas y con la gente. No era precisamente la persona más estable del mundo. Era guapa, y tenía estilo, por eso siempre tuvo admiradores. —Ya estaba, lo había dicho todo sobre mi prima Hadley, los pros y los contras. Y no había pronunciado la palabra «bebé». ¿Qué bebé?

—¿Cómo le sentó a la familia que se convirtiera en vampiro? —preguntó Cope.

La transformación de Hadley fue un asunto de dominio público. Teóricamente, los vampiros «convertidos» tenían que registrarse cuando entraban en su estado alterado de vida. Tenían que decir quién había sido su creador. Era una especie de control gubernamental de natalidad de vampiros. Estaba segura de que el Despacho de Asuntos Vampíricos caería como una tonelada de ladrillos sobre aquel que se dedicase a crear demasiados vampiritos. Hadley había sido convertida por Sophie-Anne Leclerq en persona.

Amelia había dejado la copa de vino al alcance de su padre y había vuelto a sentarse en el sofá, a mi lado.

—Papá, Hadley vivió en el piso de arriba de mi casa durante dos años —dijo—. Obviamente sabíamos que era una vampira. Por el amor de Dios, creía que vendrías a contarme las novedades de la ciudad.

Bendita sea Amelia. Me estaba resultando difícil contenerme y si lo iba consiguiendo era gracias a mis muchos años de hacerlo siempre que oía telepáticamente cualquier comentario horroroso.

—Tengo que ir a mirar la comida. Si me disculpan —murmuré, me levanté y abandoné el salón. Confié en que no se notaran mis prisas e intenté caminar con normalidad. Pero en cuanto llegué a la cocina, seguí caminando hacia la puerta trasera y el porche, atravesé la puerta mosquitera y salí al jardín.

Si esperaba escuchar la voz fantasmagórica de Hadley diciéndome qué hacer, me equivocaba. Los vampiros no dejan fantasmas, al menos que yo sepa. Esto depende de Dios. Pero aquí me encontraba yo balbuceando para mis adentros, porque no quería pensar en el bebé de Hadley, en el hecho de que desconocía la existencia de ese niño.

A lo mejor sucedía que Copley era así. A lo mejor siempre quería exhibir hasta dónde llegaban sus conocimientos, como una forma de demostrar su poder a la gente con la que trataba.

Tenía que volver a entrar por el bien de Amelia. Me armé de valor, volví a esbozar mi sonrisa —aun sabiendo que era una sonrisa extraña y nerviosa— y entré. Me senté junto a Amelia y les sonreí a los dos. Me miraron con expectación, y me di cuenta de que la conversación había quedado en punto muerto.

—Oh —dijo de repente Cope—. Amelia, había olvidado decirte que la semana pasada llamó alguien a casa preguntando por ti, alguien a quien yo no conocía.

—¿Cómo se llamaba?

—Oh, déjame que piense. La señorita Beech lo anotó. ¿Ophelia? ¿Octavia? Octavia Fant. Eso es. Un nombre poco corriente.

Creí que Amelia iba a desmayarse. Se quedó blanca y se agarró al brazo del sofá.

—¿Estás seguro? —dijo.

—Sí, estoy seguro. Le di tu número de móvil y le dije que ahora vivías en Bon Temps.

—Gracias, papá —gimoteó Amelia—. Ah, la cena ya debe de estar; voy a mirar.

—¿No acaba de mirar Sookie la comida? —Lucía esa amplia sonrisa de tolerancia que esbozan los hombres cuando piensan que las mujeres son tontas.

—Sí, claro, pero es que está en su fase final —dije, mientras Amelia salía corriendo de la estancia a la misma velocidad en que lo había hecho yo antes—. Sería terrible que se quemase. Amelia se ha esforzado tanto en que quede bien.

—¿Conoces a esa tal señorita Fant? —preguntó Cope.

—No, la verdad es que no.

—Amelia parecía casi asustada. Nadie estará intentando hacerle algún daño a mi hija, ¿no?

Cuando dijo aquello parecía otro hombre, un hombre que casi podía ser de mi agrado. Por muchas cosas que fuera, Cope no quería que nadie le hiciese daño a su hija. Nadie, excepto él, claro está.

—No creo. —Sabía quién era Octavia Fant porque el cerebro de Amelia acababa de decírmelo, pero ella no lo había pronunciado en voz alta y, por lo tanto, no podía compartirlo. A veces, las cosas que oigo decir y las que oigo mentalmente se confunden de gran manera...; ése es uno de los motivos por los que tengo reputación de ser casi una loca—. Es usted constructor, ¿verdad, señor Carmichael?

—Cope, por favor. Sí, entre otras cosas.

—Me imagino que su negocio irá ahora viento en popa —comenté.

—Aunque mi empresa fuera el doble de grande de lo que es, no podríamos siquiera con todo el trabajo que hay que hacer —dijo—. Pero aborrezco ver Nueva Orleans en el estado en que ha quedado.

Por extraño que parezca, le creí.

La cena no fue mal. Si el padre de Amelia se quedó perplejo por tener que comer en la cocina, no dio muestras de ello. Al ser constructor, se percató enseguida de que la parte de la cocina era nueva y tuve que contarle lo del incendio… Podía haberle sucedido a cualquiera, ¿no? Omití la parte sobre el pirómano.

A Cope le gustó la comida y felicitó a Amelia, que se quedó satisfecha. Tomó otra copa de vino con la cena, pero no más, y comió también con moderación. Amelia y él estuvieron hablando sobre amigos de la familia y sobre parientes, de modo que aproveché el tiempo para pensar. Créeme, tenía mucho en que pensar.

El certificado de matrimonio y la sentencia de divorcio de Hadley estaban en la caja de seguridad del banco cuando la abrí después de su fallecimiento. También había cosas de familia: unas cuantas fotografías, la necrológica de su madre, diversas joyas... Y un mechón de pelo, fino y oscuro, unido mediante un poco de cinta adhesiva. Estaba en el interior de un pequeño sobre. Cuando vi lo fino que era aquel pelo, me sorprendió. Pero no había ningún certificado de nacimiento ni ninguna otra prueba que pudiera indicar que Hadley había tenido un bebé.

Hasta ahora, no había tenido una razón claramente definida para ponerme en contacto con el antiguo marido de Hadley. Ni siquiera conocía su existencia hasta que abrí la caja de seguridad. No aparecía mencionado en el testamento. No lo conocía. No había venido a verme mientras yo estaba en Nueva Orleans.

¿Por qué no habría mencionado a su hijo en el testamento? Cualquier madre lo haría. Y pese a que nos había nombrado al señor Cataliades y a mí sus administradores, a ninguno de los dos —o al menos no a mí— nos había dicho que hubiera renunciado a los derechos que tenía sobre su hijo.

—¿Podrías pasarme la mantequilla, Sookie? —me pidió Amelia, y por su tono de voz adiviné que no era la primera vez que me lo pedía.

—Por supuesto —dije—. ¿Un poco más de agua, otra copa de vino?

Ambos declinaron mi oferta.

Después de cenar, me ofrecí voluntaria para lavar los platos. Amelia lo aceptó después de un breve momento de reflexión. Ella y su padre tenían que tener algo de tiempo a solas, por mucho que a Amelia no le apeteciera la idea.

Lavé, sequé y guardé los platos en relativa paz. Limpié la cocina, retiré el mantel de la mesa y lo metí en la lavadora que tenía en el porche trasero. Fui a mi habitación y leí un rato, aunque sin captar bien lo que ponía en el libro. Finalmente, lo dejé correr y cogí una caja que guardaba en el cajón de la ropa interior. En ella estaba todo lo que había en la caja de seguridad de Hadley. Leí el nombre que aparecía en el certificado de matrimonio. Por un impulso, llamé a información.

—Necesito el número de Remy Savoy —dije.

—¿En qué ciudad?

—Nueva Orleans.

—El número está fuera de servicio.

—Pruebe en Metairie.

—Nada, señora.

—De acuerdo, gracias.

Naturalmente, después del Katrina mucha gente había abandonado la ciudad y muchos de aquellos traslados se habían convertido en permanentes. En muchos casos, la gente que había huido del huracán no tenía ningún motivo para regresar. Y en muchísimos más, no tenía dónde vivir, ni trabajo que atender.

Me pregunté cómo encontrar al ex marido de Hadley.

Me vino a la cabeza una solución muy poco agradable. Bill Compton era un genio de los ordenadores. A lo mejor podía encontrar la pista de Remy Savoy, averiguar dónde estaba ahora, descubrir si el niño estaba con él.

Le di vueltas a la idea en mi cabeza como si fuera un trago de vino de dudoso paladar. Teniendo en cuenta la conversación de la noche anterior, en la boda, no me imaginaba abordando a Bill para pedirle un favor, por mucho que fuese el hombre adecuado para realizar aquel trabajo.

A punto estuvo de tumbarme una oleada de deseo de Quinn. Quinn era un hombre inteligente y experto que a buen seguro sabría aconsejarme bien. Si es que volvía a verlo algún día.

Me estremecí. Acababa de oír un coche deteniéndose en la zona de aparcamiento junto al bordillo, delante de la casa. Tyrese Marley regresaba para recoger a Cope. Enderecé la espalda y salí de mi habitación, dibujando una sonrisa con firmeza en la cara.

La puerta estaba abierta, Tyrese la llenaba casi en su totalidad. Era un hombre grande. Cope estaba inclinado para darle a su hija un beso en la mejilla, que ella aceptó sin la mínima sonrisa. Bob, el gato, apareció entonces en la puerta y se sentó a su lado. El gato miraba al padre de Amelia con los ojos como platos.

—¿Tienes un gato, Amelia? Creía que odiabas los gatos.

Bob miró entonces a Amelia. Nada hay equiparable a la mirada de un gato.

—¡Papá! ¡De eso hace muchos años! Es Bob. Es estupendo. —Amelia cogió el gato blanco y negro y lo abrazó contra su pecho. Bob se mostró satisfecho y empezó a ronronear.

—Hmmm. Te llamaré. Cuídate. No me gusta pensar que estás instalada en el otro extremo del estado.

—No está más que a unas horas de viaje —dijo Amelia, como si tuviera diecisiete años.

—Cierto —dijo él, intentando mostrarse compungido pero encantador. Le faltó bastante para lograrlo—. Gracias por la velada, Sookie —dijo por encima del hombro de su hija.

Marley había ido al Merlotte's para ver si podía obtener más información sobre mí; su cerebro lo transmitía con claridad. Había logrado atar unos cuantos cabos sueltos. Había hablado con Arlene, lo cual era malo, y con nuestro actual cocinero. Y con el chico que limpiaba las mesas, lo cual era bueno. Y con varios clientes del bar. Tenía un informe variado que transmitir.

En el momento en que el coche arrancó, Amelia se dejó caer aliviada en el sofá.

—Gracias a Dios que se ha marchado —dijo—. ¿Ves ahora a lo que me refería?

—Sí —dije. Me senté a su lado—. Es una persona influyente, ¿verdad?

—Siempre lo ha sido —dijo Amelia—. Intenta mantener la relación, pero nuestras ideas no pegan ni con cola.

—Tu padre te quiere.

—Lo sé. Pero también ama el poder y el control.

Me pareció un comentario conservador.

—Pero él no sabe que tú también tienes tu propia forma de poder.

—No, no cree para nada en eso —dijo Amelia—. Siempre dice que es un católico devoto, pero no es verdad.

—En cierto sentido, eso es bueno —dijo—. Si creyera en tu poder como bruja, intentaría que hicieses para él todo tipo de cosas. Y estoy segura de que te negarías a hacer más de una. —Podría haberme mordido la lengua, pero Amelia no se lo tomó como una ofensa.

—Tienes razón —dijo—. No quiero ayudarlo con sus planes. Es perfectamente capaz de hacerlo sin mi ayuda. Me sentiría feliz si me dejara tranquila. Pero siempre intenta mejorar mi vida, bajo su punto de vista, claro. Yo ya estoy bien así.

—¿Quién fue esa persona que te llamó a Nueva Orleans? —Aunque lo sabía, tenía que fingir—. ¿Fant, dijo que se apellidaba?

Amelia se estremeció.

—Octavia Fant es mi mentora —dijo—. Es la razón por la que me fui de Nueva Orleans. Me imaginé que las brujas de mi aquelarre harían algo terrible cuando descubrieran lo de Bob. Octavia es la jefa de mi aquelarre. O de lo que queda de él. Si es que queda algo.

—Vaya.

—Sí, es una mierda. Ahora tendré que pagar por lo hecho.

—¿Crees que vendrá?

—Me sorprende que aún no lo haya hecho.

Pese al miedo que expresaba, Amelia había estado muy preocupada por el bienestar de su mentora después del Katrina. Había hecho un esfuerzo enorme para seguirle la pista a esa mujer, pese a no querer que Octavia la encontrara.

Amelia temía que la descubrieran, sobre todo porque Bob seguía siendo un gato. Me había contado que debido a su escarceo con la magia de transformación podía ser considerada merecedora de un gran castigo, pues ella era todavía una interna, o algo así…, una novata, vamos. Amelia no me había hablado de la infraestructura de las brujas.

—¿No se te ocurrió decirle a tu padre que no revelara dónde estabas?

—Pedirle que lo hiciera habría despertado hasta tal punto su curiosidad que habría puesto mi vida patas arriba con tal de descubrir por qué se lo pedía. Nunca se me ocurrió que Octavia pudiera llamarle, pues ella sabe perfectamente cómo es la relación que mantengo con él.

Que era, como mínimo, conflictiva.

—Tengo que decirte una cosa que olvidé por completo —dijo de repente Amelia—. Hablando de llamadas telefónicas, te llamó Eric.

—¿Cuándo?

—Anoche. Antes de que llegaras a casa. Cuando llegaste venías con tantas noticias que me olvidé de decírtelo. Además, como tú dijiste que ibas a llamarlo... Y yo estaba tan preocupada por la visita de mi padre... Lo siento, Sookie. Te prometo que la próxima vez escribiré una nota.

No era la primera vez que Amelia se olvidaba de decirme que había llamado alguien. No me gustó, pero era agua pasada, y la jornada ya había sido bastante estresante. Confiaba en que Eric hubiera averiguado lo sucedido con el dinero que la reina me debía por los servicios prestados en Rhodes. Seguía sin recibir el talón y no me apetecía molestarla después de que hubiese resultado tan malherida. Fui a mi habitación para llamar desde allí a Fangtasia, que debía de estar lleno hasta los topes. El club abría todas las noches excepto los lunes.

—Fangtasia, el bar con mordisco —dijo Clancy.

Oh, estupendo. El vampiro que peor me caía. Articulé con cuidado mi solicitud.

—Clancy, soy Sookie. Eric me ha pedido que le devuelva su llamada.

Hubo un instante de silencio. Estaba segura de que Clancy trataba de pensar si podía bloquearme el acceso a Eric. Decidió que no podía.

—Un momento —dijo. Una breve pausa con el sonido de fondo de *Strangers in the Night*. Eric cogió entonces el teléfono.

—¿Sí? —dijo.

—Siento no haberte llamado antes. Acabo de recibir tu mensaje. ¿Llamabas por mi dinero?

Un momento de silencio.

—No, por algo completamente distinto. ¿Saldrás conmigo mañana por la noche?

Me quedé mirando el teléfono. Era incapaz de pensar con coherencia. Dije por fin:

—Estoy saliendo con Quinn, Eric.

—¿Y cuánto tiempo hace que no lo ves?

—Desde Rhodes.

—¿Cuánto tiempo hace que no tienes noticias de él?

—Desde Rhodes. —Tenía la voz rígida. No me apetecía hablar con Eric de aquello, pero habíamos compartido sangre con la frecuencia suficiente como para tener un vínculo más fuerte del que a mí me gustaría. De hecho, aborrecía aquel vínculo que nos habíamos visto obligados a forjar. Pero cuando oía su voz, me alegraba. Cuando estaba con él, me sentía bella y feliz. Y no podía evitarlo.

—Creo que puedes concederme una noche —dijo Eric—. No me parece que Quinn te tenga muy ocupada.

—Un comentario malvado por tu parte.

—Es Quinn quien es cruel, prometiéndote que estaría aquí y no siendo fiel a su palabra. —La voz de Eric tenía un elemento oscuro, un tono subterráneo de rabia.

—¿Sabes lo que le ha pasado? —le pregunté—. ¿Sabes dónde está?

Se produjo un silencio significativo.

—No —dijo Eric con delicadeza—. No lo sé. Pero hay alguien que quiere conocerte. Le prometí que me encargaría del encuentro. Me gustaría llevarte personalmente a Shreveport.

De modo que no era una cita «cita».

—¿Te refieres a ese tipo, Jonathan? Vino a la boda y se presentó. Tengo que decir que no me gusto mucho. Sin ánimo de ofensa, si es amigo tuyo.

—¿Jonathan? ¿Qué Jonathan?

—Me refiero a ese tipo asiático... ¿quizá tailandés? Estaba anoche en la boda de los Bellefleur. Dijo que quería verme porque estaba en Shreveport y había oído hablar mucho de mí. Dijo que estaba contigo, como cualquier buen vampiro que esté de visita.

—No lo conozco —dijo Eric. Su voz sonó mucho más seca—. Preguntaré por aquí en Fangtasia por si alguien lo ha visto. Y le preguntaré a la reina por tu dinero, aunque no es..., no es ella misma. Y bien, ¿harás, por favor, lo que te pido que hagas?

Le hice una mueca al teléfono.

—Supongo que sí —dije—. ¿Con quién tengo que reunirme? ¿Y dónde?

—Tendré que dejar que el «quién» siga siendo un misterio —respondió Eric—. Y en cuanto al «dónde», iremos a cenar a un buen restaurante. Podría decirse que «informal elegante».

—Tú no comes. ¿Qué harás?

—Te presentaré y me quedaré todo el tiempo que necesites.

Un restaurante con gente me parecía bien.

—De acuerdo —dije, no muy entusiasmada—. Salgo de trabajar hacia las seis, seis y media.

—Te recogeré a las siete.

—Dame hasta las siete y media. Tengo que cambiarme. —Sabía que mi voz sonaba malhumorada, pero era así exactamente como me sentía. Odiaba tanto misterio en torno a aquel encuentro.

—Te sentirás mejor cuando me veas —dijo. Maldita sea, tenía toda la razón.

Capítulo 4

Miré el calendario con «La palabra del día» mientras esperaba que mi plancha para alisar el pelo se calentara. «Epiceno». Caramba.

Como no sabía a qué restaurante iríamos, ni tampoco con quién me iba a encontrar, elegí la opción con la que me sentía más cómoda y me puse una camiseta azul de seda que Amelia decía que le quedaba grande y unos pantalones negros de vestir con zapatos de tacón negros. No suelo llevar muchas joyas, de modo que me decanté por una cadena de oro y unos pendientes discretos, también de oro. Había tenido una dura jornada de trabajo, pero sentía demasiada curiosidad por la velada que tenía por delante como para estar cansada.

Eric llegó puntual y sentí (oh, sorpresa) una oleada de placer en cuanto le vi. No creo que fuera del todo debido al vínculo de sangre que existía entre nosotros. Creo que cualquier mujer heterosexual notaría algo parecido al ver a Eric. Era un hombre alto y en su tiempo debió de ser un gigante. Estaba hecho para blandir una espada con la que acallar a sus enemigos. El cabello dorado de Eric caía como la melena de un león desde una frente despejada. No tenía nada de epiceno, tampoco nada etéreamente bello. Era todo masculinidad.

Eric se inclinó para darme un beso en la mejilla. Me sentía cómoda y a salvo. Éste era el efecto que él tenía sobre mí ahora que habíamos intercambiado nuestra sangre más de tres veces. No la habíamos compartido por placer, sino por necesidad (al menos eso era lo que yo creía), pero el precio que había que pagar por ello era elevado. Ahora estábamos unidos y cuando lo tenía cerca de mí me sentía absurdamente feliz. Intentaba disfrutar de la sensación, pero ser consciente de que aquello no era del todo natural me complicaba las cosas.

Eric había venido en su Corvette y al verlo me alegré de haberme decidido por los pantalones. Entrar y salir de un coche así con discreción puede ser un procedimiento complicado cuando una lleva falda. De camino a Shreveport le conté cosas intrascendentes y me di cuenta de que Eric permanecía excepcionalmente en silencio. Intenté interrogarle acerca de Jonathan, el misterioso vampiro de la boda, pero Eric dijo:

—Hablaremos de eso después. No has vuelto a verlo, ¿verdad?

—No —respondí—. ¿Debería haberlo hecho?

Eric negó con la cabeza. Se produjo entonces una incómoda pausa. Por su forma de sujetar el volante, estaba segura de que estaba armándose de valor para decir algo que no quería decir.

—Me alegro por tu bien de que Andre no sobreviviera al atentado.

El hijo más querido de la reina, Andre, había muerto en el atentado de Rhodes. Pero no había muerto a causa de la explosión. Quinn y yo habíamos sido los autores del hecho: la causa de su fallecimiento había sido un gran pedazo de madera que Quinn le había hundido en el corazón mientras el vampiro yacía indefenso. Quinn había matado a Andre por mi bien, porque sabía que Andre tenía unos planes para mí que con sólo pensar en ellos me hacían tiritar de miedo.

—Estoy segura de que la reina debe de echarlo de menos —dije con cautela.

Eric me lanzó una mirada.

—La reina está muy afligida —dijo—. Y su curación le llevará aún muchos meses. Lo que iba a decir es… —Su voz se cortó.

Aquello no era muy típico de Eric.

—¿Qué? —pregunté.

—Que me salvaste la vida —dijo. Me volví para observarlo, pero él seguía mirando al frente—. Me salvaste la vida, y también la de Pam.

Me agité incómoda en mi asiento.

—Sí, bueno... —La Señorita Locuaz. El silencio se prolongó hasta que me di cuenta de que tenía que decir algo más—. Tenemos un vínculo de sangre.

Eric se quedó sin responder durante un buen rato.

—No fue principalmente por eso por lo que viniste a despertarme el día que el hotel voló por los aires —dijo—. Pero no hablemos más de ello por ahora. Tienes una velada importante por delante.

«Sí, jefe», dije con mi lengua afilada, aunque sólo para mis adentros.

Estábamos en una parte de Shreveport que no me resultaba muy familiar. Quedaba lejos de la zona de compras, que conocía bastante bien. Nos encontrábamos en un barrio de casas grandes y jardines cuidados. Las tiendas eran pequeñas y caras..., lo que llaman «boutiques». Nos adentramos entre un grupo de comercios de ese estilo. Estaban dispuestos en forma de L y el restaurante, detrás de ellos. Se llamaba Les Deux Poissons. Había unos ocho coches aparcados delante, cada uno de ellos por el valor de mis ingresos anuales. Bajé la vista para observar mi vestimenta, y de pronto me sentí incómoda.

—No te preocupes, estás preciosa —dijo Eric en voz baja. Se inclinó para desabrochar mi cinturón de seguridad (me quedé asombrada) y cuando se enderezó volvió a besarme, esta vez en la boca. Sus brillantes ojos azules destacaban sobre el blanco de su cara. Parecía tener en la punta de la lengua toda una historia. Pero entonces la engulló y salió del coche, lo rodeó y me abrió la puerta. ¿Y si no era yo la única que se sentía así por nuestro vínculo de sangre?

Por su tensión me di cuenta de que estaba a punto de vivir un acontecimiento importante y empecé a tener miedo. Comenzamos a caminar hacia el restaurante y Eric me cogió la mano, acariciándome distraídamente la palma con el pulgar. Me sorprendió descubrir que existía una línea directa que conectaba la palma de mi mano con la..., con la mujer atrevida que llevaba dentro.

Entramos en el vestíbulo, donde había una pequeña fuente y una mampara que impedía ver a los comensales. La mujer que estaba detrás del podio de la entrada era muy guapa y de raza negra, con el pelo cortado al uno. Llevaba un vestido drapeado de color naranja y marrón y los tacones más altos que había visto en mi vida. La miré con atención, observé el diseño de su cerebro y descubrí que era humana. Le lanzó una luminosa sonrisa a Eric y tuvo el suficiente sentido común para ofrecerme también a mí otra.

—¿Serán dos? —dijo.

—Hemos quedado con alguien —dijo Eric.

—Oh, el caballero...

—Sí.

—Por aquí, por favor. —Después de sustituir su sonrisa por una mirada casi de envidia, se giró y caminó elegantemente hacia las mesas. Eric me indicó con un gesto que la siguiera. El interior estaba bastante oscuro y sobre las mesas, cubiertas con manteles blancos como la nieve y servilletas sofisticadamente dobladas, había velas.

Yo tenía los ojos clavados en la espalda de la recepcionista, de modo que cuando de repente se detuvo, no entendí de inmediato que lo había hecho en la mesa en que debíamos sentarnos. Se hizo a un lado. Sentado delante de mí estaba aquel hombre tan encantador al que había visto en la boda dos noches antes.

La recepcionista dio media vuelta sobre sus altísimos tacones, tocó el respaldo de la silla situada a la derecha del hombre para indicar que yo debía sentarme allí y nos dijo que enseguida llegaría nuestro camarero. El hombre se levantó para retirarme la silla. Miré de reojo a Eric, que movió afirmativamente la cabeza.

Me situé delante de la silla y el hombre la empujó hacia delante en el momento justo.

Eric no se sentó. Deseaba que me explicase lo que estaba ocurriendo, pero no dijo nada. De hecho, casi parecía triste.

El atractivo hombre me miró directamente.

—Hija —dijo, para llamar mi atención. Entonces se echó hacia atrás su largo pelo dorado. Ninguno de los demás comensales estaba en posición de ver lo que me mostraba.

Tenía las orejas puntiagudas. Era un hada.

Conocía a dos hadas más. Pero evitaban a los vampiros por encima de todo, ya que el olor a hada era tan embriagador para un vampiro como el olor de la miel lo es para un oso. Según me había comentado un no muerto especialmente dotado con el sentido del olfato, yo poseía algo de sangre de hada.

—Muy bien —dije, para darle a entender que había tomado nota de sus orejas.

—Sookie, te presento a Niall Brigant —dijo Eric. Pronunció el nombre como «Nye-all»—. Hablará contigo durante la cena. Yo estaré fuera por si me necesitas. —Inclinó rígidamente la cabeza en dirección al hada y se marchó.

Vi a Eric irse y me volví, ansiosa. Entonces sentí una mano sobre la mía y me encontré mirando a los ojos de aquel hombre.

—Como ha dicho, me llamo Niall. —Su voz era clara, asexuada, resonante. Tenía los ojos verdes, del verde más profundo imaginable. Bajo la luz trémula de la vela, el color apenas tenía importancia, era su profundidad lo que llamaba la atención. Sentía su mano sobre la mía ligera como una pluma, pero muy caliente.

—¿Quién es usted? —pregunté, y no le pedía precisamente que me repitiera su nombre.

—Soy tu bisabuelo —dijo Niall Brigant.

—Oh, mierda —dije, y me tapé la boca con la mano—. Lo siento, yo sólo... —Negué con la cabeza—. ¿Mi bisabuelo? —dije, probando qué tal sentaba la palabra. Niall Brigant hizo una delicada mueca. En un hombre normal, el gesto habría resultado afeminado, pero no en Niall.

Los niños de por aquí llaman a sus abuelos «Papaw». Me encantaría ver cómo reaccionaría a eso. Aquella idea me ayudó a recuperar un poco el sentido.

—Explíquese, por favor —dije muy educadamente. Llegó entonces el camarero para preguntarnos qué queríamos beber y recitar las especialidades del día. Niall pidió una botella de vino y le dijo que tomaríamos salmón. No me consultó para nada. Autoritario.

El joven asintió con energía.

—Una elección estupenda —dijo. Era un hombre lobo y aunque habría esperado que sintiese cierta curiosidad por Niall (quien, al fin y al cabo, era un ser sobrenatural que no abundaba), parecía estar mucho más interesado en mí. Lo atribuí a la juventud del camarero y a mis tetas.

Y he de decir una cosa extraña acerca de conocer a mi autoproclamado pariente: en ningún momento dudé de su sinceridad. Era mi bisabuelo y saber aquello encajó a la perfección, como una pieza de rompecabezas.

—Te lo contaré todo —dijo Niall. Muy lentamente, telegrafiándome su intención, se inclinó para darme un beso en la mejilla. Su boca y sus ojos se arrugaron cuando los músculos faciales se movieron para articular el beso. Pero la fina telaraña de arrugas no menguó en absoluto su belleza; era como la seda antigua o como la pintura resquebrajada de un gran maestro.

Era una noche para recibir besos.

—Cuando era joven, hará unos quinientos o seiscientos años, solía deambular entre los humanos —dijo Niall—. Y de vez en cuando, como todo hombre, veía alguna mujer humana a la que encontraba atractiva.

Miré a mi alrededor para no estar fijándome en él todo el rato y me percaté de algo extraño: nadie nos miraba, excepto el camarero. Ni siquiera una mirada casual hacia nosotros. Y los cerebros humanos presentes ni siquiera habían registrado nuestra presencia. Mi bisabuelo hizo una pausa mientras yo observaba nuestro alrededor y continuó hablando cuando yo hube terminado de evaluar la situación.

—Un día vi una mujer en el bosque, se llamaba Einin. Me tomó por un ángel. —Se quedó un instante en silencio—. Era deliciosa —dijo—. Vital, feliz y sencilla. —Niall tenía la mirada fija en mi cara. Me pregunté si yo le recordaría a Einin, por sencilla—. Yo era lo bastante joven como para enamorarme locamente de ella, lo bastante joven como para ignorar el final inevitable de nuestra relación cuando ella envejeciera y yo no lo hiciera. Pero Einin se quedó embarazada, lo cual fue una sorpresa. Einin dio a luz gemelos, algo bastante habitual entre las hadas. Einin y los dos niños sobrevivieron al parto, lo cual no solía ser siempre así en aquellos tiempos. A su hijo mayor lo llamó Fintan. Y al segundo lo llamó Dermot.

El camarero nos trajo el vino y me despertó del hechizo que la voz de Niall ejercía sobre mí. Era como estar sentada junto a un fuego en el bosque escuchando una antigua leyenda. Y de golpe, ¡pam! Estábamos en un restaurante moderno en Shreveport, Luisiana, rodeados de gente que no tenía ni idea de lo que sucedía. Levanté automáticamente mi copa y probé el vino. Me consideré con derecho a hacerlo.

—Fintan, el medio hada, era tu abuelo paterno, Sookie —dijo Niall.

—No. Sé perfectamente quién era mi abuelo. —Me temblaba un poco la voz, me di cuenta, aunque seguí hablando en voz baja—. Mi abuelo era Mitchell Stackhouse, que se casó con Adele Hale. Mi padre era Corbett Hale Stackhouse, y él y mi madre murieron como consecuencia de una inundación repentina que tuvo lugar cuando yo era pequeña. Me crió mi abuela Adele. —Aunque recordaba al vampiro de Misisipi que me había dicho que en mis venas corrían rastros de sangre de hada, y realmente creía que el hombre que tenía delante era mi bisabuelo, no conseguía casar con todo aquello la imagen que hasta ahora había tenido de mi familia.

—¿Cómo era tu abuela? —preguntó Niall.

—Me crió sin tener por qué hacerlo —dije—. Nos acogió a mí y a mi hermano Jason en su casa y se esforzó mucho en sacarnos adelante. Lo aprendimos todo de ella. Nos quería. Ella tuvo dos hijos y los enterró a ambos y, pese a que aquello debió de estar a punto de matarla, siguió siendo fuerte por nosotros.

—De joven era muy bella —dijo Niall. Sus ojos verdes se posaron en mi rostro, como si intentara encontrar en su nieta algún rastro de aquella belleza.

—Me lo imagino —dije, aunque no muy segura. No es muy normal pensar en la belleza de tu abuela, al menos en el mundo normal.

—La vi después de que Fintan la dejara embarazada —dijo Niall—. Era encantadora. Su marido le había dicho que no podría darle hijos. Que había tenido paperas en el momento más inadecuado. Es una enfermedad, ¿verdad? —Asentí—. Conoció a Fintan un día mientras estaba sacudiendo una alfombra en el tendedero, detrás de la casa donde vives ahora. Él le pidió un vaso de agua. Se enamoró en el acto. Ella deseaba tanto tener hijos, que él le prometió que se los daría.

—Ha mencionado antes que las hadas y los humanos no solían tener descendencia al aparearse.

—Pero Fintan era sólo hada a medias. Y ya sabía que podría darle un hijo a una mujer. —Niall hizo una mueca—. La primera mujer a la que amó murió en el parto, pero tu abuela y su hijo corrieron mejor suerte y luego, dos años después, tuvo otra hija de Fintan.

—Sería que él la violó —dije, esperando casi que así fuera. Mi abuela era la mujer más fiel que he conocido. No me la imaginaba engañando a nadie para nada, sobre todo después de haber prometido ante Dios serle fiel a mi abuelo.

—No, no lo hizo. Ella quería hijos, aunque no quería serle infiel a su esposo. A Fintan no le importaban los sentimientos de los demás, y la deseaba desesperadamente —dijo Niall—. Pero nunca fue violento. Nunca la habría violado. Pero mi hijo podía convencer a una mujer para que hiciese cualquier cosa, incluso algo que fuera en contra de su moral… Y si ella era muy bella, también lo era él.

Intenté ver en la abuela a la que yo conocí la mujer que debió de ser. Y no pude.

—¿Cómo era tu padre, mi nieto? —preguntó Niall.

—Un hombre muy guapo —dije—. Y muy trabajador. Fue un buen padre.

Niall sonrió.

—¿Qué sentía tu madre por él?

La pregunta cortó en seco los cálidos recuerdos que tenía de mi padre.

—Ella… se desvivía totalmente por él. —Tal vez a expensas de sus hijos.

—¿Estaba obsesionada? —El tono de voz de Niall no era crítico, sino seguro, como si conociese ya mi respuesta.

—Era realmente posesiva —admití—. Aunque yo sólo tenía siete años cuando murieron, ya me daba cuenta de eso. Supongo que me imaginaba que era normal. Ella quería prestarle a él toda su atención. A veces, Jason y yo nos interponíamos. Y recuerdo que también era terriblemente celosa. —Intenté que sonase gracioso, como si los tremendos celos que mi madre sentía fueran una peculiaridad encantadora.

—Era la parte de hada de él lo que la vinculaba con tanta fuerza —dijo Niall—. Hay humanos que responden así. Ella veía lo sobrenatural de él y la tenía fascinada. Dime, ¿era buena madre?

—Lo intentaba —musité.

Lo había intentado. Mi madre sabía ser buena madre en teoría. Sabía cómo actuaba una buena madre con sus hijos. Lo hacía todo como es debido pero sin convicción. Sin embargo, su verdadero amor era para mi padre, que estaba perplejo ante la intensidad de su pasión. Así lo veo ahora, como adulta. De pequeña, me sentía confusa y herida.

El hombre lobo pelirrojo nos trajo la ensalada y la dejó en la mesa. Deseaba preguntarnos si queríamos alguna cosa más, pero estaba demasiado asustado. Había captado la atmósfera especial de la mesa.

—¿Por qué ha decidido ahora venir a verme? —pregunté—. ¿Cuánto tiempo hace que conoce mi existencia? —Deposité la servilleta en mi regazo y cogí el tenedor. Tenía que empezar a comer. Siempre me inculcaron que la comida no debe desperdiciarse. Mi abuela. La que había mantenido relaciones sexuales con un hombre que era medio hada (que había aparecido en el jardín como un perro extraviado). Las suficientes relaciones sexuales durante el periodo de tiempo suficiente como para darle dos hijos.

—Conozco la existencia de tu familia desde hace sesenta años, más o menos. Pero mi hijo Fintan me prohibió veros. —Se puso un trozo de tomate en la boca con delicadeza, lo mantuvo allí, reflexionó sobre él y lo masticó. Comía igual que comería yo si estuviese en un restaurante indio o nicaragüense.

—¿Qué fue lo que cambió? —dije, pero lo averigüé sola—. Su hijo ha muerto.

—Sí —dijo, y dejó el tenedor sobre la mesa—. Fintan ha muerto. Al fin y al cabo, era medio humano. Vivió setecientos años.

¿Se suponía que tenía que opinar sobre esto? Me sentía aturdida, como si Niall me hubiera inyectado procaína en mi centro emocional. Seguramente debería preguntar cómo había muerto mi..., mi abuelo, pero no tenía valor suficiente para hacerlo.

—De modo que decidió venir a contarme esto... ¿Por qué? —Me sentía orgullosa de aparentar tanta calma.

—Soy viejo, incluso para los míos. Me apetecía conocerte. No puedo pagar las culpas por cómo es tu vida debido a la herencia que te aportó Fintan. Pero intentaré hacerte la vida un poco más fácil, si me lo permites.

—¿Puede hacer que desaparezca mi telepatía? —pregunté. Me recorrió un rayo de esperanza, mezclado con miedo, claro está.

—Estás preguntándome si puedo liberarte de algo que está en la fibra de tu ser —dijo Niall—. No, no puedo hacerlo.

Me derrumbé en mi asiento.

—Pensé que debía preguntárselo —dije, reprimiendo las lágrimas—. ¿Tengo tres deseos, o eso sólo es para los genios?

Niall me miró muy serio.

—Mejor que nunca te encuentres con un genio —dijo—. Y no soy un personaje gracioso. Soy un príncipe.

—Lo siento —dije—. Me está costando un poco enfrentarme a todo esto..., bisabuelo. —No recordaba a mis bisabuelos humanos. Mis abuelos (sí, de acuerdo, ya sé que uno de ellos no era en realidad mi abuelo) no tenían en absoluto el aspecto de aquella bella criatura, ni actuaban como él. El abuelo Stackhouse murió dieciséis años atrás, y los padres de mi madre habían muerto antes de que yo alcanzara la adolescencia. Pero había conocido a mi abuela Adele mucho mejor que a cualquiera de los demás, de hecho, mucho mejor que a mis verdaderos padres.

—Una pregunta —dije—. ¿Cómo es que Eric ha venido a buscarme para traerme aquí? Al fin y al cabo, usted es un hada. Los vampiros se vuelven locos cuando huelen a hada.

De hecho, la mayoría de los vampiros perdía su autocontrol si estaba cerca de un hada. Sólo un vampiro muy disciplinado podía comportarse como es debido teniendo un hada al alcance de su olfato. A mi hada madrina, Claudine, le aterrorizaba estar cerca de un chupasangre.

—Puedo anular mi olor —dijo Niall—. Pueden verme, pero no olerme. Es una magia muy práctica. Como habrás podido observar, puedo hacer que los humanos ni siquiera se percaten de mi presencia.

Tal como me dijo aquello, me hizo intuir que no sólo era muy viejo y muy poderoso, sino que además era muy orgulloso.

—¿Fue usted quién me envió a Claudine? —dije.

—Sí, y espero que te haya sido de utilidad. Sólo la gente que tiene sangre de hada puede mantener esa relación con un hada. Sabía que la necesitabas.

—Oh, sí, me salvó la vida —dije—. Ha sido maravillosa. —Incluso me había llevado de compras—. ¿Son todas las hadas tan agradables como Claudine, o tan bellas como su hermano?

Claude, *stripper* masculino y ahora empresario emprendedor, era guapísimo, aunque tenía la personalidad de un nabo engreído.

—Los humanos nos encuentran a todos muy bellos, aunque haya hadas que pueden resultar realmente desagradables.

Muy bien, ahora venía la parte mala. Tenía la fuerte sensación de que descubrir que tenía un bisabuelo que era un hada de pura sangre era una buena noticia, desde el punto de vista de Niall, pero que este asunto no iba a ser del todo una perita en dulce. Ahora llegaba la parte de las malas noticias.

—Han pasado muchos años sin que te encontrara —dijo Niall—, en parte porque éste era el deseo de Fintan.

—¿Y él me vigilaba? —Casi sentía calor en el corazón de imaginármelo.

—Mi hijo estaba arrepentido de haber condenado a dos hijos a esta existencia medio sí, medio no que él había vivido como hada aunque no fuera realmente un hada. Me temo que los de nuestra raza no se portaron bien con él. —Mi bisabuelo tenía la mirada fija al frente—. Hice todo lo posible por defenderlo, pero no fue suficiente. Fintan descubrió además que no era lo bastante humano como para pasar por tal; sólo podía parecerlo durante un breve tiempo.

—¿Normalmente no es así? —pregunté con mucha curiosidad.

—No. —Y sólo por una décima de segundo, vi una luz casi cegadora y a Niall en medio de ella, bello y perfecto. No es de extrañar que Einin creyera que era un ángel.

—Claudine me contó que está tratando de ascender en la escala —dije—. ¿Qué significa eso? —No sabía muy bien qué decir. Me sentía apabullada con tanta información y me esforzaba para mantenerme emocionalmente en pie, aunque creo que con escaso éxito.

—No debería haberte contado eso —dijo Niall. Mantuvo un debate interno de un par de segundos antes de continuar—. Los cambiantes son humanos con una variación genética, los vampiros son humanos muertos transformados en otra cosa, pero lo único que tenemos las hadas en común con los humanos es nuestra forma básica. Existen muchos tipos de hadas: desde los seres grotescos, como los duendes, hasta los más bellos, como nosotros. —Y eso lo dijo con total naturalidad.

—¿Existen los ángeles?

—Los ángeles son una forma más, una forma que ha experimentado una transformación casi completa, física y moral. Convertirse en ángel puede llevar cientos de años.

Pobre Claudine.

—Pero basta ya de todo esto —dijo Niall—. Quiero saber cosas de ti. Mi hijo me mantuvo apartado de tu padre y de tu tío, y luego de sus hijos. Su muerte llegó demasiado tarde para que me diera tiempo a conocer a tu prima Hadley. Pero ahora puedo verte y tocarte. —Lo que, por cierto, Niall estaba haciendo de una manera que no era exactamente humana: cuando su mano no cogía la mía, estaba posada sobre mi hombro o en mi espalda. No es precisamente que los humanos nos relacionemos así, pero no me molestaba. No al menos como cabría imaginar, pues ya me había dado cuenta de que a Claudine también le gustaba mucho el contacto físico. Y teniendo en cuenta que con las hadas no podía establecer vibraciones telepáticas, a mí me resultaba tolerable. Con un ser humano normal, habría recibido un bombardeo de pensamientos, pues el contacto físico aumentaba mi sensibilidad telepática.

—¿Tuvo Fintan más hijos o nietos? —pregunté. Estaría bien tener más familia.

—De eso ya hablaremos más adelante —dijo Niall, lo que supuso de inmediato una señal de alerta—. Ahora que me conoces un poco —dijo—, cuéntame, por favor, qué puedo hacer por ti.

—¿Por qué debería hacer algo por mí? —pregunté. Ya habíamos tenido la conversación del genio. No pensaba volver a ello.

—Adivino que tu vida ha sido dura. Ahora que puedo verte, permíteme que te ayude de alguna manera.

—Me envió a Claudine. Ha sido una gran ayuda —repetí. Sin el apoyo de mi sexto sentido, me costaba comprender el conjunto emocional y mental de mi bisabuelo. ¿Lloraba la muerte de su hijo? ¿Cómo había sido en realidad la relación entre ellos? ¿Pensaría Fintan que estaba haciendo una buena obra manteniendo a su padre alejado de los Stackhouse durante todos aquellos años? ¿Sería malo Niall o tendría malas intenciones con respecto a mí? De haberlo querido, podría haberme hecho cualquier cosa terrible desde lejos sin tomarse la molestia de conocerme y pagar una cena cara.

—No quiere explicar nada más, ¿verdad?

Niall negó con la cabeza, haciendo que su pelo, hebras de oro y plata de una exquisitez increíble, le rozara los hombros.

Tuve entonces una idea.

—¿Podría encontrar a mi novio? —pregunté esperanzada.

—¿Tienes un hombre? ¿Además del vampiro?

—Eric no es mi hombre, pero como he tomado su sangre unas cuantas veces, y él ha tomado la mía...

—Por eso te he abordado a través de él. Tienes un vínculo con él.

—Sí.

—Conozco a Eric Northman desde hace mucho tiempo. Pensé que vendrías si él te lo pedía. ¿Hice mal?

Su pregunta me tomó por sorpresa.

—No, señor —respondí—. No creo que hubiera venido de no haberme advertido él que todo iría bien. Y él no me habría traído de no haber confiado en usted... No creo, al menos.

—¿Quieres que lo mate? ¿Que acabe con ese vínculo?

—¡No! —dije, excitada pero en sentido negativo—. ¡No!

Algunos comensales se volvieron por primera vez hacia nosotros al oír mi agitación a pesar de la influencia para que «no miraran» que ejercía sobre ellos mi bisabuelo.

—Cuéntame de tu otro novio —dijo Niall, y comió un poco más de su salmón—. ¿Quién es y cuándo desapareció?

—Es Quinn, el hombre tigre —dije—. No sé nada de él desde la explosión de Rhodes. Resultó herido, pero lo vi aquel mismo día.

—Sí, he oído hablar sobre el atentado del Pyramid —dijo Niall—. ¿Estabas allí?

Se lo conté, y mi recién descubierto bisabuelo me escuchó con una refrescante ausencia de crítica. No se mostró ni horrorizado ni atónito, ni sintió lástima por mí. Me gustó aquello.

Aproveché mientras iba hablando para reagrupar mis emociones.

—¿Sabe qué? —dije cuando se produjo una pausa natural—. No busque a Quinn. Él sabe de sobra dónde estoy y tiene mi número de teléfono. Aparecerá cuando intuya que puede hacerlo, me imagino. O no.

—Pero eso me deja sin nada que hacer a modo de regalo para ti —dijo mi bisabuelo.

—Dejémoslo para más adelante —dije con una sonrisa—. Ya se presentará cualquier cosa. ¿Puedo..., puedo hablar sobre usted? ¿A mis amigos? —pregunté—. No, supongo que no. —No me imaginaba contándole a mi amiga Tara que tenía un nuevo bisabuelo que era un hada. Amelia quizá lo entendería un poco más.

—Quiero que nuestra relación se mantenga en secreto —dijo él—. Me alegro mucho de haberte encontrado por fin y quiero conocerte mejor. —Me acarició la mejilla—. Pero tengo enemigos poderosos y no quiero que se les ocurra hacerte daño para herirme a mí.

Moví afirmativamente la cabeza. Lo comprendía. Pero resultaba un poco desalentador tener un nuevo pariente y tener prohibido hablar de él. La mano de Niall abandonó mi mejilla para posarse de nuevo sobre mi mano.

—¿Y Jason? —pregunté—. ¿Piensa hablar también con él?

—Jason —dijo, expresando disgusto en su rostro—. No sé por qué, pero esa chispa especial le pasó de largo. Sé que está hecho del mismo material que tú, pero mi sangre sólo se ha puesto de manifiesto en él en su capacidad para atraer amantes, algo que, al fin y al cabo, no es muy recomendable. Ni comprendería ni valoraría nuestra relación.

Mi bisabuelo dijo aquello con un tono algo altanero. Me dispuse a salir en defensa de Jason, pero cerré la boca. En secreto, tenía que admitir que, con toda probabilidad, Niall tenía razón. Jason le pediría un montón de cosas y se iría de la lengua.

—¿Lo veré a menudo? —pregunté entonces, tratando de no parecer indiferente. Era consciente de que me expresaba con torpeza, pero no sabía aún cómo enmarcar aquella nueva y extraña relación.

—Intentaré visitarte con la frecuencia con la que lo haría cualquier otro pariente —dijo.

Traté de imaginármelo. ¿Niall y yo comiendo en el Palacio de la Hamburguesa? ¿Compartiendo el banco en la iglesia algún domingo? Me parecía que no.

—Me da la sensación de que hay muchas cosas que no me cuenta —dije sin rodeos.

—Así tendremos de qué hablar la próxima vez —dijo, y me guiñó uno de sus ojos verde mar. De acuerdo, eso no me lo esperaba. Me dio su tarjeta, lo que también me sorprendió. En ella decía simplemente «Niall Brigant» y aparecía un número de teléfono—. Puedes llamarme a este número en cualquier momento. Siempre responderá alguien.

—Gracias —dije—. Me imagino que conoce también mi número. —Asintió. Supuse que iba a marcharse ya, pero se hizo el remolón. Parecía tan reacio a irse como yo—. Y bien —dije, y tosí para aclararme la garganta—. ¿A qué se dedica todo el día? —No sé cómo explicar lo extraño y fantástico que me resultaba estar en compañía de un familiar. Yo sólo tenía a Jason, y no era lo que puede decirse un hermano de aquellos a los que se lo explicas todo. Sabía que podía contar con él en caso de apuro, pero ¿salir juntos? Eso no iba a suceder nunca.

Mi bisabuelo respondió a mi pregunta, pero cuando posteriormente traté de recordar su respuesta, no conseguí nada concreto. Supongo que es debido a su magia de príncipe de las hadas. Me contó que era copropietario de un par de bancos, de una empresa que fabricaba mobiliario para jardín y —y eso me pareció extraño— de otra dedicada a la medicina experimental.

Lo miré dubitativa.

—Medicamentos para humanos —dije, para asegurarme de que lo había entendido correctamente.

—Sí. En su mayoría —replicó—. Pero algunos de los científicos que trabajan allí crean cosas especiales para nosotros.

—Para las hadas.

Asintió, acompañando el movimiento de su cara con ese pelo tan fino como la barba de maíz.

—Hoy en día hay mucho hierro —dijo—. No sé si te has dado cuenta de que somos muy sensibles al hierro. Y aunque siempre llevamos guantes, podrían resultar demasiado llamativos en el mundo actual. —Miré la mano derecha que tenía posada sobre la mía. La retiré y acaricié su piel. Resultaba curiosamente suave.

—Es como un guante invisible —dije.

—Exactamente. —Asintió—. Una de sus fórmulas. Pero ya basta de hablar de mí.

«Justo cuando la cosa empezaba a ponerse interesante», pensé. Pero noté que mi bisabuelo aún no tenía la confianza necesaria en mí como para revelarme todos sus secretos.

Niall me preguntó sobre mi trabajo y sobre mi rutina diaria, como haría cualquier bisabuelo de verdad. Aunque me di cuenta de que no le gustaba mucho la idea de que su bisnieta trabajara, que lo hiciera en un bar no pareció molestarle especialmente. Como ya he dicho, era complicado leer a Niall. Sus pensamientos eran exclusivamente suyos, pero sí advertí que de vez en cuando dejaba alguna cosa sin decir.

Acabamos por fin de cenar y miré el reloj. Me quedé asombrada al ver que habían pasado muchas horas. Tenía que irme. Me tocaba trabajar al día siguiente. Me disculpé, le agradecí a mi bisabuelo la cena (me daban aún escalofríos al pensar en él en esos términos) y, dubitativa, me incliné para darle un beso en la mejilla igual que él había hecho previamente. Me pareció que contenía la respiración al recibir mi beso. Su piel era cálida y lustrosa al contacto. Pese a su aspecto humano, el tacto no lo era en absoluto.

Se levantó para despedirse de mí pero se quedó en la mesa... para pagar la cuenta, me imaginé. Salí sin advertir por dónde pasaba. Eric me esperaba en el aparcamiento. Mientras lo hacía, se había tomado un TrueBlood y había estado leyendo en el coche, aparcado bajo una farola.

Me sentía agotada.

No me di cuenta de hasta qué punto me había destrozado los nervios la cena con Niall hasta que me alejé de su presencia. Pese a que había pasado toda la cena sentada en una silla cómoda, estaba cansada como si hubiéramos estado hablando mientras corríamos.

Niall había logrado ocultarle a Eric el olor a hada, pero por el movimiento de sus aletas de la nariz comprendí que yo estaba impregnada de aquel aroma tan embriagador. Eric cerró los ojos extasiado y hasta se relamió. Me sentía como un costillar al alcance de un perro hambriento.

—Basta ya —dije. No estaba de humor.

Eric se controló con un enorme esfuerzo.

—Cuando hueles así —dijo—, lo único que quiero es follarte y morderte y restregarme contra ti.

Una explicación bastante clara, y no voy a decir que por un segundo (dividido entre lujuria y miedo) no me imaginara tal actividad. Pero tenía asuntos más importantes en los que pensar.

—Para el carro —dije—. ¿Qué sabes sobre las hadas? Aparte de lo de su olor.

Eric me miró ya más tranquilo.

—Tanto masculinas como femeninas, resultan encantadoras. Son increíblemente duras y feroces. No son inmortales, pero viven mucho tiempo a menos que algo les suceda. Se les puede matar con hierro, por ejemplo. Hay otras formas de matarlas, pero es complicado. Suelen ser reservadas. Les gustan los climas templados. No sé qué comen ni qué beben cuando están solas. Prueban la comida de otras culturas; he visto incluso cómo un hada probaba sangre. Se tienen en más alta estima de la que deberían. Si dan su palabra, la cumplen. —Se detuvo un momento a pensar—. Tienen distintos hechizos. No todas pueden hacer las mismas cosas. Y son muy mágicas. Su esencia es ésa. No tienen dioses, excepto su propia raza, por lo que a menudo se las confunde con dioses. De hecho, las hay que incluso han adoptado los atributos de una deidad.

Me quedé mirándolo.

—¿A qué te refieres?

—No me refiero a que sean sagradas —dijo Eric—. Me refiero a que las hadas que habitan en los bosques se identifican de tal manera con el bosque que hacerle daño al uno es herir al otro. Por eso su número ha disminuido tanto. Evidentemente, los vampiros no podemos meternos con las políticas de las hadas ni con sus problemas de supervivencia, ya que somos peligrosos para ellas... por el simple hecho de que nos resultan embriagadoras.

Nunca se me había ocurrido preguntarle a Claudine detalles de este tipo. Para empezar, no parecía gustarle mucho hablar sobre las hadas y siempre que aparecía, era en el momento en que yo andaba metida en problemas y, por lo tanto, obsesionada en mí misma. Por otro lado, hasta aquel momento yo me había imaginado que en el mundo habría tan sólo un puñado de hadas, pero Eric estaba contándome que en su día fueron tan numerosas como los vampiros, aunque la raza de las hadas estuviera ahora en decadencia.

En contraste, los vampiros —al menos en Estados Unidos— estaban en auge. En el Congreso había tres proyectos de ley en marcha relacionados con la inmigración de vampiros. Estados Unidos (junto con Canadá, Japón, Noruega, Suecia, Inglaterra y Alemania) había respondido a la Gran Revelación con una calma relativa.

La noche de aquella cuidadosamente orquestada presentación en sociedad, vampiros de todo el mundo habían aparecido en persona en la televisión y la radio, dependiendo de cuál fuera el medio de comunicación más adecuado en cada caso, para decirle a la población humana: «¡Hola! Existimos. ¡Pero no queremos matar a nadie! La nueva sangre sintética japonesa satisface todas nuestras necesidades alimenticias».

Los seis años transcurridos desde entonces habían sido una gran curva de aprendizaje.

Y esta noche sumaba una cantidad importante a mi reserva de conocimientos sobre el mundo sobrenatural.

—De modo que los vampiros tenéis la sartén por el mango —dije.

—No estamos en guerra —replicó Eric—. Llevamos siglos sin estar en guerra.

—¿Quieres decir con esto que en el pasado las hadas y los vampiros se enfrentaron? ¿Que hubo batallas encarnizadas?

—Sí —respondió Eric—. Y si volviéramos a ello, el primero al que aniquilaría sería Niall.

—¿Por qué?

—Es muy poderoso en el mundo de las hadas. Es muy mágico. Si su deseo de acogerte bajo su ala es sincero, considérate tanto afortunada como desgraciada. —Eric puso el coche en marcha y abandonamos el aparcamiento. No había visto salir a Niall del restaurante. A lo mejor había decidido esfumarse por arte de magia del comedor. Confiaba en que antes hubiese pagado la cuenta.

—Me imagino que debería pedirte que te explicaras —dije. Pero tenía la sensación de que no me apetecía conocer la respuesta.

—En su día, en Estados Unidos había miles de hadas —dijo Eric—. Ahora sólo son cientos. Pero los que quedan de su raza son supervivientes muy fuertes. Y no todos son amigos de los amigos del príncipe.

—Justo lo que necesitaba: otro grupo de seres sobrenaturales que no está de mi lado —murmuré.

Continuamos en silencio, avanzando por la carretera interestatal que conducía hacia el este y llevaba a Bon Temps. Eric estaba pensativo. Y yo también tenía mucho a lo que darle vueltas.

Descubrí que, en general, me sentía cautelosamente feliz. Estaba bien eso de que de repente te apareciese un bisabuelo. Niall parecía realmente ansioso por establecer una relación conmigo. Yo tenía aún un montón de preguntas que formularle, aunque podían esperar hasta conocernos mejor.

El Corvette de Eric podía ir condenadamente rápido y, en aquellos momentos, advertí que él no respetaba en absoluto los límites de velocidad. No me sorprendió, pues, ver que nos hacían luces desde atrás. Lo que me asombró fue que el coche de la poli llegara a alcanzar a Eric.

—Vaya —dije, y Eric maldijo en un idioma que seguramente llevaba siglos sin hablarse. Pero hoy en día, incluso el sheriff de la Zona Cinco estaba obligado a obedecer las leyes humanas o, como mínimo, a simular que lo hacía. Eric se detuvo.

—¿Qué te esperabas con una matrícula personalizada con las letras CHPSGR de «chupasangre»? —le pregunté, disfrutando en secreto de aquel momento. Vi la forma oscura del policía saliendo del coche que acababa de detenerse detrás de nosotros y se acercaba con algo en la mano... ¿una libreta?, ¿una linterna?

Lo miré con más atención. Mi oído interno recibió una masa confusa de agresividad y miedo.

—¡Un hombre lobo! Algo va mal —dije, y la mano de Eric me empujó hacia el suelo, lo que podría haberme servido de cobijo si el coche no hubiera sido un Corvette.

Y entonces, el policía se acercó a la ventanilla e intentó dispararme.

Capítulo 5

Eric se había vuelto para llenar el espacio de la ventanilla e impedir que el resto del coche quedara dentro del alcance del atacante y recibió por ello un disparo en el cuello. Durante un terrible momento, se derrumbó en el asiento, con el rostro líbido y la sangre oscura resbalando por su piel blanca. Grité como si el sonido pudiera protegerme y me encontré con el arma apuntándome en el instante en que el atacante se inclinó y se adentró en el coche.

Había que ser idiota. En un abrir y cerrar de ojos, la mano de Eric ya sujetaba la muñeca del hombre y empezaba a apretarla. El «policía» comenzó también a gritar y a combatir inútilmente a Eric con la mano que le quedaba libre. El arma cayó encima de mí. Tuve suerte de que no se disparara al hacerlo. No sé mucho de pistolas, pero aquella era grande y tenía un aspecto letal. Conseguí enderezarme y apunté con ella al atacante.

Se quedó helado, con el cuerpo medio metido en el coche. Eric le había partido ya el brazo y seguía sujetándolo con fuerza. Aquel imbécil debería haber temido más al vampiro que lo sujetaba que a la camarera que apenas sabía cómo disparar la pistola, pero era el arma lo que seguía reteniendo su atención.

Estaba bastante segura de que si la patrulla de la autopista hubiera decidido empezar a disparar a todo aquel que sobrepasara la velocidad en lugar de detenerlo para multarle me habría enterado.

—¿Quién eres? —dije, sin que nadie fuera a culparme si mi voz sonaba algo temblorosa—. ¿Quién te ha enviado?

—Ellos me dijeron que lo hiciera —dijo con voz entrecortada el hombre lobo. Ahora que tenía tiempo para observar los detalles, me di cuenta de que no llevaba el uniforme reglamentario. Era del color adecuado, y el sombrero era también el correcto, pero los pantalones no eran los de la policía.

—¿Quiénes son ellos? —pregunté.

Eric clavó los colmillos en el hombro del hombre lobo. A pesar de su herida. Eric seguía empujando al falso agente contra el coche centímetro a centímetro. Me parecía justo que recuperara algo de sangre después de haber perdido tanta. El asesino se puso a llorar.

—No dejes que me convierta en uno de ellos —me suplicó.

—Ojalá tuvieras esa suerte —dije, no porque pensara que era estupendo ser vampiro, sino porque estaba segura de que Eric tenía algo mucho peor en mente.

Salí del coche porque no tenía sentido tratar de convencer a Eric para que soltara al hombre lobo. Con ese ansia de sangre tan fuerte, no me haría ni caso. Mi vínculo con Eric era el factor crucial de la decisión. Me alegraba de que Eric estuviera disfrutando, de que obtuviera la sangre que necesitaba. Estaba furiosa porque hubiesen intentado hacerle daño. Y ya que estos dos sentimientos no formaban normalmente parte de mi paleta emocional, comprendí cuál era el motivo de que aparecieran.

El interior del Corvette resultaba cada vez más sofocante e incómodo, pues lo ocupábamos Eric, yo y la mayor parte del hombre lobo.

Milagrosamente, no pasaron coches mientras yo corría por la calzada en dirección al vehículo del atacante, que —no me sorprendió— resultó ser un coche blanco, normal y corriente, con una sirena ilegal adherida al techo. Apagué las luces del coche y, tocando o desconectando todos los cables y botones que fui capaz de encontrar, logré hacer lo mismo con las luces intermitentes. Ya no éramos tan llamativos. Eric también había apagado las luces del Corvette momentos antes del ataque.

Miré rápidamente el interior del coche blanco pero no vi ningún sobre en el que pusiera: «Revelación de quién me contrató, por si acaso me atrapan». Necesitaba una pista. Tenía que haber al menos un número de teléfono apuntado en un pedazo de papel, un número de teléfono que buscar en un listín. Si tan sólo supiera cómo encontrarlo... Regresé al coche de Eric, percatándome, gracias a las luces de un semirremolque que pasaba en aquel momento, de que por la ventanilla del conductor ya no asomaban piernas, lo que volvía al Corvette mucho menos sospechoso. Teníamos que salir de allí.

Miré en el interior del vehículo y lo encontré vacío. El único recordatorio de lo que acababa de pasar era una mancha de sangre en el asiento de Eric. Cogí un pañuelo de papel de mi bolso, escupí y froté la sangre; una solución poco elegante, pero práctica.

De pronto, percibí a Eric a mi lado y me vi obligada a sofocar un grito. Seguía excitado por el ataque inesperado y me clavó contra el costado del coche, sujetando mi cabeza en el ángulo adecuado para darme un beso. Sentí una oleada de deseo y a punto estuve de decir: «¡Qué demonios! Tómame aquí mismo, vikingo». No era únicamente el vínculo de sangre lo que me inclinaba a aceptar su explícita oferta, sino mi recuerdo de lo maravilloso que era Eric en la cama. Pero pensé en Quinn y, con gran esfuerzo, aparté de la boca de Eric.

Pensé por un segundo que no iba a soltarme, pero lo hizo.

—Veamos —dije con voz temblorosa, y retiré el cuello de la camisa para observar la herida de bala. Estaba casi cicatrizada, aunque, claro está, la camisa seguía manchada de sangre.

—¿Qué ha sido todo eso? —preguntó—. ¿Era un enemigo tuyo?

—No tengo ni idea.

—Te apuntaba a ti —dijo Eric, como si yo no me hubiera enterado—. Te quería a ti ante todo.

—¿Y si hizo eso para hacerte daño? ¿Y si luego te hubiera culpado de mi muerte? —Estaba tan cansada de ser el objeto de tantas tramas que supongo que quería que Eric fuera el objetivo a cualquier precio. Y entonces pensé en otra cosa—: ¿Y cómo nos ha encontrado?

—Es alguien que sabía que esta noche regresaríamos a Bon Temps por este camino —dijo Eric—. Alguien que sabía qué coche conducía yo.

—Podría haber sido Niall —dije, y reconsideré mi destello de lealtad hacia mi recién autoproclamado bisabuelo. Al fin y al cabo, podría haberme mentido durante toda la cena. ¿Cómo saberlo? Me había resultado imposible penetrar su mente. Y esa ignorancia me resultaba extraña.

Pero no creía que Niall mintiera.

—Yo tampoco creo que haya sido el hada —dijo Eric—. Pero mejor que hablemos de ello en el coche. No me parece un buen lugar para quedarnos mucho rato.

Y tenía razón al respecto. No tenía ni idea de dónde había dejado el cuerpo, y me di cuenta de que me daba lo mismo. Un año atrás, me habría destrozado la idea de abandonar un cadáver y largarnos a toda velocidad por la interestatal. Pero ahora me alegraba de que fuera aquel tipo y no yo quien se hubiera quedado tirado en el bosque.

Como cristiana yo debía de ser horrorosa pero no era mala como superviviente.

Mientras avanzábamos en la oscuridad, reflexioné sobre el abismo que se abría justo delante mí a la espera de que diese un paso más. Estaba varada en el borde. Cada vez me resultaba más difícil aferrarme a lo correcto cuando lo que más sentido tenía era ser expeditivo. «¿De verdad no comprendes que Quinn te ha plantado?», me preguntaba implacable mi cerebro. ¿No se habría puesto ya en contacto de habernos considerado aún una pareja? ¿No había sentido siempre una debilidad por Eric, que hacía el amor como un tren entrando en estampida en un túnel? ¿No tenía ya bastantes evidencias de que Eric podía defenderme mejor que nadie?

Apenas podía reunir la energía suficiente para sorprenderme de mí misma.

Si te descubres planteándote elegir un amante por su capacidad para defenderte, significa que estás acercándote mucho a elegir esa pareja porque piensas que es quien posee los mejores rasgos para transmitir a generaciones futuras. Y de haber existido la posibilidad de poder tener un hijo con Eric (una idea que me hacía temblar), él habría ocupado el primer puesto de la lista, una lista que ni siquiera suponía haber estado elaborando. Me imaginé como una pava que busca el pavo real con la mejor cola, o como una loba a la espera de que la monte el líder de la manada (el más fuerte, más inteligente y más valiente).

Vaya asco. Era una mujer humana. Intentaba ser buena persona. Tenía que encontrar a Quinn porque me había comprometido con él... más o menos.

¡No..., basta ya de poner pegas!

—¿En qué piensas, Sookie? —preguntó de repente Eric—. Por tus gestos veo pasar pensamientos a una velocidad que es imposible seguir.

El hecho de que pudiera verme —no sólo en la oscuridad, sino también mientras se suponía que debía estar al tanto de la carretera— resultaba exasperante y amedrentador. Y una prueba de su superioridad, dijo la mujer de las cavernas que vivía en mi interior.

—Eric, llévame a casa, y ya está. Tengo una sobrecarga emocional.

No dijo nada más. Tal vez porque pensaba que era lo mejor, tal vez porque la curación de su herida le resultaba dolorosa.

—Tenemos que hablar de nuevo de esto en otra ocasión —dijo cuando llegamos al camino de acceso a mi casa. Aparcó delante y se volvió hacia mí todo lo que daba de sí aquel pequeño coche—. Sookie, me duele... ¿Puedo...? —Se inclinó hacia mí, me acarició el cuello.

Y sólo de pensarlo, mi cuerpo me traicionó. Empecé a sentir un latido allí abajo, y eso era fatal. Nadie debería excitarse ante la idea de ser mordida. Eso está muy mal, ¿verdad? Apreté los puños con tanta fuerza que me clavé incluso las uñas.

Ahora que podía verlo mejor, ahora que el interior del coche estaba iluminado por el resplandor de la luz de seguridad, me di cuenta de que Eric estaba más pálido de lo habitual. Y mientras lo miraba, la bala empezó a salir de la herida. Se recostó en su asiento, con los ojos cerrados. Milímetro a milímetro, la bala fue saliendo hasta caer en mi mano. Recordé cómo Eric me había pedido que le chupara el brazo para extraerle una bala. ¡Ja! ¡Cómo me había engañado! La bala habría salido sola. Mi indignación me hizo sentir más como era yo siempre.

—Pienso que puedes llegar a casa —dije, aun sintiendo una necesidad casi irresistible de inclinarme sobre él y ofrecerle mi cuello o mi muñeca. Apreté los dientes y salí del coche—. Puedes parar en el Merlotte's y comprarte una botella de sangre, si realmente tanto la necesitas.

—Eres muy dura —dijo Eric, aunque no parecía enfadado ni ofendido.

—Lo soy —dije, y le sonreí—. Ve con cuidado, ¿me has oído?

—Naturalmente —respondió—. Y si la policía intenta pararme, no pienso detenerme.

Me obligué a avanzar hacia mi casa sin mirar atrás. Cuando crucé la puerta y la cerré a mis espaldas, sentí una sensación inmediata de alivio. Gracias a Dios. A cada paso que había dado me había preguntado si dar la vuelta y correr hacia él. Eso del vínculo de sangre resultaba verdaderamente molesto. Si no me andaba con cuidado, acabaría haciendo algo de lo que luego me arrepentiría.

—Soy toda una mujer, ¿no me has oído rugir? —dije.

—Caramba, ¿a qué viene esto? —preguntó Amelia, y di un salto sorprendida. Apareció en el vestíbulo procedente de la cocina, vestida con camisón y bata a juego, ambos de color melocotón con encaje beis. Todo lo que tenía Amelia era bonito. Y aunque nunca se mofaba de lo que compraban los demás, tampoco la vi jamás vestir algo de WalMart.

—He tenido una noche difícil —dije. Me miré. Sólo un poco de sangre sobre la camiseta de seda azul. Tendría que ponerla en remojo—. ¿Qué tal todo por aquí?

—Me ha llamado Octavia —dijo Amelia, y a pesar de que intentaba que no le temblara la voz, percibí oleadas de tensión.

—Tu mentora. —No estaba yo para muchos cuentos.

—Sí, la misma que viste y calza. —Se agachó para coger a Bob, que siempre rondaba por ahí cuando Amelia estaba enfadada. Se lo acercó al pecho y hundió la cara entre su pelaje—. Se ha enterado, naturalmente. Incluso después del Katrina y de todos los cambios que éste ha ocasionado en su vida, ha tenido que sacar a relucir el error. —Así lo llamaba Amelia: «el error».

—Me pregunto cómo lo llamará Bob —dije.

Amelia me miró por encima de la cabeza de Bob y supe al instante que mi comentario no había sido nada diplomático.

—Lo siento —dije—. Lo he dicho sin pensar. Aunque quizá sea poco realista creer que puedes salir de ésta sin tener que dar explicaciones, ¿no?

—Es cierto —dijo. No parecía muy feliz por tener que conceder que yo tenía razón, pero al menos lo reconocía—. Me equivoqué. Intenté hacer algo que no debería haber hecho y Bob ha pagado las consecuencias.

Caray, cuando Amelia decidía confesar, llegaba hasta el final.

—Voy a tener que asumir lo sucedido —dijo—. Tal vez me impidan practicar la magia durante un año. Más tiempo, quizá.

—Oh, me parece un castigo muy severo —dije. En mi fantasía, su mentora simplemente había regañado a Amelia delante de una sala llena de magos, hechiceros, brujas y otros, y luego se había limitado a transformar de nuevo a Bob en hombre. Él perdonaba sin problemas a Amelia y le decía que la amaba. Y como él la perdonaba, el resto de los reunidos lo hacía también, y Amelia y Bob regresaban a mi casa y vivían aquí juntos... durante mucho tiempo. (En cuanto a esta última parte, no lo tenía del todo concretado).

—Es el castigo más leve posible —dijo Amelia.

—Oh.

—Estoy segura de que no te apetecería escuchar los demás castigos posibles. —Tenía razón. No me apetecía—. Y bien, ¿qué me cuentas de ese misterioso recado de Eric? —preguntó Amelia.

Amelia no podía haber informado a nadie de nuestro destino o de la ruta que íbamos a seguir.

—Oh... sólo quería llevarme a un nuevo restaurante de Shreveport. Tenía un nombre francés. Era muy bonito.

—¿De modo que ha sido una especie de cita? —Sabía que estaba preguntándose qué papel desempeñaba Quinn en mi relación con Eric.

—Oh, no, no ha sido una cita —dije de forma poco convincente, incluso para mí misma—. Nada del tipo chico-chica. Salir, simplemente. —Besarse. Ser atacados.

—La verdad es que es guapo —dijo Amelia.

—Sí, eso no hay quien lo niegue. Conozco a varios tíos buenos. ¿Te acuerdas de Claude? —Le había enseñado a Amelia el póster que había llegado por correo hacía dos semanas, una fotografía de la portada de la novela romántica para la que había posado Claude. Se había quedado impresionada... ¿Y qué mujer no?

—La semana pasada fui a ver a Claude actuar como *stripper.* —Amelia no podía mirarme a los ojos.

—¡Y no me llevaste! —Claude era una persona muy desagradable, especialmente si se le comparaba con su hermana, Claudine, pero era atractivo a más no poder. Estaba en la estratosfera de belleza masculina de Brad Pitt. Era gay, por supuesto. ¿A que no lo habías adivinado?—. ¿Fuiste mientras yo trabajaba?

—Pensé que no aprobarías que fuera —dijo, agachando la cabeza—. Porque eres amiga de su hermana. Fui con Tara. J.B. estaba trabajando. ¿Estás enfadada?

—No, no me importa. —Mi amiga Tara era propietaria de una tienda de ropa y su recién estrenado marido, J.B., trabajaba en un gimnasio femenino—. Me gustaría ver a Claude actuando como si se divirtiera con ello.

—Me dio la impresión de que se lo pasaba bien —dijo—. No hay nada en el mundo que a Claude le guste más que él mismo, ¿verdad? De modo que tener tantas mujeres mirándolo y admirándolo... Las mujeres no le van, pero seguro que le va que le admiren.

—Cierto. A ver si algún día vamos juntas a verlo.

—De acuerdo —dijo, y noté que volvía a estar contenta—. Ahora, cuéntame qué pediste de comer en ese restaurante tan elegante. —Se lo conté, deseando todo el rato no haberme visto obligada a mantener el silencio respecto a mi bisabuelo. Me moría de ganas de explicarle a Amelia lo de Niall: cómo era, lo que había dicho, que yo tenía una historia pasada que desconocía hasta hoy. Y tardaría un tiempo en procesar lo que había pasado mi abuela, alterar la imagen que tenía de ella para reubicarla a partir de todos los hechos que había descubierto. Y también tenía que reflexionar de nuevo sobre los recuerdos desagradables de mi madre. Se había enamorado como una loca de mi padre, y había tenido a sus hijos porque lo amaba... para acabar descubriendo que no quería compartir a su esposo con ellos, especialmente conmigo, otra chica. O, al menos, así era como veía ahora el tema.

—Ha habido más cosas —dije, mientras un bostezo me separaba la mandíbula en dos partes. Era muy tarde—. Pero tengo que acostarme. ¿Ha habido alguna llamada?

—Ha llamado ese hombre lobo de Shreveport. Quería hablar contigo y le he dicho que habías salido y que podía localizarte en el móvil. Me preguntó si podía quedar contigo, pero le dije que no sabía dónde estabas.

—Alcide —dije—. Me pregunto qué querría. —Pensé que lo llamaría por la mañana.

—Y llamó una chica. Dijo que había trabajado como camarera en el Merlotte's y que te había visto anoche en la boda.

—¿Tanya?

—Sí, así se llamaba.

—¿Qué quería?

—No lo sé. Dijo que volvería a llamar mañana o que ya te vería en el bar.

—Mierda. Espero que Sam no la haya contratado como suplente.

—Creía que yo era la camarera suplente del bar.

—Sí, salvo que alguien haya dejado de trabajar allí. Ya te aviso: a Sam le gusta.

—¿Y a ti no?

—Es una puta traidora.

—Dime qué piensas de verdad.

—En serio, Amelia, empezó a trabajar en el Merlotte's para poder espiarme y pasar información a los Pelt.

—Oh, es ésa. Pues no volverá a espiarte. Daré los pasos necesarios.

Aquello me daba más miedo que trabajar con Tanya. Amelia era una bruja fuerte y habilidosa, no me malinterpretes, pero tendía también a hacer cosas que iban más allá de su nivel de experiencia. Bob era un ejemplo de ello.

—Consúltalo primero conmigo —dije, y Amelia se quedó sorprendida.

—Sí, claro —dijo—. Y ahora, me vuelvo a la cama.

Subió las escaleras con Bob en brazos y yo me dirigí a mi pequeño baño para desmaquillarme y ponerme el camisón. Amelia no se había fijado en las salpicaduras de sangre de la blusa y la dejé en remojo en el lavabo.

Vaya día. Había estado con Eric, que siempre me alteraba un poco, y había descubierto que tenía un nuevo familiar, aunque no fuera humano. Me había enterado de muchas cosas sobre mi familia, desagradables en su mayoría. Había cenado en un restaurante elegante, pese a que apenas recordaba lo que había comido. Y, finalmente, me habían atacado pistola en mano.

Cuando me metí en la cama, recé mis oraciones, tratando de poner a Quinn en lo más alto de mi lista de prioridades. Creí que la excitación de haber conocido a un bisabuelo me mantendría despierta toda la noche, pero el sueño pudo conmigo cuando estaba pidiéndole ayuda a Dios para que me echara un cable para encontrar mi camino entre la maraña moral de formar parte de un asesinato.

Capítulo 6

A la mañana siguiente, llamaron a la puerta una hora antes del momento en que tenía previsto levantarme. Lo oí porque Bob había entrado en mi habitación y había saltado a mi cama, lugar donde se suponía que no debía estar, y se había hecho un hueco detrás de mis rodillas mientras yo dormía de costado. Ronroneaba, y estiré el brazo para rascarle detrás de las orejas. Me gustan los gatos. Pero eso no evita que también me gusten los perros, y sólo el hecho de mis prolongadas ausencias de casa me impide hacerme con un cachorro. Terry Bellefleur me había ofrecido uno, pero había vacilado y al final acabó distribuyendo los cachorros a otra gente. Me preguntaba si a Bob le importaría la compañía de un gatito. ¿Se pondría Amelia celosa si compraba una gata? Sonreí y me acurruqué en la cama.

Pero no me dormí del todo, por eso oí que llamaban.

Murmuré algunas palabras sobre quienquiera que estuviera al otro lado de la puerta, me calcé las zapatillas y me puse mi bata azul de algodón fino. La mañana estaba algo fría, lo que me recordó que a pesar de que los días eran templados y soleados, estábamos ya en octubre. Había fiestas de Halloween en las que hacía demasiado calor para ponerse un jersey, y había otras en las que era imprescindible ponerse un abrigo ligero para celebrarlas.

Miré por la mirilla y vi a una anciana de raza negra con un halo de cabello blanco. No tenía la piel muy oscura y sus facciones eran estrechas y afiladas: nariz, boca y ojos. Llevaba los labios pintados de un tono magenta y vestía un traje pantalón de color amarillo. No parecía ir armada o ser peligrosa. Algo que sólo sirve para demostrar lo engañosas que pueden ser las primeras impresiones. Abrí la puerta.

—Joven, vengo a ver a Amelia Broadway —me informó la mujer con una exquisita pronunciación.

—Pase, por favor —dije, pues era una mujer mayor y me habían educado para respetar a las personas mayores—. Tome asiento. —Le indiqué el sofá—. Subiré a avisar a Amelia.

Me di cuenta de que no se disculpó por haberme sacado de la cama o por presentarse sin previo aviso. Subí las escaleras con la sombría sensación de que a Amelia no iba a gustarle mi mensaje.

Subía tan poco a la planta superior que me sorprendió lo bien que lo tenía todo Amelia. Las habitaciones de arriba tenían un mobiliario muy básico y Amelia había convertido la de la derecha, la más grande, en su dormitorio. La de la izquierda era su sala de estar. Allí tenía el televisor, una butaca y un diván, un pequeño escritorio con su ordenador y un par de plantas. El dormitorio, que creo fue construido por una generación de Stackhouse que había tenido tres chicos seguidos, sólo disponía de un pequeño armario, pero Amelia había comprado por Internet unos percheros con ruedas y los había montado con mucha habilidad. Después había comprado en una subasta un biombo de tres piezas, lo había pintado y lo había dispuesto delante de los percheros para camuflarlos. El luminoso edredón y la vieja mesa que había repintado para convertirla en tocador destacan en contraste con las paredes pintadas de blanco. Y en medio de tanta alegría, había una deprimida bruja.

Amelia estaba sentada en la cama, con su pelo corto enredado.

—¿Quién está abajo? —me preguntó con voz muy ronca.

—Una mujer mayor de raza negra pero piel clara y rasgos afilados.

—Oh, Dios mío —dijo Amelia casi sin voz, y se derrumbó sobre su docena de cojines—. Es Octavia.

—Pues baja y habla con ella. Yo no puedo entretenerla.

Amelia gruñó pero aceptó lo inevitable. Saltó de la cama y se quitó el camisón. Se puso un sujetador y unas bragas, unos pantalones vaqueros y cogió un jersey de un cajón.

Bajé para decirle a Octavia que Amelia acudiría enseguida. Amelia tendría que pasar por delante de ella para ir al baño, pues sólo había una escalera, pero al menos podía aliviarle el paso.

—¿Le apetece un café? —pregunté. La mujer estaba ocupada observando la estancia con sus grandes ojos castaños.

—Si tenéis té, me tomaría una taza —dijo Octavia Fant.

—Sí, señora, tenemos —dije, contenta de que Amelia hubiera insistido en comprarlo. No tenía ni idea de qué tipo de té era y esperaba que fuera en bolsitas, pues jamás en mi vida lo había preparado de otra manera.

—Bien —dijo, y eso fue todo.

—Amelia bajará enseguida —dije, tratando de pensar en una forma elegante de añadir: «Y va a tener que pasar corriendo por aquí para hacer un pipí y lavarse los dientes, de modo que simule no verla». Abandoné esa causa perdida y me marché a la cocina.

Cogí el té de Amelia de una de las estanterías que ella tenía asignadas y mientras se calentaba el agua, saqué dos tazas con sus platillos y las puse en una bandeja. Cogí también el azucarero, una jarrita con leche y dos cucharillas. «¡Servilletas!», pensé, deseando tenerlas de tela en lugar de papel. (Así me hacía sentir Octavia Fant, sin utilizar magia alguna). Oí correr el agua en el baño del vestíbulo mientras ponía unas galletas en un plato y lo sumaba al conjunto. No tenía flores, ni ningún jarroncito, que era lo único que creía que podía añadir. Armada con la bandeja, crucé lentamente el vestíbulo en dirección al salón.

Deposité la bandeja en la mesita delante de la señorita Fant. La mujer me lanzó una mirada taladrante y asintió levemente a modo de agradecimiento. Me di cuenta entonces de que no podía leerle la mente. Me había refrenado de hacerlo hasta ahora, esperando el momento en que pudiera hacerlo adecuadamente, pero ella sabía cómo bloquearme. Jamás había conocido un ser humano capaz de eso. Por un segundo me puse casi rabiosa. Entonces recordé quién y qué era, y me largué hacia mi habitación para hacer la cama y visitar mi baño. Pasé por el lado de Amelia cuando crucé el vestíbulo y me lanzó una mirada aterrorizada.

«Lo siento, Amelia», pensé al cerrar decidida la puerta de mi habitación. «Te quedas sola».

No tenía que trabajar hasta la noche, de modo que me vestí con unos vaqueros viejos y una camiseta de Fangtasia («El bar con mordisco»). Pam me la había regalado cuando empezaron a venderlas en el bar. Me calcé unos Crocs y fui la cocina a prepararme un café. Me preparé además unas tostadas y tomé el periódico que había recogido al abrir la puerta. Quité la goma elástica que lo sujetaba y miré la portada. Había habido reunión de la junta directiva del colegio, Wal-Mart había realizado una generosa donación al programa posescolar del Club de Chicos y Chicas y se había aprobado la legislación para reconocer los matrimonios entre vampiros y humanos. Bien, bien. Nadie habría creído que esa propuesta de ley acabaría siendo aceptada.

Abrí el periódico para leer las necrológicas. Primero los fallecidos locales..., nadie conocido, mejor. Luego los fallecidos de la zona... Oh, no.

MARÍA ESTRELLA COOPER, rezaba el titular. Y el texto decía únicamente: «María Estrella Cooper, 25 años, residente en Shreveport, falleció ayer en su casa de forma inesperada. Cooper, fotógrafa, deja con vida a su padre y a su madre, Matthew y Stella Cooper, de Minden, y tres hermanos. El funeral queda pendiente».

Me quedé de repente sin respiración y me derrumbé en el sillón con una sensación de incredulidad total. No es que María

Estrella y yo fuéramos muy amigas, pero me caía bien. Además, llevaba meses saliendo con Alcide Herveaux, una figura destacada de la manada de hombres lobo de Shreveport. ¡Pobre Alcide! Su primera novia había sufrido una muerte violenta, y ahora esto.

Sonó el teléfono y di un salto. Lo cogí con una terrible premonición.

—¿Diga? —respondí con cautela, como si el teléfono fuera a escupirme.

—Sookie —dijo Alcide. Tenía la voz profunda, y ronca ahora por el llanto.

—Lo siento mucho —dije—. Acabo de leer el periódico. —No había más qué decir. Ahora ya sabía por qué me había llamado la noche anterior.

—Ha sido asesinada —dijo Alcide.

—Oh, Dios mío.

—Sookie, esto no ha sido más que el principio. Y como existe la probabilidad de que Furnan ande detrás de ti, quiero que te mantengas alerta.

—Demasiado tarde —dije pasado el instante necesario para absorber tan terrible noticia—. Alguien intentó matarme anoche.

Alcide se alejó del teléfono y aulló. Oír aquello, en pleno día, por teléfono… Incluso así, resultaba amedrentador.

Los problemas en el seno de la manada de Shreveport llevaban ya un tiempo fraguándose. Lo sabía incluso yo, que estaba alejada de las políticas de los hombres lobo. Patrick Furnan, el líder de la manada del Diente Largo, había ascendido a su puesto matando en combate al padre de Alcide. La victoria había sido legal —bueno, legal según los hombres lobo—, pero antes de llegar a ella había habido bastante juego sucio. Alcide —fuerte, joven, próspero y cargado de rencor— siempre había sido una amenaza para Furnan, al menos bajo el punto de vista de éste.

Era un asunto tenso, pues los hombres lobo eran un secreto para la población humana, al no haber salido a la luz como los vampiros. Se acercaba, y se acercaba deprisa, el día en que la población de cambiantes daría el paso definitivo. Les había oído hablar sobre ello una y otra vez. Pero no había sucedido aún, y no podía ser bueno que lo primero que los humanos oyeran de los hombres lobo fuera que dejaban cadáveres esparcidos por todas partes.

—Te envío a alguien enseguida —dijo Alcide.

—Por supuesto que no. Esta noche tengo que ir a trabajar y estoy tan al margen de todo esto, que estoy segura de que no volverán a intentarlo. Pero necesito comprender cómo sabía ese tipo dónde y cuándo encontrarme.

—Cuéntale las circunstancias a Amanda —dijo Alcide, con la voz llena de rabia, y entonces se puso Amanda al teléfono. Ahora resultaba difícil creer lo alegres que estábamos las dos cuando nos vimos en la boda.

—Cuéntame —dijo secamente, y comprendí que no había tiempo para discutir. Le conté la historia lo más concisamente posible (excluyendo a Niall, el nombre de Eric y la mayoría de detalles) y, cuando terminé de hablar, se quedó unos segundos en silencio.

—Como ha sido eliminado, es uno menos por el que debamos preocuparnos —dijo, simplemente aliviada—. Ojalá supieras quién era.

—Lo siento —dije con cierta acidez—. Estaba pensando en el arma, no en su carné de identidad. ¿Cómo podéis meteros en una guerra civil siendo tan pocos? —La manada de Shreveport contaría con una treintena de miembros.

—Con refuerzos de otros territorios.

—¿Y por qué tendrían que venir? ¿Por qué sumarte a una guerra que no es tuya? ¿Qué sentido tiene perder a tu gente en la disputa de otra manada?

—Respaldar a los vencedores tiene sus ventajas —dijo Amanda—. ¿Sigues viviendo con esa bruja?

—Sí.

—Entonces puedes hacer una cosa para ayudarnos.

—Está bien —dije, aunque no recordaba haberme ofrecido—. ¿Y qué sería?

—Tienes que pedirle a tu amiga bruja si puede ir al apartamento de María Estrella para ver si consigue leer lo que sucedió allí. ¿Sería posible? Queremos saber qué lobos están implicados.

—Es posible, pero no sé si lo hará.

—Pregúntaselo ahora, por favor.

—Ya te llamaré. Ahora tiene una visita.

Hice una llamada antes de entrar en el salón. No quería dejar un mensaje en el contestador de Fangtasia, que no estaría abierto aún, de modo que llamé al móvil de Pam, algo que nunca antes había hecho. Mientras sonaba, me pregunté si lo guardaría en el ataúd con ella. Era una imagen estrambótica. No sabía si Pam dormía o no en un ataúd, pero si lo hacía... Me estremecí. Naturalmente, salió el contestador y dije: «Pam, he descubierto por qué Eric y yo fuimos atacados anoche, o al menos eso me parece. Se está cociendo una guerra de hombres lobo, y creo que yo era el objetivo. Alguien nos delató ante Patrick Furnan. Y yo no le conté a nadie adónde iba». Eric y yo estábamos demasiado conmocionados para discutir este problema la noche anterior. ¿Cómo podía saber alguien dónde estaríamos anoche? Y que regresaríamos en coche desde Shreveport.

Amelia y Octavia estaban en plena discusión, pero ninguna de las dos parecía tan enfadada o molesta como me temía.

—Siento interrumpir —dije, cuando ambos pares de ojos se volvieron hacia mí. Los de Octavia eran marrones, los de Amelia azules, pero en aquel momento tenían una expresión extrañamente similar.

—¿Sí? —Era evidente que Octavia era la que dominaba la situación.

Cualquier bruja que se preciara de sí misma tenía que conocer la existencia de hombres lobo. Resumí el tema de la guerra de hombres lobo en pocas frases, les conté el ataque que había sufrido la noche anterior en la interestatal y les expliqué la solicitud de Amanda.

—¿Crees que tendrías que involucrarte en esto, Amelia? —preguntó Octavia, dejando claro con su tono de voz que la pregunta sólo podía tener una respuesta.

—Sí, me parece que sí —dijo Amelia. Sonrió—. No se puede ir por ahí disparando contra mi compañera de casa. Ayudaré a Amanda.

Octavia se quedó tan sorprendida como si Amelia acabara de escupirle una pepita de sandía en las bragas.

—¡Amelia! ¡Estás metiéndote en cosas que van más allá de tus habilidades! ¡Las consecuencias pueden ser terribles! Mira lo que le has hecho ya al pobre Bob Jessup.

Tampoco es que conociera a Amelia desde hacía mucho tiempo, pero sabía de sobra que aquélla era una manera muy mala de conseguir que acatara tus deseos. Si Amelia se enorgullecía de algo, era de sus habilidades de bruja. Dudar de su experiencia era una forma segura de ponerla nerviosa. Por otro lado, la verdad es que lo de Bob era una gran cagada.

—¿Podría devolverle a su estado anterior? —le pregunté a la bruja de más edad.

Octavia me lanzó una mirada cortante.

—Por supuesto —respondió.

—Y entonces, ¿por qué no lo hace y empezamos a partir de ahí? —dije.

Octavia estaba sorprendida, y me di cuenta de que no debería haberme enfrentado a ella de aquel modo. Por otro lado, si lo que Octavia deseaba era demostrarle a Amelia que su magia era más poderosa, acababa de brindarle la oportunidad para hacerlo. Bob, el gato, estaba sentado en la falda de Amelia, despreocupado. Octavia hurgó en su bolsillo y extrajo un pastillero que contenía algo que parecía marihuana. Me imagino, no obstante, que cualquier hierba seca tiene un aspecto similar y la verdad es que nunca he tenido marihuana en mis manos, por lo que no soy quién para juzgar. Total, que Octavia cogió un pellizco de aquella cosa verde y seca y la dejó caer sobre el pelaje del gato. Bob se quedó tan tranquilo.

La cara de Amelia se quedó hecha un cuadro mientras observaba a Octavia realizar su hechizo, que al parecer consistía en recitar algunas palabras en latín, y acompañarlas de unos cuantos movimientos y la ya mencionada hierba. Al final, Octavia pronunció lo que debe de ser el equivalente esotérico de «¡Abracadabra!» y señaló el gato.

No pasó nada.

Octavia repitió la frase con más ímpetu. Volvió a señalar el gato con el dedo.

Y de nuevo sin resultados.

—¿Sabéis qué pienso? —pregunté. Nadie daba la impresión de querer saberlo, pero estábamos en mi casa y yo tenía mis derechos—. Me pregunto si Bob no sería un gato desde el principio y por algún motivo disfrutaba temporalmente del estado humano. Tal vez por eso no conseguís transformarlo. A lo mejor es que en realidad es un gato.

—Eso es ridículo —espetó la anciana. Estaba consternada por su fracaso. Y Amelia intentaba con todas sus fuerzas disimular una risilla.

—Si, después de esto, tan segura está de que Amelia es una incompetente, algo que yo dudo bastante, tal vez quiera plantearse venir con nosotras al apartamento de María Estrella —dije—. Para asegurarse de que Amelia no se mete en más problemas.

Amelia se indignó durante un segundo, pero enseguida comprendió mi plan y sumó su súplica a la mía.

—Muy bien, iré —dijo Octavia con grandilocuencia.

Me resultaba imposible leerle la mente a aquella bruja, pero llevaba tiempo suficiente trabajando en el bar como para conocer a una persona solitaria en cuanto veía una.

Amanda me dio la dirección y me dijo que Dawson estaría vigilando la casa hasta que llegáramos allí. Lo conocía y me caía bien, pues ya me había ayudado con anterioridad. Era propietario de un taller de reparación de motos situado a unos cinco kilómetros de Bon Temps y a veces sustituía a Sam cuando éste, por algún motivo, tenía que ausentarse del Merlotte's. Dawson no era miembro de ninguna manada, y la noticia de que estuviera del bando de la facción rebelde de Alcide resultaba significativa.

No puedo decir que el viaje en coche hasta los alrededores de Shreveport fuera una experiencia que nos uniera mucho a las tres, pero aproveché el tiempo para poner al corriente a Octavia de los problemas de la manada. Y le expliqué mi implicación en el tema.

—Cuando se celebró la competición para elegir al líder de la manada —le dije—, Alcide quiso que estuviera allí a modo de detector de mentiras. Así fue como sorprendí mintiendo al oponente, lo que estuvo bien. Pero después, aquello se convirtió en una pelea a muerte y Patrick Furnan resultó ser el más fuerte. Mató a Jackson Herveaux.

—Me imagino que encubrirían la muerte. —La anciana bruja no parecía ni asombrada ni sorprendida.

—Sí, depositaron el cuerpo en una remota granja de su propiedad, conscientes de que nadie lo buscaría allí durante un buen tiempo. Las heridas no serían reconocibles para cuando lo encontraran.

—¿Ha sido un buen líder ese tal Patrick Furnan?

—La verdad es que no lo sé —admití—. Alcide está rodeado por un grupo de descontentos, que son además las personas a las que mejor conozco de la manada, por lo que me imagino que estoy del lado de Alcide.

—¿Te planteaste alguna vez mantenerte neutral? ¿Dejar que ganara el mejor lobo?

—No —dije sinceramente—. Me habría alegrado igual si Alcide no me hubiera llamado y no me hubiera contado los problemas de la manada. Pero ahora que lo sé, le ayudaré si puedo. No es que sea un ángel ni nada por el estilo. Pero Patrick Furnan me odia y ayudar a su enemigo me parece una postura inteligente, punto número uno. Y María Estrella me caía bien, punto número dos. Además, alguien intentó matarme anoche, alguien a quien Furnan podría haber contratado, punto número tres.

Octavia asintió. Era evidente que no era una anciana cobardica.

María Estrella vivía en un edificio de apartamentos algo anticuado situado junto a la Autopista 3, entre Benton y Shreveport. Era un complejo pequeño, con dos edificios, el uno junto al otro, y un aparcamiento, justo al lado de la autopista. Detrás de los edificios había campo y los comercios existentes en los bajos eran establecimientos de día: un agente de seguros y un dentista.

Cada uno de los dos edificios de ladrillo rojo estaba dividido en cuatro apartamentos. Delante del edificio de la derecha vi una camioneta que me resultó familiar enseguida. Aparqué junto a ella. Los apartamentos estaban en un recinto cerrado: había una entrada común que comunicaba con un vestíbulo y, a cada lado, una puerta que daba a la escalera de acceso al segundo piso. María Estrella vivía en el apartamento de la planta baja del lado izquierdo. Era fácil de adivinar, pues Dawson estaba apoyado en la pared, junto a la puerta.

Lo presenté a las dos brujas como «Dawson», pues no conocía su nombre de pila. Era un gigante. Y estaba segura de que contra aquellos bíceps podías incluso partir nueces. Tenía el pelo castaño oscuro con algunas canas, y un bigote bien recortado. Lo conocía de toda la vida, pero no en profundidad. Seguramente tendría siete u ocho años más que yo, y había estado casado. Y se había divorciado. Su hijo, que vivía con la madre, jugaba al futbol americano con el equipo de la Clarice High School. Dawson tenía aspecto de ser un tipo muy duro. No sé si era por lo oscuro de sus ojos, o por su rostro siempre serio, o simplemente por lo grande que era.

La puerta del apartamento estaba sellada con la típica cinta de escena del crimen. Se me llenaron los ojos de lágrimas al ver aquello. María Estrella había muerto de forma violenta hacía sólo escasas horas. Dawson sacó unas llaves (¿las de Alcide?), abrió la puerta y pasamos por debajo de la cinta para poder entrar.

Y nos quedamos todos inmóviles y en silencio, impresionados por el estado de la sala de estar. Mi avance se vio interrumpido por una mesita auxiliar patas arriba y con una raja profunda en la madera. Mis ojos parpadearon al ver unas manchas oscuras e irregulares en las paredes, hasta que mi cerebro me dijo que se trataba de sangre.

Había un olor débil, pero desagradable. Empecé a respirar superficialmente para no marearme.

—¿Y ahora qué quieres que hagamos? —preguntó Octavia.

—Pensé que podríais hacer una reconstrucción ectoplásmica, como la que hizo Amelia en su día —respondí.

—¿Que Amelia hizo una reconstrucción ectoplásmica? —Octavia había dejado su tono altanero y parecía sinceramente sorprendida y admirada—. Jamás he visto hacer una.

Amelia asintió con modestia.

—Con Terry, Bob y Patsy —dijo—. Salió muy bien. Y eso que teníamos una zona muy grande que cubrir.

—Entonces estoy segura de que también podemos hacerla aquí —dijo Octavia. Se la veía interesada y excitada. Era como si su rostro se hubiera despertado de repente. Y entonces comprendí que hasta aquel momento sólo había visto una cara deprimida. Y ahora que había dejado de estar concentrada en impedirme el paso a su cerebro, podía leer sus pensamientos y saber que Octavia había pasado el mes posterior al Katrina preguntándose cómo se las arreglaría para comer, dónde dormiría noche tras noche. Al parecer, aunque no lo veía muy claro, ahora vivía con una familia.

—He traído las cosas —dijo Amelia. Su cerebro irradiaba orgullo y alivio. Aún cabía la posibilidad de que consiguiera superar el contratiempo de Bob sin tener que pagar un precio considerable.

Dawson permanecía apoyado contra la pared, escuchando con evidente interés. Era un hombre lobo y leer sus pensamientos me resultaba complicado, aunque veía claro que estaba relajado.

Le envidiaba, pues a mí me resultaba imposible sentirme cómoda en aquel pequeño apartamento que se hacía eco de la violencia vivida entre sus paredes. Me daba miedo sentarme en el sofá de dos plazas o en el sillón, ambos tapizados a cuadros azules y blancos. La alfombra era de un tono azul más oscuro y las paredes estaban pintadas de blanco. Todo combinaba. Era un apartamento un poco monótono para mi gusto, aunque aseado y cuidado. Era un lugar que menos de veinticuatro horas antes había sido un verdadero hogar.

Inspeccioné el dormitorio, la cama por hacer. Era la única señal de desorden en el dormitorio o la cocina. El escenario de la violencia había sido la sala de estar.

A falta de un lugar mejor donde instalarme, me apoyé en la pared desnuda, al lado de Dawson.

Pese a que hacía pocos meses el mecánico de motos había resultado herido de bala por salir en mi defensa, creo que nunca habíamos mantenido una conversación muy larga. Había oído rumores de que «la ley» (en este caso, Andy Bellefleur y su compañero, el detective Alcee Beck) sospechaba que en el taller de Dawson sucedían cosas que nada tenían que ver con las motos, pero nunca habían sorprendido a Dawson haciendo algo ilegal. Dawson trabajaba además de vez en cuando como guardaespaldas, o quizá prestara sus servicios de manera voluntaria. La verdad es que estaba bien dotado para ese trabajo.

—¿Erais amigas? —preguntó Dawson, moviendo la cabeza en dirección a la mancha de sangre más grande del suelo, la que indicaba el lugar donde había fallecido María Estrella.

—Éramos más bien conocidas —dije, pues no quería mostrar más dolor del necesario—. Coincidí con ella en una boda hace un par de noches. —Iba a decir que cuando la había visto estaba estupendamente bien, pero era una estupidez. Nadie tiene por qué encontrarse mal antes de ser asesinado.

—¿Cuándo fue la última vez que alguien habló con María Estrella? —le preguntó Amelia a Dawson—. Necesito establecer un intervalo horario.

—A las once de anoche —respondió—. Fue una llamada de Alcide. Él se encontraba fuera de la ciudad, tiene testigos. Los vecinos oyeron jaleo una media hora después de eso, llamaron a la policía. —Un discurso muy largo para venir de Dawson. Amelia continuó con sus preparativos. Vi que Octavia estaba leyendo un librito que Amelia había sacado de su pequeña mochila.

—¿Has presenciado alguna vez una cosa de éstas? —me preguntó Dawson.

—Sí, en Nueva Orleans. Por lo que tengo entendido, es algo muy excepcional y difícil de conseguir. Amelia es muy buena.

—¿Vive contigo?

Asentí.

—Es lo que había oído —dijo. Permanecimos un momento en silencio. Dawson estaba demostrando ser un compañero relajante, además de un útil puñado de músculos.

Hubo gesticulaciones y cantos, Octavia siguiendo la estela de la que en su día fuera su alumna. Tal vez Octavia no hubiera realizado nunca una reconstrucción ectoplásmica, pero cuanto más avanzaba el ritual, más poder reverberaba en la pequeña estancia, hasta que me sentí imbuida por la magia. Dawson no parecía asustado, pero se encontraba claramente en estado de alerta. Descruzó los brazos y se enderezó, igual que yo.

Aunque sabía lo que me esperaba, me quedé sorprendida al ver a María Estrella aparecer en la habitación, a nuestro lado. Noté que Dawson se estremecía. María Estrella estaba pintándose las uñas de los pies. Llevaba el pelo recogido en una cola de caballo alta. Estaba sentada en la alfombra delante del televisor con un periódico abierto bajo los pies. La imagen mágicamente recreada tenía el aspecto acuoso de la otra reconstrucción que había presenciado, cuando observé a mi prima Hadley durante sus últimas horas en este mundo. María Estrella no se veía a todo color. Era más bien una imagen rellenada con un gel brillante. Y el efecto resultaba extraño, pues el apartamento no estaba en el mismo orden que en la realidad. Estaba sentada justo delante de la mesa auxiliar que ahora se encontraba bocarriba.

No tuvimos que esperar mucho tiempo. María Estrella acabó de pintarse las uñas y se sentó a mirar la tele (ahora oscura y apagada) mientras esperaba a que se secaran. Realizó unos cuantos ejercicios de piernas en ese rato. Luego cogió la laca de uñas y los separadores de espuma que había utilizado y dobló el periódico. Se levantó y fue al cuarto de baño. La puerta real del cuarto de baño estaba ahora entreabierta, y la acuosa María Estrella tuvo que atravesarla. Dawson y yo podíamos ver el interior desde nuestro ángulo, pero Amelia, que tenía las manos extendidas, se encogió levemente de hombros para dar a entender que María Estrella no estaba haciendo nada importante. Tal vez haciendo un pipí ectoplásmico.

La chica volvió a aparecer en cuestión de minutos, esta vez vestida con un camisón. Entró en su habitación y preparó la cama. De pronto, su cabeza se volvió hacia la puerta.

Era como ver una pantomima. María Estrella había oído un sonido en su puerta, un sonido inesperado. No tenía ni idea de si había oído el timbre, unos golpes en la puerta o alguien que intentaba abrir la cerradura.

Su postura en alerta se convirtió en un gesto de alarma, incluso en pánico. Regresó a la sala de estar, cogió su teléfono móvil (lo vimos aparecer en cuanto lo tocó) y marcó un par de números. Llamaba a alguien mediante los números de marcación directa. Pero antes de que el teléfono pudiera sonar al otro lado de la línea, la puerta se abrió de repente y un hombre se abalanzó sobre ella, mejor dicho, un ser medio hombre, medio lobo. Apareció porque era un ser vivo, pero se vio más claro cuando se acercó a María Estrella, el objetivo del hechizo. Derribó a María Estrella y le mordió el hombro con fuerza. María Estrella abrió la boca, lo que hacía adivinar que estaba gritando y luchando como una mujer lobo, pero el hombre la había cogido totalmente por sorpresa y le impedía mover los brazos. Unos hilillos brillantes indicaban la sangre producida por el mordisco.

Dawson me cogió por el hombro, mientras un rugido salía de su garganta. No sabía si estaba furioso por el ataque que estaba sufriendo María Estrella, excitado por la acción y la impresión de la sangre, o una combinación de ambas cosas.

Entonces apareció un segundo hombre lobo detrás del primero. Estaba en forma humana. Blandía un cuchillo en la mano derecha. Lo hundió en el pecho de María Estrella, lo retiró, lo echó hacia atrás y volvió a clavárselo. La sangre salpicó las paredes. Podíamos ver las gotas de sangre, por lo que intuí que la sangre contenía también ectoplasma (o lo que quiera que eso sea).

El primer hombre era un desconocido. Pero al segundo lo reconocí. Era Cal Myers, un secuaz de Furnan y detective de la policía de Shreveport.

El ataque sorpresa había durado segundos. En el instante en que María Estrella quedó mortalmente herida, salieron por la puerta y la cerraron a sus espaldas. Me sorprendió la repentina y terrible crueldad del asesinato, y noté que mi respiración se aceleraba. María Estrella, brillante y casi transparente, permaneció tendida ante nosotros un momento en medio de aquel desastre, con las manchas de sangre brillante en el camisón y en el suelo, a su alrededor, y entonces, en el momento de su muerte, la imagen desapareció.

Nos quedamos todos horrorizados y en silencio. Las brujas no decían nada, tenían los brazos caídos, como si fueran marionetas a las que les hubieran cortado las cuerdas. Octavia estaba llorando, las lágrimas rodaban por sus arrugadas mejillas. Amelia daba la impresión de que iba a vomitar de un momento a otro. Yo sentía escalofríos, e incluso Dawson parecía mareado.

—No conocía al primer tipo, ya que sólo estaba medio transformado —dijo Dawson—. Pero el segundo me suena. Es policía, ¿verdad? De Shreveport.

—Cal Myers. Mejor que llamemos a Alcide —dije cuando me vi con ánimos para poder hablar—. Y cuando Alcide esté mejor, tendrá que enviarles alguna cosa a estas señoras por las molestias que se han tomado. —Me imaginé que Alcide no pensaría ahora en ello, pues estaba destrozado por lo de María Estrella, pero las brujas habían realizado su trabajo sin mencionar en ningún momento una recompensa. Merecían un pago por su esfuerzo. Les había costado caro: ambas se habían derrumbado en el sofá.

—Si las señoras pueden —dijo Dawson—, lo mejor es que nos vayamos largando de aquí. Nunca se sabe cuándo puede volver la policía. Los del laboratorio del crimen terminaron justo cinco minutos antes de que llegarais vosotras.

Mientras las brujas se recuperaban y recogían todos sus trastos, hablé con Dawson.

—¿Dijiste que Alcide tenía una buena coartada?

Dawson asintió.

—Recibió una llamada de una vecina de María Estrella. Llamó a Alcide justo después de llamar a la policía, cuando oyó todo el jaleo. Seguro que lo llamó al teléfono móvil. Él respondió enseguida y la vecina oyó los sonidos del bar del hotel como fondo de su conversación. Además, estaba en el bar con gente que ha jurado que Alcide estaba allí cuando se enteró del asesinato.

—Me imagino que la policía estará intentando encontrar el móvil del crimen. —Eso es lo que hacían en las series de televisión.

—María Estrella no tenía enemigos —dijo Dawson.

—¿Y ahora qué? —preguntó Amelia. Ella y Octavia se habían levantado ya, pero se las veía agotadas. Dawson nos guió hacia fuera del apartamento y lo cerró con llave.

—Gracias por venir, señoras —dijo Dawson a Amelia y Octavia. Entonces se volvió hacia mí—: Sookie, ¿podrías venir conmigo para explicarle a Alcide lo que acabamos de ver? ¿Puede Amelia acompañar en coche a la señorita Fant?

—Por supuesto. Si no está demasiado cansada.

Amelia dijo que se apañaría. Habíamos venido en mi coche, de modo que le lancé las llaves.

—¿Podrás conducir? —le pregunté, para estar tranquila.

Estaba subiendo en la camioneta de Dawson cuando me di cuenta de que aquel paso me adentraba aún más en la guerra de los lobos. Pero entonces pensé: «Patrick Furnan ya ha intentado matarme. La cosa no puede ir a peor».

Capítulo 7

La camioneta de Dawson, una Dodge Ram, aunque maltrecha exteriormente, tenía el interior bien cuidado. No era en absoluto un vehículo nuevo —tendría unos cinco años—, pero estaba muy bien conservado, tanto bajo la capota como en la cabina.

—Tú no eres miembro de la manada, ¿verdad, Dawson?

—Tray, Tray Dawson.

—Oh, lo siento.

Dawson se encogió de hombros, como queriendo decir con ello: «No tiene importancia».

—Nunca fui un buen animal de manada —dijo—. Nunca supe mantenerme a raya. Me resulta imposible seguir la cadena de mando.

—¿Y por qué estás ahora metido en esta lucha? —le pregunté.

—Patrick Furnan intentó acabar con mi negocio —dijo Dawson.

—¿Por qué motivo?

—En la zona ya no van quedando tantos talleres de motos, sobre todo desde que Furnan adquirió la distribución de Harley-Davidson en Shreveport —me explicó Dawson—. Es muy avaricioso. Lo quiere todo para él. No le importa que los demás se arruinen. Cuando se dio cuenta de que mi taller seguía adelante, me mando un par de sus chicos. Me dieron una paliza, me reventaron el taller.

—Debían de ser muy buenos —dije. Resultaba difícil creer que alguien pudiera superar a Tray Dawson—. ¿Llamaste a la policía?

—No. No puede decirse que la poli de Bon Temps esté loca por mí. Pero me puse del lado de Alcide.

El detective Cal Myers, evidentemente, estaba al corriente de los trabajos sucios de Furnan. Fue él quien colaboró con Furnan en el engaño del concurso para ser el líder de la manada. Pero lo que me sorprendía de verdad es que estuviese dispuesto a llegar hasta el extremo de cometer el asesinato de María Estrella, cuyo único pecado había sido que Alcide se enamorara de ella. Pero lo habíamos visto con nuestros propios ojos.

—¿Qué problema tienes con la policía de Bon Temps? —pregunté, ya que estábamos hablando sobre el cumplimiento de la ley.

Se echó a reír.

—Fui policía, ¿lo sabías?

—No —contesté, realmente sorprendida—. ¿Bromeas?

—De verdad —dijo—. Fui miembro de la policía de Nueva Orleans. Pero no me gustaba el politiqueo y mi capitán era un auténtico hijo de puta, perdón por la expresión.

Asentí, muy seria. Hacía mucho tiempo que nadie se disculpaba ante mí por utilizar un lenguaje soez.

—¿Y qué pasó?

—Al final, la situación llegó a un punto crítico. El capitán me acusó de coger un dinero que un tipo repugnante había dejado sobre una mesa cuando lo arrestamos en su casa. —Tray movió la cabeza, asqueado—. Tuve que marcharme. Pero me gustaba el trabajo.

—¿Qué es lo que te gustaba del trabajo?

—No había dos días iguales. Sí, bueno, andábamos patrullando con los coches. Eso siempre era parecido. Pero cada vez que salíamos sucedía algo distinto.

Moví afirmativamente la cabeza. Comprendía a qué se refería. También cada día en el bar era un poco distinto, aunque quizá no tanto como las jornadas de Tray en el coche patrulla.

Continuamos en silencio durante un rato. Adiviné que Tray estaba pensando en las probabilidades que tenía Alcide de superar a Furnan en la lucha por el dominio. Estaba pensando que Alcide era un tipo afortunado por haber salido con María Estrella y conmigo, y más afortunado aún desde la desaparición de aquella desgraciada de Debbie Pelt. Se había librado de una buena, pensaba Tray.

—Ahora soy yo quién debe formularte una pregunta —dijo Tray.

—Me parece justo.

—¿Tienes algo que ver con la desaparición de Debbie?

Respiré hondo.

—Sí. Defensa propia.

—Bien hecho, alguien tenía que hacerlo.

Nos quedamos de nuevo en silencio, un silencio que se prolongó como mínimo diez minutos. No era mi intención traer de vuelta el pasado, pero Alcide había roto con Debbie Pelt antes de que yo le conociera. Luego salió poco tiempo conmigo. Debbie decidió que yo era su enemiga e intentó matarme. Pero yo llegué primero. Había conseguido resignarme a aquel hecho... en la medida en que pueda ser posible. Pero Alcide nunca había podido volver a mirarme de la misma manera, ¿y por qué culparle por ello? Después había encontrado a María Estrella, y yo me había alegrado por ellos.

Noté que los ojos se me llenaban de lágrimas y miré por la ventana. Habíamos pasado el circuito de carreras y el desvío hacia el centro comercial Pierre Bossier. Dejamos atrás otro par de salidas y Tray enfiló la rampa para salir de la autopista.

Serpenteamos por un barrio modesto durante un buen rato, y Tray miraba tan a menudo por el retrovisor que me di cuenta de que vigilaba si alguien nos seguía. De pronto, giró por una calle y se detuvo detrás de una de las casas algo más grandes, tímidamente pintada de blanco. Aparcamos debajo de un espacio cubierto, al lado de otra camioneta. Más allá estaba aparcado un pequeño Nissan. Había también un par de motos y Tray las observó con interés profesional.

—¿Quién vive aquí? —Dudaba si formular esa pregunta, pero quería saber dónde me encontraba.

—Es la casa de Amanda —respondió. Esperó a que pasara yo delante, de modo que subí las tres escaleras que ascendían hasta la puerta trasera y llamé al timbre.

—¿Quién es? —preguntó una voz apagada.

—Sookie y Dawson —respondí.

La puerta se abrió con cautela y Amanda bloqueó la entrada de tal modo que me impidió ver el interior. No sé mucho de pistolas, pero vi claramente que Amanda me apuntaba al pecho con un gran revólver. Era la segunda vez en dos días que me encañonaban. De pronto, sentí mucho frío y sensación de mareo.

—De acuerdo —dijo Amanda después de observarnos con detalle.

Alcide estaba detrás de la puerta, armado con una escopeta. Apareció en cuanto entramos y se tranquilizó al vernos. Dejó la recortada sobre el mostrador de la cocina y se sentó junto a la mesa.

—Siento lo de María Estrella, Alcide —dije, obligándome a hablar a pesar de tener la boca agarrotada. Que te apunten con un arma es espeluznante, sobre todo si es a bocajarro.

—Aún no lo he digerido —dijo con un tono de voz plano. Comprendí que no había captado todavía el impacto de su muerte—. Estábamos pensando en irnos a vivir juntos. Si lo hubiéramos hecho antes, ahora estaría viva.

No tenía ningún sentido ponerse a imaginar lo que podría haber sido y no fue. Sólo servía para torturarse. Y lo que había sucedido ya era bastante terrible de por sí.

—Sabemos quién lo hizo —dijo Dawson, y un escalofrío recorrió la estancia. En la casa había más licántropos, los percibía, y todos se pusieron en estado de alerta al escuchar las palabras de Tray Dawson.

—¿Qué? ¿Cómo? —Sin que me diera ni cuenta, Alcide se había puesto en pie.

—Sookie le pidió a sus amigas brujas que hicieran una reconstrucción —dijo Tray, haciendo un ademán en mi dirección—. Y yo he podido presenciarlo. Fueron dos tipos. A uno de ellos no lo había visto en mi vida, lo que da a entender que Furnan contrató a hombres lobo de otra parte. El segundo era Carl Myers.

Alcide contrajo sus grandes manos en un puño. Su conjunto de reacciones era tal, que no sabía ni por dónde empezar a hablar.

—Furnan ha contratado ayuda —dijo finalmente Alcide—. Por lo que estamos en nuestro derecho a acabar con ellos. Cogeremos a uno de esos cabrones y lo obligaremos a hablar. Aquí no podemos traer a ningún rehén; alguien podría darse cuenta. ¿Dónde, Tray?

—En El Pelo del Perro —respondió.

A Amanda no le entusiasmaba mucho la idea. Era la propietaria de ese bar y utilizarlo como lugar de ejecución o tortura era algo que no le atraía mucho. Abrió la boca dispuesta a protestar. Pero Alcide se encaró con ella y gruñó, retorciendo su rostro hasta que dejó de parecer el suyo. Amanda se encogió de miedo y asintió.

Alcide levantó aún más la voz para seguir hablando.

—Cal Myers es hombre muerto.

—Es un miembro de la manada, y los miembros de la manada se someten a juicio —dijo Amanda, y volvió a encogerse de miedo, anticipando el rugido de rabia de Alcide.

—No me has preguntado sobre el hombre que intentó matarme —dije. Quería reducir la tensión de la situación, si era posible.

Aun furioso como estaba, Alcide fue lo bastante decente como para no recordarme que yo seguía con vida, mientras que María Estrella no, o que había amado a María Estrella mucho más de lo que pudiera haberle llegado a interesar yo. Pero ambos pensamientos le pasaron por la cabeza.

—Era un hombre lobo —dije—. Mediría un metro setenta y cinco, de unos veinte y pico años. Iba bien afeitado. Tenía el pelo castaño, los ojos azules y una gran marca de nacimiento en el cuello.

—Oh —dijo Amanda—. Me parece que quienquiera que sea, es el nuevo mecánico del taller de Furnan. Empezó a trabajar allí la semana pasada. Lucky Owens, ¡ja! ¿Con quién estabas cuando sucedió?

—Estaba con Eric Northman —dije.

Se produjo un largo silencio, no del todo amistoso. Los hombres lobo y los vampiros son rivales naturales, si no enemigos consumados.

—¿Y dices que el tipo está muerto? —preguntó Tray, siempre muy práctico, y yo asentí.

—¿Cómo os abordó? —preguntó Alcide, con un tono de voz más racional.

—Buena pregunta —dije—. Eric y yo íbamos en coche por la interestatal, volviendo de Shreveport. Habíamos ido a cenar allí.

—¿Y quién podía saber dónde y con quién estabas? —preguntó Amanda, mientras Alcide bajaba la vista con el ceño fruncido, inmerso en sus pensamientos.

—¿O que anoche tenías que volver a casa por la interestatal? —Tray estaba ganando puntos en mi opinión; daba justo en el clavo, con ideas prácticas y pertinentes.

—Yo sólo le comenté a mi compañera de casa que iba a salir a cenar, pero no le conté adónde iba —dije—. En el restaurante quedamos con alguien, pero podemos descartarlo. Eric lo sabía, porque hizo de chófer. Pero conozco a Eric y el otro hombre tampoco se lo comentaría a nadie.

—¿Cómo puedes estar tan segura? —preguntó Tray.

—Porque Eric recibió un disparo por protegerme —dije—. Y porque la persona con la que nos encontramos es un familiar.

Amanda y Tray no sabían lo pequeña que era mi familia, por lo que no captaron lo trascendental de mi declaración. Pero Alcide, que me conocía mejor, me miró de reojo.

—Te lo estás inventando —dijo.

—No, en absoluto. —Le lancé una mirada. Sabía que era un día terrible para Alcide, pero no tenía por qué explicarle mi vida. De repente, me vino una idea a la cabeza—. Espera, el camarero... era un hombre lobo. —Eso explicaría muchas cosas.

—¿Cómo se llama el restaurante?

—Les Deux Poissons. —Lo pronuncié con mal acento, pero los lobos asintieron.

—Kendall trabaja allí —dijo Alcide—. Kendall Kent. ¿Cabello largo y pelirrojo? —Moví afirmativamente la cabeza y la expresión de Alcide se tornó triste—. Creía que Kendall estaría de nuestro lado. Hemos tomado cervezas juntos un par de veces.

—Es el hijo mayor de Jack Kent. Le bastaría con haber hecho una llamada —dijo Amanda—. Tal vez no supiera que...

—Eso no es excusa —dijo Tray. Su voz profunda reverberó en la pequeña cocina—. Kendall sabe quién es Sookie, estaba en el concurso para la elección del líder de la manada. Sookie es amiga de la manada. En lugar de decirle a Alcide que ella estaba en nuestro territorio y debía ser protegida, llamó a Furnan y le explicó dónde estaba Sookie, y a lo mejor le dijo incluso cuándo había salido para su casa. Se lo puso fácil a Lucky para estar al acecho.

Quise protestar para decir que nadie podía asegurar que todo hubiera sido así, pero cuando lo pensé un poco más comprendí que tenía que haber sido exactamente de aquella manera, o de una muy similar. Sólo para asegurarme de que lo recordaba todo correctamente, llamé a Amelia y le pregunté si le había contado a alguien por teléfono dónde estaba yo la noche anterior.

—No —dijo—. Llamó Octavia, que no te conocía. Recibí la llamada de un chico pantera que conocí en la boda de tu hermano. Créeme, no saliste para nada a relucir en nuestra conversación. Llamó Alcide, realmente disgustado. Y Tanya, pero no le dije nada.

—Gracias, compi —dije—. ¿Ya te has recuperado?

—Sí, ya me encuentro mejor, y Octavia se ha ido ya a casa de la familia con la que vive en Monroe.

—Perfecto, nos vemos luego.

—¿Llegarás a tiempo para ir a trabajar?

—Sí, tengo que llegar a tiempo para ir a trabajar. —Había pasado aquella semana en Rhodes y tenía que cumplir escrupulosamente con mis horarios durante una buena temporada; de lo contrario, las demás camareras me echarían en cara que Sam me daba todos los días libres que yo quería. Colgué—. No se lo contó a nadie —dije.

—De modo que tú... y Eric, tuvisteis una placentera cena en un restaurante caro, junto con otro hombre.

Lo miré con incredulidad. Aquello no venía a cuento. Me concentré. Nunca me había inmerso en una investigación mental que estuviera tan confusa. Alcide estaba dolido por María Estrella, se sentía culpable por no haberla protegido, estaba enfadado por que yo hubiera sido arrastrada a ese conflicto y, por encima de todo, tenía ganas de partir unas cuantas cabezas. Y como guinda del pastel, Alcide —de forma completamente irracional— odiaba la idea de que yo hubiera salido con Eric.

Intenté mantener la boca cerrada por respeto a su pérdida; eso de las emociones en conflicto no era desconocido para mí. Pero descubrí que de repente me había cansado totalmente de él.

—Está bien —dije—. Lucha tú tus propias batallas. Vine cuando me lo pediste. Te he ayudado cuando me pediste que lo hiciera, tanto en la batalla para elegir el líder de la manada como hoy, a costa de mi propio dolor emocional. Que te jodan, Alcide. A lo mejor Furnan es mejor lobo que tú. —Giré sobre mis talones y capté la mirada que Tray Dawson le lanzaba a Alcide cuando yo salía de la cocina, bajaba las escaleras y me dirigía al cobertizo donde estaban aparcados los coches. De haber encontrado una lata por el suelo, le hubiera atizado un puntapié.

—Te llevaré a casa —dijo Tray, apareciendo de repente a mi lado. Seguí mi camino hacia el lado del pasajero, agradecida de que me proporcionara un medio para marcharme de allí. Cuando salí de estampida de la casa, no pensé en lo que sucedería a continuación. Quedaría fatal en una salida tan buena tener que volver a entrar y buscar en el listín el número de teléfono de algún taxi.

Creía que después de la debacle de Debbie, Alcide me odiaría de verdad. Pero, al parecer, aquel odio no era total.

—Vaya ironía, ¿no te parece? —dije después de un buen rato de silencio—. Anoche casi me pegan un tiro porque Patrick Furnan piensa que con eso fastidiaría a Alcide. Hasta hace diez minutos, ni se me habría ocurrido que pudiera ser así.

Tray tenía más el aspecto de estar cortando cebollas que de estar metido en la conversación. Después de otra pausa, dijo:

—Alcide actúa como un imbécil, pero debes tener en cuenta que tiene muchas cosas en la cabeza.

—Lo entiendo —dije, y cerré la boca antes de pronunciar una palabra más.

Y resultó que llegué a tiempo para ir a trabajar aquella noche. Estaba tan enfadada mientras me cambiaba que a punto estuve de romper el pantalón negro, de tanto que tiré de él. Me cepillé el pelo con una fuerza tan innecesaria, que no sé cuánto dejé en el cepillo.

—Los hombres son unos idiotas incomprensibles —le dije a Amelia.

—¿No me digas? —dijo ella—. Cuando hoy buscaba a Bob por el bosque, encontré una gata con cachorritos. ¿Y sabes qué? Todos eran blancos y negros.

La verdad es que no supe qué responderle.

—De modo que al infierno con la promesa que le hice, ¿o no? Voy a divertirme. Si él puede andar follando por ahí, yo también. Y si vuelve a vomitar encima de mi colcha, le perseguiré con la escoba.

Intenté no mirar directamente a Amelia.

—No te culparé por ello —dije, tratando de no alterarme. Era bueno estar a punto de estallar en carcajadas en lugar de querer pegar a alguien. Cogí mi bolso, estudié en el espejo del baño del vestíbulo cómo me había quedado la cola de caballo y salí por la puerta trasera para coger el coche e ir al Merlotte's.

Me sentía cansada incluso antes de cruzar la puerta de empleados, una mala manera de iniciar mi turno.

No vi a Sam cuando guardé el bolso en el cajón grande del escritorio que todas utilizábamos para ello. Cuando salí del vestíbulo que daba acceso a los aseos, al despacho de Sam, al almacén y a la cocina (aunque la puerta de ésta estaba cerrada con llave desde dentro la mayoría de las veces), no vi tampoco a Sam; lo encontré por fin detrás de la barra. Lo saludé con un movimiento de cabeza mientras me ataba el delantal blanco que acababa de coger del montón donde había docenas de ellos. Guardé en el bolsillo mi libreta para tomar nota de los pedidos y un lápiz, miré a mi alrededor en busca de Arlene, a quien me tocaba sustituir, y examiné con la vista las mesas de nuestra sección.

Mi corazón dio un vuelco. No sería una noche tranquila. En una de las mesas había unos cuantos imbéciles con camisetas de la Hermandad del Sol. La Hermandad era una organización radical que creía que los vampiros (a) eran pecaminosos por naturaleza, casi demonios, y (b) debían ser ejecutados. Los «predicadores» de la Hermandad no proclamaban eso en público, pero la Hermandad defendía la erradicación completa de los no muertos. Había oído decir que incluso existía un librito elemental que asesoraba a los miembros sobre cómo llevar eso a cabo. Después del atentado de Rhodes, su odio se había vuelto más descarado.

El grupo de la Hermandad del Sol aumentaba en número a medida que los norteamericanos batallaban por aceptar algo que resultaba imposible comprender… y a medida que centenares de vampiros llegaban al país que, de entre todas las naciones del planeta, les había dado la recepción más favorable. Desde que unos pocos países decididamente musulmanes y católicos habían adoptado la política de matar en el acto a los vampiros, Estados Unidos había empezado a aceptar a éstos como refugiados y víctimas de la persecución política o religiosa; la reacción contra esta política estaba siendo violenta. Recientemente había visto una pegatina en un coche que decía: «Diré que los vampiros están vivos cuando arranques mis fríos dedos de muerto de mi garganta desgarrada».

Consideraba a los miembros de la Hermandad del Sol intolerantes e ignorantes y odiaba a los que se contaban entre sus filas. Pero estaba acostumbrada a mantener la boca cerrada sobre el tema cuando estaba en el bar, igual que también a evitar discusiones sobre el aborto, el control de las armas o la presencia de gays en el ejército.

Naturalmente, aquellos tipos de la Hermandad del Sol eran probablemente colegas de Arlene. Mi indecisa ex amiga había mordido el anzuelo y había caído en la pseudoreligión que los de la Hermandad propagaban.

Arlene me informó brevemente sobre las mesas mientras se dirigía a la puerta trasera, mostrando una expresión dura. Viéndola marchar, me pregunté qué tal les iría a sus hijos. Hace tiempo yo solía ser su canguro con frecuencia. Pero ahora, lo más seguro era que, si hacían caso a su madre, me aborrecieran.

Me sacudí la melancolía, pues Sam no me pagaba para estar malhumorada. Pasé por turnos por todos los clientes, les serví más bebidas, me aseguré de que todo el mundo tuviera la comida que había pedido, le llevé un tenedor limpio a una mujer a la que se le había caído el suyo al suelo, y más servilletas a la mesa donde Catfish Hennessy comía tiras de pollo rebozado e intercambié unas animadas palabras con los tipos sentados en la barra. Traté a los de la mesa de la Hermandad del Sol igual que trataba a todo el mundo, y no me pareció que me prestaran especial atención, lo que me pareció estupendo. Confiaba en que se marcharan sin causar más problemas… hasta que llegó Pam.

Pam es blanca como una hoja de papel y tiene el aspecto que tendría Alicia en el País de las Maravillas si al hacerse mayor se hubiera convertido en vampiro. De hecho, aquella noche Pam llevaba incluso una cinta azul en su pelo rubio y liso, y se había puesto un vestido en lugar de su habitual conjunto con pantalón. Estaba encantadora..., a pesar de que pareciera un vampiro salido de *Las desventuras de Beaver.* El vestido tenía manguitas abullonadas con el ribete blanco, y un cuello con idéntico remate. Los diminutos botones de la parte frontal del vestido eran blancos, conjuntados con los topitos de la falda. Iba sin medias, me fijé, porque cualquier media que se comprara resultaría extraña, dada la palidez de su piel.

—Hola, Pam —dije al ver que se acercaba directamente a mí.

—Sookie —dijo cariñosamente, y me dio un beso tan ligero como un copo de nieve. Noté la frialdad de sus labios en mi mejilla.

—¿Qué sucede? —le pregunté. Normalmente, Pam trabajaba en Fangtasia por las noches.

—Tengo una cita —dijo—. ¿Crees que voy bien? —Se dio la vuelta.

—Por supuesto que sí —contesté—. Tú siempre estás bien, Pam. —Era la pura verdad. Aunque la vestimenta que Pam elegía era a menudo ultraconservadora y raramente salía con nadie, eso no quería decir que no despertase interés. Tenía un encanto dulce, pero letal—. ¿Quién es el afortunado?

Puso una cara tan picara como un vampiro de doscientos años puede llegar a poner.

—¿Y quién te ha dicho que sea un chico? —dijo.

—Oh, claro. —Miré a mi alrededor—. ¿Quién es la persona afortunada?

Justo en aquel momento apareció mi compañera de casa. Amelia llevaba unos pantalones preciosos de lino negro, tacones, un jersey de color hueso y un par de pendientes de ámbar y carey. Un conjunto también conservador, pero de un estilo más moderno. Amelia avanzó hacia nosotras, sonrió a Pam y dijo:

—¿Has pedido ya una copa?

Pam sonrió como nunca antes la había visto sonreír, de una forma… tímida.

—No, estaba esperándote.

Se sentaron en la barra y las atendió Sam. Enseguida se pusieron a charlar y se levantaron para irse en cuanto terminaron sus bebidas.

Cuando, de camino hacia la salida, pasaron por mi lado, dijo Amelia:

—Ya nos veremos. —Era su manera de decirme que tal vez no pasaría la noche en casa.

—Estupendo, que os divirtáis —dije. Su salida fue seguida por más de un par de ojos masculinos. Si las córneas se empañasen con la humedad como los cristales, todos los tíos del bar estarían viendo borroso.

Volví a hacer la ronda de mis mesas, llevando más cervezas a una, la cuenta a otra, hasta que llegué a la mesa ocupada por los dos tipos con camisetas de la Hermandad del Sol. Seguían mirando la puerta, como si esperaran que Pam volviera a entrar y les gritara: «¡UUH!».

—¿He visto realmente lo que creo que acabo de ver? —me preguntó uno de los dos hombres. Tendría treinta y pico años, iba bien afeitado, pelo castaño, un tipo corriente. Al otro, le habría mirado con recelo de haber compartido juntos un ascensor. Era delgado, tenía una barbita continuándole la mandíbula, llevaba algunos tatuajes de aspecto casero (típicos de cárcel) y un cuchillo sujeto con correas al tobillo, algo que no me habría resultado difícil de detectar en cuanto hubiera captado mentalmente que iba armado.

—¿Y qué cree haber visto? —le pregunté con dulzura. Cabello Castaño me tomaba por una simplona. Pero era un buen camuflaje, y significaba que Arlene no había ido contándole a todo el mundo mis pequeñas peculiaridades. Nadie en Bon Temps diría que la telepatía existe si te ponías a preguntar un domingo a la salida de cualquier iglesia. Pero, en caso de hacerlo a la salida del Merlotte's un sábado por la noche, más de uno te habría dicho que sí.

—Me ha parecido ver entrar una vampira, como si tuviera derecho a hacerlo. Y creo haber visto a una mujer salir feliz de aquí acompañándola. Juro por Dios que me cuesta creerlo. —Me miró como si yo tuviera que compartir su indignación. Tatuado Carcelero asintió con vigor.

—Perdone..., han visto a dos mujeres saliendo juntas de un bar, ¿y eso les molesta? No entiendo dónde está el problema. —Por supuesto que lo entendía, pero a veces toca fingir.

—¡Sookie! —Sam estaba llamándome.

—¿Desean los caballeros alguna cosa más? —pregunté, ya que sin duda alguna Sam trataba de reclamarme de un modo u otro.

Los dos hombres me miraron con extrañeza después de haber deducido correctamente que yo no compartía exactamente sus creencias.

—Supongo que vamos a marcharnos ya —dijo Tatuado Carcelero, confiando claramente en que los clientes tenían que hacerme sufrir para cobrar—. ¿Tienes la cuenta preparada? —Tenía la cuenta preparada y la deposité sobre la mesa, entre los dos. Ambos le echaron un vistazo, pusieron cada uno un billete de diez y retiraron las sillas.

—En un segundo vuelvo con su cambio —dije, y di media vuelta.

—Quédate el cambio —contestó Cabello Castaño, con tono amargado y no muy emocionado por mis servicios.

—Imbéciles —murmuré entre dientes de camino a la caja registradora de la barra.

—Sookie, tienes que cerrar el pico —dijo Sam.

Me sentí tan sorprendida que me quedé mirándolo. Ambos estábamos detrás de la barra y Sam andaba preparando un combinado de vodka. Continuó tranquilamente su trabajo, con la mirada fija en sus manos.

—Tienes que atenderlos como a cualquier cliente.

No era muy frecuente que Sam se dirigiera a mí como una empleada, pues solía tratarme más bien como un socio de confianza. Dolía, sobre todo si me daba cuenta de que tenía razón. Aunque superficialmente me había mostrado educada, tendría (y debería) que haberme tragado sus últimos comentarios sin rechistar... si no hubieran llevado aquellas camisetas de la Hermandad. El Merlotte's no era mi negocio. Era el negocio de Sam. Y el que sufriría las consecuencias si los clientes no volvían sería él.

—Lo siento —dije, aunque me costara decirlo. Le sonreí a Sam y me dispuse a hacer una nueva e innecesaria ronda a mis mesas, una ronda en la que probablemente cruzaría la línea que separaba ser atenta de ser pesada. Pero si me encerraba en el baño de empleados o en los lavabos de señoras, acabaría llorando, porque que te amonesten, duele, y duele también equivocarse; pero, por encima de todo, lo que más duele es que te pongan en tu debido lugar.

Cuando aquella noche cerramos, me marché lo más rápida y silenciosamente posible. Sabía que tenía que superar el sentirme dolida, pero prefería superarlo sola en mi propia casa. No me apetecía tener una «charla» con Sam..., ni con nadie, en realidad. Holly me observaba con curiosidad extrema.

De modo que salí hacia el aparcamiento con mi bolso y sin quitarme ni el delantal. Tray estaba apoyado en mi coche y di un salto antes de que pudiera evitarlo.

—¿Te marchas corriendo y asustada?

—No, me marcho corriendo y enfadada —dije—. ¿Qué haces aquí?

—Voy a seguirte hasta casa —dijo—. ¿Está Amelia?

—No, esta noche ha quedado con alguien.

—En ese caso, vigilaré la casa —dijo el hombretón, y subió a su furgoneta para seguirme hacia Hummingbird Road.

No veía ningún motivo para objetar lo contrario. De hecho, tener a alguien conmigo, a alguien en quien confiaba, me hacía sentir bien.

La casa estaba tal y como la había dejado o, mejor dicho, tal y como Amelia la había dejado. Las luces de seguridad exteriores se habían encendido automáticamente y Amelia había dejado encendida tanto la luz que había sobre el fregadero de la cocina como la del porche trasero. Llaves en mano, me dirigí hacia la puerta de la cocina.

La manaza de Tray me agarró por el brazo justo cuando empezaba a girar el pomo.

—No hay nadie —dije, pues lo había comprobado a mi manera—. Y Amelia lo ha dejado todo tal y como tiene que estar.

—Tú quédate aquí mientras yo echo un vistazo —dijo con amabilidad. Asentí y le dejé entrar. Pasados unos segundos de silencio, abrió la puerta para decirme que podía pasar a la cocina. Me disponía ya a seguirlo por toda la casa, cuando me dijo—: Lo que si te agradecería es un vaso de Coca-Cola, si es que tienes.

Me había eludido a la perfección, pasando de seguirme a rogar mi hospitalidad. Mi abuela me habría pegado con un cazamoscas de no haberle servido al instante una bandeja con una Coca-Cola.

Cuando reapareció en la cocina y declaró que la casa estaba libre de intrusos, el refresco con hielo estaba ya servido en la mesa, acompañado por un sándwich de pastel de carne. Y una servilleta doblada.

Sin decir palabra, Tray se sentó, colocó la servilleta sobre sus rodillas, comió el sándwich y bebió la Coca-Cola. Yo me senté delante de él con mi bebida.

—Me han dicho que tu chico ha desaparecido —dijo Tray mientras se secaba la boca con la servilleta.

Moví afirmativamente la cabeza.

—¿Qué crees que le ha pasado?

Le expliqué las circunstancias.

—Así que, ya ves, no tengo noticias de él —dije para finalizar. El relato empezaba a salirme casi automático, como si lo tuviera grabado.

—Una pena. —Fue todo lo que dijo. Por alguna razón, aquella discusión tranquila y sin dramatismos de un tema tan sensible me hizo sentirme mejor. Pasado un minuto de pensativo silencio, dijo Tray—: Espero que lo encuentres pronto.

—Gracias. Estoy ansiosa por saber qué es de él. —Un eufemismo enorme.

—Bueno, mejor que me vaya —dijo—. Si por la noche te pones nerviosa, llámame. Estoy aquí en diez minutos. No es bueno que estés aquí sola con esta guerra en ciernes.

Tuve una imagen mental de tanques avanzando por el camino de acceso a mi casa.

—¿Crees que la cosa podría ponerse muy mal? —pregunté.

—Mi padre me contó lo de la última guerra, que fue cuando su padre era pequeño. La manada de Shreveport se enfrentó a la manada de Monroe. En la manada de Shreveport eran unos cuarenta, contando los medios. —«Medios» era el término comúnmente empleado para los hombres lobo que se convertían en tales a través de mordedura. Sólo podían convertirse en un ser medio hombre, medio lobo, y no alcanzaban a conseguir la forma perfecta de lobo que los hombres lobo de nacimiento consideraban inmensamente superior—. Pero la manada de Monroe contaba con un puñado de universitarios, de modo que alcanzaban también los cuarenta o cuarenta y cinco. Al final de la batalla, ambas manadas quedaron reducidas a la mitad.

Pensé en todos los lobos que conocía.

—Confío en que la guerra no vaya a más —dije.

—No parará —dijo Tray, siempre muy práctico—. Han probado el sabor de la sangre, y asesinar a la chica de Alcide en lugar de hacerlo con él ha sido una forma cobarde de iniciar la lucha. E intentar acabar contigo..., eso sólo ha servido para empeorar las cosas. No tienes ni una gota de sangre de lobo en tus venas. Eres amiga de la manada. Eso debería convertirte en intocable, no en blanco de los ataques. Y esta misma tarde, Alcide ha encontrado muerta a Christine Larrabee.

Me quedé de nuevo conmocionada. Chistine Larrabee era —había sido— la viuda de uno de los anteriores líderes de la manada. Ocupaba una posición destacada en la comunidad de los lobos y había apoyado a regañadientes a Jackson Herveaux para que fuera el líder de la manada. Se la habían devuelto con creces.

—¿No ataca a los hombres? —conseguí decir por fin.

El rostro de Tray se ensombreció de puro desprecio.

—No —dijo—. Yo sólo puedo interpretarlo de la siguiente manera: Furnan pretende que Alcide pierda los estribos, predisponer a todo el mundo a responder con violencia, mientras que él permanece frío y controlado. Y está a punto de conseguir lo que quiere. Entre el dolor y el insulto personal, Alcide acabará explotando como una bomba de relojería. Cuando en realidad tendría que actuar más bien como un francotirador.

—¿Crees que la estrategia de Furnan es realmente… inusual?

—Sí —respondió Tray con contundencia—. No sé qué le ha dado. Por lo que parece, no quiere enfrentarse a Alcide en un combate personal. No quiere simplemente derrotar a Alcide. Por lo que veo, pretende matar a Alcide y a toda su gente. Algunos hombres lobo, los que tienen hijos pequeños, se han puesto ya de su lado. Temen lo que pueda hacerles a sus hijos, después de los ataques contra mujeres. —Se levantó—. Gracias por la comida. Tengo que ir a dar de comer a mis perros. Cierra bien cuando me vaya, ¿entendido? ¿Y dónde tienes el teléfono móvil?

Se lo entregué, y con unos movimientos sorprendentemente agiles para unas manos tan grandes como las suyas, Tray grabó su número de móvil en mi agenda. Y a continuación se fue, despidiéndose con la mano. Tenía una casita junto a su taller y me sentí aliviada al pensar que el desplazamiento desde su casa a la mía era sólo de diez minutos. Cerré la puerta con llave y verifiqué las ventanas de la cocina. Amelia se había dejado una abierta. Después de ese descubrimiento, me sentí obligada a verificar todas las ventanas de la casa, incluso las de arriba.

Terminada esa tarea y con sensación de seguridad, encendí el televisor y me senté, aun sin hacer mucho caso a lo que sucedía en la pantalla. Tenía mucho en lo que pensar.

Meses atrás, había asistido a la competición para elegir al líder de la manada porque Alcide me lo había pedido. Quería que le ayudase a discernir las posibles trampas que pudieran producirse. Fue mala suerte que mi presencia acabase descubriéndose y que la traición de Furnan se hiciese pública. No me gustaba haberme visto arrastrada a aquella batalla, en la que yo no tenía nada que ver. En resumen: conocer a Alcide no me había traído más que desgracias.

Casi me sentí aliviada al notar que empezaba a enojarme ante tal injusticia, aunque mi mejor yo me instaba a cortarlo de raíz. No era culpa de Alcide que Debbie Pelt hubiera sido la bruja asesina que era, ni tampoco que Patrick Furnan hubiera decidido hacer trampas en la competición. Por otro lado, Alcide no era responsable de que Furnan quisiera consolidar su manada utilizando métodos tan sangrientos y comunes. Me pregunté, incluso, si aquel comportamiento sería realmente típico de los lobos.

Me imaginé que, simplemente, sería típico de Patrick Furnan.

Sonó el teléfono y di un brinco.

—¿Diga? —respondí, descontenta al notar que mi voz sonaba asustada.

—Me ha llamado ese hombre lobo, Herveaux —dijo Eric—. Me confirma que está en guerra con el líder de su manada.

—Sí —dije—. ¿Necesitabas la confirmación de Alcide? ¿No te bastaba con mi mensaje?

—Había pensado en una alternativa a la teoría de que fueras atacada por culpa de una lucha contra Alcide. Estoy seguro de que Niall te mencionó que tiene enemigos.

—Sí.

—Me preguntaba si era posible que alguno de esos enemigos hubiera actuado a gran velocidad. Si los hombres lobo tienen espías, también pueden tenerlos las hadas.

Reflexioné sobre la idea.

—Y, por lo tanto, al querer conocerme casi habría provocado mi muerte.

—Pero tuvo la inteligencia de pedirme que te escoltara hasta Shreveport y luego de vuelta a casa.

—De modo que salvó mi vida, aun poniéndola en peligro.

Silencio.

—La verdad —dije, saltando a un terreno emocional más firme— es que me salvaste la vida, y te estoy agradecida por ello. —Casi esperaba que Eric me preguntara cuán agradecida me sentía, que se refiriera al beso... pero seguía sin decir nada.

Sin embargo, justo cuando estaba a punto de soltar una estupidez para romper el silencio, dijo el vampiro:

—Sólo interferiré en la guerra de los hombres lobo para defender nuestros intereses. O para defenderte a ti.

El silencio corrió entonces de mi parte.

—De acuerdo —dije con voz débil.

—Si ves problemas en el horizonte, si intentan involucrarte más en el tema, llámame inmediatamente —me dijo Eric—. La verdad es que creo que el asesino lo envió el líder de la manada. Era un hombre lobo.

—La gente de Alcide lo reconoció por mi descripción. Ese tipo, Lucky no sé qué más, acababa de empezar a trabajar como mecánico para Furnan.

—Me parece extraño que confiara ese encargo a alguien a quien apenas conocía.

—Pues el tipo tuvo mala suerte.

Eric rió entre dientes.

—No tocaré más este tema con Niall. Aunque, naturalmente, le he contado lo sucedido.

Sentí una ridícula punzada de dolor momentánea al pensar que Niall no había corrido a mi lado ni había llamado para preguntarme si estaba bien. Lo había visto sólo una vez pero ahora me entristecía que no actuase como mi niñera.

—Bien, Eric, muchas gracias —dije, y colgué mientras él se despedía de mí. Tendría que haberle preguntado otra vez por mi dinero, pero no me apetecía; además, Eric poco podía hacer al respecto.

Me preparé para irme a la cama sin dejar de estar nerviosa, pero no pasó nada que aumentara mi ansiedad. Me recordé unas cincuenta veces que Amelia había protegido la casa con defensas. Las defensas funcionarían, estuviera ella en casa o no.

Tenía buenas cerraduras.

Estaba cansada.

Al final, me dormí, pero me desperté más de una vez, a la espera de oír la llegada del asesino.

Capítulo 8

Al día siguiente me levanté con los ojos pesados. Estaba grogui y me dolía la cabeza. Tenía resaca emocional. Debía hacer algo para cambiar la situación. No podía pasar otra noche como aquélla. Me pregunté si debería llamar a Alcide para ver si había montado ya el campamento con sus soldados. A lo mejor me dejaban un rinconcito para mí. Pero la idea de tener que hacer eso para sentirme segura me ponía rabiosa.

No podía impedir que me pasase constantemente por la cabeza la siguiente idea: «Si Quinn estuviera aquí, podría permanecer tranquila en casa sin ningún miedo». Y por un momento, no me sentí tan sólo preocupada por mi novio herido y desaparecido, sino que además me enfadé con él.

En realidad, podía estar enfadada con cualquiera. El ambiente estaba cargado de excesivas emociones.

Vaya, parecía el comienzo de un día muy especial, ¿verdad?

No tenía noticias de Amelia. Cabía suponer que había pasado la noche con Pam. Que tuvieran una relación no me suponía ningún problema. Pero me habría gustado que Amelia estuviera en casa para no sentirme tan sola y asustada. Su ausencia dejaba un puntito negro en mi paisaje personal.

El aire era más fresco. Se notaba que se acercaba el otoño, que estaba a punto de invadir el suelo y reclamar para él hojas, hierba y flores. Me puse un jersey por encima del camisón y salí al porche para disfrutar de mi primera taza de café. Permanecí un rato escuchando el canto de los pájaros; no resultaban tan ruidosos como en primavera, pero sus canciones y sus discusiones sirvieron para darme a entender que aquella mañana no sucedía nada anormal en el bosque. Terminé el café e intenté planificar la jornada, pero chocaba continuamente con mi bloqueo mental. Resulta complicado hacer planes cuando sospechas que alguien intenta matarte. Si lograra dejar de lado el tema de mi posible muerte inminente, podría pasar el aspirador en la planta baja, poner una lavadora e ir a la biblioteca. Y si sobrevivía a esas tareas, después tendría que ir a trabajar.

Me pregunté dónde estaría Quinn.

Me pregunté cuándo volvería a tener noticias de mi nuevo bisabuelo.

Me pregunté si durante la noche habrían muerto más lobos.

Me pregunté cuándo sonaría el teléfono.

Viendo que no pasaba nada en el porche, volví a entrar en casa y seguí mi rutina matutina habitual. Cuando me miré al espejo, sentí lástima al verme con una cara tan preocupada. No estaba ni descansada ni relajada. Tenía el aspecto de una persona inquieta que no había logrado conciliar el sueño. Me puse un poco de corrector en las ojeras, más sombra de ojos de la habitual y colorete para tener un poco más de color. Pero enseguida decidí que parecía un payaso y me lavé de nuevo la cara. Después de darle de comer a Bob y de regañarle por lo de los cachorrillos, repasé de nuevo todas las puertas y ventanas y subí al coche para ir a la biblioteca.

La sucursal de Bon Temps de la biblioteca parroquial de Renard no es un edificio grande. Nuestra bibliotecaria se graduó por la Luisiana Tech de Ruston y es una dama estupenda, que roza los cuarenta y se llama Barbara Beck. Su esposo, Alcee, es detective de la policía de Bon Temps, y confío sinceramente en que Barbara no sepa lo que su marido se lleva entre manos. Alcee Beck es un hombre duro que hace cosas buenas… a veces. También hace bastantes cosas malas. Alcee tuvo suerte cuando consiguió que Barbara aceptara casarse con él, y lo sabe.

Barbara es la única empleada a tiempo completo de la biblioteca y no me sorprendió encontrarla sola cuando abrí la pesada puerta. Estaba colocando libros en las estanterías. Barbara vestía con un estilo que yo calificaría de «chic cómodo»: conjuntos de punto de colores alegres y zapatos a juego. Le gustaba también la bisutería llamativa.

—Buenos días, Sookie —me dijo sonriendo.

—Barbara —dije, tratando de devolverle la sonrisa. Se dio claramente cuenta de que yo no estaba de muy buen humor, pero no comentó nada. Aunque, debido a mi pequeña tara, y pese a que no lo dijo en voz alta, supe lo que pensaba. Dejé los libros que devolvía en la correspondiente mesa y empecé a mirar las estanterías de las novedades. En su mayoría eran obras de distintos tipos de autoayuda. A tenor de lo populares que eran y de lo mucho que se prestaban, todo el mundo en Bon Temps debería haber alcanzado la perfección a estas alturas.

Cogí dos novelas románticas nuevas y un par de libros de misterio, e incluso uno de ciencia ficción, un tema del que rara vez leo. (Me imagino que porque considero que mi realidad es más loca que cualquier cosa que pueda imaginar un autor de ciencia ficción). Mientras miraba la solapa de un libro de un escritor al que no había leído nunca, oí un ruido de fondo y adiviné que alguien acababa de entrar en la biblioteca por la puerta trasera. No le presté atención; había gente que solía utilizar aquella puerta.

Barbara emitió un sonido y levanté la vista. Tenía detrás de ella un hombre enorme, de casi dos metros, seco como un palillo. Llevaba un cuchillo de gran tamaño que sujetaba contra la garganta de Barbara. Por un segundo pensé que se trataba de un ladrón, y me pregunté a quién se le ocurriría robar en una biblioteca. ¿Buscaría el dinero de los recargos por retraso en las devoluciones?

—No grites —dijo entre unos dientes largos y afilados. Barbara estaba muerta de miedo. Estaba completamente aterrorizada. Pero entonces percibí la actividad de otro cerebro en el interior del edificio.

Alguien acababa de entrar sigilosamente por la puerta de atrás.

—El detective Beck le matará si le hace daño a su esposa —dije gritando. Y lo dije con total seguridad—. Considérese muerto.

—No sé de quién me hablas, ni me importa —dijo el gigante.

—Pues mejor que vayas enterándote, cabrón —dijo Alcee Beck, que acababa de aparecer silenciosamente detrás de él. Apuntaba a la cabeza del hombre con su pistola—. Suelta a mi mujer ahora mismo y deja caer el cuchillo.

Pero Dientes Afilados no tenía la mínima intención de hacerlo. Se volvió, empujó a Barbara en dirección a Alcee y echó a correr directamente hacia mí, cuchillo en mano.

Le lancé un libro de tapa dura de Nora Roberts que le golpeó en la cabeza. Extendí la pierna. Cegado por el impacto del libro, Dientes Afilados tropezó con mi pie, tal y como esperaba.

Y cayó sobre su propio cuchillo, un detalle que no había planificado.

La biblioteca se quedó en completo silencio, sólo interrumpido por la respiración entrecortada de Barbara. Alcee Beck y yo nos quedamos mirando el espeluznante charco de sangre que empezaba a surgir de debajo del cuerpo del hombre.

—Caramba —dije.

—Vaya..., mierda —dijo Alcee Beck—. ¿Dónde aprendiste a lanzar así, Sookie Stackhouse?

—Jugando al softball —dije, y era la pura verdad.

Como puedes imaginarte, llegué tarde al trabajo. Estaba más cansada si cabe que por la mañana, pero me veía capaz de superar la jornada. Hasta el momento, y por dos veces seguidas, el destino había intervenido para impedir mi asesinato. Suponía que Dientes

Afilados había aparecido en la biblioteca con la intención de matarme y la había pifiado, igual que el falso policía de la autopista. Tal vez la suerte no fuera a acompañarme una tercera vez, aunque existía una probabilidad de que lo hiciera. ¿Qué posibilidades había de que otro vampiro recibiera la bala que iba dirigida a mí o que, por pura casualidad, Alcee Beck pasara por allí para traerle a su mujer la comida que se había dejado olvidada en casa sobre el mostrador de la cocina? Escasas, ¿verdad? Pero ya la suerte había jugado a mi favor dos veces.

Independientemente de lo que la policía supusiera oficialmente (teniendo en cuenta que yo no conocía a aquel tipo y nadie podía afirmar lo contrario… y que además había agarrado a Barbara y no a mí), Alcee Beck me tendría en su punto de mira a partir de ahora. Era muy bueno interpretando situaciones, y había visto con claridad que Dientes Afilados iba a por mí. Barbara había sido un medio para llamar mi atención y Alcee no me lo perdonaría nunca, por mucho que yo no tuviera culpa alguna. Además, yo había arrojado el libro con una fuerza y una puntería más que sospechosas.

De estar yo en su lugar, es probable que pensara lo mismo que él.

De modo que me encontré en el Merlotte's por inercia pero con cautela, preguntándome adónde ir, qué hacer y por qué Patrick Furnan se había vuelto loco. Y de dónde salían todos aquellos desconocidos. No conocía al hombre lobo que había forzado la puerta de casa de María Estrella. Eric había recibido el disparo de un tipo que llevaba pocos días trabajando en el concesionario de Patrick Furnan. Jamás en mi vida había visto la cara de Dientes Afilados, y eso que era un tipo de los que no se olvidan nunca.

La situación no tenía ningún sentido.

De pronto, tuve una idea. Viendo que mis mesas estaban tranquilas, le pregunté a Sam si podía hacer una llamada y me dijo que sí. Llevaba toda la noche lanzándome miradas, miradas que daban a entender que acabaría cogiéndome por su cuenta y hablándome, pero todavía no, de momento. Entré en el despacho de Sam, busqué el número de casa de Patrick Furnan en el listín de Shreveport y lo llamé.

—¿Diga?

—Reconocí la voz.

—¿Patrick Furnan? —dije para asegurarme.

—Al habla.

—¿Por qué intenta matarme?

—¿Qué? ¿Quién es?

—Oh, vamos. Soy Sookie Stackhouse. ¿Por qué hace todo esto?

Se produjo una prolongada pausa.

—¿Quieres hacerme caer en una trampa? —preguntó.

—¿Cómo? ¿Cree que tengo el teléfono pinchado? Quiero saber por qué. Yo nunca le he hecho nada. Ni siquiera salgo con Alcide. Pero intenta apartarme de su camino como si yo fuera una persona poderosa. Ha matado usted a la pobre María Estrella. Ha matado a Christine Larrabee. ¿Qué sucede? Yo no soy nadie importante.

Patrick Furnan respondió muy despacio:

—¿De verdad crees que soy yo quién está haciendo todo esto? ¿Matar a los miembros femeninos de la manada? ¿Tratar de matarte?

—Por supuesto que sí.

—No soy yo. Leí lo de María Estrella. ¿Dices que Christine Larrabee ha muerto? —Estaba casi asustado.

—Sí —y le respondí con tanta inseguridad como él—. Y han intentado matarme ya dos veces. Temo que alguien completamente inocente acabe cayendo víctima del fuego cruzado. Y, naturalmente, no me apetece morir en absoluto.

—Mi mujer desapareció ayer —dijo Furnan. Su voz estaba rota por el dolor y el miedo. Y por la rabia—. Alcide la ha secuestrado, y ese cabrón me las va a pagar.

—Alcide nunca haría eso —dije. (Bueno, más bien podría decirse que estaba bastante segura de que Alcide no haría eso)—.

¿Dice que no fue usted quien ordenó los ataques contra María Estrella y Christine? ¿Ni contra mí?

—No, ¿por qué debería ir en contra de las mujeres? Nunca hemos querido matar a mujeres lobo de pura sangre. Excepto, tal vez, a Amanda —añadió Furnan sin tacto alguno—. Si decidiera matar a alguien, me decantaría por los hombres.

—Me parece que usted y Alcide nunca se han sentado a hablar. Él no ha secuestrado a su esposa. Piensa que usted se ha vuelto loco y que ha decidido atacar a mujeres.

Se produjo un largo silencio, y dijo entonces Furnan:

—Creo que tienes razón en lo de que deberíamos hablar, a menos que te lo hayas inventado todo para ponerme en una posición en la que Alcide pueda matarme.

—Lo único que pido es seguir con vida y llegar a la semana próxima.

—Accederé a reunirme con Alcide si estás tú presente y si juras decirnos lo que el uno piensa del otro. Eres amiga de la manada, de toda la manada. Y ahora puedes ayudarnos.

Patrick Furnan estaba tan ansioso por encontrar a su esposa, que incluso estaba dispuesto a creer en mí.

Pensé en las muertes que se habían producido. Pensé en las muertes que podían producirse, incluyendo tal vez la mía. Me pregunté qué demonios sucedía allí.

—Lo haré si usted y Alcide acuden a la reunión desarmados —dije—. Si lo que sospecho es verdad, tienen un enemigo en común que pretende que se maten entre ustedes.

—Si ese cabrón de pelo negro accede a ello, haré el intento —dijo Furnan—. Si Alcide tiene a mi mujer, mejor que la traiga con él y sin haberle tocado un pelo. O juro por Dios que lo descuartizo.

—Comprendo. Y me aseguraré de que él lo comprenda también. Le diremos pronto alguna cosa —le prometí, confiando con todo mi corazón en estar diciendo la verdad.

Capítulo 9

Era medianoche de aquel mismo día y estaba a punto de meterme en la boca del lobo. La culpa era absolutamente mía. A través de una serie de rápidas llamadas telefónicas, Alcide y Furnan habían decidido dónde encontrarse. Me los había imaginado sentados a lado y lado de una mesa, con sus lugartenientes acompañándolos y solucionando la situación. La señora Furnan aparecería y la pareja volvería a encontrarse. Todo el mundo estaría satisfecho o, como mínimo, menos hostil. Yo no aparecería por allí.

Pero aquí estaba yo, en un centro de oficinas abandonado de Shreveport, el mismo donde había tenido lugar la competición para elegir al líder de la manada. Al menos iba acompañada por Sam. Estaba oscuro y frío y el viento me despeinaba el pelo. Cambié el peso de mi cuerpo de un pie a otro, ansiosa por acabar de una vez con todo aquello. Y aunque Sam no parecía mostrarse tan nervioso como yo, sabía que también lo estaba.

Estaba allí por mi culpa. Debido a su insistencia y curiosidad por conocer qué se cocía entre los hombres lobo, había tenido que contárselo. Al fin y al cabo, si alguien cruzaba la puerta del Merlotte's con la intención de pegarme un tiro, creía que Sam se merecía saber por qué su bar quedaba lleno de agujeros. Había discutido fuertemente con él cuando me dijo que pensaba acompañarme, pero al final, ambos nos encontrábamos allí.

Tal vez esté mintiéndome a mí misma. Tal vez simplemente deseaba tener un amigo conmigo, alguien que con toda seguridad estuviese de mi lado. Tal vez estaba asustada. De hecho, nada de «tal vez» por lo que a esto último se refiere.

Era una noche fresca y ambos llevábamos chaquetas impermeables con capucha. No es que necesitáramos las capuchas, pero si enfriaba más, nos sentiríamos a gusto con ellas. El recinto de oficinas abandonado se extendía en lúgubre silencio ante nosotros. Estábamos en el muelle de carga de una empresa que se dedicaba a realizar grandes envíos de alguna cosa. Las gigantescas puertas metálicas desplegables que daban acceso al lugar donde descargaban los camiones parecían enormes ojos brillantes bajo el destello de las escasas luces de seguridad que quedaban encendidas.

De hecho, aquella noche había muchos ojos enormes y brillantes. Los Sharks y los Jets estaban negociando. Ay, perdón, quería decir los hombres lobo de Furnan y los hombres lobo de Herveaux. Los dos bandos de la manada podían llegar a un entendimiento, o no. Y justo en medio de todo aquel lío, estaban Sam, el cambiante, y Sookie, la telépata.

Cuando sentí aproximarse, tanto desde el norte como desde el sur, el latido rojizo que desprendían los cerebros de los hombres lobo, me volví hacia Sam y le dije, desde el fondo de mi corazón:

—Nunca debería haber dejado que me acompañases. Nunca debería haber abierto la boca.

—Has cogido la costumbre de no contarme nada, Sookie. Quiero que me cuentes lo que te pasa. Sobre todo si hay peligro. —El pelo rojizo dorado de Sam lucía alborotado alrededor de su cabeza por la brisa fresca que soplaba entre los edificios. Percibía su diferencia más que nunca. Sam es un cambiante realmente excepcional. Puede transformarse en cualquier cosa. Prefiere transformarse en perro, porque éstos son familiares y amistosos y la gente no suele dispararles. Miré sus ojos azules y vi en ellos su lado más salvaje—. Están aquí —dijo, levantando la nariz para husmear la brisa.

Los dos grupos estaban a unos tres metros de distancia de nosotros, uno a cada lado. Había llegado el momento de concentrarse.

Reconocí las caras de algunos de los lobos de Furnan, que eran más numerosos. Cal Myers, el policía detective, estaba entre ellos. Se necesitaba valor por parte de Furnan, que pretendía proclamar su inocencia, para haber traído con él a Cal. Reconocí también a la adolescente que Furnan se había beneficiado como parte de la celebración de su victoria después de la derrota de Jackson Herveaux. Aquella noche, parecía un millón de años más vieja.

En el grupo de Alcide estaba Amanda, con su pelo castaño, que me saludó muy seria con un ademán de cabeza, y algunos hombres lobo que había visto en El Pelo del Perro la noche en que Quinn y yo estuvimos en ese bar. La chica huesuda que aquella noche iba vestida con un corpiño de cuero rojo estaba justo detrás de Alcide y me di cuenta de que se sentía tan excitada como tremendamente asustada. Dawson, sorprendiéndome, estaba también presente. No era un lobo tan solitario como pretendía parecer.

Alcide y Furnan avanzaron unos pasos para alejarse de sus respectivos grupos.

Era el formato acordado para la negociación, o sentada, o como quieras llamarle: yo me situaría entre Furnan y Alcide. Los líderes de ambos bandos me darían la mano y yo actuaría a modo de detector de mentiras humano mientras ellos conversaban. Había jurado avisarlos si mi habilidad detectaba que alguno de ellos mentía. Yo era capaz de leer mentes, pero las mentes pueden resultar engañosas y complicadas, o simplemente densas. Nunca había hecho nada parecido a aquello y recé para que mi habilidad fuera aquella noche de lo más precisa y para que supiera utilizarla con inteligencia para acabar de una vez por todas con aquella situación.

Alcide se acercó a mí muy rígido, dejando ver sus facciones duras bajo la áspera iluminación de las luces de seguridad. Por vez primera me di cuenta de que había envejecido y estaba más delgado. En su pelo negro asomaban algunas canas que no estaban presentes cuando su padre vivía. Tampoco Patrick Furnan tenía muy buena cara. Siempre le había notado cierta tendencia a la obesidad, pero ahora parecía haber ganado siete u ocho kilos. Ser el líder de la manada no le sentaba nada bien. Y la conmoción del secuestro de su esposa había hecho mella en él.

Hice entonces algo que jamás habría imaginado que fuera a hacer. Le tendí mi mano derecha. Furnan la cogió y su flujo de ideas me invadió al instante. Estaba tan concentrado que incluso su retorcido cerebro de lobo resultaba fácil de leer. Tendí la mano izquierda hacia Alcide y me la cogió también con fuerza. Me sentí inundada durante un interminable minuto. Entonces, con un enorme esfuerzo, canalicé todos los pensamientos en una corriente para no sentirme abrumada. Tal vez les resultara fácil mentir en voz alta, pero mentir mentalmente no es cosa sencilla. Cerré los ojos. Se habían jugado a cara o cruz quién preguntaría primero, y la suerte había caído a favor de Alcide.

—¿Por qué mataste a mi mujer, Patrick? —Las palabras cortaban la garganta de Alcide—. Era una mujer lobo pura y era bondadosa en extremo.

—Jamás ordené a nadie de los míos matar a ninguno de los tuyos —respondió Patrick Furnan. Parecía tan cansado que apenas podía mantenerse en pie, y sus pensamientos actuaban de la misma manera: con lentitud, con cansancio, siguiendo un camino que él mismo había trazado en su propio cerebro. Resultaba más fácil de leer que Alcide. Y hablaba en serio.

Alcide lo escuchó con gran atención y dijo a continuación:

—¿Le dijiste a alguien externo a la manada que matase a María Estrella, a Sookie y a la señora Larrabee?

—Nunca di órdenes de matar a ninguno de los tuyos, jamás —respondió Furnan.

—Cree lo que dice —dije.

Por desgracia, Furnan no se calló.

—Te odio —dijo, con la voz tan agotada como antes—. Me alegraría si te atropellase un camión. Pero yo no he matado a nadie.

—También cree lo que acaba de decir —añadí, un poco más secamente.

Alcide le preguntó:

—¿Cómo puedes proclamar tu inocencia si tienes a Cal Myers entre los de tu bando? Acuchilló y dio muerte a María Estrella.

Furnan parecía confuso.

—Cal no estuvo allí —dijo.

—Cree lo que dice —le expliqué a Alcide. Me volví hacia Furnan—. Cal estaba allí y asesinó a María Estrella. —Aunque no me atrevía a perder mi concentración, oí el murmullo creciendo alrededor de Cal Myers y vi a los lobos de Furnan alejándose de él.

Ahora era el turno de Furnan de formular una pregunta.

—Mi esposa —dijo, y su voz se quebró—. ¿Por qué ella?

—Yo no he secuestrado a Libby —dijo Alcide—. Jamás secuestraría a una mujer, y menos aún a una mujer lobo con hijos. Jamás ordenaría a nadie que lo hiciera.

Creía lo que decía.

—Alcide no lo ha hecho, ni ha ordenado que se hiciera.

Sin embargo, Alcide odiaba con rabia a Patrick Furnan. Éste no tenía ninguna necesidad de matar a Jackson Herveaux durante la competición para la elección del líder de la manada, y aun así lo había hecho. Mejor iniciar su liderazgo con la eliminación de su rival. Jackson nunca se habría sometido a su gobierno y habría sido una espina clavada durante muchos años. Recibía pensamientos de ambos lados, oleadas de ideas tan potentes que la cabeza me ardía. Dije entonces:

—Calmaos, los dos. —Notaba a Sam detrás de mí, su calor, el contacto de su mente y dije—: No me toques, Sam, por favor.

Lo comprendió enseguida y se apartó.

—Ninguno de los dos ha asesinado a ninguna de las personas muertas. Y ninguno de los dos ordenó que se hiciese. Es todo lo que puedo decir.

Dijo entonces Alcide:

—Interroguemos a Cal Myers.

—¿Y dónde está entonces mi esposa? —rugió Furnan.

—Muerta y desaparecida —dijo claramente una voz—. Y estoy lista para ocupar su lugar. Cal es mío.

Todos levantamos la vista, pues la voz provenía del tejado plano del edificio. Allá arriba había cuatro lobos, y la mujer lobo de pelo castaño que había hablado estaba en el extremo del tejado. Transmitía dramatismo, debo aceptarlo. Las mujeres lobo tienen poder y estatus, pero no pueden ser líderes de la manada… jamás. Era una mujer grande e importante, aunque quizá no llegaría ni al metro sesenta de altura. Estaba lista para transformarse; es decir, iba desnuda. O a lo mejor simplemente quería que Alcide y Furnan vieran lo que podían obtener. Que era mucho, tanto en cantidad como en calidad.

—Priscilla —dijo Furnan.

Me pareció un nombre tan poco apropiado para aquella mujer lobo que me di cuenta de que mi rostro esbozaba una sonrisa; una mala idea bajo aquellas circunstancias.

—¿La conoces? —le preguntó Alcide a Furnan—. ¿Forma parte de tu plan?

—No —respondí yo por él. Mi mente navegó entre los diversos pensamientos que podía leer y siguió el rastro de uno en particular—. Furnan, Cal está a sus órdenes —dije—. Le ha traicionado.

—Pensé que si conseguía matar a un par de brujas clave, los dos acabaríais matándoos —dijo Priscilla—. Ha sido una pena que no resultase.

—¿Quién es? —volvió a preguntarle Alcide a Furnan.

—Es la pareja de Arthur Hebert, el líder de la manada del condado de St. Catherine. —St. Catherine estaba muy hacia el sur, al este de Nueva Orleans. Había sufrido las terribles consecuencias del Katrina.

—Arthur ha muerto. Ahora no tenemos hogar —dijo Priscilla Hebert—. Queremos el vuestro.

Estaba clarísimo.

—¿Por qué has hecho esto, Cal? —le preguntó Furnan a su lugarteniente. Cal debería haberse encaramado al tejado mientras le fue posible. Los lobos de Furnan y los lobos de Herveaux habían formado ya un círculo a su alrededor.

—Cal es mi hermano —gritó Priscilla—. Mejor que no le toquéis ni un pelo. —Su voz tenía un matiz de desesperación que no estaba antes presente. Cal levantó la vista en dirección a su hermana. Se daba cuenta de que se había metido en un buen lío y estaba segura de que le habría gustado cerrarle el pico. Aquél sería su último pensamiento.

De pronto, el brazo de Furnan apareció fuera de su manga y cubierto de pelo. Con una fuerza enorme, se abalanzó hacia su antiguo secuaz, destripando al hombre lobo. La mano acabada en garra de Alcide se hizo con la parte trasera de la cabeza de Cal cuando el traidor cayó al suelo. La sangre de Cal me roció por completo. A mi espalda, Sam hervía con la energía de su próxima transformación, desencadenada por la tensión, el olor a sangre y mi involuntaria ayuda.

Priscilla Hebert rugía de rabia y angustia. Con elegancia inhumana, saltó hasta el aparcamiento desde las alturas del edificio, seguida por sus secuaces.

La guerra había empezado.

Sam y yo nos habíamos mezclado con los lobos de Shreveport. Cuando Sam vio que la manada de Priscilla empezaba a aproximarse por ambos lados, me dijo:

—Voy a transformarme, Sookie.

No me imaginaba para qué serviría un perro pastor escocés en aquella situación, pero de todos modos le dije:

—De acuerdo, jefe.

Me lanzó una sonrisa ladeada, se quitó la ropa y se inclinó. A nuestro alrededor, todos los hombres lobo estaban haciendo lo mismo. El aire gélido de la noche se inundó del sonido amorfo que caracteriza la transformación de hombre en animal, el sonido que emiten los objetos sólidos cuando avanzan en un líquido pesado y pegajoso. A mi alrededor veía lobos enormes enderezándose y sacudiéndose; reconocí a Alcide y a Furnan en su forma de lobo. Intenté contar los lobos de la manada repentinamente reunificada, pero no había manera de conseguirlo porque daban vueltas por todas partes, posicionándose para el combate.

Me volví hacia Sam para darle una palmadita en el lomo y me encontré junto a un león.

—Sam —susurré, y él rugió a modo de respuesta.

Todo el mundo se quedó paralizado durante un interminable momento. Al principio, los lobos de Shreveport se quedaron tan asustados como los de St. Catherine, pero pronto se dieron cuenta de que Sam estaba de su lado y entre los edificios vacíos resonaron gritos de excitación.

La lucha comenzó.

Sam intentó rodearme, lo que resultaba imposible, pero fue un intento galante. Como humana desarmada que era, no podía hacer nada en aquella pelea. Era una sensación desagradable..., de hecho, era una sensación aterradora.

Yo era la más frágil del lugar.

Sam estaba magnífico. Sus enormes garras centelleaban y en cuanto atacó a un lobo, éste cayó de inmediato. Yo iba de un lado a otro como una loca, tratando de mantenerme apartada de todo. Ver la totalidad de lo que estaba sucediendo me resultaba imposible. Los lobos de St. Catherine se organizaron en grupos y fueron directamente hacia Furnan, Alcide y Sam, mientras que a nuestro alrededor se libraban batallas individuales. Me di cuenta de que aquellos grupos tenían como objetivo acabar con los líderes y comprendí que todo estaba cuidadosamente planificado. Priscilla Hebert no había logrado sacar de allí a su hermano con la rapidez suficiente, pero eso no iba a ralentizarla.

Nadie me hacía ni caso, pues yo no suponía ninguna amenaza. Pero cabía la posibilidad de que los combatientes me dieran accidentalmente y resultara herida con la misma gravedad con la que lo resultaría de ser yo el objetivo. Priscilla, transformada en un lobo gris, iba a por Sam. Me imagino que al dirigirse al objetivo más grande y más peligroso quería demostrar que tenía más pelotas que nadie. Pero cuando Priscilla avanzó entre la melé, Amanda le mordió las patas traseras. Priscilla respondió volviendo la cabeza e hincándole los dientes a la otra loba, que era de menor tamaño que ella. Amanda se alejó y Priscilla dio media vuelta para seguir avanzando. Pero Amanda corrió enseguida para morderle de nuevo la pata. El mordisco de Amanda podía llegar a partir un hueso y Priscilla, rabiosa, se revolvió con todas sus fuerzas. Y antes de que me diera incluso tiempo a decir mentalmente «Oh, no», Priscilla agarró a Amanda entre sus mandíbulas de hierro y le partió el pescuezo.

Contemplé horrorizada cómo Priscilla dejaba caer al suelo el cuerpo de Amanda y giraba para lanzarse sobre la espalda de Sam. Él se sacudió una y otra vez, pero ella le había hundido los colmillos en el cuello y no lo soltaba.

Algo se partió en mí igual que se habían partido los huesos del cuello de Amanda. Perdí cualquier sentido común que pudiera tener y me lancé en el aire como si yo también fuese un lobo. Para no caer fuera del amasijo creciente de animales, rodeé con los brazos el cuello peludo de Priscilla y con las piernas su torso, y tensé los brazos hasta el punto de acabar uniendo las manos. Priscilla no estaba dispuesta a soltar a Sam y se agitó de un lado a otro para desprenderse de mí. Pero yo estaba pegada a ella como un mono homicida.

Al final, no le quedó otro remedio que soltar el cuello para encargarse de mí. Apreté y apreté con más fuerza, ella intentó morderme pero, al estar yo montada sobre su lomo, no conseguía alcanzarme. Fue capaz de girarse lo suficiente, eso sí, como para arañarme la pierna con los colmillos, pero no para apresarme. Apenas noté dolor alguno. Pese a que tenía los brazos magullados como un demonio, la abracé con más fuerza si cabe. Si la soltaba, aunque fuera un poquito, acabaría siguiendo el mismo destino que Amanda.

Aunque todo esto tuvo lugar tan rápidamente que resultaba difícil de creer, tenía la sensación de haber intentado matar a esta mujer lobo para siempre. En realidad no estaba pensando «Muérete, muérete», sino que simplemente quería que dejara de hacer lo que estaba haciendo, y ella no paraba, maldita sea. Escuché entonces un nuevo rugido y vi unos dientes enormes brillando a un par de centímetros de mis brazos. Comprendí que tenía que soltarla y en el instante en que mi abrazó se aflojó, me despegué de la loba y caí rodando al suelo a un par de metros de distancia.

Hubo una especie de «¡Pop!» y apareció Claudine a mi lado. Iba con una camiseta sin mangas y pantalón de pijama, despeinada como si acabara de levantarse. Entre las perneras rayadas del pantalón, vi al león arrancar casi de cuajo la cabeza de la loba con los dientes y escupirla a continuación, asqueado. Se volvió entonces para inspeccionar el aparcamiento y evaluar la siguiente amenaza.

Uno de los lobos saltó sobre Claudine, que demostró estar completamente despierta. Mientras el animal estaba en el aire, ella lo agarró por las orejas y lo balanceó de un lado a otro, aprovechando su propia inercia. Claudine volteó al enorme lobo con la misma facilidad con la que un universitario jugaría con una lata de cerveza. El lobo se estampó contra el muelle de carga con un sonido definitivamente fatídico. La velocidad de aquel ataque y su conclusión fueron absolutamente increíbles.

Claudine seguía de pie con las piernas separadas y fue lo bastante inteligente como para permanecer inmóvil. Yo estaba agotada, asustada y ensangrentada, aunque sólo la sangre del rasguño de mi pierna parecía ser mía. Las peleas se desarrollan en un espacio de tiempo muy breve, pero agotan las reservas del cuerpo con una velocidad asombrosa. O, como mínimo, así funciona con los humanos. Claudine estaba de lo más animada.

—¡Ven, acércate, culo peludo! —gritó, llamando con las dos manos a un hombre lobo que avanzaba sigilosamente hacia ella por detrás. Se había vuelto sin mover las piernas, una maniobra que sería imposible en un cuerpo humano normal y corriente. El hombre lobo se abalanzó sobre ella y recibió exactamente el mismo trato que su compañero de manada. Que yo viera, Claudine ni siquiera respiraba con dificultad. Tenía los ojos más abiertos y la mirada más intensa de lo habitual y el cuerpo ligeramente agazapado, claramente listo para entrar en acción.

Hubo más rugidos, ladridos, gruñidos, gritos de dolor y sonidos desgarradores en los que ni siquiera merece la pena pensar. Pero transcurridos unos cinco minutos de batalla, el barullo se amortiguó.

Durante todo aquel tiempo, Claudine ni me había mirado, pues estaba concentrada en protegerme. Cuando por fin lo hizo, puso mala cara. Mi aspecto no debía de ser muy bueno.

—He llegado tarde —dijo, cambiando de posición para colocarse a mi lado. Me tendió la mano y se la di. Me encontré de pie en un abrir y cerrar de ojos. La abracé. No sólo deseaba hacerlo, sino que lo necesitaba, además. Claudine siempre olía de maravilla y su cuerpo era curiosamente más firme que la carne humana. Vi que estaba feliz de devolverme el abrazo y permanecimos unidas un largo momento mientras yo recuperaba mi equilibrio.

Entonces levanté la cabeza para mirar a mi alrededor, temiendo lo que pudiera llegar a ver. Los caídos formaban montones de piel. Las manchas oscuras del suelo no eran manchas de aceite. Aquí y allá, un despeinado lobo olisqueaba los cadáveres, buscando a alguien en concreto. El león estaba agazapado a un par de metros de nosotras, jadeando. Tenía la piel manchada de sangre. Tenía una herida abierta en el hombro, la que le había provocado Priscilla. Y tenía otro mordisco en la espalda.

No sabía qué hacer primero.

—Gracias, Claudine —dije, y le di un beso en la mejilla.

—No siempre puedo conseguirlo —me alertó Claudine—. No cuentes conmigo como un rescate automático.

—¿Acaso tengo alguna especie de Botón de Alerta Vital? ¿Cómo has sabido que tenías que venir? —Supe enseguida que no iba a responder—. Da lo mismo, la verdad es que te agradezco mucho el rescate. ¿Sabes? He conocido a mi bisabuelo. —Ya estaba chismorreando, pero es que me moría de alegría por estar viva.

Inclinó la cabeza.

—El príncipe es mi abuelo —dijo.

—Oh —dije—. ¿Así que somos primas?

Se quedó mirándome, con aquellos ojos transparentes, oscuros y tranquilos. No parecía en absoluto una mujer que acabara de matar dos lobos con la rapidez con la que cualquiera chasquea los dedos.

—Sí —respondió—. Supongo que sí.

—¿Y cómo lo llamas tú? ¿Abuelo? ¿Abuelito?

—Lo llamo «mi señor».

—Oh.

Se apartó un poco para ver los lobos que había eliminado (estaba segura de que estaban perfectamente muertos) y yo aproveché para ir a ver al león. Me agaché a su lado y le pasé el brazo por el cuello. Ronroneó. Automáticamente, le rasqué la parte superior de la cabeza y detrás de las orejas, igual que solía hacer con Bob. El ronroneo se intensificó.

—Sam —dije—. Muchas gracias. Te debo la vida. ¿Crees que tus heridas son graves? ¿Qué puedo hacer por ti?

Sam suspiró. Apoyó la cabeza en el suelo.

—¿Estás cansado?

Entonces, el ambiente que lo rodeaba se llenó de energía y me aparté de él. Sabía lo que venía a continuación. Pasados unos instantes, el cuerpo que yacía a mi lado se convirtió en humano, dejó de ser animal. Ansiosa, recorrí con la mirada el cuerpo de Sam y vi que las heridas seguían allí, pero que eran mucho más pequeñas que cuando estaba en forma de león. Los cambiantes sanan sus heridas maravillosamente. Tal vez sea un indicio de cómo ha cambiado mi vida, pero la verdad es que no me importaba que Sam estuviera completamente desnudo. Era como si ya lo hubiese superado, lo que estaba muy bien, pues a mi alrededor no había otra cosa que cuerpos desnudos. Los cadáveres estaban transformándose, igual que los lobos heridos.

Me habría resultado más fácil mirar los cuerpos en forma de lobo.

Cal Myers y su hermana Priscilla estaban muertos, naturalmente, igual que los dos hombres lobo que Claudine había eliminado. Amanda había muerto también. La chica flacucha a la que había conocido en El Pelo del Perro estaba viva, aunque gravemente herida en el muslo. Reconocí al camarero del bar de Amanda; parecía ileso. Tray Dawson arrastraba un brazo roto.

Patrick Furnan estaba tendido en medio de un círculo de muertos y heridos, todos ellos lobos de la manada de Priscilla. Con cierta dificultad, empecé a avanzar entre cuerpos destrozados y ensangrentados. Cuando me agaché a su lado, sentí todas las miradas, lobunas y humanas, centradas en mí. Acerqué mis dedos a su cuello y no noté nada. Posé incluso la mano sobre su pecho. Ningún movimiento.

—Se ha ido —dije, y los que permanecían aún en forma de lobo se pusieron a aullar. Mucho más inquietantes resultaron los aullidos procedentes de las gargantas de los hombres lobo que habían recuperado ya su forma humana.

Alcide se acercó a mí tambaleándose. Pese a la sangre que ensuciaba el vello de su pecho, estaba más o menos intacto. Pasó junto a la fallecida Priscilla y le arreó un puntapié al cadáver. Se arrodilló un instante junto a Patrick Furnan, bajando la cabeza, como si estuviera haciéndole un saludo reverencial al cadáver. Se puso entonces de pie: oscuro, salvaje, decidido.

—¡Soy el líder de esta manada! —dijo con una voz de certidumbre absoluta. El lugar se hundió en un misterioso silencio mientras los lobos supervivientes digerían la noticia.

—Ahora tienes que marcharte —murmuró en voz baja Claudine, detrás de mí. Di un brinco, asustada como un conejo. La belleza de Alcide, el salvajismo primitivo que emanaba me había hipnotizado.

—¿Qué? ¿Por qué?

—Van a celebrar la victoria y la ascensión al poder del nuevo líder de la manada —dijo Claudine.

La chica flacucha cerró las manos en puños y las hizo descender sobre el cráneo de un enemigo caído, que aún se retorcía de dolor. Los huesos se rompieron con un desagradable crujido. A mi alrededor, los lobos derrotados estaban siendo ejecutados, al menos los que estaban más gravemente heridos. Un pequeño grupo de tres se arrastró hasta arrodillarse delante de Alcide, con las cabezas inclinadas hacia atrás. Dos de ellos eran mujeres. El otro era un adolescente. Ofrecían sus gargantas a Alcide a modo de rendición. Alcide estaba muy excitado. Recordé entonces cómo había celebrado Patrick Furnan su ascenso a líder de la manada. No sabía si Alcide se beneficiaría a las rehenes o las mataría. Respiré hondo dispuesta a gritar. No sé lo que habría dicho, pero la mano mugrienta de Sam me tapó los ojos. Me quedé mirándolo, tan enojada como agitada, y él negó con la cabeza con vehemencia. Me sostuvo la mirada durante un buen rato para asegurarse de que permanecería en silencio y sólo entonces retiró la mano. Me rodeó por la cintura con el brazo y me alejó rápidamente de la escena. Claudine ocupó la retaguardia mientras Sam me obligaba a salir a toda velocidad de allí. Yo seguí con la mirada puesta al frente.

Intenté no escuchar los sonidos.

Capítulo 10

Sam tenía ropa de recambio en la camioneta y se vistió sin darle más importancia.

—Tengo que volver a acostarme —dijo entonces Claudine, como si se hubiese despertado simplemente para dejar salir al gato o para ir al baño y «¡Pop!», desapareció.

—Conduciré yo —me ofrecí, pues Sam estaba herido.

Me entregó las llaves.

Iniciamos el camino en silencio. Me costó un buen esfuerzo recordar la ruta para tomar de nuevo la interestatal y regresar a Bon Temps, pues seguía conmocionada a diversos niveles.

—Es una reacción normal a la batalla —dijo Sam—. La oleada de lujuria.

Tuve cuidado de no mirar el regazo de Sam para comprobar si también él sentía esa oleada.

—Sí, ya lo sé. He asistido ya a unas cuantas batallas. A demasiadas.

—Además, Alcide ha ascendido al puesto de líder de la manada. —Un motivo más para sentirse «feliz».

—Pero si se metió en todo este asunto de la batalla fue por la muerte de María Estrella. —Por lo tanto, a mi entender, debería estar deprimido y sin ganas de celebrar la muerte del enemigo.

—Se metió en todo este asunto de la batalla porque se sentía amenazado —dijo Sam—. Fue una verdadera estupidez por parte de Alcide y Furnan que no se sentaran a hablar antes de llegar a estos extremos. De haberlo hecho, habrían adivinado mucho antes qué sucedía. Si no les hubieses convencido tú, todavía estarían picados y habrían iniciado una guerra en toda regla. Le habrían hecho prácticamente todo el trabajo a Priscilla Hebert.

Estaba harta de los hombres lobo, de su agresividad y su testarudez.

—Sam, te has visto involucrado en todo esto por mi culpa. Habría muerto de no ser por ti. Te debo muchísimo. Y lo siento mucho.

—Para mí es importante mantenerte con vida —dijo Sam. Cerró los ojos y durmió el resto del trayecto hasta que llegamos a su tráiler. Subió cojeando y sin ayuda los peldaños y cerró la puerta a sus espaldas. Sintiéndome un poco desamparada y un mucho deprimida, subí a mi coche y volví a casa, preguntándome cómo encajar en el resto de mi vida lo que había sucedido aquella noche.

Amelia y Pam estaban sentadas en la cocina. Amelia había preparado té y Pam estaba bordando. La mano que manejaba la aguja volaba y yo no sabía muy bien qué era lo que más me sorprendía de la escena: su habilidad o el tipo de pasatiempo elegido.

—¿Qué os lleváis entre manos Sam y tú? —preguntó Amelia con una gran sonrisa—. Parece que hayas ido a montar y te hayas caído en un charco.

Entonces, me miró con más atención y dijo:

—¿Qué ha pasado, Sookie?

Incluso Pam dejó de lado su bordado y me miró con cara muy seria.

—Hueles —dijo—. Hueles a sangre y guerra.

Me miré y me di cuenta de que iba hecha unos zorros. Tenía la ropa ensangrentada, rota y sucia, y me dolía la pierna. Había llegado el momento de someterme a una sesión de primeros auxilios y no podía estar mejor cuidada que en manos de la enfermera Amelia y la enfermera Pam. La herida había excitado un poco a Pam, pero se contuvo, como todo buen vampiro. Sabía que se lo contaría a Eric, pero descubrí que me daba igual. Amelia pronunció un hechizo para curarme la pierna. Me explicó con modestia que lo de la curación no era lo que mejor se le daba, pero el hechizo me ayudó. La pierna dejó de darme punzadas.

—¿No estás preocupada? —preguntó Amelia—. Te ha mordido un lobo. ¿Y si te has contagiado?

—Es más difícil contagiarse de eso que de una enfermedad —dije, pues había preguntado a prácticamente todas las criaturas cambiantes que conocía sobre las probabilidades de que su condición pudiera ser transmitida a partir de un mordisco. Al fin y al cabo, también ellos tienen médicos. E investigadores—. Normalmente, para contagiarse una persona tiene que ser mordida diversas veces y por todo el cuerpo e, incluso así, no existe total seguridad. —No es como la gripe o el resfriado común. Además, si limpias la herida enseguida, las probabilidades de contagio descienden de forma considerable. Antes de subir al coche, me había limpiado la herida con una botella de agua—. Así que no estoy preocupada, pero me duele y pienso que es posible que me quede cicatriz.

—A Eric no le gustará nada —dijo Pam con una sonrisa de anticipación—. Te has puesto en peligro por culpa de los hombres lobo. Sabes que los tiene en muy baja estima.

—Sí, sí, sí —dije. Me importaba un pimiento—. Que se vaya a freír espárragos.

El rostro de Pam se iluminó.

—Se lo diré así —dijo.

—¿Por qué te gusta provocarlo de esta manera? —pregunté, percatándome de que mi debilidad me hacía hablar más lentamente.

—Nunca había dispuesto de una munición como ésta para provocarlo —respondió, y Amelia y ella abandonaron mi habitación y me encontré por fin sola, en mi cama, vivita y coleando. Caí dormida enseguida.

La ducha que me di a la mañana siguiente fue una experiencia sublime. En la lista de «Grandes duchas que me he dado», ésa ocuparía al menos el número cuatro. (La mejor ducha fue una que compartí con Eric, y no podía pensar en ella sin estremecerme). Froté mi cuerpo hasta sentirme limpia. La pierna tenía buen aspecto y aunque estaba incluso dolorida por haber tirado de músculos que normalmente utilizo poco, tenía la sensación de que se había evitado un desastre y de que se había vencido al mal, aunque fuese de un modo algo turbio.

Bajo el chorro caliente, mientras me aclaraba el pelo, pensé en Priscilla Hebert. Según la breve ojeada que había echado a su mundo había visto que, al menos, había tratado de encontrar un lugar donde ubicar a su alineada manada y que había llevado a cabo una investigación para encontrar un terreno débil donde afianzarse. A lo mejor, si se lo hubiera suplicado a Patrick Furnan, él le habría ofrecido un hogar a su manada. Aunque jamás habría abandonado su posición de liderazgo. Había matado a Jackson Herveaux para conseguirlo, por lo que con toda seguridad nunca habría llegado a un acuerdo de cooperación con Priscilla, ni siquiera en la circunstancia de que la sociedad lobuna lo permitiera (algo que me parecía dudoso, sobre todo teniendo en cuenta que se trataba del extraño caso de una líder de manada... que había dejado de serlo).

Sobre el papel, admiraba su intento por tratar de ofrecer un nuevo hogar a sus lobos. Pero en la práctica, habiendo conocido personalmente a Priscilla, me alegraba de que no lo hubiera conseguido.

Limpia y refrescada, me sequé el pelo y me maquillé. Tenía el turno de día, lo que implicaba estar en el Merlotte's a las once. Me puse mi habitual uniforme de pantalón negro y camiseta blanca, decidí dejarme el pelo suelto por una vez y me até mis Reebok negras.

Teniendo en cuenta todo lo que había pasado, mi aspecto no estaba mal.

Había muerto mucha gente y los sucesos de la noche anterior habían resultado dolorosos para muchos, pero al menos la manada usurpadora había sido derrotada y Shreveport viviría en paz durante una temporada. La guerra había terminado enseguida. Y el resto del mundo seguía sin conocer la existencia de los hombres lobo, aun siendo un paso que tarde o temprano éstos deberían dar. Cuanto más tiempo llevaban los vampiros siendo públicos, más posibilidades había de que alguien revelara la existencia de los hombres lobo.

Añadí aquel hecho a la caja gigantesca llena de cosas que no eran en absoluto mi problema.

El arañazo de la pierna había cicatrizado ya, bien fuera por su propia naturaleza, bien por los cuidados de Amelia. Tenía moratones en brazos y piernas, pero el uniforme los tapaba. De todas formas, podía ir con manga larga, pues hacía frío. De hecho, no me habría sobrado una chaqueta y de camino al trabajo me arrepentí de no haberla cogido. Amelia no rondaba por allí cuando me fui y no tenía ni idea de si Pam dormía en el escondite secreto para vampiros que yo tenía en el dormitorio de invitados. ¡No era mi problema!

Mientras conducía, fui añadiendo más cosas a la lista de temas sobre los que no tenía que preocuparme ni tener en cuenta. Pero cuando llegué al trabajo, me detuve en seco. Una oleada de pensamientos que no fui capaz de prever se apoderó de mí en cuanto vi a mi jefe. No porque Sam tuviera mal aspecto o algo por el estilo. Cuando me detuve en su despacho para dejar el bolso en el cajón habitual, vi que tenía más o menos su aspecto habitual. De hecho, era como si la trifulca le hubiera dado energía. A lo mejor le había sentado bien lo de transformarse en algo más agresivo que un perro pastor escocés. A lo mejor se lo había pasado en grande pegando patadas al culo de algún que otro hombre lobo, destripando algún que otro estómago…, partiendo más de una espalda.

De acuerdo, tienes razón: ¿a quién le salvó la vida con tanto destripar y partir? Mis pensamientos se aclararon rápidamente. De un modo impulsivo, me incliné hacia él y le di un beso en la mejilla. Sentí el olor de Sam: loción para después del afeitado, bosque, algo salvaje que, pese a ello, me resultaba familiar.

—¿Cómo te encuentras? —me preguntó, como si siempre le saludara con un beso.

—Mejor de lo que me imaginaba —respondí—. ¿Y tú?

—Un poco dolorido, pero saldré de ésta.

Holly asomó la cabeza por la puerta.

—Hola, Sookie, Sam. —Entró para dejar su bolso.

—Holly, me he enterado de que estás saliendo con Hoyt —dije, confiando en estar sonriendo y sonar satisfecha.

—Sí, nos va bien —dijo, tratando de mostrar cierta indiferencia—. Se porta muy bien con Cody y su familia es muy agradable. —A pesar de su pelo en punta y agresivamente teñido de negro y su exagerado maquillaje, el rostro de Holly tenía algo melancólico y vulnerable.

Me resultó fácil decirle:

—Espero que funcione. —Holly se quedó muy satisfecha. Sabía tan bien como yo que si se casaba con Hoyt se convertiría en mi cuñada a todos los efectos, pues el vínculo entre Jason y Hoyt era muy fuerte.

Entonces Sam empezó a hablarnos sobre un problema que tenía con uno de sus distribuidores de cerveza y Holly y yo nos atamos el delantal e iniciamos nuestra jornada laboral. Introduje la cabeza por la ventanilla pasaplatos para saludar al personal de cocina. El actual cocinero del Merlotte's era un tipo que había estado en el ejército y que se llamaba Carson. Los cocineros de cocina rápida iban y venían. Carson era uno de los mejores. Dominó enseguida las hamburguesas Lafayette (hamburguesas con una salsa especial que había ideado un cocinero anterior) y preparaba a la perfección las tiras de pollo rebozadas y las patatas fritas; por otro lado, no tenía rabietas ni había intentado apuñalar nunca al chico que limpiaba las mesas. Era puntual y dejaba la cocina limpia al final de su turno, y eso era tan importante que Sam le habría perdonado a Carson muchas rarezas.

No teníamos muchos clientes, de modo que Holly y yo estábamos ocupándonos de las bebidas mientras Sam hablaba por teléfono desde su despacho cuando cruzó la puerta Tanya Grissom. Menuda y curvilínea, tenía el aspecto sano y bello de una nodriza. Tanya utilizaba poco maquillaje y estaba muy segura de sí misma.

—¿Dónde está Sam? —preguntó. Su boquita se curvó para formar una sonrisa. Le devolví una sonrisa poco sincera. Bruja.

—En el despacho —respondí, como si yo tuviera que saber siempre dónde se encontraba exactamente Sam.

—Esa tía... —dijo Holly, deteniéndose a mi lado de camino hacia la ventanilla de la cocina—. Esa tía es un pozo sin fondo.

—¿Por qué lo dices?

—Vive en Hotshot, comparte casa con una de las mujeres de allí —dijo Holly. De todos los ciudadanos normales de Bon Temps, Holly era una de las pocas que sabía de la existencia de criaturas como los hombres lobo y los cambiantes. No estaba segura de si había descubierto que los habitantes de Hotshot eran hombres pantera, pero sí era consciente de que estaban cruzados entre ellos y que eran extraños, pues el tema era la comidilla del condado de Renard. Y consideraba a Tanya (una mujer zorro) culpable por asociación o, como mínimo, sospechosa por asociación.

Sentí una punzada de ansiedad. Pensé: «Tanya y Sam podrían transformarse juntos. A Sam le gustaría. De quererlo, podría incluso transformarse en zorro».

Me costó un gran esfuerzo seguir sonriendo a la clientela después de que me viniese aquella idea a la cabeza. Y me avergoncé de mí misma al darme cuenta de que debería alegrarme por ver a una mujer interesada por Sam, una mujer capaz de apreciar su verdadera naturaleza. No decía mucho de mí que no me alegrara en absoluto. Pero aquella mujer no era lo bastante buena para él y ya le había advertido a Sam sobre ella.

Tanya regresó por el pasillo que llevaba al despacho de Sam y salió por la puerta, no tan segura de sí misma como cuando había entrado. Le sonreí a la espalda. ¡Ja! Sam salió a continuación para reponer cervezas. Tampoco se le veía muy feliz.

Y al verlo la sonrisa se esfumó de mi cara. Mientras servía la comida al sheriff Bud Dearborn y a Alcee Beck (que no dejó de sonreírme ni un instante), empecé a preocuparme. Decidí echar una ojeada a la cabeza de Sam, pues estaba mejorando en cuanto a enfocar mi talento de determinadas maneras. Y ahora que estaba vinculada a Eric, y por poco que me gustara admitirlo, también me resultaba más fácil bloquearlo y mantenerlo alejado de mis actividades diarias. No es agradable meterse en los pensamientos de los demás, pero siempre lo he hecho; es un acto reflejo.

Sé que es una excusa mala. Pero estaba acostumbrada a saber, no a preguntarme. Las mentes de los cambiantes resultan más complicadas de leer que las de la gente normal, y Sam era además un cambiante sofisticado, pero conseguí captar que se sentía frustrado, inseguro y pensativo.

En aquel momento me sentí horrorizada ante mi audacia y mi carencia de buenos modales. Sam había arriesgado su vida por mí la noche anterior. Me había salvado la vida. Y aquí estaba yo, husmeando en su cabeza igual que un niño fisga el interior de una caja llena de juguetes. Me sonrojé de pura vergüenza y perdí el hilo de lo que me estaba diciendo la chica de la mesa que atendía hasta que muy educadamente me preguntó si me encontraba bien. Lo dejé correr y me concentré en tomar nota del pedido de chile, galletas saladas y un vaso de té frío con azúcar. Su amiga, una mujer de unos cincuenta años, pidió una hamburguesa Lafayette y una ensalada de acompañamiento. Tomé nota del tipo de salsa de aliño y de cerveza que querían y corrí hacia la ventanilla para pasar el pedido. Cuando llegué al lado de Sam, le pedí la cerveza con un ademán de cabeza y me la entregó un segundo después. Estaba demasiado nerviosa para hablar con él. Sam me miró con curiosidad.

Me alegré de salir del bar una vez terminado mi turno. Después de pasar el relevo a Arlene y Daniella, Holly y yo recogimos nuestros respectivos bolsos. Salimos y estaba prácticamente oscuro. Las luces de seguridad ya estaban encendidas. Iba a ponerse a llover y las estrellas quedaban ocultas por las nubes. Se oía la voz de Carrie Underwood en la máquina de discos. Pedía en la canción que Jesús se sentara al volante..., una buena idea, a mi entender.

Nos quedamos un momento junto a los coches. El viento soplaba con fuerza y hacía mucho frío.

—Sé que Jason es el mejor amigo de Hoyt —dijo Holly. Su voz sonaba insegura y aunque la expresión de su rostro era difícil de descifrar, me di cuenta de que no estaba muy convencida de si a mí me iba a gustar oír lo que se disponía a decirme—. Hoyt siempre me gustó. Era un buen chico en el instituto. Supongo..., y espero de verdad que no te enfades conmigo, supongo que lo que me impidió salir con él antes fue que estuviese tan unido a Jason.

No sabía cómo responder.

—Jason no te gusta —dije finalmente.

—Oh, sí, claro que me gusta Jason. ¿A quién no? Pero ¿es bueno para Hoyt? ¿Puede Hoyt ser feliz si se debilita ese vínculo que los une? Porque no me imagino ir más allá con Hoyt a menos que crea que puede estar unido a mí de la manera en que siempre estuvo unido a Jason. ¿Entiendes a qué me refiero?

—Sí —dije—. Quiero a mi hermano. Pero sé que Jason no tiene la costumbre de pensar en el bienestar de los demás. —Y dije aquello por no decir algo peor.

—Me gustas —dijo Holly—. Y no pretendo herir tus sentimientos. Me imaginaba que lo sabrías, de todos modos.

—Sí, creo que sí —dije—. Tú también me gustas, Holly. Eres una buena madre. Has trabajado duro para sacar a tu hijo adelante. Te llevas bien con tu ex. Pero ¿qué me dices de Danielle? Diría que estabas tan unida a ella como Hoyt a Jason. —Danielle era otra madre divorciada y ella y Holly habían sido uña y carne desde el colegio. Danielle disponía de un sistema de apoyo mejor que el de Holly; sus padres seguían aún sanos y encantados de ayudarla con sus dos hijos. Danielle llevaba también un tiempo saliendo con un chico.

—Nunca habría pensado que algo pudiera interponerse entre Danielle y yo, Sookie. —Holly se puso su cortavientos y buscó las llaves en el fondo del bolso—. Pero nos hemos distanciado un poco. Seguimos viéndonos para comer de vez en cuando, y nuestros niños siguen jugando juntos. —Holly suspiró—. No sé. Cuando empecé a interesarme por cosas distintas al mundo de Bon Temps, el mundo en el que nos criamos, Danielle empezó a pensar que mi curiosidad no estaba bien. Y luego, cuando decidí convertirme en wiccana, aborreció la idea, y lo sigue haciendo. Si supiese lo de los hombres lobo, si supiese lo que me ha pasado... —Una bruja cambiante había intentado chantajear a Eric para que le entregara una parte de sus negocios. Había obligado a todas las brujas de la ciudad a ayudarla, incluyendo entre ellas a una muy poco dispuesta Holly—. Todo aquello me cambió —dijo Holly.

—Te cambia, ¿verdad? Eso de tratar con seres sobrenaturales.

—Sí. Pero forman parte de nuestro mundo. Algún día toda la gente lo sabrá. Algún día... el mundo entero será distinto.

Pestañeé. Aquello no me lo esperaba.

—¿A qué te refieres?

—Cuando todos salgan a la luz —dijo Holly, sorprendida por mi falta de perspicacia—. Cuando todos salgan a la luz y admitan su existencia. Todos, todo el mundo, tendrá que adaptarse a ello. Aunque habrá gente que no querrá. Es posible que haya reacciones violentas. Guerras, tal vez. Quizá los hombres lobo se enfrenten a otros cambiantes, o tal vez los humanos ataquen a los hombres lobo y a los vampiros. O tal vez los vampiros (ya sabes que los lobos no les gustan en absoluto) esperen la llegada de una noche propicia para matarlos a todos y los humanos se lo agradezcan.

Holly tenía ciertos aires de poetisa. Y era una visionaria, aunque bastante pesimista, es evidente. No me imaginaba que Holly fuera tan profunda y volví a avergonzarme de mí misma. No es normal sorprender a una lectora de mentes. Me había esforzado tanto últimamente por mantenerme alejada de la cabeza de la gente, que empezaba a perderme señales importantes.

—Todo o nada —dije—. Tal vez la gente se limite a aceptarlo. No en todos los países, claro está. Basta con ver lo que les ha sucedido a los vampiros en Europa del Este y en parte de América del Sur...

—El Papa no ha dejado clara su postura —comentó Holly.

Asentí.

—Tiene que ser difícil saber qué decir, me imagino. —La mayoría de las iglesias lo habían tenido muy jodido (pido perdón por la expresión) para decidir su política escrituraria o teológica con respecto a los no muertos. El anuncio de los hombres lobo no haría más que añadir aún más leña al fuego. Y era evidente que estaban vivos, de eso no cabía la menor duda... Aunque quizá en su caso casi podía decirse que les sobraba vida, al contrario de los vampiros, que ya habían muerto una vez.

Cambié el peso de mi cuerpo sobre el otro pie. En ningún momento había sido mi intención estar allí fuera intentando resolver los problemas del mundo y especulando sobre el futuro. Estaba aún cansada de la noche anterior.

—Nos vemos, Holly. ¿Qué tal si alguna noche vamos al cine a Clarice Amelia, tú y yo?

—Claro que sí —dijo algo sorprendida—. Esa Amelia... no le gustan mucho mis artes, pero al menos podríamos charlar un poco.

Demasiado tarde, tenía la convicción de que el trío no funcionaría, pero qué demonios. Valía la pena intentarlo.

Volví a casa preguntándome si habría alguien esperándome. La respuesta llegó cuando aparqué en la entrada trasera junto al coche de Pam. Usaba un modelo de automóvil conservador, naturalmente, un Toyota con una pegatina de Fangtasia en el parachoques. Lo que me sorprendía era que no se hubiera decidido por un monovolumen.

Pam y Amelia estaban viendo un DVD en la sala de estar. Estaban sentadas en el sofá, pero no exactamente abrazadas. Bob estaba acurrucado en la butaca. Amelia tenía un recipiente con palomitas en el regazo y Pam una botella de TrueBlood en la mano. Di la vuelta para mirar qué estaban viendo. *Underworld.* Hmmm.

—Kate Beckinsale está buenísima —dijo Amelia—. Hola, ¿qué tal el trabajo?

—Bien —dije—. Pam, ¿cómo te lo has montado para librar dos noches seguidas?

—Me lo merezco —respondió Pam—. Llevaba dos años sin tomarme ni una noche libre. Eric ha accedido sin problemas. ¿Cómo crees que me quedaría ese vestido negro?

—Oh, tan bien como a Beckinsale —dijo Amelia, y volvió la cabeza para sonreírle a Pam. Estaban en la fase del enamoramiento. Considerando que ese estado no iba últimamente conmigo, prefería no rondar por allí.

—¿Sabes si Eric ha descubierto algo más sobre ese tipo llamado Jonathan? —pregunté.

—No lo sé. ¿Por qué no le llamas y se lo preguntas? —respondió Pam, completamente despreocupada.

—Tienes razón, estás de vacaciones —murmuré, y salí hacia mi habitación, malhumorada y algo avergonzada. Marqué el número de Fangtasia sin siquiera tener que mirarlo. Vaya, vaya. También lo tenía guardado en mi teléfono móvil, entre los números de marcación rápida. Caramba. Mejor no ponerse a pensar en eso en aquel momento.

Sonó el teléfono y dejé de lado mis terribles cavilaciones. Para hablar con Eric necesitas tener los cinco sentidos alerta.

—Fangtasia, el bar con mordisco, le habla Lizbet. —Una colmillera. Revolví mi armario mental, tratando de encontrarle una cara a ese nombre. Ya está: alta, redondita y orgullosa de ello, cara de luna, atractivo pelo castaño.

—Lizbet, soy Sookie Stackhouse —dije.

—Oh, hola —dijo, sorprendida e impresionada a la vez.

—Hmmm…, hola. Oye, ¿podría hablar con Eric, por favor?

—Veré si el amo está disponible —jadeó Lizbet en un intento de sonar reverente y misteriosa.

«Amo», y una leche.

Los «colmilleros» eran hombres y mujeres que adoraban los vampiros hasta tal punto que querían vivir a su lado cada minuto que éstos pasaban despiertos. Un puesto de trabajo en un lugar como Fangtasia era lo habitual para ese tipo de gente, que consideraba casi sagrada la oportunidad de recibir un mordisco de vez en cuando. El código de los colmilleros les exigía aceptar como un «honor» que un chupador de sangre quisiera utilizarlos; y consideraban asimismo un honor morir como consecuencia de ello. Detrás de todo el patetismo y complicada sexualidad del típico colmillero vivía la esperanza subyacente de que algún vampiro lo considerase «merecedor» de ser convertido en vampiro. Como si tuvieses que pasar una prueba de carácter.

—Gracias, Lizbet —dije.

Lizbet dejó el teléfono con un golpe seco y salió a buscar a Eric. No podía haberla hecho más feliz.

—¿Sí? —dijo Eric pasados unos cinco minutos.

—¿Estabas ocupado?

—Ah…, cenando.

Arrugué la nariz.

—Pues espero que hayas tenido suficiente —dije con una falta total de sinceridad—. ¿Has descubierto alguna cosa sobre Jonathan?

—¿Has vuelto a verlo? —preguntó Eric de forma seca.

—Ah, no, es sólo que me acordé.

—Si lo ves, tengo que saberlo de inmediato.

—De acuerdo, entendido. ¿Qué has averiguado?

—Ha sido visto en otros lugares —dijo Eric—. Incluso se presentó una noche aquí cuando yo no estaba. Pam está en tu casa, ¿verdad?

Noté una sensación de desazón interior. Tal vez Pam no se acostaba con Amelia por pura atracción. Tal vez había combinado los negocios con una buena historia que le servía de tapadera y estaba simplemente con Amelia para tenerme vigilada. «Malditos vampiros», pensé enfadada, porque ese escenario se parecía demasiado a un incidente de mi pasado reciente que me dolía muchísimo.

No pensaba preguntar. Saberlo sería peor que sospechar.

—Sí —dije con la boca rígida—. Está aquí.

—Bien —dijo Eric con cierta satisfacción—. Si vuelve a aparecer, sé que Pam dará buena cuenta de él. Pero no es que esté ahí por eso —añadió de forma poco convincente. Con aquella ocurrencia tardía tan evidente Eric intentaba tranquilizar mi aparente enfado; pero no había surgido, a buen seguro, de ningún sentimiento de culpa.

Miré con el ceño fruncido la puerta de mi vestidor.

—¿Piensas darme alguna información veraz sobre por qué ese tipo te tiene tan inquieto?

—No has visto a la reina desde lo de Rhodes... —dijo Eric.

Aquello no mostraba indicios de ir a ser una conversación agradable.

—No —dije—. ¿Qué tal evolucionan sus piernas?

—Están creciéndole de nuevo —dijo Eric después de un breve momento de duda.

Me pregunté si le crecerían los pies directamente después de los muñones o si primero le crecerían las piernas y al final del proceso le aparecerían los pies.

—Eso es bueno, ¿no? —dije. Tener piernas tenía que ser bueno.

—Cuando pierdes determinadas partes de tu cuerpo y luego vuelven a salir —dijo Eric— es muy doloroso. Tarda un tiempo.

Está muy..., está discapacitada —dijo, pronunciando muy lentamente la última palabra, como si fuera una que conocía pero que nunca había articulado en voz alta.

Reflexioné sobre lo que estaba diciéndome, tanto superficialmente como en profundidad. Las conversaciones con Eric jamás tenían un único nivel.

—No se encuentra en condiciones para gobernar —dije a modo de conclusión—. ¿Quién está al cargo entonces?

—Los sheriffs hemos estado ocupándonos de todo hasta ahora —dijo Eric—. Gervaise falleció en la explosión, naturalmente; eso nos deja a Cleo, a Arla Yvonne y a mí. La cosa habría estado más clara de haber sobrevivido Andre. —Sentí una punzada de dolor y culpabilidad. Podría haber salvado a Andre. Lo temía y lo odiaba, y por ello no lo había hecho. Había dejado que lo mataran.

Eric se quedó un minuto en silencio y me pregunté si estaría captando mi sentimiento de miedo y culpabilidad. Sería terrible que se enterara algún día de que Quinn había matado a Andre por mi seguridad. Eric siguió hablando:

—Andre podría haber tomado el mando porque estaba completamente establecido como mano derecha de la reina. De haber podido elegir cuál de sus acólitos tenía que morir, habría escogido a Sigebert, que tiene mucho músculo pero nada de cerebro. Al menos, es capaz de protegerla físicamente, aunque Andre podría haber hecho esto y, a la vez, haber defendido también el territorio.

Nunca había oído a Eric tan parlanchín con respecto a los asuntos de los vampiros. Empezaba a tener la horrible sensación de saber hacia dónde se dirigía.

—Esperas algún tipo de golpe de estado —dije, y noté que el corazón me daba un vuelco—. Crees que Jonathan estaba tanteando el terreno.

—Vigila, o empezaré a pensar que puedes leerme la mente. —Pese a que el tono de Eric era suave como una nube de golosina, su significado subyacente era afilado como un cuchillo.

—Eso es imposible —dije, y si pensaba que mentía, no me lo demostró. Era como si Eric se arrepintiera de todo lo que me había contado. El resto de la conversación fue muy breve. Me repitió que lo llamara en cuanto viera a Jonathan y le aseguré que lo haría encantada.

Después de colgar, no tenía sueño. En honor al frío reinante aquella noche, me puse unos pantalones de pijama de lana, blancos con ovejitas de color rosa, y una camiseta blanca. Desenterré el mapa que tenía de Luisiana y busqué un lápiz. A continuación, señalé las áreas que conocía. Mis conocimientos partían de distintos retazos de conversaciones que habían tenido lugar en mi presencia. Eric tenía la Zona Cinco. La reina tenía la Zona Uno, que consistía en Nueva Orleans y sus aledaños. Todo eso tenía sentido. Pero el resto era una mezcolanza. El fallecido Gervaise tenía el área que incluía Baton Rouge, y allí era donde había estado viviendo la reina desde que el Katrina asoló sus propiedades en Nueva Orleans. Me imaginé que, debido a su preeminencia, aquella debía de ser la Zona Dos. Pero la llamaban Zona Cuatro. Tracé una línea fina que luego pudiera borrar, y acabé borrándola después de quedarme mirándola un rato.

Escarbé en mi cabeza en busca de otras piezas de información. La Zona Cinco, en la parte norte del estado, tenía una gran extensión. Eric era más rico y más poderoso de lo que me imaginaba. Debajo de él, y con un territorio semejante, estaban la Zona Tres de Cleo Babbitt y la Zona Dos de Arla Yvonne. Descendiendo hacia el Golfo desde la esquina sudoeste del Misisipi se encontraban las grandes zonas que habían estado antiguamente en manos de Gervaise y la reina, Cuatro y Uno respectivamente. Podía imaginarme el retorcimiento vampírico que había dado lugar a aquella numeración y disposición.

Estuve examinando el mapa unos cuantos minutos más antes de borrar todas las líneas finas que había dibujado. Miré el reloj. Había transcurrido casi una hora desde mi conversación con Eric. Melancólica, me cepillé los dientes y me lavé la cara. Después de meterme en cama y rezar mis oraciones, permanecí despierta un buen rato. Reflexioné sobre la innegable verdad de que, en aquel momento, el vampiro más poderoso del estado de Luisiana era Eric Northman, el rubio que en su día fuera mi amante. Eric había dicho en mi presencia que no quería ser rey, que no quería hacerse con más territorio; y desde que había visto con mis propios ojos la extensión actual de su territorio, comprendía aún más su afirmación.

Creía conocer un poco a Eric, tal vez todo lo que un ser humano puede llegar a conocer a un vampiro, lo que no significa que mi conocimiento fuera profundo. No creía que quisiera hacerse con el estado, pues de desearlo ya lo habría hecho. Estaba claro que su poder significaba llevar una diana gigante clavada en la espalda. Necesitaba intentar dormir. Volví a mirar el reloj. Había pasado una hora y media desde que había hablado con Eric.

Bill se deslizó en silencio en mi habitación.

—¿Qué sucede? —pregunté, intentando mantener la voz muy tranquila, muy calmada, pese a que hasta el último nervio de mi cuerpo había empezado a temblar.

—Estoy inquieto —dijo con su fría voz; casi me echo a reír—. Pam ha tenido que marcharse a Fangtasia. Me ha llamado para que ocupe su lugar aquí.

—¿Por qué?

Se sentó en la silla que había en un rincón. Mi habitación estaba casi a oscuras, pero las cortinas entrecerradas permitían el paso de la luz de seguridad del jardín. Tenía, además, una luz de noche en el baño, lo que me permitía adivinar los perfiles de su cuerpo y vislumbrar sus facciones. Bill mostraba cierto resplandor, como todos los vampiros.

—Pam no ha conseguido contactar con Cleo por teléfono —dijo—. Eric ha tenido que ausentarse del club para hacer un recado y Pam tampoco ha logrado localizarlo a él. Pero yo le he dejado un mensaje en el contestador y seguro que responderá. El problema es que Cleo no conteste.

—¿Son amigas Pam y Cleo?

—No, en absoluto —dijo sin darle importancia—. Pero tendría que responder si la llamamos al supermercado que tiene abierto toda la noche. Cleo siempre contesta.

—¿Y por qué intentaba Pam contactar con ella?

—Se llaman noche sí, noche no —dijo Bill—. Luego, Cleo llama a Arla Yvonne. Tienen una cadena. Que no debería romperse, y menos en los tiempos que corren. —Bill se levantó con una velocidad que me resultó imposible seguir—. ¡Escucha! —susurró, en un tono de voz tan suave como el aleteo de una mosca—. ¿Has oído?

Yo no había oído nada de nada. Permanecí inmóvil bajo las sábanas, deseando ardientemente que todo aquello acabara. Hombres lobo, vampiros, problemas, peleas..., pero no tendría esa suerte.

—¿Qué has oído? —pregunté, intentando hablar tan flojito como Bill, un esfuerzo condenado al fracaso.

—Alguien se acerca —dijo.

Y entonces oí que llamaban a la puerta principal. Una llamada muy suave.

Retiré las sábanas y me levanté. Estaba tan nerviosa que no encontré mis zapatillas. De modo que me dirigí descalza hacia la puerta del dormitorio. Era una noche gélida y aún no había puesto en funcionamiento la calefacción; las suelas de mis pies chocaron con el frío de la madera pulida del suelo.

—Iré a abrir yo —dijo Bill, y se plantó delante de mí sin que ni siquiera lo viera moverse.

—Por todos los santos —murmuré, y le seguí. Me pregunté dónde estaría Amelia: ¿estaría durmiendo arriba o en el sofá del salón? Confiaba en que estuviera dormida. Estaba tan asustada que me la imaginé muerta.

Bill se deslizó en silencio por la casa oscura, recorrió el pasillo, cruzó el salón (que olía aún a palomitas), se plantó delante de la puerta de entrada y oteó por la mirilla, un gesto que encontré gracioso. Tuve que taparme la boca con la mano para no echarme a reír como una tonta.

Nadie disparó a Bill a través de la mirilla. Nadie intentó echar la puerta abajo. Nadie gritó.

El continuo silencio me puso la carne de gallina. Ni siquiera vi moverse a Bill. Noté su fría voz justo detrás de mi oído derecho.

—Es una mujer joven. Lleva el pelo teñido de blanco o de rubio, muy corto y con las raíces oscuras. Escuálida. Es humana. Está asustada.

Y no era la única.

Me esforcé en pensar quién podía ser aquella chica que llamaba a mi puerta en plena noche. De pronto, me imaginé quién era.

—Frannie —dije con voz entrecortada—. La hermana de Quinn. Tal vez.

—Déjame entrar —dijo una voz de chica—. Déjame entrar, por favor.

Era igual que en una historia de fantasmas que había leído tiempo atrás. Se me pusieron los pelos de punta.

—Tengo que contarte lo que le ha pasado a Quinn —dijo Frannie, y me decidí al instante.

—Abre la puerta —le dije a Bill, esta vez con mi voz normal—. Tenemos que dejarla entrar.

—Es humana —dijo Bill, como si fuese algo extraño—. ¿Hasta qué punto podría ser problemática? —Abrió la puerta.

No voy a decir que Frannie entrara de sopetón, pero sí que no perdió tiempo en cruzar la puerta y cerrarla de un portazo a sus espaldas. Mi primera impresión de Frannie, que había mostrado una actitud agresiva y muy poco encanto, no había sido buena, pero había podido conocerla un poquito mejor cuando acompañó a Quinn en el hospital, después de la explosión. Había tenido una vida complicada, y quería mucho a su hermano.

—¿Qué ha pasado? —le pregunté escuetamente en cuanto Frannie tropezó con la primera silla que encontró y se derrumbó en ella.

—Tenía que haber un vampiro en tu casa... —dijo—. ¿Puedo tomar un vaso de agua? Después intentaré hacer lo que Quinn quiere que haga.

Corrí a la cocina para prepararle el vaso de agua. Encendí la luz de la cocina pero dejé a oscuras el salón.

—¿Dónde está tu coche? —preguntó Bill.

—Se averió a un kilómetro y pico de aquí —respondió—. Pero no podía quedarme esperando. He llamado a una grúa y he dejado las llaves puestas en el contacto. Confío en que lo retiren de la carretera y de la vista de todo el mundo.

—Cuéntame ahora mismo qué está pasando —dije.

—¿La versión corta o la larga?

—La corta.

—Los vampiros de Las Vegas vienen a apoderarse de Luisiana.

Aquello nos aguó la fiesta.

Capítulo 11

La voz de Bill resonó acalorada.

—¿Dónde, cuándo, cuántos?

—Han eliminado ya a varios sheriffs —dijo Frannie, y adiviné que en el fondo le hacía gracia tener que comunicar una noticia tan trascendental—. Fuerzas de pequeño tamaño se encargan de liquidar a los más débiles, pero hay un ejército más grande que está preparándose para rodear Fangtasia y acabar con Eric.

Bill cogió el teléfono móvil antes de que Frannie terminara de hablar y yo me quedé boquiabierta mirándolo. Había tardado tanto en comprender lo débil que era la situación de Luisiana que por un segundo creí que yo lo había propiciado todo sólo de pensarlo.

—¿Y cómo ha sucedido? —le pregunté a la chica—. ¿Cómo es que Quinn está involucrado en el tema? ¿Cómo se encuentra? ¿Es él quien te envía aquí?

—Por supuesto que es él quien me envía aquí —respondió, como si yo fuera la persona más estúpida que había conocido en su vida—. Sabe que estás vinculada a ese vampiro llamado Eric, lo que te convierte también en blanco. Sabemos incluso que los vampiros de Las Vegas han enviado a alguien para que te vigile.

Jonathan.

—Quiero decir que están evaluando los bienes de Eric, y tú formas parte del paquete.

—¿Y por qué todo esto es un problema de Quinn? —pregunté. Tal vez no fue la mejor manera de expresarlo, pero Frannie entendió a qué me refería.

—Nuestra madre, nuestra jodida madre, cuya historia no hace más que jodernos... —dijo con amargura Frannie—. Sabes que fue capturada y violada por unos cazadores, ¿verdad? En Colorado. Hará unos cien años. —En realidad, sólo había sido hacía diecinueve años, pues así fue como Frannie fue concebida.

—Y sabes que Quinn, siendo aún sólo un niño, la rescató y los mató a todos, y quedó en deuda con los vampiros del lugar porque le ayudaron a limpiar la escena del crimen y a llevarse de allí a nuestra madre.

Conocía la triste historia de la madre de Quinn. Me di cuenta de que estaba asintiendo como una loca, pues me moría de ganas de llegar a lo que estaba aún por decir.

—Está bien, pues resulta que mi madre se quedó embarazada de mí después de la violación —dijo Frannie, lanzándome una mirada desafiante—. Me tuvo, pero su cabeza nunca volvió a estar bien y criarme con ella fue complicado, ¿me entiendes? Quinn, mientras, estaba pagando su deuda en las minas. —Pensé en una versión de *Gladiator* pero con cambiantes—. Mi madre nunca volvió a estar bien de la cabeza —repitió Frannie—. Y cada vez está peor.

—Eso ya lo he entendido —dije, tratando de que mi voz no sonara alterada. Bill estaba a punto de decirle a Frannie que acelerase un poco más su relato, pero yo negué con la cabeza para que no lo hiciese.

—Muy bien, de manera que vivía en un lugar muy agradable que Quinn estaba pagándole, en los alrededores de Las Vegas, el único centro para enfermos dependientes de Estados Unidos donde puedes enviar a gente como mi madre. —¿El asilo para mujeres tigre trastornadas?—. Pero mi madre se escapó, mató a una turista, se vistió con su ropa e hizo autoestop para ir a Las Vegas. Mató también al hombre que la recogió. Le robó todo su dinero y se lo jugó hasta que por fin dimos con ella. —Frannie hizo una pausa y respiró hondo—. Quinn está aún recuperándose de lo de Rhodes y esto está matándole.

—Oh, no. —Pero tenía la sensación que aún me quedaba por escuchar la conclusión de todo aquello.

—Sí, ¿qué es peor? ¿Qué se haya escapado o los asesinatos?

Es muy probable que los turistas tuvieran una opinión al respecto.

Casi ni me había dado cuenta de que Amelia había entrado en el salón y vi que no parecía sorprendida por ver allí a Bill. Por lo tanto, debía de estar despierta cuando Bill llegó para ocupar el puesto de Pam. Amelia no conocía a Frannie, pero no interrumpió su narración.

—Resulta que en Las Vegas hay un cártel de vampiros muy grande, pues las ganancias son enormes —nos explicó Frannie—. Le siguieron la pista a mi madre antes de que la policía diera con ella. Volvieron a limpiar su rastro. Resulta que los de Whispering Palms, el lugar donde estaba recluida, habían alertado a todos los seres sobrenaturales de la zona para que estuvieran al tanto. Cuando llegué al casino donde habían encontrado a mi madre, los vampiros estaban explicándole a Quinn que se habían hecho cargo de todo y que ahora volvía a estar en deuda con ellos. Él les explicó que estaba en proceso de recuperación después de haber resultado malherido y que no podía volver a las minas. Le ofrecieron tomarme a mí como donante de sangre o como prostituta para los vampiros que estuvieran de visita en Las Vegas y él, a modo de respuesta, se limitó a eliminar al que se lo propuso.

Intercambié una mirada con Bill, naturalmente. La oferta para «emplear» a Frannie había sido concebida para que todo lo demás pareciese mejor.

—Entonces dijeron que conocían un reino muy débil que estaba prácticamente disponible, y se referían a Luisiana. Quinn les dijo que podían conseguirlo a cambio de nada si el rey de Nevada se casaba con Sophie-Anne, pues ella no estaba en posición de poder negarse a la oferta. Pero resultó que el rey estaba presente. Dijo que detestaba a los tullidos y que de ninguna manera pensaba casarse con una vampiro que había matado a su anterior esposo, por muy apetitoso que fuese su reino, incluso con la añadidura de Arkansas. —Sophie-Anne era la titular tanto de Arkansas como de Luisiana desde que el tribunal vampírico la había declarado inocente del asesinato de su esposo (el rey de Arkansas). Debido al atentado, Sophie-Anne no había tenido aún oportunidad de consolidar su posición. Estaba segura, sin embargo, de que era algo que tenía en su lista de cosas pendientes de hacer en cuanto hubiera recuperado las piernas.

Bill volvió a abrir el teléfono y se puso a teclear números. No obtuvo respuesta a su llamada. Sus oscuros ojos echaban chispas. Estaba completamente acelerado. Se inclinó para coger la espada que había dejado apoyada en el sofá. Sí, había venido a mi casa armado hasta los dientes. Yo no guardaba ese tipo de cosas en el cobertizo de las herramientas.

—Pretenderán hacerse con nosotros sin hacer ruido y con rapidez, para que los medios de comunicación humanos no se enteren. Urdirán cualquier historia para explicar por qué los vampiros conocidos han sido sustituidos por otros que nadie conoce —dijo Bill—. Dime, chica, ¿qué papel juega tu hermano en todo esto?

—Le obligaron a decir cuánta gente erais y a explicar todo lo que sabía sobre la situación en Luisiana —dijo Frannie. Y para empeorar las cosas, se echó a llorar—. Él no quería hacerlo. Intentó negociar con ellos, pero lo tenían cogido precisamente por donde querían. —Frannie parecía ahora diez años mayor de lo que en realidad era—. Intentó llamar a Sookie un millón de veces, pero ellos siempre estaban vigilándolo y él tenía miedo de conducirlos directamente hasta ella. De todas formas, lo descubrieron igualmente. Cuando se enteró de lo que pensaban hacer, decidió correr un riesgo enorme, para los dos, y enviarme a mí aquí. Me alegré de tener un amigo que pudiera recuperar mi coche.

—Alguno de vosotros debería haberme llamado, haberme escrito, cualquier cosa. —A pesar de nuestra actual crisis, no pude evitar expresar mi amargura.

—No podía hacerte saber lo mal que estaba la situación. Dijo que sabía que intentarías encontrarlo como fuera, pero no había salida.

—Evidentemente que habría intentado sacarlo de todo esto —dije—. Es lo que suele hacerse cuando alguien está metido en problemas.

Bill permanecía en silencio pero no me quitaba los ojos de encima. También le había rescatado a él cuando tuvo problemas. A veces, sentía haberlo hecho.

—¿Por qué está ahora tu hermano con ellos? —preguntó de forma cortante Bill—. Ya les ha dado la información. Son vampiros. ¿Para qué lo necesitan?

—Lo traerán con ellos para negociar con la comunidad de los sobrenaturales, concretamente con los hombres lobo —dijo Frannie, que de pronto parecía la señorita secretaria de una multinacional. Frannie me daba lástima. Como producto de la unión entre un humano y una mujer tigre, carecía de poderes especiales que le otorgaran cierta ventaja o que le sirvieran como ficha para negociar. Tenía la cara manchada por el rímel corrido y se había comido las uñas hasta dejarlas en carne viva. Daba pena.

Pero no era momento para preocuparse por Frannie: los vampiros de Las Vegas pensaban apoderarse del estado.

—¿Qué podemos hacer? —pregunté—. Amelia, ¿has comprobado las defensas de la casa? ¿Están nuestros coches? —Amelia asintió rápidamente—. Bill, ¿has llamado a Fangtasia y a todos los demás sheriffs?

Bill movió afirmativamente la cabeza.

—Sigo sin tener respuesta de Cleo. Arla Yvonne me ha respondido y ya había oído el rumor del ataque. Ha dicho que iba a esconderse y que intentaría llegar hasta Shreveport. Tiene con ella a seis de los suyos. Desde que Gervaise murió, sus vampiros han estado cuidando a la reina y su lugarteniente es ahora Booth Crimmons. Booth dice que esta noche estaba fuera y su hija, Audrey, que se había quedado con la reina y Sigebert, no responden. Ni siquiera contesta el delegado al que Sophie-Anne envió a Little Rock.

Nos quedamos un momento en silencio. La idea de que Sophie-Anne hubiese muerto resultaba casi inimaginable.

Bill se estremeció visiblemente.

—Por lo que debemos permanecer aquí —prosiguió— o encontrar otro lugar para vosotras tres. En cuanto esté seguro de que estáis a salvo, trataré de localizar a Eric lo antes posible. Si quiere sobrevivir a esta noche, necesitará todo par de manos que esté disponible.

A buen seguro había sheriffs que habían muerto ya. Eric podía morir aquella misma noche. Tomar conciencia de aquello fue como un bofetón en la cara. Empecé a jadear y me esforcé por mantenerme en pie. No podía permitirme pensar en aquello.

—No nos pasará nada —dijo Amelia muy decidida—. Estoy segura de que tú eres un gran luchador, Bill, pero nosotras no nos quedamos mancas.

Con todos los debidos respetos a las artes de brujería de Amelia, estábamos indefensas; al menos, contra los vampiros.

Bill se volvió de repente y se quedó mirando hacia el pasillo y la puerta trasera. Había oído algo que no había llegado a los oídos humanos. Pero, un segundo después, escuché una voz que me resultaba familiar.

—Déjame entrar, Bill. ¡Cuanto antes, mejor!

—Es Eric —dijo Bill con gran satisfacción. Moviéndose a una velocidad cegadora, se desplazó hasta la parte posterior de la casa. Eric estaba fuera y me relajé un poco. Estaba vivo. Me di cuenta enseguida de que no iba acicalado como siempre. Llevaba la camiseta rota e iba descalzo.

—No me han dejado llegar al club —dijo mientras él y Bill avanzaban por el pasillo para unirse a nosotras—. Mi casa no era un buen lugar, estando solo. No podía contactar con nadie. Recibí tu mensaje, Bill. Sookie, estoy aquí para solicitar tu hospitalidad.

—Por supuesto —dije automáticamente, aunque en realidad debería habérmelo pensado—. Pero a lo mejor deberíamos ir a... —Estaba a punto de sugerir que cruzáramos el cementerio para ir a casa de Bill, que era más grande y estaba mejor preparada para vampiros, cuando surgieron más problemas. Nadie había prestado más atención a Frannie desde que terminara su relato, y el bajón que había experimentado una vez comunicadas aquellas dramáticas noticias le había hecho pensar en el desastre potencial al que nos enfrentábamos.

—Tengo que salir de aquí —dijo Frannie—. Quinn me dijo que me quedara, pero vosotros sois... —El volumen de su voz iba subiendo. Se había puesto en pie y todos los músculos de su cuerpo estaban en tensión mientras la cabeza le daba vueltas.

—Frannie —dijo Bill. Posó sus dos blancas manos a ambos lados de la cara de Frannie. La miró a los ojos. Frannie se calló—. Quédate aquí, no seas estúpida, y haz lo que Sookie te diga.

—De acuerdo —dijo Frannie, ya más tranquila.

—Gracias —dije. Amelia miraba a Bill conmocionada. Me imaginé que nunca había visto a un vampiro hechizando a nadie—. Voy a buscar mi rifle —dije sin dirigirme a nadie en concreto pero, antes de que pudiera dar un paso, Eric se volvió hacia el armario que había junto a la puerta de entrada. Lo abrió y sacó el Benelli. Se volvió y me la entregó con una expresión de perplejidad. Nuestras miradas se encontraron.

Eric recordaba dónde guardaba el rifle. Lo sabía de cuando había estado en mi casa y había perdido la memoria.

Cuando conseguí apartar la vista, vi que Amelia estaba tímidamente pensativa. Aun teniendo en cuenta que llevaba poco tiempo conviviendo con ella, sabía que aquella expresión no me gustaba. Significaba que estaba a punto de hacer un comentario, un comentario que no me iba a hacer ninguna gracia.

—¿Estamos excitándonos por nada? —preguntó con aire retórico—. A lo mejor hemos caído presas del pánico sin tener motivo alguno para ello.

Bill se quedó mirando a Amelia como si se hubiese transformado en un mandril. Frannie se mostraba completamente indiferente.

—Al fin y al cabo —dijo Amelia con una sonrisita de superioridad—, ¿por qué tendrían que venir a por nosotras? ¿O, más concretamente, a por ti, Sookie? Porque me imagino que los vampiros no vendrían a por mí. Pero dejando a un lado este detalle, ¿por qué tendrían que venir aquí? Tú no formas parte esencial del sistema de defensa de los vampiros. ¿Qué razón tendrían para querer matarte o capturarte?

Eric había hecho un recorrido repasando puertas y ventanas. Terminó en el momento en que Amelia daba por finalizado su discurso.

—¿Qué ha pasado? —preguntó.

—Amelia está explicándome que no existe un motivo racional por el que los vampiros pudieran querer venir a por mí en su intento de conquistar el estado —respondí.

—Por supuesto que vendrán —dijo Eric, sin apenas mirar a Amelia. Examinó un instante a Frannie, movió afirmativamente la cabeza dando su aprobación y se situó a un lado de una ventana del salón para ver el exterior—. Sookie tiene un vínculo de sangre conmigo. Y ahora yo estoy aquí.

—Sí —replicó con intensidad Amelia—. Muchas gracias, Eric, por venir directamente a esta casa.

—¿No eres una bruja con mucho poder, Amelia?

—Sí, lo soy —respondió Amelia con cautela.

—¿Acaso no es tu padre un hombre rico y muy influyente en este estado? ¿Acaso no es tu mentora una bruja importante?

¿Quién se había dedicado a buscar por Internet? Eric y Copley Carmichael tenían algo en común.

—Sí —dijo Amelia—. De acuerdo, les encantaría poder acorralarnos. Pero aun así, si Eric no hubiese venido aquí, no creo que tuviéramos que preocuparnos por poder sufrir algún daño físico.

—¿Te preguntas si corremos de verdad peligro? —dije—. ¿Con vampiros excitados y sedientos de sangre?

—No les serviremos de nada si no estamos vivas.

—A veces ocurren accidentes... —dije, y Bill resopló. Nunca lo había oído emitir un sonido tan vulgar y me quedé mirándolo. Se relamía ante la perspectiva de una buena pelea. Tenía los colmillos extendidos. Frannie se había quedado mirándolo, pero la expresión de Bill no se alteró. Si hubiera existido la mínima posibilidad de que Frannie se mantuviera tranquila y cooperara, le habría pedido a Bill que la sacara de aquel estado artificial. Me encantaba que Frannie permaneciera quieta y calladita... pero aborrecía que careciera de voluntad.

—¿Por qué se ha ido Pam? —pregunté.

—Puede ser de más valor en Fangtasia. Los demás han ido al club y ella podrá decirme si están o no encerrados allí. Ha sido una estupidez por mi parte llamarlos a todos y decirles que se reunieran; tendría que haberles dicho que se dispersasen. —Por su aspecto, adivinaba que era un error que Eric nunca volvería a cometer.

Bill se acercó a una ventana; escuchaba los sonidos de la noche. Miró a Eric y sacudió la cabeza. Aún no había nadie.

Sonó entonces el teléfono de Eric. Se quedó un minuto a la escucha y dijo:

—Buena suerte. —Y colgó.

—Casi todos los demás están en el club —le dijo a Bill, que asintió.

—¿Dónde está Claudine? —me preguntó Bill.

—No tengo ni idea. —¿Por qué Claudine aparecía unas veces cuando yo tenía problemas y otras no? ¿Estaría agotándola?—. Pero no creo que venga con tanto vampiro. No tiene sentido que se presente a defenderme si Eric y tú no podéis quitarle los colmillos de encima.

Bill se puso rígido. Sus agudos oídos acababan de captar alguna cosa. Se volvió e intercambió una larga mirada con Eric.

—No es la compañía que yo habría elegido —dijo Bill con su fría voz—. Pero montaremos un buen espectáculo. Lo siento por las mujeres. —Y me miró, con sus ojos oscuros llenos de una emoción intensa. ¿Amor? ¿Lástima? No podía adivinarlo, pues su cerebro silencioso no me daba ni una pista.

—Aún no estamos en nuestras tumbas —dijo Eric con la misma frialdad.

También yo escuché entonces que se acercaban coches por el camino de acceso. Amelia emitió un sonido involuntario de miedo y los ojos de Frannie se abrieron aún más, aunque siguió en su asiento, como si estuviera paralizada. Eric y Bill se concentraron.

Los coches se detuvieron delante de la casa y escuché el sonido de puertas abriéndose y cerrándose, de alguien caminando hacia la casa.

Hubo una llamada rápida... pero no en la puerta, sino en uno de los postes del porche.

Me acerqué lentamente hacia allí. Bill me agarró por el brazo y se situó delante de mí.

—¿Quién hay ahí? —gritó, y de inmediato voló a un metro de distancia de donde yo estaba.

Esperaba que alguien irrumpiera por la puerta.

Pero no pasó nada.

—Soy yo, el vampiro Victor Madden —dijo una voz alegre.

Inesperado. Y sobre todo para Eric, que cerró brevemente los ojos. La identidad y la presencia de Victor Madden habían significado muchas cosas para Eric, aunque yo no sabía qué.

—¿Lo conoces? —le susurré a Bill.

—Sí —respondió Bill—. Lo conozco. —Pero no añadió más detalles y permaneció perdido en un debate interno. Jamás en mi vida había deseado con mayor intensidad conocer lo que alguien pensaba que en aquel momento. El silencio me superaba.

—¿Amigo o enemigo? —grité.

Victor se echó a reír. Era una risa buena de verdad..., genial, una risa con ganas que decía «Me río contigo, no de ti».

—Una pregunta excelente —dijo—, de la que sólo tú tienes la respuesta. ¿Tengo el honor de hablar con Sookie Stackhouse, afamada telépata?

—Tienes el honor de hablar con Sookie Stackhouse, camarera —respondí gélidamente. Y escuché una especie de sonido gutural, la vocalización de un animal. De un animal grande.

El corazón me cayó a los pies.

—Las defensas se mantendrán en pie —repetía Amelia en un rápido susurro para sus adentros—. Las defensas se mantendrán, las defensas se mantendrán. —Bill me miraba con sus ojos oscuros, mientras una rápida sucesión de ideas le iluminaba su rostro. Frannie tenía la mirada perdida y distante, pero los ojos clavados en la puerta. También había oído el sonido.

—Quinn está ahí fuera con ellos —le susurré a Amelia, pues era la única en la estancia que no se lo había imaginado.

—¿Pero él está de su lado? —preguntó Amelia.

—Tienen a su madre —le recordé. Pero interiormente sentía náuseas.

—Y nosotros tenemos a su hermana —dijo Amelia.

Eric parecía tan pensativo como Bill. De hecho, se estaban mirando, y los imaginé manteniendo un auténtico diálogo sin cruzar palabra.

Tanto pensar no era bueno. Significaba que no tenían decidido hacía dónde decantarse.

—¿Podemos pasar? —preguntó aquella voz tan encantadora—. ¿O podemos tratar directamente con alguno de vosotros? En la casa parece haber protecciones suficientes.

Amelia flexionó el brazo, sacando bíceps, y dijo:

—¡Sí! —Me sonrió.

Un poco de autoalabanza bien merecida no tenía nada de malo, por mucho que estuviera algo fuera de lugar en aquel momento. Le devolví la sonrisa, aunque con tirantez.

Eric se armó de valor y después de lanzarse una última y prolongada mirada, él y Bill se relajaron. Eric se volvió hacia mí, me dio un ligero beso en los labios y se me quedó mirando un buen rato.

—A ti te perdonará la vida —dijo Eric, y comprendí que en realidad no me hablaba a mí, sino que lo hacía para sus adentros—. Eres demasiado única para echarte a perder.

Y entonces abrió la puerta.

Capítulo 12

Desde el interior de la casa pudimos ver bien la escena, pues el salón seguía oscuro y el exterior estaba iluminado por la luz de seguridad. El vampiro, que estaba aparentemente solo, no era un hombre especialmente alto, pero sí singular. Iba vestido de traje. Tenía el pelo corto, rizado y negro, aunque la luz no era lo bastante potente como para poder asegurar el color al cien por cien. Había adoptado la pose típica de un modelo de portada de *GQ*.

Eric ocupaba casi todo el umbral de la puerta, por lo que poco más podía ver. Me pareció de mal gusto desplazarme hasta la ventana para verlo mejor.

—Eric Northman —dijo Victor Madden—. Hacía varias décadas que no nos veíamos.

—Sé que has estado trabajando duro en el desierto —dijo Eric con cierto tono de indiferencia.

—Sí, los negocios van viento en popa. Tengo temas que discutir contigo… temas bastante urgentes, me temo. ¿Puedo pasar?

—¿Con cuántos has venido? —preguntó Eric.

—Diez —le susurré a Eric—. Nueve vampiros y Quinn. —Si los cerebros humanos dejaban un agujero lleno de zumbidos en mi conciencia, los de vampiro dejaban un agujero vacío. Se trataba, simplemente, de contar los agujeros.

—Vengo con cuatro compañeros —dijo Victor, en apariencia completamente sincero y franco.

—Me parece que te has olvidado de contar —dijo Eric—. Creo que ahí fuera hay nueve vampiros y un cambiante.

La silueta de Victor se enderezó mientras se retorcía la mano.

—Veo que es imposible venderte la moto, viejo amigo.

—¿Viejo amigo? —murmuró Amelia.

—Que salgan del bosque para que pueda verlos —gritó Eric.

Amelia, Bill y yo abandonamos nuestra discreción y nos acercamos a las ventanas para mirar. Uno a uno, los vampiros de Las Vegas fueron saliendo de entre los árboles. Estaban en la zona oscura, por lo que no podía verlos muy bien, pero me llamó la atención una mujer escultural con abundante melena castaña y un hombre, más o menos de mi altura, que llevaba una barba cuidada y un pendiente.

El último en salir del bosque fue el tigre. Estaba segura de que Quinn había adoptado su forma animal porque no quería mirarme a la cara. Me inspiró una lástima terrible. Me imaginé que por muy destrozada que estuviese yo por dentro, las entrañas de él debían de parecer carne de hamburguesa.

—Veo unas cuantas caras conocidas —dijo Eric—. ¿Están todos a tu cargo?

No comprendí el sentido de su pregunta.

—Sí —replicó con firmeza Victor.

La respuesta significó alguna cosa para Eric. Se retiró del umbral de la puerta y los que estábamos dentro nos volvimos para mirarlo.

—Sookie —dijo Eric—, no soy yo quien debe invitarlo a pasar. Es tu casa. —Eric se volvió hacia Amelia—. ¿Son específicas tus defensas? —le preguntó—. ¿Le dejarán pasar sólo a él?

—Sí —respondió Amelia. Me hubiera gustado que su respuesta hubiera sonado más rotunda—. Tiene que ser invitado por alguien aceptado por las defensas, como Sookie.

Bob, el gato, apareció en aquel momento en la puerta. Se sentó en el umbral, con la cola alrededor de las patas, y examinó con decisión al recién llegado. Al principio, cuando llegó Bob, Victor se echó a reír, una risa que se esfumó pasado un segundo.

—Esto no es un simple gato —dijo Victor.

—No —dije, lo bastante fuerte como para que Victor me oyese—. Como tampoco lo es ése que está ahí fuera. —El tigre emitió una especie de bufido, que interpreté como amistoso. Me imaginé que era lo más parecido que podía hacer Quinn a decirme que lamentaba todo lo que estaba pasando. O tal vez no fuera así. Me coloqué junto a Bob. El gato levantó la cabeza para mirarme y se largó con la misma indiferencia con la que había llegado. Gatos.

Victor Madden se acercó al porche. Evidentemente, las defensas no le permitían pisar los tablones de madera del suelo, de modo que se quedó esperando a los pies de la escalera. Amelia encendió las luces del porche y Victor pestañeó ante la repentina iluminación. Era un hombre muy atractivo, aunque no exactamente guapo. Tenía grandes ojos de color castaño y mandíbula marcada. Una sonrisa torcida dejaba entrever una dentadura perfecta. Me miró con atención.

—Los informes respecto a tu atractivo no eran exagerados —dijo, un comentario que tardé un momento en descifrar. Estaba demasiado asustada para que mi inteligencia estuviese a su máximo nivel. Entre los vampiros del jardín descubrí a Jonathan, el espía.

—Pues muy bien —dije, sin dejarme impresionar—. Puedes entrar tú solo.

—Encantado —dijo, haciendo una reverencia. Ascendió con cautela un peldaño y se mostró aliviado. A continuación, atravesó el porche con tanta ligereza que de repente me lo encontré a mi lado, el pañuelo de su bolsillo, juro por Dios que era blanco como la nieve, casi rozaba mi camiseta blanca. Me costó un gran esfuerzo no encogerme de miedo, pero conseguí permanecer inmóvil.

Le miré a los ojos y sentí la presión que había detrás de ellos. Estaba probando trucos mentales para ver si funcionaban conmigo.

Poco resultaría, lo sabía por experiencia. Después de dejar que le quedase claro, me eché hacia atrás para que pudiera pasar.

Victor se quedó inmóvil nada más cruzar la puerta. Miró a todos los presentes con cautela, sin que su sonrisa se desvaneciera ni un instante. Y cuando vio a Bill, la sonrisa se iluminó.

—¡Ah, Compton! —dijo, y aunque esperaba que siguiese la exclamación con un comentario más brillante, no fue así. Analizó en profundidad a Amelia—. El origen de la magia —murmuró, y la saludó con una inclinación de cabeza. La evaluación de Frannie fue más rápida. Cuando Victor la reconoció, su expresión momentánea fue de insatisfacción.

Debería haberla escondido. No se me había ocurrido. Ahora, el grupo de Las Vegas sabía que Quinn había enviado a su hermana para alertarnos. Me pregunté si sobreviviríamos a todo aquello.

Si seguíamos con vida al amanecer, las tres humanas podíamos largarnos de allí en coche, y si los coches no funcionaban, teníamos móviles y llamaríamos a quien fuera para que nos recogiera. Pero era imposible saber qué otra ayuda diurna, además de Quinn, podían tener los vampiros de Las Vegas. Y en cuanto a si Eric y Bill serían capaces de abrirse camino entre el conjunto de vampiros que había fuera de la casa..., podían intentarlo. No tenía ni idea de hasta dónde podrían llegar.

—Toma asiento, por favor —dije, aunque mi voz sonó tan acogedora como la de una beata de iglesia obligada a acoger a un ateo. Nos instalamos entre el sofá y las sillas. Dejamos a Frannie donde estaba. Lo mejor era mantener toda la calma posible. La tensión en la estancia era casi palpable.

Encendí algunas luces y les pregunté a los vampiros si les apetecía beber algo. Se quedaron sorprendidos. Sólo Victor aceptó la oferta. Como resultado de un gesto por mi parte, Amelia se dirigió a la cocina para calentar un poco de TrueBlood. Eric y Bill ocuparon el sofá, Victor se había sentado en el sillón y yo me instalé en la punta de la butaca, con las manos cruzadas sobre mi regazo. Se produjo un largo silencio mientras Victor seleccionaba su frase de apertura.

—Tu reina ha muerto, vikingo —dijo.

La cabeza de Eric dio una sacudida. Amelia, que entraba en el salón en aquel momento, se detuvo en seco un segundo antes de entregarle la copa de TrueBlood a Victor. El vampiro la aceptó con una pequeña reverencia. Amelia se quedó mirándolo y me di cuenta de que tenía la mano escondida entre los pliegues del batín. Justo cuando cogía aire para decirle que no hiciese una locura, se apartó de él y se acercó a mi lado.

—Me lo imaginaba —dijo Eric—. ¿Y cuántos sheriffs? —Era un tipo duro, había que admitirlo. Su voz no daba a entender cómo se sentía.

Victor hizo un gran despliegue de gestos simulando que consultaba la respuesta en su memoria.

—Veamos. ¡Oh, sí! Todos.

Cerré la boca con fuerza para impedir que se escapase cualquier sonido. Amelia cogió la silla de respaldo recto que teníamos siempre a un lado de la chimenea. La puso a mi lado y se dejó caer en ella como un saco de arena. Ahora que estaba sentada, pude ver que lo que llevaba en la mano era un cuchillo, el cuchillo de la carne de la cocina. Estaba muy afilado.

—¿Y su gente? —preguntó Bill. Él también imitaba a alguien que quería hacer borrón y cuenta nueva.

—Quedan unos cuantos con vida. Un joven de color llamado Rasul..., unos pocos servidores de Arla Yvonne. La gente de Cleo Babbit murió con ella incluso después de habernos ofrecido su rendición y, al parecer, Sigebert falleció junto con Sophie-Anne.

—¿Fangtasia? —Eric había reservado esta pregunta para el último lugar porque no soportaba la idea de tener que hablar de ello. Deseaba acercarme a él y abrazarlo, aunque no valorase mi gesto. Le parecería una debilidad.

Se produjo un silencio mientras Victor daba un trago a su TrueBlood.

Dijo entonces:

—Eric, tu gente sigue en el club. No se han rendido. Dicen que no lo harán hasta que tengan noticias tuyas. Estamos listos para prender fuego al local. Uno de tus acólitos ha huido, creemos que es una mujer, y está eliminando a cualquiera de los míos que sea lo bastante estúpido como para separarse de los demás.

¡Pam! Agaché la cabeza para esconder una sonrisa involuntaria. Amelia me sonrió. Incluso Eric pareció satisfecho por una décima de segundo. El rostro de Bill no se alteró en lo más mínimo.

—¿Por qué de entre todos los sheriffs sólo sigo yo con vida? —preguntó Eric... Era la pregunta del millón de dólares.

—Porque eres el más eficiente, el más productivo y el más práctico. —Victor tenía la respuesta a punto de caramelo—. Y porque en tu área y trabajando para ti tienes a uno de los que da más dinero. —Hizo un ademán en dirección a Bill—. A nuestro rey le gustaría dejarte en tu puesto, siempre y cuando le jures lealtad.

—Me imagino que sé lo que sucederá si me niego.

—La gente que tengo apostada en Shreveport está preparada con antorchas —dijo Victor con una alegre sonrisa—. Con más cosas, de hecho, pero ya tienes tu respuesta. Y, naturalmente, podemos ocuparnos también de este grupito de aquí. Veo que te enorgulleces de la diversidad, Eric. Te he seguido hasta aquí pensando en encontrarte con tus vampiros de élite, y te encuentro en tan extraña compañía.

Ni siquiera se me ocurrió mosquearme. Éramos una compañía extraña, sin duda. Me di cuenta también de que ninguno de nosotros tenía voz ni voto. Que todo dependía de lo orgulloso que llegara a ser Eric.

En silencio, me pregunté cuánto tiempo pasaría Eric reflexionando su decisión. Si no cedía, moriríamos todos. Sería la forma de «ocuparse de nosotros», por mucho que Eric hubiera pensado en voz alta que yo era demasiado valiosa para morir. Me imaginaba que mi «valor» le importaba un pimiento a Victor y mucho menos el de Amelia. Aun en el caso de que superaran a Victor (y entre Bill y Eric creía que podrían conseguirlo), el resto de los vampiros que aguardaban fuera prenderían fuego a la casa igual que amenazaban hacer con Fangtasia y desapareceríamos todos. Tal vez ellos no pudieran entrar en el edificio sin previa invitación, pero lo que era evidente es que nosotros tendríamos que salir de él.

Mi mirada se cruzó con la de Amelia. Aunque estaba realizando un esfuerzo supremo para mantenerse erguida, su cerebro generaba el típico sonido metálico del miedo. Si llamaba a Copley, éste negociaría por su liberación, y el hombre disponía de los medios necesarios para negociar con efectividad. Si tantas ganas tenían los vampiros de Las Vegas de invadir Luisiana, también les apetecería aceptar un soborno a cambio de la vida de la hija de Copley Carmichael. ¿Y cómo iba a sucederle algo a Frannie con su hermano allí fuera? ¿No tendrían que perdonarle la vida a ella para que Quinn siguiera mostrándose sumiso? Victor ya había indicado que Bill, con una base de datos tan lucrativa como la que había producido, poseía las habilidades que ellos necesitaban. De modo que Eric y yo éramos los más prescindibles.

Pensé en Sam y deseé poder llamarlo y hablar con él aunque sólo fuese un minuto. Pero por nada del mundo quería meterlo en aquello, pues significaría su muerte segura. Cerré los ojos y me despedí en silencio de él.

Se oyó un sonido en el exterior, junto a la puerta, y necesité un momento para interpretar que era el sonido de un tigre. Quinn quería entrar.

Eric me miró y yo negué con la cabeza. La situación era ya lo bastante mala como para encima implicar más a Quinn. Amelia me susurró «Sookie» y me acercó la mano. Era la mano en la que guardaba el cuchillo.

—No —dije—. No servirá de nada. —Confiaba en que Victor no se hubiese dado cuenta de sus intenciones.

Eric tenía los ojos abiertos de par en par y fijos en el futuro. Centelleaban de azul, llenando el prolongado silencio.

Entonces sucedió algo inesperado. Frannie salió de su trance, abrió la boca y empezó a chillar. Cuando el primer alarido salió de su boca, empezaron a oírse ruidos sordos en la puerta. En menos de cinco segundos, Quinn hizo astillas la puerta lanzando contra ella sus más de doscientos kilos. Frannie se puso rápidamente de pie y corrió hacia la puerta, agarró el pomo y la abrió antes de que Victor pudiera sujetarla, aunque se quedó a un centímetro de hacerlo.

Quinn irrumpió en la casa a tal velocidad que derribó a su hermana. Se quedó sobre ella y empezó a rugir.

Dicho sea a su favor que Victor no demostró miedo. Tan sólo dijo:

—Quinn, escúchame.

Quinn se calló pasado un segundo. Siempre resulta difícil saber cuánto de humano queda en la forma animal de un cambiante. Tenía pruebas de que los hombres lobo me entendían perfectamente y en anteriores ocasiones me había comunicado con Quinn estando él en forma de tigre; comprendía, eso era evidente. Pero el grito de Frannie había destapado su rabia y ahora no parecía saber muy bien hacia dónde enfocarla. Mientras Victor prestaba atención a Quinn, saqué una tarjeta de mi bolsillo.

Aborrecía la idea de utilizar tan pronto la tarjeta de «Queda libre de la cárcel» de mi bisabuelo («Te quiero, abuelito. ¡Rescátame!»), y aborrecía la idea de traerlo sin previo aviso a una casa llena de vampiros. Pero si existía un momento adecuado para la intervención de un hada, era aquél, y tal vez incluso ya fuera demasiado tarde. Tenía el teléfono móvil en el bolsillo del pijama. Lo extraje de allí con mucho cuidado y lo abrí, deseando haber añadido previamente el número de mi bisabuelo a los números de marcación rápida. Bajé la vista para comprobar el número y empecé a pulsar las teclas. Victor seguía hablando con Quinn, tratando de convencerle de que Frannie no sufriría ningún daño.

¿Acaso no lo había hecho todo correctamente? ¿Acaso no había esperado hasta estar segura de que lo necesitaba antes de llamarle? ¿Acaso no había sido lo bastante inteligente como para llevar la tarjeta y el teléfono encima?

A veces, cuando lo haces todo correctamente, es precisamente cuando todo sale mal.

Justo cuando se iba a establecer la llamada, vi una mano que se acercaba rápidamente, me arrancaba el teléfono y lo lanzaba contra la pared.

—No podemos hacerle venir —me dijo Eric al oído—. Se iniciaría una guerra en la que moriríamos todos.

Pensé que se refería a todos los que eran como él, pues estaba segura de que yo estaría bien si mi bisabuelo iniciaba una guerra con ese fin. La posibilidad de ayuda se había esfumado. Le lancé a Eric una mirada muy cercana al odio.

—Nadie a quien puedas llamar te ayudaría en esta situación —dijo con complacencia Victor Madden. Parecía, de todos modos, algo menos satisfecho consigo mismo, como si estuviera repensándose la situación—. A menos que haya algo que yo no sepa de ti.

—Hay muchas cosas que no sabes de Sookie —dijo Bill. Era la primera vez que abría la boca desde que Madden había entrado en la casa—. Para empezar, entérate de lo siguiente: moriré por ella. Si le haces algún daño, te mato. —Bill volvió su mirada oscura hacia Eric—. ¿Podrías decir tú lo mismo?

Era evidente que Eric no lo diría, lo que lo ponía en segundo lugar en las apuestas sobre «¿Quién ama más a Sookie?». Un tema, de todos modos, que no tenía importancia en aquel momento.

—Y que sepas también lo siguiente —le dijo Eric a Victor—. Más relevante aún, si le pasa algo, se pondrán en movimiento fuerzas que ni te imaginas.

Victor se quedó pensativo.

—Podría tratarse de una amenaza infundada, por supuesto —dijo—. Pero me da la sensación de que hablas en serio. Aunque si te refieres al tigre, no creo que nos mate por ella, ya que tenemos a su madre y a su hermana en nuestro poder. El tigre puede responder por sí mismo, pues tenemos a su hermana aquí.

Amelia se había desplazado para abrazar a Frannie, con la intención tanto de consolarla como de incluirse dentro del círculo de protección del tigre. Me miró, pensando muy claramente: «¿Pruebo con algo de magia? ¿Tal vez con un conjuro estático?».

Muy inteligente por parte de Amelia lo de ocurrírsele comunicar conmigo de esa manera y reflexioné concienzudamente sobre su oferta. El conjuro estático lo paralizaría todo tal y como estaba exactamente en este momento. Pero no sabía si su hechizo abarcaría también a los vampiros de fuera de la casa, y tampoco creía que la situación fuera a mejorar mucho si nos paralizaba a todos los presentes excepto a sí misma. ¿Podría ser más concreta en cuanto a quién afectaría el conjuro? Ojalá Amelia fuese también telépata, un deseo que nunca antes había tenido para nadie. Tal y como estaban las cosas, había demasiados detalles que desconocía. A regañadientes, negué con la cabeza.

—Esto es ridículo —dijo Victor. Su impaciencia era calculada—. Eric, esto es lo que hay y se trata de mi última oferta. ¿Aceptas que mi rey se haga con Luisiana y Arkansas, o quieres una lucha a muerte?

Hubo otra pausa, más breve esta vez.

—Acepto la soberanía de tu rey —dijo Eric, en un tono de voz inalterable.

—¿Bill Compton? —preguntó Victor.

Bill me miró, deslizando sus oscuros ojos por mi rostro.

—Acepto —dijo.

Y así fue como Luisiana tuvo a partir de entonces un nuevo rey y el antiguo régimen pasó a mejor vida.

Capítulo 13

Sentí la tensión evaporarse a toda velocidad, igual que el aire que sale de un neumático pinchado.

—Victor —dijo Eric—, ordena a tu gente que se retire. Quiero oírte decirlo.

Victor, más resplandeciente que nunca, extrajo un móvil diminuto de su bolsillo y llamó a alguien llamada Delilah para darle órdenes. Eric utilizó su propio móvil para llamar a Fangtasia. Le explicó a Clancy el cambio de liderazgo.

—No te olvides de decírselo a Pam —dijo muy claramente Eric—, a fin de que no mate a más gente de Victor.

Hubo una pausa incómoda. Todo el mundo se preguntaba qué sucedería a continuación.

Ahora que estaba bastante segura de que seguiría con vida, esperaba que Quinn mutase a su forma humana para poder hablar con él. Había mucho de qué hablar. No tenía muy claro si estaba en mi derecho de sentirme así, pero me sentía traicionada.

No soy de las que creen que todo el mundo gira en torno a mí. Comprendía que se había visto forzado a vivir en aquella situación.

Los vampiros siempre estaban rodeados de situaciones forzosas de aquel tipo.

Bajo mi punto de vista, era la segunda vez que la madre de Quinn, aun sin darse cuenta, le tendía una trampa relacionada con los vampiros. Comprendía que ella no era la responsable; de verdad, lo entendía. Nunca había querido ser violada, y tampoco había elegido convertirse en una enferma mental. No conocía a esa mujer, y probablemente jamás la conocería, pero era a buen seguro una persona impredecible. Quinn había hecho lo que había podido. Había enviado a su hermana para avisarnos, aunque no estaba segura del todo de que su intercesión nos hubiera ayudado en algo.

Pero era un punto a su favor, de todos modos, por haberlo intentado.

Ahora, viendo cómo el tigre acariciaba a Frannie con el hocico, sabía que había cometido un montón de errores con Quinn. Y sentía la rabia de la traición; por mucho que tratase de razonar conmigo misma, la imagen de mi novio del lado de unos vampiros a los que tenía que considerar como enemigos había encendido en mí una chispa. Me estremecí y miré a mi alrededor.

Amelia había corrido al baño tan pronto como había sido capaz de soltar a Frannie, que seguía llorando. Sospechaba que la tensión había sido demasiado para mi compañera de casa y los sonidos procedentes del aseo del vestíbulo lo confirmaron. Eric seguía hablando por teléfono con Clancy, fingiendo estar ocupado mientras absorbía el trascendente cambio de sus circunstancias. No podía leer su mente, pero lo sabía. Se dirigió al pasillo, tal vez deseoso de un poco de privacidad para reevaluar su futuro.

Victor había salido para hablar con sus cohortes, y oí a uno de ellos decir «¡Sí! ¡Sí!», como si su equipo acabara de marcar el gol de la victoria; me suponía que en el fondo era eso.

En cuanto a mí, sentía un poco de debilidad en las rodillas y en mis pensamientos reinaba tal tumulto que a duras penas podía calificar aquello de pensamientos. Bill me rodeó con el brazo cuando me ayudó a sentarme en la silla que Eric había dejado vacía. Noté sus fríos labios rozándome la mejilla. Para que no me hubiera afectado el discursillo que había hecho ante Victor —no lo había olvidado, por aterradora que hubiese sido la noche—, tendría que haber tenido un corazón de piedra, y el mío no era precisamente así.

Bill se arrodilló a mis pies, volviendo su cara blanca hacia mí.

—Espero que algún día vuelvas a mí —dijo—. Nunca te forzaré ni te obligaré a aguantar mi compañía. —Y se levantó y salió de la casa para conocer a sus nuevos compañeros vampiros.

De acuerdo.

Que Dios me bendiga; la noche no había terminado aún.

Me arrastré hacia mi habitación y abrí la puerta con la intención de lavarme la cara, cepillarme los dientes o hacer algo para peinarme, pensando que cualquiera de estas cosas me haría sentir menos machacada.

Eric estaba sentado en mi cama, con la cara escondida entre las manos.

Levantó la vista para mirarme en cuanto entré; estaba conmocionado. No era de extrañar, con la repentina toma de poder y el traumático cambio de guardia que acababa de vivir.

—Sentado aquí en tu cama, oliendo tu aroma —dijo, hablando tan bajito que tuve que esforzarme para oír qué decía—. Sookie..., lo recuerdo todo.

—Oh, mierda —dije, y entré en el baño y cerré la puerta. Me cepillé el pelo y los dientes y me lavé la cara, pero tenía que salir. Si no me enfrentaba al vampiro, sería tan cobarde como Quinn.

Eric empezó a hablar en cuanto salí.

—No puedo creer que yo...

—Sí, sí, lo sé, amara a una simple humana, hiciera todas esas promesas, fuera tan dulce como un pastel y quisiese estar con ella para siempre —murmuré. A buen seguro tenía que existir un atajo hacia esta escena.

—Me cuesta creer que sintiera algo tan fuerte y fuera tan feliz por vez primera en cientos de años —dijo Eric con cierta dignidad—. Déjame al menos reconocer esto.

Me rasqué la frente. Estábamos en plena noche, hacía nada creía estar a punto de morir y la imagen del hombre al que consideraba mi novio acababa de dar un vuelco. Aunque ahora «sus» vampiros estaban en el mismo bando que «mis» vampiros, me había alineado emocionalmente junto a los vampiros de Luisiana, pese a que algunos de ellos resultaban terriblemente aterradores. ¿Acaso Victor Madden y su pandilla eran menos espeluznantes? Me daba la sensación de que no. Aquella misma noche habían matado a unos cuantos vampiros a los que conocía y que me caían bien.

Y además de tantos acontecimientos, tenía la impresión de que me resultaría complicado lidiar con un Eric que acababa de tener una revelación.

—¿Podríamos hablar del tema en otro momento, si es que realmente tenemos que hablar de ello? —le pregunté.

—Sí —respondió después de una prolongada pausa—. Sí. Éste no es el mejor momento.

—No sé si llegará a existir un buen momento para esta conversación.

—Pero tendremos que tenerla —dijo Eric.

—Eric..., oh, de acuerdo. —Hice con la mano el movimiento de «borrar»—. Me alegro de que el nuevo régimen quiera seguir contando contigo.

—¿Te dolería si muriese?

—Sí, tenemos el vínculo de sangre y todo ese rollo.

—No sólo por lo del vínculo.

—De acuerdo, tienes razón. Tu muerte me dolería. Además, lo más probable es que también yo hubiera muerto, de modo que no me habría dolido por mucho tiempo. Y ahora, ¿puedes largarte, por favor?

—Oh, sí —dijo, regresando al tono del antiguo Eric—. Me largaré por el momento, pero te veré luego. Y ten por seguro, amante, que llegaremos a un entendimiento. Por lo que a los vampiros de Las Vegas se refiere, son ideales para dirigir otro estado que depende básicamente del turismo. El rey de Nevada es un hombre poderoso y Victor no es un tipo al que pueda tomarse a la ligera. Es despiadado, pero nunca destruiría algo que pudiera serle de provecho. Sabe controlar su temperamento a la perfección.

—¿Así que no estás insatisfecho del todo con el cambio de posiciones? —Me costó disimular mi sorpresa.

—Lo hecho, hecho está —dijo Eric—. No tiene ningún sentido encontrarse ahora «insatisfecho». No puedo devolver a la vida a los que ya no están, ni puedo derrotar solo a Nevada. No pienso pedirle a mi gente que muera en un vano intento.

Me costaba ponerme al nivel del pragmatismo de Eric. Comprendía su punto de vista y, de hecho, cuando hubiera descansado un poco, era muy posible que estuviera de acuerdo con él, pero no aquí, ni ahora; me parecía excesivamente frío. Naturalmente, había dispuesto de unos cuantos centenares de años para llegar a ser así, y era incluso posible que hubiera pasado ya varias veces por aquel proceso.

Una perspectiva desoladora.

Eric se detuvo de camino a la puerta para agacharse y darme un beso en la mejilla. Una noche de besos.

—Siento lo del tigre —dijo, y aquella fue la puntilla de la noche. Continué sentada en la sillita del rincón de mi habitación hasta que todo el mundo abandonó la casa. Cuando comprobé que solamente quedaba la presencia de un cerebro caliente, el de Amelia, me asomé por la puerta para realizar una comprobación visual. Sí, todo el mundo se había ido.

—¿Amelia? —dije.

—Sí —me respondió, y corrí a su encuentro. Estaba en la sala de estar, tan agotada como yo.

—¿Podrás dormir? —le pregunté.

—No lo sé. Voy a intentarlo. —Agitó la cabeza de un lado a otro—. Esto lo cambia todo.

—¿Qué «esto»? —Sorprendentemente, me comprendió.

—El golpe de estado de los vampiros. Mi padre tenía muchos negocios con los vampiros de Nueva Orleans. Iba a trabajar para Sophie-Anne en la reparación de sus cuarteles generales. Y también en la del resto de sus propiedades. Lo mejor es que lo llame enseguida para decírselo. Tendrá que ponerse enseguida en contacto con el nuevo.

A su estilo, Amelia era tan práctica como Eric. Yo tenía la sensación de ir al revés del mundo. No se me ocurría nadie a quien poder llamar que se sintiese un poco afligido por la pérdida de Sophie-Anne, Arla Yvonne, Cleo... Y la lista continuaba. Por primera vez me pregunté si los vampiros estarían acostumbrados a este tipo de pérdidas. A ver cómo la vida pasaba de largo de ellos y los demás desaparecían. Generación tras generación acababa en la tumba, pero los no muertos seguían con vida. Eternamente.

La verdad es que me sentía como una humana agotada —que algún día acabaría también en la tumba— que necesitaba dormir por encima de todo. Si aquella noche se producía un nuevo movimiento hostil, tendrían que prescindir de mí. Volví a cerrar las puertas con llave, le di las buenas noches a Amelia y me metí en la cama. Permanecí despierta durante al menos media hora, pues mis músculos se estremecían cada vez que estaba a punto de conciliar el sueño. Me despertaba por completo con la idea de que alguien entraría de un momento a otro en mi habitación para alertarme sobre cualquier nuevo desastre.

Pero finalmente, ni los estremecimientos pudieron mantenerme despierta por más tiempo. Caí profundamente dormida. Cuando me desperté, los rayos de sol inundaban mi habitación a través de la ventana y Quinn estaba sentado en la silla del rincón en la que yo me había dejado caer la noche anterior mientras intentaba hablar con Eric.

Empezaba a ser una costumbre desagradable. No me gustaba que los chicos entrasen y saliesen de mi habitación como si cualquier cosa. Quería uno que entrase y se quedase.

—¿Quién te ha dejado entrar? —le pregunté, incorporándome y apoyando sobre un codo el peso de mi cuerpo. Tenía buen aspecto pese a haber dormido poco. Era un hombre grande, con la cabeza rapada y suave y unos ojos enormes de color púrpura. Siempre me había gustado su aspecto.

—Amelia —respondió—. Sé que no debería haber entrado, que debería haber esperado a que te despertases. Tal vez no me quieras en tu casa.

Me dirigí al baño para concederme un minuto de tiempo, otro recurso que empezaba a resultarme excesivamente familiar. Cuando salí, algo más limpia y más despierta que cuando había entrado, vi que Quinn me tenía preparada una taza de café. Bebí un sorbo y al instante me sentí más capaz de enfrentarme a lo que pudiera suceder. Pero no en mi dormitorio.

—Vamos a la cocina —dije, y nos dirigimos a la estancia que siempre había sido el corazón de la casa. Acababa de estrenar mi cocina, pero seguía añorando la antigua. La mesa donde mi familia había comido durante años había sido sustituida por una mesa moderna y las nuevas sillas eran muchísimo más cómodas que las antiguas, pero de vez en cuando aún me lamentaba por todo lo que había perdido.

Tenía el siniestro presentimiento de que lo de «lamentarse» acabaría convirtiéndose en el tema del día. Al parecer, durante mi inquieto sueño había absorbido una buena dosis de esa practicidad que tan penosa me había resultado la noche anterior. Para aplazar la conversación que obligatoriamente íbamos a tener, me acerqué a la puerta trasera y miré hacia fuera para comprobar si estaba el coche de Amelia. Al menos, estábamos solos.

Me senté enfrente del hombre que hasta entonces había confiado en amar.

—Parece como si alguien acabara de decirte que había muerto, pequeña —dijo Quinn.

—Podría haber sido el caso —repliqué, pues tenía que sumergirme directamente en el tema y no mirar ni a derecha ni a izquierda. Vi que Quinn se estremecía.

—Dime qué otra cosa podía hacer, Sookie —dijo—. ¿Qué podía hacer? —Su voz tenía cierto matiz de rabia.

—¿Y qué puedo hacer yo? —pregunté a mi vez, pues no tenía respuesta para él.

—¡Te envié a Frannie! ¡Intenté avisarte!

—Poca cosa, y demasiado tarde —dije. Me critiqué de inmediato. ¿Estaría siendo excesivamente dura, injusta, desagradecida?—. Si me hubieras llamado hace unas semanas, aunque fuera una sola vez, tal vez me sentiría de otra manera. Pero me imagino que estabas demasiado ocupado tratando de encontrar a tu madre.

—De modo que rompes conmigo debido a mi madre —dijo con amargura, y no lo culpé por ello.

—Sí —repliqué después de verificar interiormente y por un momento mi decisión—. Creo que sí. No es tanto tu madre como toda su situación. Tu madre, debido a su estado, siempre ocupará el primer lugar mientras siga con vida. Siento lástima, créeme. Y lamento que tú y Frannie tengáis que lidiar con un hueso tan duro de roer. Conozco muy bien los huesos duros de roer.

Quinn tenía la mirada fija en su taza de café, su rostro reflejaba una mezcla de rabia y agotamiento. Era seguramente el peor momento para mantener aquella discusión, pero tenía que hacerlo. Dolía demasiado como para dejar que se prolongara por más tiempo.

—Y aun así, sabiendo todo esto, y sabiendo lo que siento por ti, no quieres verme más —dijo Quinn, escupiendo cada palabra—. No quieres intentarlo.

—Yo también albergo sentimientos hacia ti, y confiaba en haber llegado a más —dije—. Pero lo de anoche fue demasiado para mí. ¿Recuerdas que tuve que descubrir tu pasado a través de otra persona? Pienso que es posible que no me lo contaras desde un buen principio porque sabías que sería un problema. No me refiero a lo de las minas..., eso me da igual. Pero lo de tu madre y Frannie... Son tu familia. Dependen... de ti. Te necesitan. Siempre estarán en primer lugar. —Me interrumpí por un momento y me mordí el interior de la mejilla. Ahora venía la parte más dura—. Yo quiero ser lo primero. Sé que es egoísta, y quizá inalcanzable, y quizá frívolo. Pero sólo quiero ser lo primero para alguien. Si está mal por mi parte, que lo esté. Estará mal por mi parte. Pero es lo que siento.

—Entonces no queda nada más de qué hablar —dijo Quinn después de un instante de reflexión. Me miró con tristeza. Era imposible no estar de acuerdo con él. Apoyando sus manos sobre la mesa, se incorporó y se marchó.

Me sentía una mala persona. Me sentía miserable y devastada. Me sentía una bruja egoísta.

Pero lo dejé salir por la puerta.

Capítulo 14

Mientras me preparaba para ir a trabajar —sí, incluso después de una noche como la que había pasado—, llamaron a la puerta. Había oído algo grande aproximándose a mi casa por el camino de acceso, de modo que me até rápidamente las zapatillas deportivas.

La furgoneta de FedEx no solía visitar mi casa y la mujer delgada que salió de ella era una desconocida. Abrí con cierta dificultad la maltrecha puerta principal. Nunca iba a ser lo mismo después de la entrada que había hecho Quinn la noche anterior. Tomé mentalmente nota de llamar a los Lowe, de Clarice, para que la cambiaran. Tal vez Jason me ayudara a colocarla. Cuando por fin abrí, la mujer de FedEx se quedó mirando un buen rato la puerta astillada.

—¿Puede firmar la recepción de esto? —dijo entregándome un paquete, sin hacer ningún comentario sobre el mismo.

—Por supuesto. —Acepté la caja, un poco perpleja. Venía de Fangtasia. Vaya. Abrí el paquete tan pronto la furgoneta desanduvo Hummingbird Road. Era un teléfono móvil de color rojo. Estaba programado con mi número. Iba acompañado por una nota. «Siento lo ocurrido con el otro, amante», decía. E iba firmado con una gran «E». Llevaba incluido un cargador. Y también un cargador para el coche. Y un papelito que decía que la factura de los seis primeros meses ya estaba pagada.

Estupefacta, oí que se acercaba una segunda furgoneta. No me tomé ni la molestia de abandonar el porche. La furgoneta era del establecimiento de Home Depot de Shreveport. Se trataba de una puerta de entrada nueva, muy bonita, y dos hombres venían a instalarla. Estaba todo pagado.

Me pregunté si Eric se encargaría también de limpiar la rejilla de ventilación de mi secadora.

Llegué temprano al Merlotte's para poder tener una charla con Sam. Pero la puerta del despacho estaba cerrada y oí voces en el interior. Aunque no era excepcional, la puerta del despacho tampoco solía estar cerrada. Al instante sentí tanto preocupación como curiosidad. Leí enseguida la firma mental de Sam, y había otra que ya había captado en alguna ocasión. Oí sillas arrastrándose y corrí a meterme en el almacén antes de que la puerta se abriera.

Vi salir a Tanya Grissom.

Esperé un par de segundos y decidí que mi asunto era tan urgente que tenía que correr el riesgo de charlar con Sam aunque él no estuviera de humor para ello. Mi jefe seguía sentado en su chirriante silla de madera con ruedas, con los pies puestos encima de la mesa. Llevaba el pelo aún más alborotado de lo habitual. Se le veía además pensativo y preocupado, pero cuando le dije que tenía que comentarle unos temas, asintió y me pidió que cerrara la puerta.

—¿Te has enterado de lo que sucedió anoche? —le pregunté.

—Me han dicho que hubo una especie de golpe de estado —dijo Sam. Se recostó sobre los muelles de su silla de ruedas, que chirriaron de manera irritante. La verdad es que tenía los nervios de punta y tuve que morderme el labio para no soltarle cualquier cosa.

—Sí, podría llamarse así. —Un golpe de estado era una forma perfecta de describirlo. Le conté lo que había sucedido en mi casa.

Sam se mostró preocupado.

—Jamás me meto en los asuntos de vampiros —dijo—. Los seres de dos naturalezas y los vampiros no nos llevamos bien. Siento mucho que te vieras metida en eso, Sookie. Ese Eric es un imbécil. —Me dio la impresión de que quería añadir algo más, pero cerró la boca con fuerza.

—¿Sabes algo sobre el rey de Nevada? —le pregunté.

—Sé que es dueño de un imperio editorial —respondió Sam enseguida—. Y que posee como mínimo un casino y varios restaurantes. Es además propietario de una sociedad gestora que lleva artistas especializados en vampiros. Ya sabes, los de Elvis Undead Revue, con todos esos actores que rinden tributo a Elvis, gracioso si piensas en ello, y algunos grupos de bailarines. —Ambos sabíamos que el verdadero Elvis seguía aún entre nosotros, aunque su forma actual no era la más adecuada para cantar—. De tener que haber un golpe contra un estado turístico, Felipe de Castro es el vampiro más adecuado para hacerlo. Se encargará de que Nueva Orleans se reconstruya tal y como debe ser, pues querrá obtener beneficios de ello.

—Felipe de Castro..., suena exótico —dije.

—No lo conozco personalmente, pero tengo entendido que es muy... carismático —dijo Sam—. Me pregunto si vendrá a vivir a Luisiana o si Victor Madden actuará a modo de representante suyo. Sea como sea, nada de esto afectará al bar. Aunque, sin duda, te afectará a ti, Sookie. —Sam descruzó las piernas y se enderezó en su silla, que chirrió a modo de protesta—. Me gustaría encontrar la manera de alejarte del círculo de los vampiros.

—De haber sabido todo lo que ahora sé, habría actuado de otra forma la noche en que conocí a Bill —dije—. Tal vez hubiera dejado que los Rattray se hiciesen con él. —Había rescatado a Bill de una pareja de tipos asquerosos que no sólo resultaron ser asquerosos, sino que eran además asesinos. Eran drenadores de sangre de vampiro, gente que camelaba a los vampiros hasta arrastrarlos a lugares donde podían someterlos con cadenas de plata y extraerles toda la sangre, que luego vendían por cantidades de dinero impresionantes en el mercado negro. Los drenadores llevaban una vida muy peligrosa. Y los Rattray pagaron las consecuencias.

—No hablas en serio —dijo Sam. Volvió a moverse en su asiento (¡ñic!, ¡ñic!) y se levantó—. No lo habrías hecho nunca.

Resultaba agradable oír algo bueno sobre mí misma, especialmente después de la conversación que había mantenido aquella misma mañana con Quinn. Me sentí tentada de comentarle también eso a Sam, pero vi que se dirigía hacia la puerta. Hora de ponerse a trabajar, para los dos. Me levanté también de mi silla. Salimos del despacho e iniciamos la rutina habitual. Aunque no tenía la cabeza muy centrada en ello.

Para revivir mis decaídos ánimos, intenté pensar en algo bueno del futuro, en algo que tuviera ganas de que llegara. Pero no se me ocurrió nada. Durante un largo y desapacible momento, permanecí de pie junto a la barra, con la mano posada sobre mi libretita de pedidos, tratando de no caer en el abismo de la depresión. Entonces me di un bofetón en la mejilla. «¡Idiota! Tengo una casa, y amigos, y un trabajo. Soy más afortunada que millones de personas en este planeta. Todo irá bien».

La solución me sirvió un rato. Me dediqué a sonreír a todo el mundo, y aun tratándose de una sonrisa frágil, seguía siendo una sonrisa.

Pasadas un par de horas, Jason entró en el bar acompañado por su esposa, Crystal. A ella empezaba a notársele el embarazo y Jason parecía... La verdad es que tenía un aspecto duro, esa mirada mezquina que le salía a veces cuando se sentía frustrado.

—¿Qué tal va todo? —le pregunté.

—Oh, como siempre —respondió Jason efusivamente—. ¿Nos traes un par de cervezas?

—Por supuesto —dije, pensando que Jason nunca solía pedirle una cerveza a Crystal. Era una chica bonita varios años menor que mi hermano. Era una mujer pantera, aunque de mala calidad, básicamente debido a la endogamia de la comunidad de

Hotshot. A Crystal le costaba transformarse cuando no era luna llena y había abortado dos veces, que yo supiera. Me daba lástima por ello, sobre todo porque sabía que la comunidad de panteras la consideraba un ser débil. Crystal estaba embarazada por tercera vez. Y ésa era quizá la única razón por la que Calvin le había permitido casarse con Jason, que no era hombre pantera de nacimiento, sino por mordisco. Es decir, se había convertido en pantera porque había sido mordido repetidamente por un hombre celoso que quería a Crystal sólo para él. Jason no podía transformarse en una pantera de verdad, sino en una versión medio animal medio humana. Pero le gustaba.

Les serví las cervezas en dos jarras heladas y esperé a ver si querían pedir alguna cosa más. Me pregunté si Crystal hacía bien bebiendo alcohol, pero decidí que no era asunto mío.

—Tomaré una hamburguesa con queso y patatas fritas —dijo Jason. Su elección habitual.

—¿Y tú, Crystal? —pregunté, con toda la simpatía que me era posible. Al fin y al cabo, era mi cuñada.

—Oh, no tengo dinero para tomar nada más —respondió.

Me quedé sin saber qué decir. Lancé una mirada inquisitiva a Jason y él se encogió de hombros, un movimiento con el que quería decirme: «He cometido una estupidez y me he equivocado, pero no pienso echarme atrás, porque soy tozudo como una mula».

—Te invito yo, Crystal —dije en voz baja—. ¿Qué te apetece?

Miró de reojo a su marido.

—Lo mismo que él, Sookie.

Tomé nota de su pedido en una hoja aparte y me acerqué a la ventanilla pasaplatos para llevarlo a cocina. Tenía los nervios a flor de piel y Jason había encendido una cerilla y la había lanzado para encender mi malhumor. Pude leer con claridad la historia en sus respectivas cabezas y, cuando comprendí qué sucedía, me enfadé con la actitud de ambos.

Crystal y Jason se habían instalado en casa de Jason, pero Crystal se desplazaba casi a diario a Hotshot, el lugar donde se sentía cómoda y donde no tenía que fingir nada. Estaba acostumbrada a vivir rodeada de los suyos y sobre todo echaba de menos a su hermana y a los niños de su hermana. Tanya Grissom había alquilado una habitación a la hermana de Crystal, la habitación en la que había vivido Crystal hasta que se casó con Jason. Crystal y Tanya se habían hecho amigas al instante. La ocupación favorita de Tanya era ir de compras y Crystal la había acompañado ya varias veces. De hecho, se había gastado todo el dinero que Jason le había dado para los gastos de la casa. Y a pesar de sus múltiples escenas y promesas, lo había hecho dos meses seguidos.

Ahora, Jason se negaba a darle más dinero. Era él quien se encargaba de la compra, de la comida y de recoger la ropa en la tintorería, y pagaba personalmente todas las facturas. Le había dicho a Crystal que si quería dinero para sus gastos, tendría que buscarse un trabajo. Crystal, sin experiencia y embarazada, no había logrado encontrar nada y estaba sin un céntimo.

Jason intentaba imponer sus principios, pero con lo de humillar a su esposa en público se equivocaba de todas todas. Mi hermano podía llegar a ser un idiota rematado.

¿Y qué podía hacer yo para mejorar la situación? La verdad es que nada. Tenían que solucionarlo ellos solitos. Tenía ante mí a dos personas estúpidas que nunca madurarían y era muy poco optimista respecto a las posibilidades de éxito de la pareja.

Con una intensa punzada de inquietud, recordé sus excepcionales votos de matrimonio. A mí, al menos, me parecieron extraños, aunque imaginé que debían de ser la norma en Hotshot. Como pariente más próxima a Jason, había tenido que prometer que aceptaría el castigo si Jason se portaba mal, del mismo modo que Calvin, el tío de Crystal, había tenido que prometer lo mismo en nombre de ella. Realizar aquella promesa había sido una imprudencia por mi parte.

Cuando les llevé los platos a la mesa, vi que los dos estaban en esa fase de pelea de «mandíbulas apretadas y mirar a cualquier parte menos al otro». Serví los platos con cuidado, les dejé un frasco de kétchup Heinz y salí pitando. Ya me había entrometido demasiado pagándole la comida a Crystal.

Pero había una persona implicada a la que sí podía abordar, y en aquel mismo momento me prometí que lo haría. Toda mi rabia e infelicidad se concentró en Tanya Grissom. Me apetecía de verdad hacerle algo terrible a aquella mujer. ¿Qué demonios andaba buscando revoloteando en torno a Sam? ¿Cuál era su objetivo al querer arrastrar a Crystal hacia aquella espiral de gastos? (Y ni por un momento pude creerme que fuera casualidad que la mejor nueva amiga de Tanya resultara ser mi cuñada). ¿Estaría Tanya tratando de sacarme de mis casillas? Era como tener un tábano zumbando a tu alrededor y posándose sobre ti de vez en cuando... pero nunca el tiempo suficiente como para aplastarlo. Mientras seguía realizando mi trabajo con el piloto automático, reflexioné sobre qué podía hacer para alejarla de mi órbita. Por primera vez en mi vida, me pregunté si podía inmovilizarla a la fuerza para leerle su mente. No sería fácil, pues Tanya era una cambiante, pero me serviría para descubrir qué era lo que quería. Y tenía la convicción de que la información que obtuviera me ahorraría muchos dolores de cabeza, muchos.

Mientras tramaba, planeaba y me subía por las paredes, Crystal y Jason comían en silencio y Jason pagó con mordacidad su cuenta mientras yo me ocupaba de la de Crystal. Se marcharon, y me pregunté cómo sería el resto de su velada. Me alegré de no tener ningún papel que desempeñar en la misma.

Sam lo había observado todo desde detrás de la barra y me preguntó en voz baja:

—¿Qué les pasa a esos dos?

—Es la tristeza de los recién casados —dije—. Graves problemas de adaptación.

Se quedó preocupado.

—No permitas que te metan en ello —dijo, aunque luego me pareció que se arrepentía de haber abierto la boca—. Lo siento, no pretendía darte un consejo que no me habías pedido —dijo.

Empezaron a picarme los ojos. Sam me daba consejos porque yo le importaba. Y en un estado tan desquiciado como el mío, eso provocaba lágrimas sentimentales.

—Tranquilo, jefe —dije, tratando de que mi comentario sonase alegre y despreocupado. Giré sobre mis talones y fui a controlar mis mesas. El sheriff Bud Dearborn estaba sentado en mi sección, lo cual era excepcional. Normalmente, si veía que estaba yo de turno, elegía sentarse en la otra parte. Bud tenía delante de él una cestita con aros de cebolla, regados con kétchup, y estaba leyendo un periódico de Shreveport. El artículo de portada rezaba: «LA POLICÍA BUSCA A SEIS PERSONAS», y me detuve para pedirle a Bud si podría dejarme el periódico cuando hubiera terminado con él.

Me miró con recelo. Sus ojitos en su cara machacada me miraron como si sospechara que iba a encontrar un cuchillo de carnicero ensangrentado colgado en mi cinturón.

—Por supuesto, Sookie —dijo después de una prolongada pausa—. ¿Tienes quizá a alguno de los desaparecidos escondidos en tu casa?

Le lancé una radiante sonrisa, transformando mi ansiedad en ese gesto luminoso de quien no está completamente cuerdo.

—No, Bud, sólo quería saber qué sucede en el mundo. Últimamente no me entero de nada.

—Te lo dejaré sobre la mesa —dijo Bud, y se puso a leerlo de nuevo. Creo que me habría colgado el muerto de Jimmy Hoffa[1] de haberse imaginado la manera de poder hacerlo. No quiero decir con ello que me tuviera por una asesina, pero sí por una persona sospechosa y tal vez implicada en asuntos que no quería que

[1] James Riddle Hoffa (1913-1975), sindicalista y delincuente estadounidense que fue encarcelado, desapareciendo posteriormente. Se supone que fue asesinado. *[N. de la T.]*

sucediesen en su jurisdicción. Bud Dearborn y Alcee Beck opinaban lo mismo al respecto, sobre todo desde la muerte de aquel hombre en la biblioteca. Por suerte para mí, acabó resultando que el hombre tenía un historial delictivo más largo que mi brazo; y no sólo de delitos normales, sino lleno de crímenes violentos. Aunque Alcee sabía que yo había actuado en defensa propia, no confiaba en mí... como tampoco lo hacía Bud Dearborn.

Cuando Bud hubo terminado su cerveza y sus aros de cebolla y partió dispuesto a sembrar el terror entre los malhechores del condado de Renard, cogí el periódico, me lo llevé a la barra y leí el artículo acompañada de Sam que leía por encima de mi hombro. Sam se había mantenido deliberadamente alejado de las noticias después del baño de sangre que había tenido lugar en el parque empresarial vacío. Estaba segura de que la comunidad de hombres lobo no conseguiría ocultar algo tan grande; lo único que podían hacer era embarrar las pistas que la policía iba a seguir. Y resultó ser así.

> Transcurridas más de veinticuatro horas, la policía continúa desconcertada en su búsqueda de los seis ciudadanos de Shreveport desaparecidos. El mayor obstáculo es la dificultad de encontrar a alguien que viera a cualquiera de los desaparecidos después de las diez de la noche del miércoles.
>
> «Resulta imposible encontrar alguna cosa que tuvieran en común», afirma el detective Willie Cromwell.
>
> Entre los desaparecidos de Shreveport se encuentra un detective de la policía, Cal Myers; Amanda Whatley, propietaria de un bar en el centro de Shreveport; Patrick Furnan, propietario del concesionario de Harley-Davidson de la ciudad, así como su esposa, Libby; Christine Larrabee, viuda de John Larrabee, inspectora escolar jubilada; y Julio Martinez, piloto de la base aérea de Barksdale. Vecinos de los Furnan han declarado que durante el día previo a la

desaparición de Patrick Furnan no vieron en ningún momento a Libby Furnan, y la prima de Christine Larrabee afirma que lleva tres días sin conseguir contactar por teléfono con Larrabee, por lo que la policía especula que ambas mujeres pudieron sufrir una acción criminal antes de la desaparición de los demás.

La desaparición del detective Cal Myers tiene ansiosa a la policía. Su pareja de patrulla, el detective Mike Loughlin, ha declarado: «Myers era uno de los detectives recientemente ascendidos y aún no habíamos tenido tiempo para conocernos muy bien. No tengo ni idea de lo que puede haberle ocurrido». Myers, de 29 años de edad, llevaba siete años en el cuerpo de policía de Shreveport. No estaba casado.

«Si han muerto todos, a estas alturas cabría esperar como mínimo la aparición de un cuerpo», declaró ayer el detective Cromwell. «Hemos inspeccionado sus viviendas y sus puestos de trabajo en busca de pistas, y hasta el momento no hemos encontrado nada».

Para intensificar el misterio, el lunes resultó asesinada otra ciudadana de Shreveport, María Estrella Cooper, ayudante de fotógrafo, que falleció apuñalada en su apartamento situado junto a la Autopista 3. «El apartamento parecía una carnicería», dijo el casero de Cooper, que fue de los primeros en llegar a la escena del crimen. Hasta el momento, el asesinato carece de sospechosos. «Todo el mundo quería a María Estrella», afirmó su madre, Anita Cooper. «Era inteligente y bonita».

La policía no sabe aún si la muerte de Cooper está relacionada con las desapariciones.

Aparte de todo esto, Don Dominica, propietario de Don's RV Park, informó de la ausencia de los propietarios de tres autocaravanas que llevan una semana estacionadas en su camping. «No estoy seguro de cuánta gente había en cada vehículo», declaró. «Llegaron todos juntos y alquilaron las parcelas por un mes. El nombre que aparece en el contrato de alquiler es Priscilla Hebert. Creo que en cada autocaravana había como mínimo seis personas. Me parecieron gente normal».

Ante la pregunta de si sus pertenencias seguían allí, Dominique respondió: «No lo sé; no lo he mirado. No tengo tiempo para esas cosas. Pero hace días que no se les ve el pelo».

Otros residentes en el camping comentaron que no se habían relacionado con los recién llegados. «Eran muy reservados», dijo uno de ellos.

El jefe de la policía, Parfit Graham, dijo: «Estoy seguro de que resolveremos los crímenes. Acabará surgiendo esa pieza de información que necesitamos. Mientras tanto, si alguien conoce el paradero de alguna de estas personas, se ruega llame a la policía».

Reflexioné sobre el tema. Me imaginé la llamada: «Toda esa gente murió como resultado de la guerra de los hombres lobo», diría. «Todos eran lobos, y todo empezó cuando una manada hambrienta y sin hogar del sur de Luisiana decidió que podía sacar provecho a los desacuerdos entre las filas de la manada de Shreveport».

No creo que me escucharan.

—De modo que aún no han encontrado el lugar de los hechos —dijo en voz muy baja Sam.

—Me imagino que era un lugar perfecto para el encuentro.

—Pero tarde o temprano…

—Sí. Me pregunto qué quedará por allí.

—La gente de Alcide ha tenido hasta ahora tiempo suficiente —dijo Sam—. Poca cosa, me imagino. Seguramente habrán incinerado los cadáveres en cualquier lugar apartado. O los habrán enterrado en el terreno de alguien.

Me estremecí. Di gracias a Dios por no haber tenido que formar parte de aquello; al menos, no sabía dónde habían enterrado los cuerpos. Después de repasar mis mesas y servir algunas bebidas más, volví a coger el periódico y lo abrí por la sección de necrológicas. Y cuando leí la columna con el titular «Fallecimientos en el estado», me quedé tremendamente sorprendida.

> SOPHIE-ANNE LECLERQ, destacada mujer de negocios, residente en Baton Rouge desde el paso del Katrina, falleció de Sino-SIDA en su casa. Leclerq, vampiro, poseía extensas propiedades en Nueva Orleans y en muchos lugares del estado. Fuentes próximas a ella dicen que llevaba más de cien años residiendo en Luisiana.

Nunca había visto la necrológica de un vampiro. Y aquella era una invención de cabo a rabo. Sophie-Anne no había muerto de Sino-SIDA, la única enfermedad que los humanos podían transmitir a los vampiros. Sophie-Anne seguramente había sufrido más bien un ataque agudo de «Estaca». Los vampiros temían al Sino-SIDA, claro está, pero no era tan fácil de transmitir. En este caso, al menos proporcionaba una explicación aceptable para la comunidad de los hombres de negocios en cuanto a por qué las posesiones de Sophie-Anne estaban siendo gestionadas por otro vampiro, y era una aclaración que nadie iba a cuestionar con detalle, pues no había quien pudiera desmentir aquella afirmación. Para salir en el periódico de hoy, alguien tenía que haber llamado justo después de su asesinato, quizá incluso antes de que estuviera muerta. Qué asco. Me estremecí.

Me pregunté qué le habría sucedido realmente a Sigebert, el leal guardaespaldas de Sophie-Anne. Victor había insinuado que había fallecido junto a la reina, pero no lo había llegado a decir. Me costaba creer que el guardaespaldas siguiera con vida. Jamás habría permitido que alguien se acercara lo suficiente a Sophie-

Anne como para matarla. Sigebert llevaba tantos años a su lado, centenares y centenares, que no creía que hubiera podido sobrevivir a su pérdida.

Dejé el periódico sobre la mesa del despacho de Sam abierto por la página de las necrológicas, imaginándome que el bar era un lugar demasiado frecuentado como para ponernos a hablar del tema, aun teniendo tiempo. Había entrado una riada de clientes. Iba como una loca intentando servirlos a todos y recibiendo, también, buenas propinas. Pero después de la semana que había tenido, no sólo me costaba sentirme satisfecha con aquel dinero, como hubiera sucedido en condiciones normales, sino que además me resultaba imposible sentirme tan alegre como habitualmente lo hacía en el trabajo. Me limité, pues, a hacer todo lo posible para sonreír y responder cuando me hablaban.

Cuando salí del trabajo, no me apetecía hablar con nadie de nada.

Aunque, naturalmente, no tuve elección.

Al llegar a casa me encontré con dos mujeres esperándome en el jardín, y ambas irradiaban malhumor. A una de ellas la conocía: Frannie Quinn. La mujer que la acompañaba debía de ser la madre de Quinn. El severo resplandor de la luz de seguridad me ofreció una buena imagen de la mujer cuya vida había sido un desastre. Caí entonces en la cuenta de que nunca nadie me había mencionado su nombre. Seguía siendo guapa, pero tenía un estilo gótico que no encajaba en absoluto con su edad. Aparentaba cuarenta y pico años, su rostro estaba demacrado y los ojos enmarcados por las sombras. Tenía el pelo oscuro con canas y era muy alta y delgada. Frannie llevaba una camiseta de tirantes que dejaba entrever el sujetador, pantalones vaqueros ceñidos y botas. Su madre iba vestida prácticamente igual pero con colores distintos. Me imaginé que Frannie era la encargada de vestir a su madre.

Aparqué a su lado, pues no tenía la mínima intención de invitarlas a entrar en casa. Salí del coche a regañadientes.

—¡Bruja! —dijo Frannie con pasión. Su joven rostro se había quedado tenso de la rabia—. ¿Cómo has podido hacerle eso a mi hermano? ¡Con todo lo que él ha hecho por ti!

Era una forma de verlo, la verdad.

—Frannie —dije, manteniendo mi voz lo más calmada y equilibrada posible—, lo que suceda entre Quinn y yo no es asunto tuyo.

En aquel momento se abrió la puerta de la casa y Amelia salió al porche.

—¿Me necesitas, Sookie? —me preguntó, y olí enseguida que estaba rodeada de magia.

—Entro en un segundo —dije con claridad, pero no le dije que volviera a entrar en casa. La señora Quinn era una mujer tigre de pura sangre y Frannie lo era a medias; ambas tenían mucha más fuerza que yo.

La señora Quinn dio un paso al frente y me miró con perplejidad.

—Tú eres a la que amaba John —dijo—. Tú eres la que has roto con él.

—Sí, señora. Lo nuestro no podía funcionar.

—Dicen que tengo que regresar a aquel lugar en medio del desierto —dijo—. Donde almacenan a los cambiantes locos.

«No me digas...».

—¿Ah, sí? —dije, para dejar claro que yo no tenía nada que ver con el tema.

—Sí —replicó ella, y se quedó en silencio, lo que suponía un gran alivio.

Frannie, sin embargo, no había terminado todavía conmigo.

—Te presté mi coche —dijo—. Vine a avisarte.

—Y te lo agradezco —dije. El corazón me dio un vuelco. No se me ocurría ninguna palabra mágica que pudiera aliviar el dolor que flotaba en el ambiente—. Créeme, me gustaría que todo hubiera sido distinto. —Poco convincente, pero cierto.

—¿Qué tiene de malo mi hermano? —preguntó Frannie—. Es guapo, te quiere, tiene dinero. Es un gran chico. ¿Qué te pasa a ti que no lo quieres?

La respuesta sincera —que realmente admiraba a Quinn, pero que no quería desempeñar un papel secundario con respecto a sus necesidades familiares— era simplemente inexpresable por dos razones: era innecesariamente dolorosa y podría tener como consecuencia que yo resultara gravemente herida. La señora Quinn tal vez no estuviera en sus cabales, pero seguía la conversación con creciente atención. No quería ni imaginarme lo que podía suceder si adoptaba la forma de tigre. Podía huir hacia el bosque, o podía atacar. La escena me pasaba por la cabeza en pequeñas imágenes. Tenía que decir alguna cosa.

—Frannie —dije lenta y deliberadamente, pues no tenía ni idea de cómo seguir—. Tu hermano no tiene nada de malo. Pienso que es el mejor. Pero tenemos demasiadas cosas en contra como pareja. Y yo deseo que tenga la oportunidad de encontrar a alguien que le acompañe; será una mujer muy, muy afortunada. Por eso le he dado la carta de libertad. Créeme, también yo lo estoy pasando mal. —Y era cierto. Confiaba, no obstante, en que Amelia tuviera en la punta de los dedos algún tipo de magia que me ayudara. Y confiaba en que no se equivocara con su hechizo. Por si acaso, empecé a alejarme de Frannie y su madre.

Frannie estaba a punto de entrar en acción y su madre parecía cada vez más inquieta. Amelia estaba ya en las escaleras del porche. El olor a magia se intensificó. Durante un largo momento, fue como si la noche contuviera la respiración.

Y entonces, Frannie dio media vuelta.

—Vámonos, mamá —dijo, y ambas mujeres entraron en el coche de Frannie. Aproveché el momento para subir corriendo al porche. Amelia y yo nos quedamos pegadas, hombro con hombro, hasta que Frannie puso en marcha el coche y desapareció.

—Bien —dijo Amelia—. Por lo que entiendo, has roto con él.

—Sí. —Me sentía agotada—. Su equipaje era excesivo. —Hice entonces una mueca—. Caray, jamás me imaginé diciendo esto, pensando solamente en mí.

—Tenía que cargar con su madre. —Aquella noche, Amelia estaba muy perceptiva.

—Sí, es por lo de su madre. Oye, gracias por salir de la casa y arriesgarte a acabar vapuleada.

—¿Para qué sirven si no las compañeras de casa? —Amelia me abrazó y continuó diciendo—: Me parece que lo que necesitas es un buen tazón de caldo y meterte en cama.

—Sí —dije—. Me parece buena idea.

Capítulo 15

Al día siguiente me levanté muy tarde. Dormí como un tronco. No soñé. Ni me agité en la cama, ni me moví. Ni siquiera me levanté a hacer un pipí. Cuando me desperté, era casi mediodía, de modo que fue una suerte que no tuviera que ir al Merlotte's hasta última hora de la tarde.

Oí voces en la sala de estar. Era el inconveniente de compartir la casa. Cuando te levantabas siempre había alguien y, a veces, esa persona tenía compañía. Por otro lado, Amelia me preparaba siempre un café muy bueno cuando se levantaba antes que yo. La perspectiva consiguió sacarme de la cama.

Tenía que vestirme, pues había visita; además, la otra voz era masculina. Me acicalé rápidamente en el baño y me quité el camisón. Me puse un sujetador, una camiseta y unos pantalones de algodón. Correcto. Fui derecha a la cocina y descubrí que Amelia había preparado una cafetera grande. Y que me había servido ya una taza. Estupendo. Cogí el café y puse un par de rebanadas de pan en la tostadora. Oí cerrarse la puerta del porche trasero y, sorprendida, me volví y vi que se trataba de Tyrese Marley que entraba cargado con un montón de leña.

—¿Dónde guardas la leña dentro de casa? —me preguntó.

—Tengo un estante junto a la chimenea de la sala de estar. —Había estado partiendo la leña que Jason había cortado y almacenado en el cobertizo la primavera anterior—. Muy amable por tu parte —dije, vacilando—. ¿Has tomado café? ¿Te apetece una tostada? O... —Miré el reloj—. ¿Qué tal un sándwich de jamón o de pastel de carne?

—Buena idea —dijo, caminando por el pasillo como si la leña no pesara más que una pluma.

De manera que el invitado que estaba en la sala era Copley Carmichael. No tenía ni idea de qué hacía el padre de Amelia en casa. Preparé un par de bocadillos, un vaso de agua y puse dos tipos de patatas fritas junto al plato para que Marley eligiese lo que más le apeteciera. Me senté entonces en la mesa y finalmente bebí mi café y me comí mi tostada. Aún me quedaba mermelada de ciruela de mi abuela para untar, e intentaba no ponerme melancólica cada vez que la utilizaba. No tenía sentido tirar a la basura una mermelada tan sabrosa como aquélla. Mi abuela, a buen seguro, habría pensado exactamente eso.

Marley reapareció y tomó asiento delante de mí sin mostrar el mínimo indicio de incomodidad. Me relajé.

—Gracias por el trabajo —dije, después de que empezara él a comer.

—No tengo nada más que hacer mientras habla con Amelia —dijo Marley—. Además, si ella sigue aquí en invierno, su padre se alegrará de que pueda tener un buen fuego. ¿Quién te cortó toda esa leña sin partirla después?

—Mi hermano —respondí.

—Pues vaya —dijo Marley, y se puso a comer en serio.

Terminé mis tostadas, me serví una segunda taza de café y le pregunté a Marley si necesitaba alguna cosa.

—Estoy bien, gracias —dijo, y abrió la bolsa de patatas fritas con sabor barbacoa.

Me excusé para ir a ducharme. El día estaba más fresco y saqué una camiseta de manga larga de un cajón que llevaba meses sin abrir. Hacía el tiempo típico de Halloween. Ya tendría que haber comprado una calabaza y algunos caramelos..., aunque tampoco es que vinieran por aquí muchos niños a pedírmelos. Por primera vez en muchos días, me sentía normal; es decir, cómodamente feliz conmigo misma y con mi mundo. Había mucho que lamentar, y lo haría, pero ya no tenía la sensación de andar por ahí esperando que en cualquier momento me partieran la cara.

Pero, naturalmente, en el momento en que pensé en eso, empecé a preocuparme por cosas malas. Me di cuenta de que no tenía noticias de los vampiros de Shreveport, y a continuación me pregunté por qué pensaba o creía que tendría que haber recibido noticias de ellos. El periodo de adaptación de un régimen a otro estaría lleno de tensión y negociaciones, y lo mejor era dejarlos tranquilos. Tampoco había sabido nada de los hombres lobo de Shreveport. Y eso era bueno, teniendo en cuenta que la investigación sobre la desaparición de toda aquella gente seguía en marcha.

Y la ruptura con mi novio significaba (en teoría) que estaba libre y sin compromiso. Me maquillé los ojos como un gesto a favor de mi nueva libertad. Y lo rematé con un poco de lápiz de labios. En realidad, resultaba difícil sentirse aventurera. La verdad es que no deseaba estar libre y sin compromiso.

Amelia llamó a la puerta de mi habitación cuando estaba terminando de hacer la cama.

—Pasa —dije, doblando el camisón y guardándolo en el cajón—. ¿Qué sucede?

—Mi padre quiere pedirte un favor —dijo.

Noté que mi expresión se tornaba sombría. Naturalmente, algo debía de querer Copley para desplazarse desde Nueva Orleans para hablar con su hija. Y me imaginaba lo que era.

—Continúa —dije, cruzando los brazos sobre mi pecho.

—¡Oh, Sookie, tu lenguaje corporal ya me está diciendo que no!

—Ignora mi lenguaje corporal y di lo que tengas que decir.

Suspiró exageradamente para indicarme lo reacia que era a meterme en los asuntos de su padre. Pero adiviné que se había sentido de lo más satisfecha cuando su padre le pidió ayuda.

—Como le conté lo del golpe de estado de los vampiros de Las Vegas, quiere restablecer su vínculo empresarial con éstos. Quiere una reunión de presentación. Confía en que tú puedas..., eh, interferir por él.

—Ni siquiera conozco a Felipe de Castro.

—Ya lo sé, pero conoces a ese tal Victor. Y me da la impresión de que tiene ganas de escalar.

—Tú lo conoces tan bien como yo —le indiqué.

—Tal vez, pero lo que importa aquí es que él sabe quién eres tú y yo soy simplemente una mujer más entre las presentes —dijo Amelia, y comprendí adónde quería llegar…, aunque no me gustaba nada esa idea—. Quiero decir que él sabe quién soy, quién es mi padre, pero en quien en realidad se fijó fue en ti.

—Oh, Amelia —gimoteé, y por un momento me sentí como si estuviera arreándole un puntapié.

—Sé que no va a gustarte, pero me ha dicho que está dispuesto a pagarte una especie de tarifa por ayudarle —murmuró Amelia, notablemente incómoda.

Sacudí las manos delante de mí para ahuyentar aquella idea. No pensaba permitir que el padre de mi amiga me pagara por realizar una llamada telefónica o lo que quiera que tuviera que hacer. En aquel mismo momento me di cuenta de que había decidido hacer aquello por el bien de Amelia.

Entramos en la sala de estar para hablar directamente con Copley.

Me saludó con mucho más entusiasmo del que había mostrado en su primera visita. Me clavó la mirada, como queriendo decir «A partir de ahora te presto toda mi atención». Lo miré con escepticismo. Y, como no era tonto, lo captó de inmediato.

—Siento mucho, señorita Stackhouse, aparecer de nuevo por aquí tan poco tiempo después de mi primera visita —dijo, consciente de su comportamiento inadecuado—. Pero la situación en Nueva Orleans es desesperada. Estamos intentando reconstruir la ciudad para volver a crear empleo. Es un contacto muy importante para mí, y tengo a mucha gente empleada.

Punto número uno: no creía que Copley Carmichael tuviera una necesidad apremiante de encontrar nuevos negocios, incluso sin los contratos de reconstrucción de las propiedades de los vampiros. Punto número dos: ni por un momento se me ocurrió pensar que su única motivación fuera la mejoría de la maltrecha ciudad; aunque, después de leer sus pensamientos durante un momento, me dispuse a admitir que sí tenía algo de relación con sus urgencias.

Además, Marley me había partido la leña para el invierno y la había metido en casa. Eso contaba para mí más que cualquier otro aliciente basado en emociones.

—Llamaré esta noche a Fangtasia —dije—. A ver qué me dicen. Pero ése es el límite de mi implicación.

—Sookie, estoy en deuda contigo —dijo—. ¿Qué puedo hacer por ti?

—Ya lo ha hecho su chófer —respondí—. Si pudiera acabar de partirme esa madera de roble, me haría un favor inmenso. —No soy muy buena partiendo leña, y lo sé porque lo he intentado. Al cabo de tres o cuatro troncos, estoy destrozada.

—¿Ha estado haciendo eso? —A Copley le salía muy bien lo de mostrarse sorprendido. No estaba segura de si lo decía de verdad o no—. Una gran iniciativa por parte de Marley.

Amelia sonreía e intentaba que su padre no se diera cuenta de ello.

—De acuerdo, todo arreglado entonces —dijo rápidamente—. ¿Te preparo un sándwich o una sopa, papá? Tenemos patatas fritas o ensalada de patata.

—Me parece bien —dijo, pues estaba aún intentando jugar a ser amigos.

—Marley y yo ya hemos comido —dije, sin darle importancia, y añadí—: Tengo que irme corriendo a la ciudad, Amelia. ¿Necesitas alguna cosa?

—Unos sellos —dijo—. ¿Pasarás por correos?

Me encogí de hombros.

—Me pilla de camino. Adiós, señor Carmichael.

—Llámame Cope, por favor, Sookie.

Sabía que iba a decir exactamente eso. Y que a continuación intentaría mostrarse galante. Y, efectivamente, me sonrió con una mezcla perfecta de admiración y respeto.

Cogí el bolso y me dirigí a la puerta trasera de la casa. Marley seguía trabajando en mangas de camisa con el montón de madera. Confiaba en que hubiera sido idea suya. Y también en que consiguiera un aumento de sueldo.

En realidad no tenía nada que hacer en la ciudad. Pero quería evitar más conversaciones con el padre de Amelia. Pasé por el supermercado y compré más servilletas de papel, pan y atún y también fui a Sonic y me compré un helado de Oreo. Era una mala chica, no me cabe la menor duda. Estaba sentada en el coche, dando buena cuenta de mi batido, cuando divisé a una pareja interesante sentada a un par de coches de distancia del mío. No me habían visto, pues Tanya y Arlene estaban enfrascadas en su conversación. Estaban las dos sentadas en el Mustang de Tanya. Arlene llevaba el pelo recién teñido, rojo encendido de la raíz a las puntas y recogido con un pasador. Mi antigua amiga tenía puesta una camiseta con estampado de leopardo; era lo único que podía ver de su conjunto. Tanya llevaba una blusa verde lima muy bonita y un jersey marrón oscuro. Y escuchaba con atención.

Traté de creer que estaban hablando sobre cualquier cosa que no fuera yo. Me refiero a que no me apetecía ponerme paranoide. Pero cuando ves a tu ex compañera de trabajo hablando con tu reconocida enemiga, tienes como mínimo que considerar la posibilidad de que algo relacionado contigo salga a relucir de un modo poco halagüeño.

Lo que me importaba no era tanto el hecho de que yo no le cayera bien. Llevo toda la vida siendo consciente de que no gusto a mucha gente. Sé exactamente por qué y cuánto no les gusto. Y resulta desagradable, como muy bien puedes suponer. No, lo que me preocupaba más era que me daba la impresión de que Arlene y Tanya estaban pasando al terreno de querer hacerme algo malo de verdad.

Me pregunté si sería capaz de descubrir alguna cosa. Si me acercaba a ellas, se percatarían a buen seguro de mi presencia; pero no sabía si desde donde me encontraba llegaría a «oírlas». Me agaché, como si estuviera jugueteando con el reproductor de CD del coche, y me concentré en ellas. Intenté mentalmente evitar o pasar por encima de la gente que estaba en los coches cercanos, una tarea bastante complicada.

Finalmente, el modelo de Arlene, que me resultaba familiar, me ayudó a localizarlas. La primera impresión fue placentera. Arlene estaba pasándoselo en grande, pues disfrutaba de la completa atención de un público relativamente nuevo y podía hablar de las convicciones de su nuevo novio en cuanto a la necesidad de matar a todos los vampiros y tal vez también a quienes colaboraban con ellos. Arlene no tenía convicciones fuertes propias, pero se adaptaba perfectamente a las de los demás si le encajaban desde un punto de vista emocional.

Cuando vi que Tanya tuvo un momento de exasperación especialmente potente, me concentré en su modelo cerebral. Entré. Continué en mi posición medio escondida, moviendo la mano de vez en cuando entre los CD de la pequeña guantera del coche, tratando de captar todo lo posible.

Tanya seguía en la nómina de los Pelt; de Sandra Pelt, concretamente. Y poco a poco empecé a comprender que Tanya había sido enviada aquí para hacer todo lo posible para convertirme en una desdichada.

Sandra Pelt era hermana de Debbie Pelt, a quien yo había matado de un tiro en la cocina de mi casa. (Después de que ella intentara matarme. Varias veces. Quiero dejarlo claro).

Maldita sea. Estaba hasta la coronilla del tema de Debbie Pelt. Me había amargado la vida. Era tan maliciosa y vengativa como su hermana pequeña, Sandra. Yo había sufrido mucho por su muerte, me había sentido culpable, había tenido remordimientos, me había sentido como si llevara marcada en la frente una C enorme, la C de «Caín». Matar a un vampiro es terrible, pero el cadáver desaparece y es como si lo hubieran borrado de la Tierra. Pero matar a otro ser humano te cambia para siempre.

Así es como debería ser.

Pero también es posible hartarse de ese sentimiento, cansarse de esa carga que pesa sobre tu cogote emocional. Y yo me había hartado y cansado de Debbie Pelt. Entonces su hermana y sus padres habían empezado a hacerme sufrir, había habido un secuestro de por medio. Se habían cambiado las tornas y las había tenido en mi poder. A cambio de que los soltara, habían accedido a dejarme tranquila. Sandra había prometido mantenerse alejada de mí hasta la muerte de sus padres. Cabía preguntarse si el matrimonio Pelt seguiría aún entre los vivos.

Puse el coche en marcha e inicié el camino de regreso a Bon Temps, saludando con un ademán de cabeza a las caras conocidas que ocupaban prácticamente todos los vehículos con los que me cruzaba. No tenía ni idea de qué hacer. Me detuve en el aparcamiento de la ciudad y salí del coche. Empecé a caminar, con las manos hundidas en los bolsillos. Tenía la cabeza hecha un lío.

Recordé la noche en que le confesé a mi primer amante, Bill, que mi tío abuelo había abusado de mí siendo yo una niña. Bill se tomó tan a pecho la historia que lo dispuso todo para que alguien se pasara por casa de mi tío abuelo. Mira por dónde, resultó que murió como consecuencia de una caída por las escaleras. Me puse hecha una fiera con Bill por haberse ocupado de mi pasado. Pero no puedo negar que la muerte de mi tío abuelo me resultó satisfactoria. Y aquella profunda sensación de alivio me hizo sentir cómplice del asesinato.

Cuando intentaba encontrar supervivientes entre los escombros del hotel Pyramid of Gizeh, descubrí a gente viva, entre ellos a un vampiro que quería tenerme bajo su control para el beneficio de la reina. Andre había resultado terriblemente herido, pero habría logrado sobrevivir si un mal herido Quinn no se hubiese abalanzado sobre él hasta acabar con su vida. Yo había seguido adelante sin detener a Quinn ni salvar a Andre, y aquello me había convertido en bastante más culpable de la muerte de Andre que de la de mi tío abuelo.

Atravesé el aparcamiento vacío dando puntapiés a las hojas caídas que se interponían en mi camino. Me descubrí batallando contra una tentación repugnante. Bastaba con decir una palabra a cualquiera de los muchos miembros de la comunidad de seres sobrenaturales para que Tanya muriese en el acto. O podía decantarme por el origen de todo el tema y hacer eliminar a Sandra. Y, una vez más... su desaparición de este mundo sería un verdadero alivio.

Pero no podía hacerlo.

Aunque tampoco podía vivir con Tanya pisándome los talones. Había hecho todo lo posible para echar a perder la ya frágil relación entre mi hermano y su esposa. Y eso estaba muy mal.

Finalmente creí encontrar a la persona adecuada con quien consultar mi problema. Y vivía conmigo, perfecto.

Cuando llegué a casa, el padre de Amelia y su amable chófer se habían marchado ya. Amelia estaba en la cocina, lavando los platos.

—Amelia —dije, y Amelia dio un brinco—. Lo siento —me disculpé—. Tendría que haber hecho más ruido al entrar.

—Creí que venía porque mi padre y yo empezábamos a entendernos un poco mejor —confesó—. Pero no me parece que se deba a eso. Simplemente me necesita para que haga algo por él de vez en cuando.

—Bueno, al menos nos han partido la leña.

Rió un poquito y se secó las manos.

—Me da la impresión de que tienes algo importante que decirme.

—Quiero dejar las cosas claras antes de contarte una larga historia. Estoy haciéndole un favor a tu padre, pero en realidad esto lo hago por ti —dije—. Llamaré a Fangtasia por lo de tu padre pase lo que pase porque tú eres mi compañera de casa y eso te hará feliz. De modo que caso cerrado. Ahora, voy a contarte una cosa terrible que hice en su día.

Amelia se sentó en la mesa y yo me instalé justo delante de ella, igual que Marley y yo habíamos hecho antes.

—Suena interesante —dijo—. Estoy lista. Suéltalo.

Se lo conté todo a Amelia: lo de Debbie Pelt, Alcide, Sandra Pelt y sus padres, su promesa de que Sandra nunca volvería a molestarme mientras ellos siguieran con vida. Lo que me hicieron y cómo me sentí. Lo de Tanya Grisson, espía, chivata y saboteadora del matrimonio de mi hermano.

—Caramba —dijo Amelia cuando hube terminado. Se quedó un minuto reflexionando—. Está bien, ante todo se trata de comprobar lo del señor y la señora Pelt. —Utilizamos el ordenador que había traído del apartamento de Hadley en Nueva Orleans. Necesitamos sólo cinco minutos para descubrir que Gordon y Barbara Pelt habían fallecido hacía dos semanas, cuando salieron por la izquierda de una gasolinera y chocaron de frente contra un tractor.

Nos miramos, arrugando la nariz.

—Vaya —dijo Amelia—. Un mal comienzo.

—Me pregunto si esperaría a que estuvieran bajo tierra antes de activar su «plan de muerte contra la irritante Sookie» —dije.

—Esa bruja no va a ceder. ¿Estás segura de que Debbie Pelt era adoptada? Porque esta actitud tan vengativa parece ser cosa de familia.

—Debían de estar muy unidas —dije—. De hecho, tengo la impresión de que Debbie era más una hermana para Sandra que una hija para sus padres.

Amelia movió la cabeza pensativa.

—Lo veo todo un poco patológico —dijo—. Veamos, pensemos qué puedo hacer yo. No practico la magia mortal. Y has dicho que no deseas la muerte de Tanya y Sandra, de modo que te tomo la palabra.

—Bien —dije brevemente—. Ah, y estoy dispuesta a pagar por todo esto, naturalmente.

—Vete a paseo —dijo Amelia—. Estuviste dispuesta a aceptarme cuando necesité salir de la ciudad. Llevas todo este tiempo aguantándome.

—Me pagas un alquiler —apunté.

—Sí, que cubre simplemente mis gastos fijos en la casa. Y tienes que aguantarme, y no protestas por mi situación con Bob. Créeme, me alegro de verdad de poder hacer esto por ti. Simplemente tengo que pensar en qué hacer en realidad. ¿Te importa si lo consulto con Octavia?

—No, en absoluto —dije, tratando de no demostrar que me sentía aliviada ante la idea de que la bruja de más edad aportara su experiencia—. Te has dado cuenta, ¿verdad?..., de que no sabía ya qué hacer, de que empezaba a faltarle el dinero...

—Sí —dijo Amelia—. Y no sé cómo darle un poco sin ofenderla. Ésta me parece una buena manera de poder hacerlo. Tengo entendido que vive en un rincón del salón de la casa de una sobrina. Me contó eso, más o menos, y no se me ocurre cómo ayudarla al respecto.

—Pensaré en ello —le prometí—. Si de verdad, de verdad, necesita marcharse de casa de su sobrina, podría instalarse por una breve temporada en el dormitorio que aún me queda libre. —No era una oferta que me satisficiera mucho, pero la vieja bruja me daba lástima. Se había distraído con la pequeña excursión hasta el apartamento de la pobre María Estrella, que había acabado siendo un espectáculo fantasmagórico.

—Intentaremos encontrar una solución a largo plazo —dijo Amelia—. Voy a llamarla.

—Muy bien. Hazme saber qué habéis decidido. Tengo que prepararme para ir a trabajar.

Entre mi casa y el Merlotte's no había muchas casas, pero todas ellas tenían fantasmas colgados de los árboles, calabazas de plástico en el jardín y un par de ellas de verdad en el porche. Los

Prescott habían colocado sobre el césped una gavilla de maíz, una bala de heno y varias calabazas y calabacines decorativos dispuestos con mucha gracia. Tomé mentalmente nota de comentarle a Lorinda Prescott, cuando volviera a encontrarme con ella en Wal-Mart o en la oficina de correos, lo precioso que le había quedado el jardín.

Cuando llegué a mi trabajo ya había oscurecido. Busqué el teléfono móvil para llamar a Fangtasia antes de entrar.

—Fangtasia, el bar con mordisco. Ven al mejor bar de vampiros de Shreveport, donde los no muertos toman sus copas cada noche —respondió una grabación—. Para horarios del bar, pulsa «uno». Para programar una fiesta privada, pulsa «dos». Para hablar con un humano vivo o un vampiro muerto, pulsa «tres». Y ten en cuenta lo siguiente: aquí no se toleran las llamadas de bromistas. Te encontraremos.

Estaba segura de que era la voz de Pam. Sonaba notablemente monótona. Pulsé el «tres».

—Fangtasia, donde todos tus sueños no muertos se hacen realidad —dijo una colmillera—. Te habla Elvira. ¿Con quién quieres que te ponga?

Elvira, vaya honor.

—Soy Sookie Stackhouse. Tengo que hablar con Eric —dije.

—¿Podría ayudarte Clancy? —preguntó Elvira.

—No.

Elvira se quedó confundida.

—El amo está muy ocupado —dijo, como si a una humana como yo me costara mucho comprenderlo.

Era evidente que Elvira era una novata. O tal vez yo estuviera mostrándome excesivamente arrogante. Me había irritado esta «Elvira».

—Mira —dije, tratando de sonar agradable—. O me pones con Eric en menos de dos minutos, o creo que no va a estar muy contento contigo.

—Bien —dijo Elvira—. No es necesario que te pongas como una bruja por esto.

—Evidentemente que me pongo.

—Te dejo en espera —dijo de mala gana Elvira. Miré de reojo la entrada de empleados del bar. Tenía que darme prisa.

Clic.

—Eric al habla —dijo—. ¿Se trata de mi antigua amante?

De acuerdo, incluso eso hacía que todo mi interior retumbara y se estremeciera de excitación.

—Sí, sí, sí —dije, orgullosa de que mi voz sonara imperturbable—. Escúchame, Eric, por lo que más quieras. Hoy he tenido una visita de un pez gordo de Nueva Orleans llamado Copley Carmichael. Estaba relacionado con Sophie-Anne por un asunto sobre la reconstrucción de sus cuarteles generales. Pretende establecer una relación con el nuevo régimen. —Respiré hondo—. ¿Estás bien? —pregunté, negando en una única y lastimera pregunta toda la indiferencia que había cultivado hasta el momento.

—Sí —respondió, con un tono de voz intensamente personal—. Sí, voy..., voy superándolo. Hemos tenido mucha, mucha suerte de estar en posición de... Tuvimos mucha suerte.

Solté el aire muy lentamente para que él no se diera cuenta. Aunque, naturalmente, se percató de todos modos. No puedo decir que hubiera estado en ascuas preguntándome qué tal les iban las cosas a los vampiros, aunque tampoco es que hubiera estado muy tranquila.

—Sí, muy bien —dije rápidamente—. Volviendo a lo de Copley. ¿Hay alguien que pudiera contactar con él por el tema de la reconstrucción?

—¿Está ese hombre por la zona?

—No lo sé. Estuvo aquí esta mañana. Puedo preguntar.

—La vampiro con la que estoy trabajando en estos momentos sería probablemente la mujer adecuada para este tipo de asuntos. Podrían quedar en tu bar o aquí, en Fangtasia.

—De acuerdo. Estoy segura de que cualquiera de los dos sitios será adecuado para él.

—Hazme saber qué decide. Tendrá que llamar antes aquí para concertar la reunión. Dile que pregunte por Sandy.

Me eché a reír.

—¿Sandy?

—Sí —dijo, lo bastante serio como para que a mí se me pasase la risa al instante—. Esa mujer no tiene nada de gracioso, Sookie.

—Está bien, está bien, lo capto. Déjame que llame a su hija, ella le llamará, él llamará a Fangtasia, estará todo arreglado y le habré hecho el favor.

—¿Se trata del padre de Amelia?

—Sí. Es un imbécil —dije—. Pero es su padre, y me imagino que conoce bien el negocio de la construcción.

—Estuvimos sentados delante del fuego y hablé contigo sobre tu vida —dijo.

De acuerdo, saliéndose por la tangente…

—Eh... Sí, lo hicimos.

—Recuerdo la ducha juntos.

—Sí, también hicimos eso.

—Hicimos muchas cosas.

—Ah…, sí. Tienes razón.

—De hecho, si no tuviera tantas cosas que hacer aquí en Shreveport, me sentiría tentado a visitarte para recordarte lo mucho que te gustaban esas cosas.

—Si la memoria no me engaña —dije cortante—, también a ti te gustaban.

—Oh, sí, claro.

—Eric, tengo que irme, de verdad. Tengo que entrar a trabajar. —O a arder de manera espontánea, lo que quiera que sucediese primero.

—Adiós. —Incluso era capaz de conseguir que esa palabra sonara sexy.

—Adiós. —Yo no lo conseguí.

Tardé un segundo en volver a recomponer mis ideas. Recordaba cosas que había intentado olvidar con todas mis fuerzas. Los días que Eric había pasado conmigo —las noches, mejor dicho— habían sido de mucho hablar y mucho sexo. Y había sido maravilloso. La compañía. El sexo. Las risas. El sexo. Las conversaciones. El..., bien.

De repente, lo de servir cervezas me parecía de lo más soso.

Pero era el empleo que tenía y le debía a Sam presentarme en mi puesto y trabajar. Me arrastré hacia el interior, guardé el bolso y saludé a Sam con un ademán de cabeza mientras le daba unos golpecitos a Holly en el hombro para avisarle de que ya estaba allí para sustituirla. Nos intercambiábamos los turnos para variar un poco de vez en cuando, porque lo necesitáramos, pero principalmente porque por la noche las propinas eran más elevadas. Holly se alegró de verme porque aquella noche tenía una cita con Hoyt. Iban al cine y a cenar a Shreveport. Había contratado a una chica para que hiciese de canguro de Cody. Me lo iba contando todo al mismo tiempo que yo obtenía la información de su feliz cerebro y tuve que esforzarme para no confundirme. Era una prueba más de hasta qué punto me había trastornado mi conversación con Eric.

Estuve muy ocupada durante la primera media hora, asegurándome de que todo el mundo se encontraba debidamente servido, con su comida y su bebida. Después, aproveché un momento para llamar a Amelia y comunicarle el mensaje de Eric, y me dijo que llamaría a su padre en cuanto colgase.

—Gracias, Sook —dijo—. Eres una compañera estupenda.

Confiaba en que siguiese pensando lo mismo cuando ella y Octavia concibieran una solución mágica para mi problema con Tanya.

Aquella noche, Claudine apareció por el Merlotte's y su entrada aceleró las pulsaciones masculinas. Iba vestida con una blusa de seda de color verde, pantalones negros y botas negras de tacón. Calculé que con los tacones mediría más de un metro ochenta. Me sorprendió ver a su hermano gemelo, Claude, aparecer tras ella. Las pulsaciones de la clientela femenina se aceleraron entonces hasta alcanzar la velocidad de propagación de un incendio forestal. Claude, cuyo pelo era tan negro como el de Claudine, aunque no tan largo, estaba tan cachas como los modelos de los anuncios de Calvin Klein. Llevaba la versión masculina del modelito de Claudine y se había recogido el pelo con una cinta de cuero. Calzaba además unas botas muy de «tío». Gracias a su trabajo como *stripper* en un club de Monroe, Claude sabía cómo sonreír a las mujeres, aunque éstas no le interesaran en lo más mínimo. Retiro lo dicho. Le interesaba el dinero que llevaban en el bolso.

Los gemelos nunca habían venido juntos al bar; de hecho, no recordaba haber visto nunca a Claude poner los pies en el Merlotte's. Él se movía por otros locales, tenía sus propios lugares donde echar la caña.

Naturalmente, me acerqué a saludarlos y Claudine me abrazó efusivamente. Sorprendentemente, Claude siguió su ejemplo. Supuse que lo hacía de cara al público, que estaba integrado básicamente por toda la clientela del bar. Incluso Sam sonreía; juntos, los gemelos hada resultaban fascinantes.

Nos quedamos al lado de la barra, yo situada entre los dos, y ambos rodeándome con un brazo. Escuché los cerebros de mi alrededor iluminarse con fantasías, algunas de las cuales me sorprendieron incluso a mí, y eso que he visto las cosas más extrañas que nadie pueda imaginar. Sí, soy capaz de verlo todo en tecnicolor.

—Te traemos recuerdos de nuestro abuelo —dijo Claude. Su voz era tan bajita y acuosa que estaba segura de que nadie más pudo oírle. Sam posiblemente sí, pero siempre era de lo más discreto.

—Se pregunta por qué no lo llamaste —dijo Claudine—, sobre todo teniendo en cuenta lo que sucedió la otra noche, en Shreveport.

—Bueno, eso ya se acabó —dije, sorprendida—. ¿Por qué molestarle con algo que ya había salido bien? Vosotros estabais allí. Pero sí traté de llamarlo anteayer.

—Sonó sólo una vez —murmuró Claudine.

—Sí, cierta persona me rompió el teléfono y no pude completar la llamada. Me dijo que no lo hiciera, que iniciaría una guerra con ello. Pero sobreviví también a aquello. De modo que todo acabó bien.

—Tienes que hablar con Niall, contarle toda la historia —dijo Claudine. Sonrió a Catfish Hennessy, que estaba en la otra punta del local; el hombre dejó caer la jarra de cerveza sobre la mesa con tanta fuerza que la tumbó—. Ahora que Niall se ha dado a conocer, quiere que confíes en él.

—¿Por qué no puede coger el teléfono como todo el mundo?

—Porque no pasa todo su tiempo en este mundo —respondió Claude—. Aún existen lugares exclusivos para los nuestros.

—Lugares muy pequeños —dijo con melancolía Claudine—. Pero muy especiales.

Me alegraba tener un pariente, como también lo hacía siempre al ver a Claudine, que era literalmente mi salvavidas. Pero estar con los dos gemelos juntos resultaba un poco agobiante, abrumador…, y al tenerlos tan cerca de mí, aplastada casi entre ellos (incluso Sam lo había visto), notaba que el olor de su sudor, ese olor que los hacía tan embriagadores para los vampiros, estaba asfixiando mi pobre nariz.

—Mira —dijo Claude, muy divertido—. Creo que tenemos compañía.

Arlene estaba acercándose y miraba a Claude como si hubiera divisado un plato lleno de carne a la barbacoa y aros de cebolla.

—¿Quién es tu amigo, Sookie?

—Te presento a Claude —dije—. Es un primo lejano mío.

—Pues bien, encantada de conocerte, Claude —dijo Arlene.

Vaya jeta, teniendo en cuenta lo que sentía hacia mí últimamente y cómo me trataba desde que había empezado a asistir a las reuniones de la Hermandad del Sol.

Claude se mostró completamente indiferente. Se limitó a asentir.

Arlene esperaba más y después de un momento de silencio, fingió oír que le llamaba algún cliente de sus mesas.

—¡Voy a buscar una jarra! —dijo animadamente, y desapareció. La vi inclinarse sobre una mesa y hablar muy seria con una pareja de tipos que no me sonaban de nada.

—Siempre me encanta veros a los dos, pero estoy trabajando —dije—. ¿Habíais venido simplemente a decirme que mi…, que Niall quiere saber por qué el teléfono sonó una vez y colgué?

—Y por qué no volviste a llamar para explicarte —dijo Claudine. Se inclinó para darme un beso en la mejilla—. Llámalo, por favor, esta noche cuando salgas de trabajar.

—De acuerdo —dije—. Pero sigo pensando que me habría gustado que me hubiese llamado él para preguntármelo. —Los mensajeros estaban muy bien, pero el teléfono era más rápido. Y me gustaría escuchar su voz. Si tan preocupado estaba por mi seguridad, e independientemente de dónde se hallara, no le costaba nada regresar un momento a este mundo para llamarme.

Podía haberlo hecho, pensé.

No sabía, por supuesto, lo que implicaba ser un príncipe de las hadas. Lo anotaría bajo el encabezamiento «Problemas a los que sé que jamás me enfrentaré».

Después de una nueva ronda de besos y abrazos, los gemelos salieron del bar y muchos ojos deseosos los siguieron en su avance hacia la puerta.

—¡Vaya, Sookie, tienes amigos estupendos! —gritó Catfish Hennessy, y se produjo una oleada general de conformidad.

—He visto a ese tipo en un club de Monroe. ¿No se dedica al *striptease?* —dijo una enfermera llamada Debi Murray que trabajaba en un hospital de la cercana ciudad de Clarice. Estaba sentada con dos enfermeras más.

—Sí —dije—. Y además es el propietario del club.

—Buen aspecto y un buen botín —dijo una de las otras enfermeras. Se llamaba Beverly algo—. La próxima noche de las mujeres iré a verlo con mi hija. Acaba de romper con un auténtico perdedor.

—Bien… —Me planteé la posibilidad de explicar que Claude no se mostraría interesado por la hija de nadie, pero después decidí que no era un asunto de mi incumbencia—. Que os lo paséis bien —dije en cambio.

Como había perdido el tiempo con mis casi primos, tuve que apresurarme para satisfacer a todo el mundo. Y la clientela, pese a no haber disfrutado de mi atención durante la visita, se había entretenido con los gemelos, por lo que nadie estaba muy mosqueado.

Copley Carmichael apareció en el bar cuando estaba a punto de acabar mi turno.

Tenía un aspecto curioso, allí solo. Me imaginé que Marley estaría esperándolo en el coche.

Con su precioso traje y su caro corte de pelo, la verdad es que no encajaba mucho en aquel lugar, pero había que reconocérselo: se comportaba como si se pasase la vida en lugares como el Merlotte's. Me encontraba en aquel momento al lado de Sam, que estaba preparando un bourbon con Coca-Cola para una de mis mesas. Le expliqué quién era el desconocido.

Serví la copa y con un ademán de cabeza le indiqué al señor Carmichael una mesa vacía. Enseguida captó la indirecta y se instaló en ella.

—¡Hola! ¿Le apetece tomar algo, señor Carmichael? —dije.

—Un whisky escocés single malt —dijo—. Me va bien cualquiera. He quedado aquí con alguien, Sookie, gracias por la llamada. Basta con que la próxima vez que necesites cualquier cosa me lo hagas saber y haré todo lo posible para hacerlo realidad.

—No es necesario, señor Carmichael.

—Llámame Cope, por favor.

—Hmmm. De acuerdo, voy a prepararle el whisky.

Yo no distinguía un single malt de un agujero en el suelo, pero Sam sí, naturalmente, y me entregó una copa reluciente con una buena dosis de whisky. Sirvo licores, pero apenas los pruebo. La mayoría de gente de por aquí bebe lo más evidente: cerveza, bourbon con Coca-Cola, gin-tonic y Jack Daniel's.

Deposité la copa junto con una servilleta en la mesa del señor Carmichael y regresé luego con un pequeño recipiente en el que había una mezcla de frutos secos.

Le dejé entonces solo, pues tenía más gente a la que atender. Pero seguí controlándolo. Me di cuenta de que Sam vigilaba también al padre de Amelia. Todos los demás, sin embargo, estaban demasiado enfrascados en sus conversaciones y sus bebidas como para prestarle excesiva atención al desconocido, que no era para nada tan interesante como Claude y Claudine.

En un momento en que no miraba, llegó una vampira y se sentó con Cope. No creo que nadie más que yo supiera de quién se trataba. Era una vampira realmente reciente, con lo cual quiero decir que había muerto en los últimos cincuenta años, y tenía el pelo prematuramente canoso y cortado con una discreta melena hasta la altura de la barbilla. Era menuda, en torno al metro cincuenta y cinco, curvilínea y firme allí donde debía serlo. Llevaba unas gafitas con montura plateada que eran pura afectación, pues nunca había conocido a ningún vampiro cuya visión no fuera absolutamente perfecta y, de hecho, más aguda que la de cualquier ser humano.

—¿Le sirvo algo de sangre? —pregunté.

Sus ojos eran como un láser. En cuanto pasaba a prestarte atención, lo lamentabas.

—Tú eres Sookie —dijo.

No vi la necesidad de corroborar aquello de lo que tan segura estaba. Me quedé a la espera.

—Una copa de TrueBlood, por favor —dijo—. Caliente. Y me gustaría conocer a tu jefe, si pudieses ir a buscarlo.

Era más seca que una pasa. Pero ella era la clienta y yo la camarera. De modo que le calenté una TrueBlood y le dije a Sam que requerían su presencia.

—Voy en un minuto —dijo, pues estaba preparándole una bandeja llena de copas a Arlene.

Asentí y le serví la sangre a la vampira.

—Gracias —dijo educadamente—. Soy Sandy Sechrest, la nueva representante del rey de Luisiana en esta zona.

No tenía ni idea de dónde se había criado Sandy, pero había sido en Estados Unidos y no en el sur.

—Encantada de conocerla —dije, aunque sin ningún entusiasmo.

¿Representante en la zona? ¿No era una de las muchas funciones de los sheriffs? ¿Qué significaría aquello para Eric?

Sam se acercó a la mesa en aquel momento y me marché, pues no quería parecer curiosa. Además, probablemente después podría captarlo del cerebro de Sam si él decidía no contarme lo que quería la nueva vampira. Sam sabía bloquear sus pensamientos, pero para hacerlo necesitaba esforzarse mucho.

Los tres entablaron una conversación que se prolongó un par de minutos y luego Sam se excusó para volver a ponerse detrás de la barra.

De vez en cuando, miré de reojo a la vampira y al magnate para ver si necesitaban alguna cosa más, pero ninguno de los dos indicó que tuviera más sed. Estaban hablando muy serios y los dos mantenían una cara de póquer. La situación no me importaba lo suficiente como para tratar de descubrir los pensamientos del señor Carmichael y, naturalmente, Sandy Sechrest era completa oscuridad para mí.

El resto de la noche transcurrió con normalidad. Ni siquiera me di cuenta del momento en que se marcharon la nueva representante del rey y el señor Carmichael. Llegó entonces la hora de cerrar y de preparar mis mesas para cuando Terry Bellefleur llegara a limpiar por la mañana. Cuando miré a mi alrededor, todo el mundo se había ido excepto Sam y yo.

—¿Has acabado ya? —me preguntó Sam.

—Sí —le respondí, después de echar un último vistazo.

—¿Tienes un minuto?

Yo siempre tenía un minuto para Sam.

Capítulo 16

Se sentó en la silla detrás de su mesa de despacho y se echó hacia atrás hasta adoptar su habitual y peligroso ángulo de inclinación. Yo me senté en una de las sillas de delante de la mesa, la que tenía el asiento mejor acolchado. Estaban apagadas prácticamente todas las luces del edificio, excepto la que permanecía siempre encendida en la zona del bar y la del despacho de Sam. El edificio resonaba silencio después de la cacofonía de voces, la música y los sonidos de la cocina, el lavaplatos y los pasos.

—Esa tal Sandy Sechrest —dijo—. Ocupa un puesto completamente nuevo.

—¿Sí? ¿Qué se supone que tiene que hacer el representante del rey?

—Por lo que he entendido, viajará por el estado constantemente, controlando si a los ciudadanos les surgen problemas con los vampiros, supervisando si los sheriffs lo tienen todo en orden y bajo control en sus propios feudos e informando con todo detalle al rey. Es una especie de mediadora de problemas de los no muertos.

—Oh. —Reflexioné sobre el asunto. No me parecía que ese puesto restara poder al de Eric. Si Eric seguía bien, los suyos estarían bien. Aparte de eso, me daba lo mismo lo que hicieran los vampiros—. Y ha decidido hablar contigo porque…

—Porque tenía entendido que yo tenía relaciones en la comunidad regional de seres sobrenaturales —dijo secamente Sam—. Quería que estuviese al corriente de que está disponible para consulta en el caso de que «surjan problemas». Me ha dado su tarjeta. —Me la mostró. No sé si esperaba que gotease sangre o algo por el estilo, pero vi que era una tarjeta normal y corriente.

—Muy bien. —Me encogí de hombros.

—¿Qué querían Claudine y su hermano? —preguntó Sam.

Me sentía mal por esconderle a Sam lo de mi nuevo bisabuelo, pero Niall me había dicho que lo mantuviese en secreto.

—No tenía noticias mías desde la contienda de Shreveport —dije—. Simplemente quería ver si todo iba bien y se trajo a Claude con ella.

Sam me miró un poco de reojo pero no hizo más comentarios sobre el tema.

—Tal vez —dijo transcurrido un minuto— estemos empezando una época larga de paz. Tal vez podamos dedicarnos simplemente a trabajar en el bar sin que ocurra nada en la comunidad de los seres sobrenaturales. Así lo espero, pues cada vez está más cerca el momento en que los hombres lobo hagan pública su existencia.

—¿Crees que será pronto? —No tenía ni idea de cómo reaccionaría Estados Unidos a la noticia de que los vampiros no eran lo único que andaba rondando por ahí por las noches—. ¿Crees que todos los demás cambiantes lo anunciarán el mismo día?

—Tendrán que hacerlo —dijo Sam—. En nuestra página web hablamos del tema.

Sam tenía una vida desconocida para mí. Aquello encendió una idea en mi cabeza. Dudé un instante, pero me lancé. Mi propia vida estaba llena de interrogantes. Quería responder al menos algunos de ellos.

—¿Cómo fue que te instalaste aquí? —le pregunté.

—Había estado en la zona —dijo—. Estuve cuatro años en el ejército.

—¿De verdad? —Me costaba creer no haberme enterado antes de aquello.

—Sí —dijo—. No sabía qué quería hacer en la vida, de modo que me alisté a los dieciocho años. Mi madre lloró y mi padre maldijo, pues había sido aceptado en la universidad, pero yo ya había tomado mi decisión. Debía de ser el adolescente más tozudo del planeta.

—¿Dónde te criaste?

—En parte en Wright, Texas —dijo—. En las afueras de Fort Worth. Muy en las afueras de Fort Worth. No era más grande que lo que es hoy Bon Temps. Pero durante toda mi infancia estuvimos dando vueltas, pues mi padre estaba también en el ejército. Lo dejó cuando yo cumplí los catorce. La familia de mi madre estaba en Wright, y por eso nos fuimos allí.

—¿Te resultó duro instalarte en un lugar fijo después de tanto ir de un lado a otro? —Yo sólo había vivido en Bon Temps.

—Fue estupendo —dijo—. Yo estaba más que dispuesto a quedarme en un lugar fijo. Pero no había pensado en lo complicado que sería encontrar mi espacio dentro de un grupo de chicos que se habían criado juntos. Me las apañé, no obstante. Jugaba al béisbol y a baloncesto, de modo que acabé encontrando mi lugar. Después me alisté en el ejército. Imagínate.

Estaba fascinada.

—¿Y siguen en Wright tu madre y tu padre? —pregunté—. Él debió de pasarlo mal en el ejército, siendo un cambiante. —Sam era un cambiante, y sabía sin necesidad de que él me lo explicara que era el primogénito de una pareja de cambiantes de pura sangre.

—Sí, las noches de luna llena eran un caos. Había una bebida a base de hierbas que su abuela irlandesa solía preparar. Aprendió a prepararla también. Era lo más asqueroso que puedas llegar a imaginarte, pero la bebía las noches de luna llena que estaba de servicio y podían verle durante la noche, y eso le ayudaba a mantenerse... Pero al día siguiente no había quién lo aguantara. Mi padre murió hace seis años, me dejó un buen dinero. Siempre me gustó esta zona, y este bar estaba en venta. Me pareció una buena manera de invertir el dinero.

—¿Y tu madre?

—Continúa en Wright. Volvió a casarse dos años después de que muriese mi padre. Con un buen tipo. Alguien normal. —Ni cambiante ni sobrenatural de ningún tipo—. De modo que puedo intimar con él sólo con limitaciones —dijo Sam.

—Tu madre es de pura sangre. Seguro que él sospecha algo.

—Está obstinadamente ciego, creo. Le dice que tiene su noche de salida, o que va a ver a su hermana en Waco, o que viene a visitarme, o cualquier otra excusa.

—Tiene que ser complicado mantener el engaño.

—Es algo que yo nunca intentaría hacer. Cuando estaba en el ejército, estuve a punto de casarme con una chica normal. Pero me di cuenta de que eso sería incompatible con mantener un secreto tan grande como éste. Tener alguien con quien hablar del tema, Sookie, me salva de la locura. —Me sonrió y aprecié de verdad la confianza que estaba demostrándome—. Si los hombres lobo hacen pública su existencia, todos lo haremos. Será como quitarme un gran peso de encima.

Ambos sabíamos que surgirían nuevos problemas a los que enfrentarse, pero no había ninguna necesidad ahora de hablar de futuros conflictos. Los problemas siempre llegan solos.

—¿Tienes hermanos o hermanas? —le pregunté.

—Uno de cada. Mi hermana está casada y tiene dos niños, y mi hermano sigue soltero. Es un gran chico. —Sam sonreía y su rostro estaba más relajado que nunca—. Craig se casará en primavera, dice —prosiguió—. A lo mejor podrías venir a la boda conmigo.

Me quedé tan sorprendida que no supe qué decir. Me sentía adulada y complacida a la vez.

—Suena divertido. Dímelo cuando sepas la fecha —dije. Sam y yo habíamos salido una vez y había sido muy agradable; fue, sin embargo, cuando tenía tantos problemas con Bill y la velada nunca había vuelto a repetirse.

Sam asintió tranquilamente y la pequeña oleada de tensión que había recorrido mi cuerpo se evaporó. Al fin y al cabo, era Sam, mi jefe y, pensándolo bien, también uno de mis mejores amigos. A esta última categoría había ascendido durante el año pasado. Me levanté. Cogí el bolso y me puse la chaqueta.

—¿Has recibido alguna invitación para la fiesta de Halloween de Fangtasia?

—No. Después de la última fiesta a la que me invitaron, es posible que no quieran que vuelva —dije—. Además, con las pérdidas que han sufrido recientemente, no sé si Eric estará para muchas fiestas.

—¿Crees que tendríamos que celebrar una fiesta de Halloween en el Merlotte's? —preguntó Sam.

—Sí, pero tal vez sin caramelos y ese tipo de cosas —dije, reflexionando sobre el tema—. ¿Qué te parecería una bolsita regalo para cada cliente con cacahuetes fritos? ¿O un cuenco grande con palomitas de colores en cada mesa? ¿Y qué tal un poco de decoración?

Sam miró en dirección al bar como si fuese capaz de ver a través de las paredes.

—Me parece bien. Tampoco es cuestión de montar mucho jaleo. —Normalmente, sólo decorábamos el bar por Navidad, y no lo hacíamos hasta después del día de Acción de Gracias, por insistencia de Sam.

Le di las buenas noches y salí del Merlotte's dejando que Sam comprobase que todo estuviera bien cerrado.

La noche estaba fría. Sería uno de esos Halloween en los que realmente te sientes como en los que aparecen en los cuentos infantiles.

En medio del aparcamiento, con su cara vuelta hacia la luna en cuarto creciente, estaba mi bisabuelo. El cabello claro le caía sobre la espalda como una gruesa cortina. Sus múltiples arrugas se habían vuelto invisibles bajo la pálida luz de la luna, o tal vez fuera que las había hecho desaparecer. Sujetaba su bastón con una mano e iba vestido de traje, un traje negro. En la mano derecha, aquella con la que sujetaba el bastón, llevaba un aparatoso anillo.

Era el ser más bello que había visto en mi vida.

No recordaba en absoluto a un abuelo humano. Los abuelos humanos llevan gorras con el anagrama de John Deere y mono de trabajo. Te llevan a pescar. Te dejan subir en su tractor. Refunfuñan primero porque estás demasiado mimada y luego te compran un caramelo. Y por lo que a los bisabuelos humanos se refiere, son muy pocos los que llegan a conocerlos.

Me di cuenta entonces de que tenía a Sam a mi lado.

—¿Quién es? —preguntó en voz baja.

—Es mi…, mi bisabuelo —dije. Lo tenía justo enfrente, no me quedaba más remedio que explicárselo.

—Oh —dijo asombrado.

—Acabo de enterarme —dije a modo de disculpa.

Niall dejó de empaparse de luna y abrió los ojos.

—Aquí tenemos a mi bisnieta —dijo, como si mi presencia en el aparcamiento del Merlotte's fuera una sorpresa agradable—. ¿Quién es tu amigo?

—Niall, te presento a Sam Merlotte, el propietario del bar —dije.

Sam extendió la mano con cautela y, después de mirársela bien, Niall se la estrechó. Noté que Sam daba una pequeña sacudida, como si mi bisabuelo le hubiera dado una descarga al estrecharle la mano.

—Bisnieta —dijo Niall—. Me he enterado de que corriste peligro durante la reyerta entre los hombres lobo.

—Sí, pero Sam estaba conmigo y después llegó Claudine —dije, sintiéndome extrañamente a la defensiva—. Cuando fui, no sabía que aquello acabaría convirtiéndose en una reyerta, como tú dices. Yo pensaba actuar como pacificadora. Pero caímos en una emboscada.

—Sí, eso fue lo que dijo Claudine —dijo—. Tengo entendido que esa bruja murió.

Con lo de «bruja» se refería a Priscilla.

—Sí —repliqué—. La bruja murió.

—Y una noche después volviste a correr peligro.

Empezaba a sentirme definitivamente culpable de alguna cosa.

—La verdad es que mi vida no suele ser así —dije—. Lo que sucedió es que los vampiros de Luisiana se han visto invadidos por los vampiros de Nevada.

No me dio la sensación de que el tema le interesara mucho a Niall.

—Pero llegaste a marcar el número que te dejé.

—Sí, porque tenía bastante miedo. Pero entonces, Eric me arrancó el teléfono porque pensó que si tú entrabas en la ecuación aquello se convertiría en una guerra total y absoluta. Y al final creo que fue mejor así, pues Eric acabó rindiéndose ante Victor Madden. —La verdad es que lo que hizo Eric seguía sin gustarme, por mucho que después me hubiera regalado un teléfono nuevo.

—Ahhh.

Aquel sonido evasivo no tenía ni pies ni cabeza. Ésa debía de ser la desventaja de tener un bisabuelo. Había venido para darme una buena reprimenda. Y me daba la impresión de que aquello no me ocurría desde que era una joven adolescente y la abuela descubrió que no había sacado la basura ni doblado la colada. La sensación me gustaba tan poco ahora como entonces.

—Me gusta tu valentía —dijo inesperadamente Niall—. Pero eres muy frágil: mortal, quebradiza, inexperta. No quiero perderte cuando por fin he podido empezar a hablar contigo.

—No sé qué decir —murmuré.

—No quieres que te impida hacer nada. No cambiarás. ¿Cómo puedo protegerte?

—No creo que puedas, al menos al cien por cien.

—¿Para qué te sirvo entonces?

—No tienes por qué servirme para algo —dije, sorprendida. Su conjunto emocional y el mío eran distintos. No sabía cómo explicárselo—. Para mí es suficiente así, sólo saber que existes ya es maravilloso. Saber que te preocupas por mí. Que tengo un familiar vivo, por lejos que esté y por muy distinto que sea de mí. Y que no me consideras rara, loca o vergonzosa.

—¿Vergonzosa? —Estaba perplejo—. Eres mucho más interesante que la mayoría de humanos.

—Gracias por pensar que no tengo un defecto —dije.

—¿Crees que los humanos consideran que tienes un defecto? —Niall parecía sinceramente indignado.

—A veces no se sienten cómodos —dijo inesperadamente Sam—. Sabiendo que les puede leer la mente.

—¿Y tú, cambiante?

—Pienso que es estupenda —dijo Sam. Y adiviné que era absolutamente sincero.

Enderecé la espalda. Sentí una oleada de orgullo. En el calor emocional del momento, a punto estuve de revelarle a mi bisabuelo el gran problema que acababa de descubrir hoy, para demostrarle que era capaz de compartir cosas con él. Pero enseguida intuí que su solución al «Eje del mal» integrado por Sandra Pelt y Tanya Grissom provocaría su muerte de la forma más macabra posible. Tal vez mi casi prima Claudine estuviera intentando convertirse en ángel, en un ser relacionado con el cristianismo, pero Niall Brigant era un ser con una idiosincrasia completamente distinta. Sospechaba que su perspectiva de las cosas era: «Te quitaré el ojo con antelación por si acaso tú quieres el mío». Bueno, tal vez no tan preventivo, pero casi.

—¿No puedo hacer nada por ti? —Su voz sonaba casi lastimera.

—Me gustaría de verdad que, cuando tengas tiempo libre, pasases a hacerme una visita por casa. Me gustaría prepararte una cena. ¿Querrías hacerlo? —Me daba vergüenza ofrecerle algo que no estaba muy segura fuera a valorar.

Me miró con sus luminosos ojos. Resultaba imposible interpretar su expresión, y aunque su cuerpo tenía la forma de un cuerpo humano, no lo era. Mi bisabuelo era un auténtico rompecabezas para mí. A lo mejor mi sugerencia lo exasperaba, o le parecía aburrida o repulsiva.

Pero por fin dijo:

—Sí. Vendré. Te avisaré con tiempo, claro está. Pero mientras, si necesitas algo de mí, tan sólo tienes que marcar el número. No permitas que nadie te haga cambiar de opinión si piensas que puedo ser de ayuda. Tendré unas palabras con Eric. En el pasado siempre me fue útil, pero no puede cuestionar lo que yo pueda hacer por ti.

—¿Sabía él desde hacía tiempo que éramos parientes? —Contuve la respiración a la espera de la respuesta.

Niall se había vuelto ya dispuesto a marcharse. Se volvió entonces un poco y vi su cara de perfil.

—No —dijo—. Primero tenía que conocerlo mejor. Se lo dije justo antes de que te trajera para conocerme. No me ayudó hasta que le dije por qué quería verte.

Y entonces se fue. Fue como si cruzase una puerta que nosotros no veíamos y, por lo que yo sé, eso fue exactamente lo que hizo.

—De acuerdo —dijo Sam pasado un buen rato—. De acuerdo, ha sido realmente… diferente.

—¿Te sientes bien con todo esto? —Agité una mano en dirección al lugar donde se había situado Niall. Probablemente. A menos que lo que acabábamos de ver fuera una proyección astral o algo por el estilo.

—No soy yo quien tiene que sentirse a gusto con todo esto. Es más bien asunto tuyo —dijo Sam.

—Tengo ganas de quererle —dije—. Es tan bello y parece tan interesado… pero la verdad es que da mucho, mucho…

—Miedo —dijo Sam para completar la frase.

—Sí.

—¿Y se acercó a ti a través de Eric?

Ya que por lo visto a mi bisabuelo le parecía bien que Sam conociera su existencia, le conté los detalles de mi primer encuentro con Niall.

—Hmmm. La verdad es que no sé qué opinar respecto a todo esto. Debido a la tendencia que presentan los vampiros a comerse a las hadas, los vampiros y las hadas no suelen interactuar.

—Niall es capaz de camuflar su olor —le expliqué con orgullo.

Sam sufría una sobrecarga de información.

—Otra cosa que no había oído decir nunca. Me imagino que Jason no tiene ni idea de todo esto.

—Oh, Dios mío, no.

—¿Sabes que se pondría celoso y se enfadaría contigo?

—¿Por el hecho de que yo conozco a Niall y él no?

—Sí. Le corroería la envidia.

—Sé que Jason no es la persona más generosa del mundo —empecé a decir, y me interrumpí cuando Sam resopló—. De acuerdo —dije—, es un egoísta. Pero sigue siendo mi hermano y tengo que estar a su lado. Aun así, tal vez sea mejor que no se lo diga nunca. De todos modos, y aun después de haberme dicho que mantuviera su presencia en secreto, he visto que Niall no ha tenido el más mínimo problema en cuanto a mostrarse ante ti.

—Supongo que antes habrá hecho sus comprobaciones —dijo en voz baja Sam. Me abrazó, un gesto que fue para mí una agradable sorpresa. Tenía la sensación de que necesitaba un abrazo después de la aparición de Niall. Le devolví el abrazo a Sam. Era cálido, y reconfortante, y humano.

Aunque ninguno de los dos fuéramos del todo humanos.

Pero al instante pensé: «Lo somos, también». Teníamos más en común con los humanos que con la otra parte de nosotros. Vivíamos como humanos; moriríamos como humanos. Conocía muy bien a Sam y sabía que deseaba tener una familia, alguien a quien amar y un futuro que incluía todo lo que los humanos normales y corrientes deseaban: prosperidad, salud, descendencia, risas. Sam no quería ser el líder de ninguna manada y yo no quería ser la princesa de nadie, aunque tampoco que cualquier hada de pura sangre pensara que yo no era más que un subproducto inferior de su propia maravilla. Ésa era una de las grandes diferencias entre Jason y yo. Él pasaría la vida deseando ser más sobrenatural de lo que era; yo había pasado la mía deseando serlo menos, si es que mi telepatía era realmente un hecho sobrenatural.

Sam me dio un beso en la mejilla y luego, después de un instante de duda, dio media vuelta para dirigirse a su tráiler, cruzó la verja situada entre el bien recortado seto y subió las escaleras que daban acceso al pequeño porche que había construido junto a la puerta. Cuando introdujo la llave en la cerradura, se volvió y me sonrió.

—Otra noche, ¿vale?

—Sí —dije—. Otra noche.

Sam me observó subir al coche e hizo un gesto para recordarme que cerrara las puertas con el seguro. Esperó a que le obedeciera y entró en el tráiler. Durante el camino de vuelta a casa anduve cavilando sobre preguntas profundas y preguntas superficiales, y tuve suerte de no encontrar tráfico en la carretera.

Capítulo 17

Cuando al día siguiente aparecí soñolienta, me encontré con Amelia y Octavia sentadas en la cocina. Amelia había agotado todo el café, pero había limpiado la cafetera y en cuestión de minutos tuve a punto mi tan necesitada taza. Amelia y su mentora mantenían una discreta conversación mientras yo farfullaba de un lado a otro sirviéndome unos cereales, añadiéndoles un poco de azúcar y vertiendo la leche por encima. Me encorvé sobre el tazón porque no quería derramar leche sobre mi camiseta de tirantes. Y, por cierto, empezaba a hacer demasiado frío como para andar por casa con camiseta de tirantes. Me puse una chaqueta barata hecha con tela de chándal y así pude acabar mi café y mis cereales a gusto.

—¿Qué os lleváis entre manos vosotras dos? —pregunté, indicando con ello que ya estaba preparada para interactuar con el resto del mundo.

—Amelia me ha contado tu problema —dijo Octavia—. Y me comunicado también tu amable oferta.

¿Qué oferta?

Asentí con sensatez, como si supiera de qué me hablaba.

—No tienes ni idea de lo feliz que me hace poder irme de casa de mi sobrina —dijo ansiosa la mujer de más edad—. Janesha tiene tres pequeños, incluyendo uno que justo está empezando a caminar, y un novio que entra y sale. Duermo en el sofá del salón y cuando los niños se despiertan por la mañana, entran y ponen los dibujos. Aunque yo esté todavía durmiendo. Es su casa, claro está, y llevo ya semanas allí, de modo que han perdido la noción de que soy una invitada.

Comprendí que Octavia dormiría a partir de ahora en la habitación que había delante de la mía o en la que quedaba libre arriba. Prefería que fuese en la de arriba.

—Y ahora que soy mayor, necesito tener un lavabo más cerca. —Me miró con ese menosprecio irónico que muestra la gente cuando admite el paso del tiempo—. De modo que abajo me iría de perlas, sobre todo si tengo en cuenta la artritis de mis pobres rodillas. ¿Te he comentado ya que el apartamento de Janesha está en un piso alto?

—No —dije casi sin mover la boca. Jesús, qué deprisa había ido todo.

—Y ahora vayamos con tu problema. No practico la magia negra ni nada por el estilo, pero necesitas alejar de tu vida a estas dos mujeres, tanto a la enviada de la señorita Pelt como a ella misma.

Moví vigorosamente la cabeza en sentido afirmativo.

—De modo que hemos tramado un plan —dijo Amelia, incapaz de mantenerse callada por más tiempo.

—Soy toda oídos —dije, y me serví una segunda taza de café. La necesitaba.

—La manera más sencilla de librarse de Tanya, naturalmente, es contarle a tu amigo Calvin Norris lo que está haciendo —dijo Octavia.

Me quedé mirándola boquiabierta.

—Probablemente, esta solución daría como resultado que a Tanya le pasasen cosas bastante malas —dije.

—¿No es eso lo que quieres? —La apariencia inocente de Octavia era realmente maliciosa.

—Bueno, sí, pero no quiero que muera. No quiero que le suceda nada que no pueda superar. Simplemente quiero que se marche y no regrese jamás.

—Que se marche y no regrese jamás suena a bastante definitivo —apuntó Amelia.

También me lo sonaba a mí.

—Lo diré con otras palabras. Quiero que viva su vida, pero lejos de mí —dije—. ¿Queda así bastante claro? —No pretendía ser cortante, sino simplemente expresar de forma correcta lo que pretendía.

—Sí, señorita. Creo que eso lo hemos comprendido —dijo Octavia empleando un tono gélido.

—No quiero que haya malos entendidos —dije—. Hay mucho en juego. Me parece que a Calvin le gusta Tanya. Por otro lado, estoy segura de que Calvin podría espantarla con total efectividad.

—¿Lo suficiente como para que se fuese para siempre?

—Tendrías que demostrar que dices la verdad —dijo Amelia—. En cuanto a que quiere sabotearte.

—¿Qué habéis pensado? —pregunté.

—Muy bien, te contaremos lo que hemos pensado —dijo Amelia, y me expuso a continuación la Fase Uno, algo que podría haber pensado por mí misma. La ayuda de las brujas, sin embargo, serviría para que el plan funcionase sobre ruedas.

Llamé a Calvin y le pedí que se pasase por mi casa a la hora de comer, cuando tuviera tiempo. Se quedó sorprendido al oírme, pero accedió a mi petición.

Y más sorprendido se quedó cuando entró en la cocina y encontró allí a Amelia y Octavia. Calvin, el líder de los hombres pantera que vivían en la pequeña comunidad de Hotshot, había coincidido ya varias veces con Amelia, pero no conocía a Octavia. La respetó de inmediato porque al instante reconoció su poder. Un detalle que fue de gran ayuda.

Calvin tendría unos cuarenta y cinco años, era fuerte y robusto, seguro de sí mismo. Empezaba a mostrar canas, pero caminaba erguido como si se hubiera tragado un palo y poseía un carácter calmado que impresionaba a todo el mundo. Estuvo durante un tiempo interesado por mí, y me dolía no haber podido sentir lo mismo. Era un buen hombre.

—¿Qué sucede, Sookie? —dijo después de rechazar la oferta de unas galletas, un té o una Coca-Cola.

Respiré hondo.

—No me gusta ir contando chismes de la gente, Calvin, pero tenemos un problema —dije.

—Tanya —replicó de inmediato.

—Sí —dije, sin molestarme en esconder lo aliviada que me sentía.

—Es muy astuta —dijo, y no me gustó nada sentir cierto tono de admiración en su voz.

—Es una espía —dijo Amelia. Amelia iba directa al grano.

—¿De quién? —Calvin ladeó la cabeza hacia un lado, sin estar sorprendido pero con curiosidad.

Le conté una versión resumida de la historia, una historia que estaba tremendamente harta de repetir. Pero Calvin necesitaba saber que tenía un gran problema con los Pelt, que Sandra me perseguiría hasta la tumba, que Tanya era pesada como un tábano.

Calvin estiró las piernas mientras escuchaba, con los brazos cruzados sobre su pecho. Llevaba unos pantalones vaqueros nuevos y una camisa de cuadros. Olía a árboles recién cortados.

—¿Quieres lanzarle un hechizo? —le preguntó a Amelia cuando yo terminé con mi explicación.

—Queremos —dije—. Pero necesitamos que la traigas aquí.

—¿Cuál sería el efecto? ¿Le haría algún daño?

—Perdería el interés por hacerle daño a Sookie y a su familia. Ya no querría seguir obedeciendo a Sandra Pelt. No le haría ningún daño físico.

—¿Le supondría un cambio mental?

—No —dijo Octavia—. Pero no es un hechizo tan seguro como el que la llevaría a no querer venir por aquí nunca más. Si le practicásemos este último, se iría de aquí y no querría volver jamás.

Calvin reflexionó sobre el tema.

—Esa chica me gusta —dijo—. Está llena de vitalidad. Pero me preocupan los problemas que está causando entre Jason y Crystal y he estado pensando en qué pasos dar para que Crystal deje de gastar como una loca. Me imagino que el tema está bien claro.

—¿Te gusta? —pregunté. Quería todas las cartas sobre la mesa.

—Eso he dicho.

—No, me refiero a si te «gusta».

—Bueno…, nos lo pasamos bien los dos de vez en cuando.

—No quieres que se vaya —dije—. Quieres intentar la otra alternativa.

—Es más o menos eso. Tienes razón: no puede quedarse y seguir tal como es. O cambia su forma de ser, o se marcha. —No parecía muy satisfecho con la idea—. ¿Trabajas hoy, Sookie?

Miré el calendario de la pared.

—No, es mi día libre. —Iba a tener dos días libres seguidos.

—Iré a buscarla y la traeré aquí esta noche. ¿Tendrán las señoras tiempo suficiente para prepararlo todo?

Las dos brujas se miraron y se consultaron en silencio.

—Sí, será suficiente —dijo Octavia.

—Llegaremos hacia las siete —dijo Calvin.

El asunto iba inesperadamente sobre ruedas.

—Gracias, Calvin —dije—. Has sido de gran ayuda.

—Si funciona, mataremos varios pájaros de un solo tiro —dijo Calvin—. Ahora bien, si no funciona, claro está, estas dos señoras dejarán de estar en mi lista de personas favoritas. —Su voz sonó completamente prosaica.

Las dos brujas no quedaron muy satisfechas.

Calvin vio entonces a Bob, que acababa de entrar en la estancia.

—Hola, hermano —le dijo Calvin al gato. Miró a Amelia con ojos entrecerrados—. Me parece que no siempre te salen bien los trucos.

Amelia dio la impresión de sentirse culpable y ofendida al mismo tiempo.

—Éste funcionará —dijo entre dientes—. Ya verás.

—Eso espero.

Pasé el resto del día dedicada a la colada, repasándome las uñas, cambiando las sábanas…, todas esas tareas que reservas para cuando tienes tu día libre. Pasé por la biblioteca para cambiar mis libros y no sucedió absolutamente nada. Estaba de guardia una de la ayudantes a tiempo parcial de Barbara Beck, lo que me vino muy bien. No me apetecía recordar otra vez el horror del ataque, como me sucedería a buen seguro durante mucho tiempo cada vez que me encontrara con Barbara. Me di cuenta de que la mancha había desaparecido del suelo de la biblioteca.

Después fui al supermercado. No hubo ataques de hombres lobo, ni aparecieron vampiros. Nadie intentó matarme a mí ni a ningún conocido mío. No aparecieron nuevos parientes secretos y absolutamente nadie intentó involucrarme en sus problemas, maritales o del tipo que fuese.

Cuando llegué a casa, podría decirse que todo apestaba a normalidad.

Me tocaba cocinar y decidí hacer unas costillas de cerdo. Cuando preparo mi mezcla favorita para empanar lo hago en grandes cantidades, de modo que dejé las costillas en remojo con leche y luego las rebocé con la mezcla para que estuvieran listas para introducir en el horno. También dejé hechas unas manzanas rellenas con pasas, canela y mantequilla, que puse en el horno, y a continuación aliñé unas judías verdes de lata, un poco de maíz también de lata y lo puse a calentar a fuego lento. Al cabo de un rato, abrí el horno para poner la carne. Pensé en preparar también unas galletas, pero me pareció que ya teníamos suficientes calorías en marcha.

Mientras yo cocinaba, las brujas estaban en la sala de estar preparando sus cosas. Me dio la impresión de que se lo pasaban en grande. Oía la voz de Octavia, que me recordaba la de una maestra. De vez en cuando, Amelia le formulaba una pregunta.

Mientras cocinaba, siempre solía murmurar para mis adentros. Confiaba en que el hechizo funcionase y me sentía agradecida con las brujas por mostrarse tan solícitas y querer ayudarme. Pero me sentía un poco dejada de lado en el ámbito doméstico. La breve mención que le había hecho a Amelia diciéndole que Octavia podía quedarse con nosotras por una temporada había sido algo provocado por el calor del momento. (Estaba segura de que a partir de ahora vigilaría mejor mis conversaciones con mi compañera de casa). Octavia no había mencionado si se quedaría en mi casa por un fin de semana, un mes o por un periodo de tiempo indefinido. Y eso me daba miedo.

Me imaginaba que podría haber acorralado a Amelia y decirle: «No me has preguntado si Octavia podía quedarse justo ahora en este momento, y estamos en mi casa». Pero tenía una habitación libre y Octavia necesitaba un lugar donde hospedarse. Era un poco tarde para descubrir que no me sentía del todo feliz al tener una tercera persona en la casa..., una tercera persona a la que apenas conocía.

Tal vez pudiera encontrarle un trabajo a Octavia, pues unos ingresos regulares le permitirían ser independiente y marcharse de aquí. Me pregunté sobre el estado de su casa en Nueva Orleans. Me imaginé que estaría inhabitable. Pese a todo el poder que tenía, supuse que ni siquiera Octavia podía deshacer el daño que el huracán había ocasionado. Después de sus referencias a las escaleras y a su cada vez mayor necesidad de ir al baño, revisé su edad al alza, pero seguía sin parecerme mayor de..., digamos, sesenta y tres años. Era prácticamente una polluela, hoy en día.

A las seis llamé a Amelia y Octavia para que vinieran a la mesa. Estaba todo preparado y había servido té helado, pero les dejé que se sirvieran ellas mismas su plato directamente de la bandeja del horno. No es elegante, pero así me ahorraba platos.

Comimos sin hablar mucho. Las tres estábamos pensando en la velada que teníamos por delante. Por mucho que me desagradara, me sentía un poco preocupada por Tanya.

Me parecía graciosa la idea de alterar a una persona, pero la verdad era que necesitaba quitarme a Tanya de encima y de mi vida, y también de la vida de los que me rodeaban. O necesitaba que adoptara una actitud distinta respecto a lo que estaba haciendo en Bon Temps. No veía otra salida. Según mi nueva manera práctica de ver la vida, me di cuenta de que tenía que elegir entre vivir mi vida con la interferencia de Tanya o hacerlo con una Tanya distinta, y que no había comparación entre ambas posibilidades.

Retiré los platos. Normalmente, cuando una de nosotras cocinaba, la otra se ocupaba de los platos, pero mis dos compañeras tenían que seguir preparando su magia. Me parecía bien, prefería seguir ocupada.

A las siete y cinco oímos cómo la gravilla del camino de acceso cedía aplastada bajo el peso de las ruedas de un vehículo.

Cuando le habíamos pedido que Tanya estuviera aquí a las siete, no me había imaginado que la traería como un paquete.

Calvin llegó cargando con Tanya por encima del hombro. Tanya era delgada, pero no un peso pluma. Calvin estaba definitivamente en forma, respiraba sin dificultad y no había derramado ni una gota de sudor. Tanya estaba atada de pies y manos, pero vi que Calvin había puesto un pañuelo debajo de la cuerda para que no le rozase. Y (gracias a Dios) iba amordazada, aunque con un alegre pañuelo de cuello de color rojo. Si, el líder de los hombres pantera sentía algo por Tanya.

Naturalmente, ella estaba hecha una fiera, se retorcía, trataba de escabullirse y lanzaba miradas furiosas. Intentó arrearle un puntapié a Calvin y él le respondió con un bofetón en el trasero.

—Para ya ahora mismo —dijo, aunque no especialmente enfadado—. Has hecho mal y ahora te toca tomar tu medicina.

Entró por la puerta y dejó caer a Tanya sobre el sofá.

Las brujas habían dibujado algo con tiza en el suelo de la sala de estar, un detalle que no me había gustado mucho. Amelia me había asegurado de que lo limpiaría todo y, teniendo en cuenta que era una limpiadora de primera, le permití continuar.

Había varias montañas de cosas (la verdad es que no me apetecía mirar con mucho detalle) dispuestas en diversos recipientes. Octavia prendió fuego al contenido de uno de ellos y lo acercó a Tanya. Agitó la mano para que el humo fuera hacia Tanya. Di un paso atrás y Calvin, que se había quedado detrás del sofá y sujetaba a Tanya por los hombros, volvió la cabeza. Tanya contuvo la respiración todo el tiempo que le fue posible.

Se relajó en cuanto inhaló aquel humo.

—Tiene que sentarse allí —dijo Octavia señalando una zona rodeada de símbolos pintados con tiza. Calvin dejó caer a Tanya sobre una silla de respaldo recto situada justo en medio de dicha zona. Gracias al misterioso humo, Tanya permaneció quieta.

Octavia empezó a cantar en un idioma desconocido para mí. Amelia siempre pronunciaba sus hechizos en latín, o en una forma primitiva del mismo (es lo que me había explicado), pero me daba la sensación de que Octavia era más diversa. Hablaba en algo que sonaba completamente distinto.

La idea de aquel ritual me había puesto nerviosa, pero resultó ser bastante aburrido si no participabas en él. Tenía ganas de abrir las ventanas para que desapareciese de la casa el olor de aquella humareda y me alegré de que Amelia hubiese pensado en desconectar con antelación los detectores de humo. Era evidente que Tanya sentía alguna cosa, aunque no estaba muy segura de que fuese la eliminación del influjo que los Pelt tenían sobre ella.

—Tanya Grisson —dijo Octavia—, arranca las raíces del mal de tu alma y aléjate de la influencia de aquellos dispuestos a utilizarte con malos fines. —Octavia realizó diversos gestos por encima de Tanya mientras sujetaba un objeto curioso que recordaba terriblemente a un hueso humano envuelto en hojas de parra. Intenté no preguntarme de dónde habría sacado aquello.

Tanya gritó debajo de su mordaza y su espalda se arqueó de manera alarmante. A continuación se relajó.

Amelia le indicó con un gesto a Calvin que desatara el pañuelo rojo que daba a Tanya el aspecto de un bandido. Después retiró otro pañuelo, blanco en esta ocasión, que Tanya tenía en la boca. La verdad es que había sido secuestrada con cariño y con mimo.

—¡No puedo creer que estés haciéndome esto! —chilló Tanya en el instante en que su boca empezó a hablar—. ¡No puedo creer que me hayas secuestrado como un cavernícola, estúpido! —De haber tenido ella las manos libres, Calvin se habría llevado un buen guantazo—. ¿Y qué demonios pasa con este humo? ¿Pretendes incendiar la casa, Sookie? Y tú, mujer, ¿puedes sacarme esta porquería de la cara? —Tanya golpeó con sus manos atadas el hueso envuelto en hojas de parra.

—Me llamo Octavia Fant.

—Estupendo, Octavia Fant. ¡Desátame estas cuerdas!

Octavia y Amelia intercambiaron miradas.

Tanya recurrió a mí.

—¡Sookie, diles a estas locas que me suelten! ¡Calvin, estaba medio interesada en ti antes de que me atases y me trajeras aquí! ¿Qué te creías que estabas haciendo?

—Salvarte la vida —dijo Calvin—. Y ahora no saldrás corriendo, ¿verdad? Tenemos que charlar un poco.

—De acuerdo —dijo lentamente Tanya cuando se dio cuenta (oí sus pensamientos) de que la cosa iba en serio—. ¿Qué es todo esto?

—Sandra Pelt —dije.

—Sí, conozco a Sandra. ¿Qué le pasa?

—¿Qué relación tienes con ella? —preguntó Amelia.

—¿Por qué te interesa, Amy? —contraatacó Tanya.

—Amelia —dije para corregirla. Me senté en la butaca delante de Tanya—. Y eres tú quién debe responder a la pregunta.

Tanya me lanzó una mirada penetrante (tenía un buen repertorio) y dijo:

—Tenía una prima que fue adoptada por los Pelt y Sandra era la hermana de mi prima adoptada.

—¿Tienes una amistad muy estrecha con Sandra? —pregunté.

—No, no especialmente. Hace tiempo que no la veo.

—¿No has hecho ningún trato con ella últimamente?

—No, Sandra y yo no nos vemos mucho.

—¿Qué opinas de ella? —preguntó Octavia.

—Opino que es una mala zorra con dos caras. Pero, en cierto sentido, la admiro —dijo Tanya—. Cuando Sandra quiere algo, lo persigue hasta conseguirlo. —Se encogió de hombros—. Es tal vez demasiado extremista para mi gusto.

—De modo que si te dijera que le destrozaras la vida a alguien, ¿no lo harías? —Octavia miraba fijamente a Tanya.

—Tengo cosas mejores que hacer —dijo Tanya—. Si quiere hacerlo, que sea ella quien se dedique a destrozar la vida a la gente.

—¿No entrarías en ese juego?

—No —dijo Tanya. Era sincera, lo leía. De hecho, nuestro interrogatorio empezaba a ponerle nerviosa—. ¿Le he hecho algo malo a alguien?

—Me parece que no lo has entendido muy bien —dijo Calvin—. Estas buenas señoras han intervenido. Amelia y la señorita Octavia son…, son mujeres sabias. Y ya conoces a Sookie.

—Sí, conozco a Sookie. —Tanya me lanzó una mirada avinagrada—. No quiere ser mi amiga, por mucho que yo me esfuerce.

«Sí, no te quería muy cerca por si acaso me clavabas una puñalada por la espalda», pensé, pero no dije nada.

—Tanya, últimamente has ido mucho de compras con mi cuñada —dije.

Tanya estalló en carcajadas.

—¿Un exceso de terapia de compras para la recién casada embarazada? —dijo. Pero al instante se quedó perpleja—. Sí, mi talonario me dice que hemos frecuentado demasiado el centro comercial de Monroe. ¿De dónde saco el dinero? La verdad es que ni siquiera me gusta mucho ir de compras. ¿Por qué lo hago?

—Ya no vas a hacerlo más —dijo Calvin.

—¡No me digas lo que tengo que hacer, Calvin Norris! —le espetó Tanya—. No iré de compras porque yo no quiero ir de compras, no porque tú me digas que no debo hacerlo.

Calvin parecía aliviado.

Amelia y Octavia, también.

Todos asentimos a la vez. Ésta era la Tanya de verdad, de acuerdo. Y daba la impresión de haber dejado de ser en gran parte la ayuda destructiva de Sandra Pelt. No sabía si Sandra le había lanzado algún tipo de hechizo o si simplemente le había ofrecido a Tanya una gran cantidad de dinero y la había convencido de que la muerte de Debbie era culpa mía, pero lo que era evidente era que las brujas habían salido airosas en su empeño de eliminar del carácter de Tanya la parte nociva de Sandra.

Me sentía extrañamente desinflada después de lo fácil (fácil para mí, quiero decir) que había sido extirpar la espina que tenía clavada. Me descubrí deseando poder abducir también a Sandra Pelt para reprogramarla. No creía que ella fuera tan fácil de reconvertir. Los miembros de la familia Pelt debían de tener una grave patología.

Las brujas se sentían felices. Calvin estaba satisfecho. Yo me sentía aliviada. Calvin le dijo a Tanya que enseguida regresarían juntos a Hotshot. Ella, algo perpleja, salió por la puerta con mucha más dignidad que con la que había entrado. No comprendía por qué había venido a mi casa y aparentemente no recordaba lo que las brujas habían hecho. Pero no se la veía molesta ante tanta confusión.

El mejor de todos los mundos posibles.

Tal vez ahora que la influencia perniciosa de Tanya había desaparecido, Jason y Crystal podrían solucionar sus problemas. Al fin y al cabo, Crystal deseaba sinceramente casarse con Jason y se había alegrado de estar de nuevo embarazada. No entendía por qué actualmente no se sentía feliz.

Podía incorporarla a la larga lista de personas a las que no llegaba a entender.

Mientras las brujas aireaban la sala de estar abriendo las ventanas (aunque era una noche muy fría, quería que desapareciese del todo aquel olor a hierbas), me acosté en la cama con un libro. Pero no disponía de la concentración necesaria para leer. Al final decidí que estaría mejor fuera de casa, me puse una sudadera con capucha y le dije a Amelia que salía un rato. Me senté en una de las sillas de madera que Amelia y yo habíamos comprado en la liquidación de final de verano de Wal-Mart y volví a admirar lo bien que quedaba con la mesa a juego y su parasol. Me recordé que, de cara al invierno, tendría que guardar el parasol y tapar con algo los muebles. Me recosté en mi asiento y dejé vagar mis pensamientos.

Estaba a gusto fuera, oliendo a árboles y a tierra, escuchando la enigmática llamada del chotacabras en el bosque. La luz de seguridad me hacía sentirme cómoda, aunque sabía que no era más que una ilusión. La luz simplemente te permite ver con más claridad lo que pueda acercarse.

Bill emergió de la arboleda del bosque y se aproximó en silencio al jardín. Tomó asiento en una de las sillas.

Pasamos un rato sin decir nada. No sentí la oleada de angustia que había notado los últimos meses cada vez que lo veía. Su presencia apenas perturbaba la noche otoñal, formaba parte de ella.

—Selah se ha ido a vivir a Little Rock —dijo.

—¿Cómo es eso?

—Ha empezado a trabajar para una empresa importante —dijo—. Es lo que siempre quiso. Están especializados en propiedades de vampiros.

—¿Está enganchada a los vampiros?

—Eso parece. Pero no es asunto mío.

—¿Así que no fuiste tú el primero para ella? —Tal vez lo pregunté con cierta amargura. Él había sido el primero para mí, en todos los sentidos.

—No —respondió, y se volvió hacia mí. Estaba radiantemente pálido—. No —confirmó—. Yo no fui el primero. Y siempre supe que lo que le atraía era el vampiro que hay en mí, y no mi persona.

Comprendí a la perfección lo que quería decir. Cuando me enteré de que le habían ordenado congraciarse conmigo, intuí que lo que le había llamado la atención era la telépata que había en mí, y no mi persona.

—Lo que viene, va —dije.

—Nunca la quise —dijo—. O muy poco. —Se encogió de hombros—. Ha habido muchas como ella.

—No estoy muy segura de cómo crees que voy a sentirme con todo esto.

—Te estoy diciendo la verdad. Sólo ha habido una como tú. —Y entonces se levantó y se adentró de nuevo en el bosque, al paso lento de un humano, dejando que le viera marcharse.

Me daba la impresión de que Bill estaba llevando a cabo una especie de campaña sigilosa para recuperar mi respeto. Me pregunté si soñaba en que pudiera volver a amarle algún día. Aún sentía dolor cuando pensaba en la noche en que me enteré de la verdad. Me imaginé que mi respeto estaría en los límites de lo que él podía esperar recuperar. ¿Confianza? ¿Amor? No lo veía muy posible.

Me quedé sentada fuera unos minutos más, pensando en la velada que acababa de vivir. Un agente enemigo menos. La enemiga lejos. Entonces pensé en la investigación policial sobre la gente desaparecida en Shreveport, lobos todos ellos. Me pregunté cuándo lo dejarían correr.

Estaba segura de que tarde o temprano volvería a verme involucrada en los asuntos políticos de los hombres lobo; los supervivientes serían absorbidos para restablecer el orden en su casa.

Esperaba que Alcide estuviese disfrutando su oportunidad de ser líder y me pregunté si habría conseguido engendrar un pequeño hombre lobo de pura sangre la noche del golpe de estado. Me pregunté quién se ocuparía de los hijos de los Furnan.

Y siguiendo con mis especulaciones, me pregunté dónde establecería Felipe de Castro sus cuarteles generales en Luisiana, o si se quedaría en Las Vegas. Me pregunté si alguien le habría contado a Bubba que Luisiana estaba bajo un nuevo régimen y me pregunté si algún día volvería a verlo. Tenía una de las caras más famosas del mundo, pero su cabeza estaba gravemente confusa por haber sido creado en el último segundo por un vampiro que trabajaba en la morgue de Memphis. Bubba no había resistido muy bien el Katrina; se había visto separado de los demás vampiros de Nueva Orleans y había tenido que subsistir a base de ratas y otros animalitos (gatos abandonados, me imaginaba) hasta que una noche fue rescatado por un equipo de salvamento integrado por vampiros de Baton Rouge. Lo último que sabía de él era que había sido enviado fuera del estado para descansar y recuperarse. A lo mejor había acabado en Las Vegas. Cuando estaba vivo, siempre le había ido muy bien allí.

De pronto me di cuenta de que me había quedado rígida después de llevar tanto rato sentada fuera y de que la noche era cada vez más fría. La sudadera resultaba insuficiente. Era hora de entrar y acostarse. El resto de la casa estaba oscura y me imaginé que Octavia y Amelia estarían agotadas después del trabajo que habían realizado.

Me levanté de la silla, cerré el parasol y abrí la puerta del cobertizo. Apoyé el parasol contra el banco donde un hombre a quien siempre había considerado mi abuelo se dedicaba a hacer sus arreglos. Cerré la puerta del cobertizo con la sensación de que en su interior encerraba el verano.

Capítulo 18

Después de un tranquilo y pacífico lunes de fiesta, el martes entré a trabajar en el turno de mediodía. Cuando salí de casa, Amelia estaba pintando una cajonera que había encontrado en una tienda de objetos de segunda mano. Octavia limpiaba las flores marchitas de los rosales. Comentó que sería necesario podarlos de cara al invierno y le di permiso para que se pusiera a ello. Mi abuela era la dueña de los rosales en casa y nunca me dejaba ponerles la mano encima a menos que necesitaran fumigarse para combatir los pulgones. Era uno de mis trabajos.

Jason vino a comer al Merlotte's con sus compañeros de trabajo. Juntaron dos mesas y formaron un grupillo de hombres felices. El clima más frío y la ausencia de grandes tormentas ayudaban a que los miembros de las patrullas de obras en la carretera estuvieran contentos. Jason parecía incluso excesivamente animado, su cerebro era una madeja de pensamientos cambiantes. Tal vez la desaparición de la influencia perniciosa de Tanya empezara a notarse ya. Hice un verdadero esfuerzo por mantenerme alejada de su cabeza pues, al fin y al cabo, era mi hermano.

Cuando les serví una bandeja llena de refrescos y té, Jason aprovechó para decirme:

—Crystal te manda recuerdos.

—¿Qué tal se encuentra hoy? —le pregunté para mostrarme educada, y Jason me respondió formando un círculo entre su dedos índice y pulgar. Serví la última taza de té con cuidado de no derramar nada y le pregunté a Dove Beck, primo de Alcee, si quería un poco más de limón.

—No, gracias —dijo cortésmente. Dove, que se había casado el día después de su graduación, no tenía absolutamente nada que ver con Alcee. Con treinta años ya cumplidos, parecía mucho más joven y por lo que yo sabía (y sabía bastante) no tenía esa rabia interior que caracterizaba al detective. Yo había ido al colegio con una de las hermanas de Dove.

—¿Qué tal está Angela? —le pregunté, y me sonrió.

—Se casó con Maurice Kershaw —dijo—. Tienen dos niños, los más guapos del mundo. Angela es una mujer nueva: no bebe ni fuma y está en la iglesia en cuanto abren la puerta.

—Me alegro de oírlo. Dile que he preguntado por ella —dije, y empecé a tomar nota. Oí que Jason les explicaba a sus compañeros los detalles de una valla que pensaba construir en su casa, pero no tenía tiempo para prestarle atención.

Jason se retrasó un poco cuando él y sus compañeros abandonaron el local para volver a sus vehículos.

—Sook, ¿podrías pasarte a ver a Crystal cuando salgas?

—Por supuesto, pero ¿no habrás salido ya de trabajar para entonces?

—Tengo que ir a Clarice a recoger unos eslabones de cadena. Crystal quiere que vallemos parte del jardín trasero para el bebé. Para que tenga un lugar seguro donde jugar.

Me sorprendió que Crystal fuera tan previsora y mostrara tanto instinto maternal. A lo mejor lo de tener un niño la hacía cambiar. Pensé en Angela Kershaw y sus pequeños.

No me apetecía contabilizar cuántas chicas más jóvenes que yo llevaban años casadas y con niños..., o simplemente con niños. Me dije que la envidia era pecado y me esforcé en sonreír y saludar a todo el mundo. Por suerte, era un día de mucho trabajo.

Durante el momento de calma de la tarde, Sam me pidió que le ayudara a realizar el inventario del almacén mientras Holly se ocupaba de la barra y las mesas. Sólo debíamos atender a nuestros dos alcohólicos residentes, de modo que Holly no iba a tener mucho trabajo. Como yo solía ponerme muy nerviosa con la Blackberry de Sam, él se ocupó de introducir los totales mientras yo iba contando, por lo que, entre contar y quitar el polvo, tuve que subir y bajar unas cincuenta veces una escalera de mano. Comprábamos el material de limpieza a granel, y también contabilizamos eso. Era como si a Sam le hubiese dado aquel día la locura de la contabilidad.

El almacén no tiene ventanas, de modo que empezó a hacer calor mientras trabajábamos. Me alegré de salir de sus abarrotados confines cuando Sam quedó por fin satisfecho. Le retiré una telaraña que se le había quedado enganchada en el pelo cuando iba de camino al baño, donde me limpié bien las manos y la cara y repasé lo mejor que pude mi coleta en busca de las posibles telarañas que pudiera yo también haber recogido.

Cuando salí del bar tenía tantas ganas de meterme en la ducha que a punto estuve de virar a la izquierda para ir directamente a casa. Pero justo a tiempo recordé que había prometido ir a ver a Crystal, así que giré hacia la derecha.

Jason vivía en la que fuera la casa de mis padres y la mantenía muy bien. Mi hermano estaba muy orgulloso de su casa. No le importaba dedicar su tiempo libre a pintar, cortar el césped y realizar las reparaciones más básicas, un aspecto de él que siempre me había sorprendido un poco. Recientemente había pintado el exterior de un color amarillo crema y los perfiles de color blanco, lo que daba a la casita un aspecto muy pulcro. Se llegaba a ella por un camino de acceso en forma de U. Jason había añadido una ramificación que conducía hasta el aparcamiento cubierto que había en la parte trasera de la casa, pero aparqué junto a los peldaños de acceso a la puerta principal. Me guardé las llaves del coche en el bolsillo y atravesé el porche. Giré el pomo pues, ya que estaba en familia, pensaba asomar la cabeza por la puerta y llamar a Crystal. La puerta no estaba cerrada con llave, algo habitual en la mayoría de las puertas durante el día. La sala de estar estaba vacía.

—¡Hola, Crystal, soy Sookie! —grité, aunque intenté no hacerlo muy alto para no sobresaltarla en el caso de que estuviera echando una siesta.

Oí un sonido apagado, un gemido. Venía del dormitorio más grande, el que había sido de mis padres, justo al otro lado de la sala de estar y a mi derecha.

«Oh, mierda, vuelve a tener un aborto», pensé, y corrí hacia la puerta cerrada. La abrí con tanta fuerza que chocó contra la pared, pero no le presté la más mínima atención, pues descubrí que la cama estaba ocupada por Crystal y Dove Beck.

Me quedé tan sorprendida, tan enfadada y tan consternada que cuando dejaron de hacer lo que estaban haciendo se quedaron mirándome y dije lo peor que se me ocurrió:

—No me extraña que pierdas a todos tus bebés.

Di media vuelta y salí de la casa. Estaba tan rabiosa que ni siquiera pude subir al coche. Fue realmente mala pata que llegara Calvin justo detrás de mí y saltara de su vehículo casi antes de que se detuviera.

—Dios mío, ¿qué sucede? —dijo—. ¿Se encuentra bien Crystal?

—¿Por qué no se lo preguntas a ella? —dije asqueada. Subí finalmente al coche y me quedé allí sentada, temblando. Calvin corrió hacia la casa como si fuera a apagar un incendio.

—¡Jason, maldita sea! —vociferé, aporreando el volante. Tendría que haberme parado a escuchar bien el cerebro de Jason. A buen seguro sabía rematadamente bien que, conscientes de que él tenía que hacer cosas en Clarice, Dove y Crystal aprovecharían la oportunidad para verse. Sabía que yo sería responsable y me pasaría por su casa. Era demasiada casualidad que también hubiera aparecido Calvin por allí. Jason debió de decirle que fuera a ver qué tal estaba Crystal. De este modo no habría posibilidad de negar los hechos, ni de silenciarlos, pues Calvin y yo lo sabíamos. Había hecho bien preocupándome por los términos de aquel matrimonio y ahora tenía algo completamente nuevo por lo que hacerlo.

Me sentía, además, avergonzada. Avergonzada por el comportamiento de todos los implicados. Según mi código de conducta, que tampoco es que sea el de una muy buena cristiana, lo que hagan los solteros con sus relaciones es simplemente asunto suyo. Incluso dentro de una relación, si ésta es poco seria y siempre y cuando la gente se respete, claro está. Pero en mi mundo, una pareja que se ha prometido fidelidad, que ha hecho alarde de ello en público, está regida por un conjunto de reglas totalmente distintas.

Aunque eso no era así, al parecer, en el mundo de Crystal, ni en el de Dove.

Calvin bajó las escaleras y pareció haber envejecido muchos años con respecto a cuando había subido por ellas. Se detuvo junto a mi coche. Su expresión era pareja a la mía: desilusión, desengaño, asco.

—Estaremos en contacto —dijo—. Tenemos que celebrar la ceremonia enseguida.

Crystal apareció en el porche envuelta en un albornoz con estampado de leopardo y en lugar de quedarme a aguantar que me hablara, puse el coche en marcha y me largué de allí lo más rápidamente que pude. Conduje de vuelta a casa aturdida. Cuando llegué a la puerta trasera, me encontré con Amelia. Estaba cortando alguna cosa sobre una antigua tabla, la que había sobrevivido al incendio y apenas había quedado chamuscada. Se volvió para decirme algo pero se quedó con la boca abierta cuando vio la cara que yo llevaba. Moví la cabeza negativamente, indicándole con ello que no me apetecía hablar, y fui directa a mi habitación.

Habría sido un buen día para estar viviendo sola.

Me senté en la sillita que tenía en el rincón de mi habitación, aquella en la que últimamente tantas visitas se habían sentado. Bob estaba hecho un ovillo sobre la cama, un lugar en el que tenía expresamente prohibido dormir. Alguien había abierto la puerta de mi habitación durante el día. Pensé en pegarle la bronca a Amelia por ello, pero descarté la idea en cuanto vi un montón de ropa interior limpia y doblada encima de la cajonera.

—Bob —dije, y el gato se desperezó y se puso en pie en un único y fluido movimiento. Se quedó sobre la cama, mirándome con sus ojos dorados—. Sal inmediatamente de aquí —dije. Con una dignidad inmensa, Bob saltó de la cama y se dirigió hacia la puerta. La abrí escasos centímetros y el gato salió, dejando la impresión de que lo hacía por voluntad propia. Cerré la puerta a continuación.

Me encantan los gatos. Pero deseaba estar sola.

Sonó el teléfono y me levanté para cogerlo.

—Mañana por la noche —dijo Calvin—. Ponte ropa cómoda. A las siete. —Su voz sonaba triste y cansada.

—De acuerdo —dije, y ambos colgamos. Permanecí sentada un rato más. Fuera lo que fuera aquella ceremonia, ¿era necesario que participase en ella? Sí, claro. A diferencia de Crystal, yo soy fiel a mis promesas. Como pariente más cercana a Jason, había tenido que representarlo en su boda y convertirme en su sustituta para recibir su castigo en el caso de que le hubiera sido infiel a su nueva esposa. Calvin era el representante de Crystal. Y mira ahora a lo que habíamos llegado.

No tenía ni idea de lo que iba a pasar, pero intuía que sería terrible. Aunque los hombres pantera comprendían la necesidad de que todo hombre pantera puro disponible se aparease con toda mujer pantera pura disponible (la única manera de engendrar bebés pantera de pura sangre), creían también que una vez se le había dado la oportunidad a ese apareamiento, cualquier pareja formada tenía que mantenerse monógama. Quien no deseaba realizar aquel voto, no debía casarse ni formar pareja. Así funcionaban las cosas en su comunidad. Crystal había mamado aquellas normas desde su nacimiento y Jason las había conocido a través de Calvin antes de la boda.

Jason no me llamó, y me alegré de ello. Me pregunté qué estaría pasando en su casa, pero sin darle mayor importancia. ¿Cuándo habría conocido Crystal a Dove Beck? ¿Estaría al corriente del asunto la esposa de Dove? No me extrañaba que Crystal engañara a Jason, pero me sorprendía un poco el hombre que había elegido.

Decidí que Crystal había buscado que su traición fuera lo más categórica posible. Con su infidelidad estaba diciendo: «Tendré relaciones sexuales con otro mientras llevo a tu hijo en mi vientre. Y se tratará de alguien mayor que tú, y de una raza distinta a la tuya. ¡Incluso de uno de tus empleados!». Se trataba de hundir el cuchillo hasta lo más profundo. Si era la represalia por aquella condenada hamburguesa con queso, era evidente que había conseguido una venganza como la copa de un pino.

Como no quería dar la impresión de estar enfurruñada, salí de mi habitación para la cena, que fue sencilla y consistió en un potaje de fideos con atún, guisantes y cebolla. Después de recoger los platos para que después se encargara de ellos Octavia, volví a retirarme a mi habitación. Las dos brujas caminaban casi de puntillas para no molestarme y, naturalmente, se morían de ganas de preguntarme qué me pasaba.

Pero no lo hicieron; qué Dios las bendiga. No podría habérselo explicado. Estaba demasiado avergonzada.

Recé un millón de oraciones antes de acostarme, pero ninguna de ellas sirvió para que me encontrara mejor.

Al día siguiente fui a trabajar porque no me quedaba otro remedio. Quedarme en casa no mejoraría mi situación. Me alegré profundamente de que Jason no apareciera por el Merlotte's, pues le habría lanzado cualquier cosa a la cabeza de haberlo hecho.

Sam me miró preocupado varias veces y al final me arrastró hasta detrás de la barra.

—Cuéntame qué está pasando —dijo.

Se me llenaron los ojos de lágrimas y a punto estuve de montar una buena escena. Me agaché rápidamente, como si se me hubiera caído alguna cosa al suelo, y dije:

—No me hagas preguntas, Sam, por favor. Estoy demasiado angustiada como para poder hablar del tema. —De pronto me di cuenta de que contárselo a Sam me habría supuesto un gran consuelo, pero no podía hacerlo, y menos con el bar lleno de gente.

—De todas formas, ya sabes, estoy aquí para lo que necesites. —Estaba muy serio. Me dio unos golpecitos en el hombro.

Era afortunada por tenerlo como jefe.

Su gesto me recordó que tenía muchos amigos que nunca se deshonrarían del modo en que lo había hecho Crystal. Y Jason se había deshonrado también obligándonos a Calvin y a mí a ser testigos de aquella vil traición. ¡Tenía muchos amigos que jamás harían una cosa así! Era una trampa del destino que el único capaz de hacerlo fuera mi propio hermano.

Pensar aquello me hizo sentirme mejor y más fuerte.

De hecho, cuando llegué a casa había ya recuperado los ánimos. No había nadie. Dudé, preguntándome si llamar a Tara o suplicarle a Sam que se tomara una hora libre, o incluso llamar a Bill para que me acompañase a Hotshot..., simples muestras de debilidad por mi parte. Aquello tenía que hacerlo sola. Calvin me había aconsejado que fuera vestida cómoda y poco sofisticada, y mi uniforme del Merlotte's cumplía ambos requisitos. Pero no me parecía correcto presentarme en un acto como aquél vestida de esa manera. Podía haber sangre. No tenía ni idea. Me puse unos pantalones que utilizaba para hacer yoga y una sudadera vieja de color gris. Me recogí el pelo. Parecía que iba vestida como si fuera a hacer limpieza de armarios.

De camino a Hotshot, puse la radio y canté a todo pulmón para evitar pensar. Seguí el ritmo de Evanescence y coincidí con las Dixie Chicks en lo de que no pensaba venirme abajo..., una buena canción para subirte los ánimos.

Llegué a Hotshot bastante antes de las siete. La última vez que había estado allí había sido con motivo de la boda de Jason y Crystal, donde había bailado con Quinn. Fue esa visita de Quinn en la que intimamos. Viéndolo en retrospectiva, me arrepentía de haber dado aquel paso. Había sido un error. Había confiado en un futuro que nunca llegaría a ser. Me había precipitado. Esperaba no volver a cometer nunca más ese error.

Aparqué junto a la carretera, igual que lo hice para la boda de Jason. Esta noche no había tantos coches como aquélla, en la que habían sido invitados también humanos normales y corrientes. Pero había unos cuantos vehículos que no eran del pueblo. Reconocí la camioneta de Jason. Los demás pertenecían a los pocos hombres pantera que no vivían en Hotshot.

En el jardín trasero de la casa de Calvin se había congregado ya una pequeña multitud. El gentío me abrió paso hasta que llegué al centro del grupo y me encontré con Jason, Crystal y Calvin. Vi algunas caras conocidas. Una mujer pantera de mediana edad llamada Maryelizabeth me saludó con un ademán. Vi a su hija a su lado. La chica, cuyo nombre no conseguía recordar, no era ni mucho menos la única espectadora menor de edad. Me entró esa sensación espeluznante que te pone la piel de gallina, esa sensación que tenía cada vez que intentaba imaginarme la vida diaria en Hotshot.

Calvin miraba al suelo y no levantó la vista. Tampoco Jason me miró a los ojos. Sólo Crystal estaba erguida y desafiante, clavando su mirada en la mía, retándome a mirarla. Me atreví, y pasado un instante desvió la vista.

Maryelizabeth llevaba en la mano un libro viejo y desvencijado que abrió por la página que había marcado con un pedazo de periódico. La comunidad se quedó inmóvil. Para eso estaban todos allí reunidos.

—Gente del colmillo y la garra, nos hemos reunido aquí porque uno de nosotros ha roto sus votos —leyó Maryelizabeth—. En la ceremonia de matrimonio de Crystal y Jason, panteras de esta comunidad, ambos prometieron ser fieles a sus votos de matrimonio, tanto en su forma felina como en estado humano. El representante de Crystal fue su tío Calvin, y el de Jason fue su hermana, Sookie.

Me di cuenta de que las miradas de todos los miembros de la comunidad pasaron de Calvin a mi persona. Muchos de aquellos ojos eran de color amarillo dorado. La endogamia había producido en Hotshot resultados algo alarmantes.

—Crystal ha roto sus votos, un hecho presenciado por ambos representantes, y, debido a su embarazo, su tío se ha ofrecido a recibir el castigo en lugar de Crystal.

Aquello iba a ser más desagradable de lo que me imaginaba.

—Teniendo en cuenta que Calvin ocupa el puesto de Crystal, ¿deseas ocupar, Sookie, el puesto de Jason?

«Oh, mierda». Miré a Calvin consciente de que mi expresión le preguntaba si había alguna manera de salir de todo aquello. Y su expresión me respondió que no. De hecho, su expresión era de lástima por mí.

Jamás perdonaría a mi hermano, ni a Crystal, por aquello.

—Sookie —dijo Maryelizabeth.

—¿Qué tendría que hacer? —pregunté, y si mi voz sonó apagada, llena de rencor y de rabia, tenía buenos motivos para ello.

Maryelizabeth volvió a abrir el libro y leyó la respuesta.

—Existimos gracias a nuestra agudeza y nuestras garras y, si la fe se quebranta, una garra se quebranta —dijo.

Me quedé mirándola, tratando de dar sentido a sus palabras.

—O tú o Jason tenéis que partirle un dedo a Calvin —dijo simplemente—. De hecho, y ya que Crystal rompió por completo sus votos, tenéis que partirle por lo menos dos. Más sería mejor. Jason será quien elija.

«Más sería mejor». Por Dios y por todos los Santos. Intenté mostrarme serena. ¿Quién le haría más daño a mi amigo Calvin? Mi hermano, sin duda. Si me consideraba verdaderamente amiga de Calvin, tenía que ocuparme yo. ¿Tendría valor para hacerlo? Pero el tema no estaba en mis manos.

—No creía que esto fuera a pasar, Sookie —dijo Jason. Parecía a la vez enfadado, confuso y a la defensiva—. Si Calvin lo hace por Crystal, quiero que Sookie lo haga por mí —le dijo a

Maryelizabeth. Jamás pensé que podía llegar a odiar a mi propio hermano, pero en aquel momento descubrí que era posible.

—Que así sea —dijo Maryelizabeth.

Intenté animarme mentalmente. Al fin y al cabo, no era quizá tan malo como había anticipado. Me había imaginado a Calvin siendo fustigado o teniendo que fustigar a Crystal. O tal vez haciendo cosas horrorosas con cuchillos; eso habría sido mucho peor.

Intenté creer que no podía ser tan malo hasta el momento en que dos de los hombres se acercaron con un par de bloques de hormigón y los depositaron sobre la mesa de picnic.

Y entonces, Maryelizabeth sacó de no sé dónde un ladrillo. Me lo entregó.

Mi cabeza empezó a temblar de forma involuntaria y sentí una fuerte punzada en el vientre. Las náuseas me revolvieron el estómago. Con la mirada fija en aquel ladrillo rojizo, empecé a imaginarme lo que aquello me costaría.

Calvin dio un paso adelante y me cogió la mano. Se inclinó para hablarme al oído.

—Querida —dijo—, tienes que hacerlo. Lo acepté cuando opté por representarla en la boda. Y sabía quién era. Y tú conoces a Jason. Podría muy fácilmente haber sido al contrario. Podría ser yo quien estuviera a punto de hacértelo a ti. Y tú no tienes tanta capacidad de curación como yo. Es mejor así. Y tiene que ser así. Es lo que exige nuestra gente. —Se enderezó y me miró a los ojos. Los suyos eran dorados, tremendamente extraños y resolutos.

Junté los labios y me obligué a asentir. Calvin me lanzó una mirada vigorizante y ocupó su lugar en la mesa. Colocó la mano sobre los bloques de hormigón. Sin más preámbulos, Maryelizabeth me entregó el ladrillo. El resto de las panteras esperaba pacientemente a que yo llevara a cabo el castigo. Los vampiros lo habrían engalanado todo con un vestuario acorde para la ocasión y seguramente habrían utilizado un ladrillo superespecial procedente de cualquier viejo templo, pero no era el caso de las panteras. Aquél no era más que un vulgar ladrillo. Lo sujeté con ambas manos por el lado más largo.

Después de observarlo durante un interminable minuto, le dije a Jason:

—No quiero volver a hablar contigo nunca. Jamás. —Miré entonces a Crystal—. Espero que lo disfrutaras, puta —dije, me volví lo más rápidamente posible y dejé caer el ladrillo sobre la mano de Calvin.

Capítulo 19

Amelia y Octavia estuvieron un par de días revoloteando por casa hasta que decidieron que la mejor política que podían seguir era dejarme sola. Leer sus pensamientos ansiosos sólo servía para ponerme aún más arisca, pues no deseaba aceptar el consuelo de nadie. Tenía que sufrir yo misma lo que había hecho y esto significaba no poder aceptar nada que aminorara mi tristeza. De modo que me dediqué a pasear por toda la casa mi estado de humor triste, enfurruñado y ensimismado.

Mi hermano se pasó una vez por el bar, y le di la espalda. Dove Beck decidió no beber más en el Merlotte's, una decisión que me parecía bien, pese a ser para mí el menos culpable de todos ellos (lo que no lo convertía en un personaje libre de toda culpa). Cuando entró por la puerta Alcee Beck comprendí enseguida que su hermano se había confesado con él, pues Alcee estaba todavía más malhumorado que de costumbre y me miraba a los ojos cada vez que podía, simplemente para darme entender que se encontraba en la misma posición que yo.

Calvin no apareció, a Dios gracias. No lo habría soportado. Me bastaba con las conversaciones de sus compañeros de trabajo de Norcross en las que se mencionaba el accidente que había sufrido trabajando en casa con su camioneta.

La tercera noche, y de la forma más inesperada, Eric se presentó en el Merlotte's. Una sola mirada y de repente noté la garganta floja y los ojos llenos de lágrimas. Pero Eric entró como si fuese el propietario del local y fue directamente al despacho de Sam. Instantes después, Sam asomó la cabeza indicándome con señas que pasara yo también.

Entré, sin esperar que Sam cerrase la puerta de su despacho.

—¿Qué sucede? —me preguntó Sam. Llevaba días intentando averiguarlo y yo me había defendido en todo momento de sus bienintencionadas preguntas.

Eric se había colocado a un lado, con los brazos cruzados sobre su pecho. Realizó un gesto con una mano que quería decir: «Cuéntanoslo, estamos esperando». A pesar de su brusquedad, su presencia sirvió para relajar el nudo que sentía en mi interior, el nudo que había mantenido las palabras encerradas en mi estómago.

—Le hice pedazos la mano a Calvin Norris —dije—. Con un ladrillo.

—Eso es que…, él fue el representante de tu cuñada en la boda —dijo Sam, atando rápidamente cabos. Eric ponía cara de no entender nada. Los vampiros saben alguna que otra cosa sobre cambiantes (necesitan saberlo) pero se consideran muy superiores a ellos, por lo que no se esfuerzan en aprender detalles concretos sobre los rituales y el ritmo que comporta ser un cambiante.

—Tuvo que partirle la mano, que no es más que la representación de la garra cuando adoptan la forma de pantera —explicó Sam con impaciencia—. Ella representaba a Jason. —Sam y Eric intercambiaron una mirada que me asustó por su total consonancia. A ninguno de los dos le gustaba Jason ni una pizca.

Sam me miró a mí y luego a Eric, como si esperara que Eric hiciera alguna cosa para que yo me sintiera mejor.

—No le pertenezco —dije de forma cortante, pues todo aquello me hacía sentirme manejada en cierto sentido—. ¿Creías que la presencia de Eric me haría sentir feliz y despreocupada?

—No —respondió Sam, también algo enojado—. Pero esperaba que te ayudara a hablar de lo que te pasa.

—Lo que me pasa —dije en voz baja—. De acuerdo, lo que me pasa es que mi hermano lo dispuso todo para que Calvin y yo fuéramos a ver a Crystal, que está embarazada de cuatro meses, y lo arregló de tal manera que coincidiéramos allí al mismo tiempo. Y que cuando llegáramos, nos encontráramos a Crystal en la cama con Dove Beck. Como Jason sabía que sucedería.

—Y por esto —dijo Eric— le tuviste que partir los dedos al hombre pantera. —Con el mismo tono podría haberme preguntado también si tuve que hacerlo adornada con huesos de pollo y dando tres vueltas antes en torno a él, pues era evidente que aquello eran las extravagantes costumbres de una tribu primitiva.

—Sí, Eric, eso es lo que tuve que hacer —dije apesadumbrada—. Tuve que partirle los dedos a mi amigo con un ladrillo y delante de un montón de gente.

Por primera vez, Eric pareció darse cuenta de que no había enfocado bien el tema. Sam lo miraba exasperado.

—Y yo que pensaba que serías de gran ayuda —dijo.

—Tengo muchos temas en marcha en Shreveport —replicó Eric algo a la defensiva—. Entre ellos, ser el anfitrión del nuevo rey.

Sam murmuró entre dientes algo que me sonó sospechosamente similar a «Jodidos vampiros».

Aquello era totalmente injusto. Esperaba recibir toneladas de compasión al confesar finalmente el motivo de mi malhumor. Pero Sam y Eric estaban tan ofuscados, enfadados el uno con el otro, que ninguno de los dos me prestó ni un momento de atención.

—Bueno, gracias, chicos —dije—. Ha sido muy divertido. Eric, has sido de gran ayuda..., aprecio mucho tus palabras amables. —Y salí, como hubiera dicho mi abuela, dejando el pabellón muy alto. Regresé al bar y atendí las mesas con una cara tan seria que me di cuenta de que algunos me tenían tanto miedo que se reprimieron incluso de pedirme más bebidas.

Viendo que Sam seguía en su despacho con Eric, decidí limpiar las superficies de detrás de la barra... Era muy posible, de todos modos, que Eric se hubiese marchado ya por la puerta de atrás. Fregué, froté y preparé algunas cervezas para Holly, y lo coloqué todo tan meticulosamente bien que pensé que Sam tendría algún pequeño problema para encontrar las cosas. Quizá durante un par de semanas.

Sam apareció listo para ocupar su puesto, miró el mostrador con muda insatisfacción y sacudió la cabeza para indicar que me largara de detrás de la barra. Mi mal humor iba en aumento.

¿Sabes lo qué sucede a veces cuando alguien intenta animarte...? ¿Y tú ya has decidido que por narices nada en el mundo te hará sentirte mejor? Sam me había puesto a Eric delante como si éste fuera una píldora de la felicidad que se me pudiera administrar sin más, y estaba molesto porque no me la había tragado. Y yo, en lugar de sentirme agradecida al ver que Sam me tenía tanto cariño, hasta el punto de haber llamado a Eric, me enfadaba con él por haber dado por sentado aquello.

Estaba de un humor completamente negro.

Quinn no estaba. Lo había hecho desaparecer. ¿Un error estúpido o una decisión inteligente? El veredicto estaba aún por ver.

En Shreveport había muerto un montón de hombres lobo por culpa de Priscilla, y yo había sido testigo de la muerte de varios de ellos. Créeme, esas cosas te calan hondo.

Habían muerto además varios vampiros, incluyendo algunos con los que había tenido bastante trato.

Mi hermano era un cabrón taimado y manipulador.

Mi bisabuelo jamás me llevaría de pesca con él.

De acuerdo, empezaba a ponerme tonta. De pronto, sonreí al imaginarme al príncipe de las hadas vestido con un viejo pantalón vaquero con peto y una gorra de béisbol de los Bon Temps Hawks, con una lata de gusanos en una mano y un par de cañas de pescar en la otra.

Miré a Sam de reojo mientras retiraba los platos de una mesa. Le guiñé el ojo.

Sam dio media vuelta, moviendo la cabeza de un lado a otro, pero capté un amago de sonrisa en las comisuras de su boca.

Y así fue cómo mi mal humor se dio por terminado oficialmente. Mi sentido común empezó a funcionar. Fustigarme aún más por el incidente de Hotshot no tenía ningún sentido. Tendría que seguir adelante con lo que había hecho. Calvin lo comprendía todo mejor que yo. Mi hermano era un imbécil y Crystal una fulana. Eran hechos con los que tendría que vivir. Eran dos personas infelices que se comportaban así porque habían elegido la pareja equivocada pero, por otro lado, ambos eran también cronológicamente adultos, y yo no podía hacer para solucionar su matrimonio más de lo que había hecho para impedirlo.

Los hombres lobo habían gestionado sus problemas a su manera y yo había hecho lo posible por ayudarlos. Los vampiros, lo mismo..., más o menos.

De acuerdo. No todo había salido bien, pero sí bastante bien.

Cuando salí de trabajar, no me molestó mucho encontrarme a Eric esperándome junto a mi coche. Daba la impresión de estar a gusto con el frío de la noche. Yo temblaba por no haber cogido una chaqueta gruesa. Mi cortavientos no era suficiente.

—Ha estado bien estar un rato a solas —dijo Eric inesperadamente.

—Supongo que en Fangtasia siempre estás rodeado de gente —dije.

—Siempre rodeado de gente que quiere cosas —dijo.

—Pero te gusta, ¿verdad? Lo de ser el gran jefe.

Eric se quedó reflexionando.

—Sí, me gusta eso. Me gusta ser el jefe. No me gusta que me... supervisen. ¿Es ésa la palabra? Cuando Felipe de Castro y su acólito se larguen, me alegraré. Victor se quedará para hacerse con Nueva Orleans.

Eric compartía el poder, una solución sin precedentes. Era un toma y daca normal entre iguales.

—¿Cómo es el nuevo rey? —Con el frío que hacía, no podía resistirme a seguir con la conversación.

—Es guapo, cruel e inteligente —dijo Eric.

—Como tú. —Me habría arreado un buen bofetón.

Eric asintió pasado un momento.

—Pero más —dijo Eric muy serio—. Tendré que estar muy alerta si quiero permanecer por delante de él.

—Es gratificante oírte decir eso —dije forzando mi entonación.

Era un «Momento ¡Oh, mierda!», definitivamente. (Un MOM, como lo llamo yo). De entre los árboles emergió un hombre atractivo y pestañeé al verlo. Mientras Eric lo saludaba con una reverencia, examiné a Felipe de Castro desde sus relucientes zapatos hasta su rostro valiente. Mientras hacía yo también mi reverencia, aun con cierto retraso, me di cuenta de que Eric no exageraba cuando dijo que el nuevo rey era guapo. Felipe de Castro era un latino capaz de hacer sombra al actor Jimmy Smits, y eso que me considero una gran admiradora del señor Smits. Aunque quizá no mediría más de metro setenta, Castro se movía con aires de tanta importancia y tan erguido que nadie podría decir de él que era bajito, sino más bien que los demás hombres a su lado resultaban excesivamente altos. Tenía el pelo oscuro y abundante, engominado, llevaba bigote y perilla. Su piel era de color caramelo, tenía ojos oscuros, cejas tupidas y arqueadas y una nariz marcada. Llevaba capa (no va en broma, llevaba una capa negra hasta los pies). Era un personaje tan impresionante que ni siquiera se me ocurrió sonreírle. Además de la capa, parecía ir vestido para una noche de fiesta en la que se incluiría baile flamenco: camisa blanca, chaqueta negra, pantalones negros. Llevaba una piedra oscura en una oreja a modo de pendiente. La luz de seguridad no me permitía hacerme una idea mejor de lo que era. ¿Un rubí? ¿Una esmeralda?

Me enderecé y me quedé mirándolo de nuevo. Cuando vi de reojo a Eric, me di cuenta de que seguía aún con su reverencia. Caramba. Yo no era su súbdita y no pensaba volver a repetirla. Hacerla una sola vez había ido ya en contra de mi estatus de ciudadana norteamericana.

—Hola, soy Sookie Stackhouse —dije al ver que el silencio empezaba a hacerse incómodo. Le tendí automáticamente la mano. Recordé entonces que los vampiros no se estrechaban la mano y la retiré enseguida—. Perdón —dije.

El rey inclinó la cabeza.

—Señorita Stackhouse —dijo, rasgueando con su acento mi nombre de un modo delicioso: «Miiis Stekhuss».

—Sí, señor. Siento tener que irme tan poco tiempo después de conocerlo, pero hace mucho frío y tengo ganas de llegar pronto a casa. —Le dirigí una sonrisa radiante, una de esas sonrisas luminosas y lunáticas que me salen cuando estoy nerviosa de verdad—. Adiós, Eric —dije, y me puse de puntillas para darle un beso en la mejilla—. Llámame cuando tengas un momento. A menos que necesites que me quede por algún motivo.

—No, amante, tienes que ir a casa y entrar en calor —dijo Eric, encerrando mis dos manos entre la suya—. Te llamaré cuando el trabajo me lo permita.

Cuando me soltó, realicé una especie de torpe inclinación en dirección al rey (¡Americanos! ¡No estamos acostumbrados a las reverencias!) y me metí en el coche antes de que cualquiera de los dos vampiros cambiara de idea respecto a mi partida. Mientras me retiraba a mi espacio y salía del aparcamiento, me sentí como una auténtica cobarde (una cobarde muy aliviada, de todos modos). Cuando tomé Hummingbird Road, empezaba ya a debatir si mi partida había sido muy inteligente.

Me sentía preocupada por Eric. Un fenómeno bastante novedoso, que me hacía sentir incómoda y que había empezado a manifestarse la noche del golpe de estado. Preocuparse por Eric era como hacerlo por el bienestar de una piedra o de un tornado.

¿Acaso me había preocupado por él anteriormente? Era uno de los vampiros más poderosos que había conocido en mi vida. Pero Sophie-Anne era aún más poderosa que él, y estaba además protegida por el guerrero gigante Sigebert, y mira lo que le había ocurrido. De repente me sentí tremendamente triste. ¿Qué me pasaba?

Y tuve entonces una idea terrible. ¿Y si resultaba que estaba preocupada simplemente porque Eric estaba también preocupado? ¿Y si me sentía triste porque Eric se sentía triste? ¿Era posible que pudiera captar sus emociones con tanta fuerza y con una distancia tan grande entre nosotros? ¿Debía dar media vuelta y averiguar qué sucedía? No podría ser de gran ayuda en el caso de que el rey se estuviera comportando con crueldad con Eric. Tuve que pararme en el arcén. Era incapaz de seguir conduciendo.

Nunca había sufrido un ataque de pánico y me dio la sensación de que aquél debía de ser el primero. La indecisión me paralizaba, y no es que pueda decirse de mí que sea una persona indecisa. Luchando conmigo misma, intentando pensar con claridad, me di cuenta de que, lo quisiera o no, tenía que dar media vuelta. Era una obligación que no podía ignorar, no porque estuviera unida a Eric, sino porque Eric me gustaba.

Giré el volante y realicé un cambio de sentido en medio de Hummingbird Road. Teniendo en cuenta que desde que había salido del bar sólo me había cruzado con dos coches, no lo consideré una infracción grave de tráfico. Realicé el camino de vuelta a bastante más velocidad que el de ida y cuando llegué al Merlotte's, vi que el aparcamiento estaba completamente vacío. Aparqué delante del bar y saqué de debajo del asiento mi viejo bate de softball. Mi abuela me lo regaló cuando cumplí los dieciséis. Era un bate muy bueno, aunque había vivido tiempos mejores. Rodeé el edificio, escondiéndome entre los arbustos que crecían en el suelo. Adelfas. Odio las adelfas. Crecen desordenadamente, son feas y les tengo alergia. Pese a ir vestida con el cortavientos, pantalones y calcetines, en el instante en que empecé a avanzar entre las plantas, comencé a moquear.

Al llegar a la esquina, asomé la cabeza con mucha cautela.

Y me quedé conmocionada. No podía creer lo que veían mis ojos.

Sigebert, el guardaespaldas de la reina, no había muerto en el golpe de estado. No, señor, seguía aún entre los no muertos. Y estaba en el aparcamiento del Merlotte's, pasándoselo la mar de bien con el nuevo rey, Felipe de Castro, Eric y Sam, que seguramente se había visto capturado en la red al salir del bar y dirigirse a su tráiler.

Respiré hondo (un suspiro profundo pero silencioso) y me obligué a analizar lo que tenía ante mí. Sigebert era una mole y había sido el guardaespaldas de la reina durante siglos. Su hermano, Wybert, había muerto a su servicio y yo estaba segura de que Sigebert tenía que ser uno de los objetivos de los vampiros de Nevada: lo habían dejado bien marcado. Los vampiros se curan a gran velocidad, pero Sigebert había resultado tan mal herido que incluso días después de la pelea seguía visiblemente afectado. Tenía un corte enorme en la frente y una cicatriz de aspecto horripilante justo por encima de donde me imaginaba tendría el corazón. Iba casi vestido en harapos, manchado y sucio. Tal vez los vampiros de Nevada creyeron que se había desintegrado cuando en realidad consiguió huir y esconderse. «No tiene importancia», me dije para mis adentros.

Lo importante del tema era que había conseguido encadenar con cadenas de plata tanto a Eric como a Felipe de Castro. ¿Cómo? «No tiene importancia», volví a repetirme para mis adentros. Tal vez esta tendencia a formularme mentalmente tantas preguntas me venía de Eric, que tenía un aspecto mucho más maltrecho que el rey. Naturalmente, Sigebert consideraba a Eric un traidor.

La cabeza de Eric sangraba y era evidente que tenía un brazo roto. Castro sangraba abundantemente por la boca, por lo que imaginé que era posible que Sigebert le hubiera dado un pisotón. Eric y Castro estaban tendidos en el suelo y bajo la cruda luz de seguridad parecían más blancos que la nieve. Sam estaba atado al parachoques de su furgón y no había sufrido daño alguno, al menos hasta el momento. Gracias a Dios.

Intenté pensar en cómo abatir a Sigebert con mi bate de softball de aluminio, pero no se me ocurrió nada. Si me abalanzaba corriendo hacia él, se echaría a reír. Incluso gravemente herido como estaba, seguía siendo un vampiro y yo no era rival para él a menos que se me ocurriera alguna idea fabulosa. De modo que me limité a observar, y a esperar, pero al final no pude soportar más ver cómo le hacía daño a Eric; créeme, cuando un vampiro te arrea un puntapié, hace daño de verdad. Además, Sigebert se lo estaba pasando en grande con un cuchillo enorme que tenía en la mano.

¿Cuál era la mayor arma que tenía a mi disposición? Podía ser mi coche. Sentí una punzada de lástima, pues era el mejor coche que había tenido en mi vida, y Tara me lo había vendido por un dólar cuando se compró otro nuevo. Pero era lo único que se me ocurría para arremeter contra Sigebert.

De modo que retrocedí, rezando para que Sigebert siguiera enfrascado en sus torturas y no oyera el ruido de la puerta del coche al cerrarse. Apoyé la cabeza en el volante y me esforcé en pensar. Reflexioné sobre el aparcamiento y su topografía y pensé en el lugar exacto donde estaban situados los vampiros heridos. Respiré hondo y moví la llave en el contacto. Rodeé el edificio, deseando que mi coche pudiera arrastrarse a escondidas entre las adelfas igual que había hecho antes yo, tracé una curva amplia para tener espacio para acelerar. Los focos delanteros captaron la silueta de Sigebert, pisé el acelerador y fui directa hacia él. El vampiro intentó apartarse de mi trayectoria, pero no era un tipo brillante, de modo que lo pillé con los pantalones bajados (literalmente: nunca me hubiera imaginado cuál era la siguiente tortura que tenía planeada) y le di con fuerza. Saltó por los aires y aterrizó sobre el techo del coche con un golpe duro y sordo.

Grité y frené, pues mi plan no iba más allá de aquello. El vampiro se deslizó por la parte trasera del coche dejando un horrible rastro de sangre oscura y desapareció de mi vista. Temerosa de que su imagen apareciera de nuevo por el retrovisor, puse la marcha atrás y pisé de nuevo el acelerador. «Bump, bump». Paré el coche y salí del mismo, bate en mano, y descubrí que las piernas y la mayor parte del torso de Sigebert habían quedado atrapadas debajo del coche. Corrí hacia Eric y empecé a pelearme con la cadena de plata, mientras él me miraba con los ojos abiertos de par en par. Castro maldecía sin parar en español y Sam me decía: «¡Corre, Sookie, corre!», un detalle que poco bien le hacía a mi concentración.

Dejé correr las malditas cadenas, cogí el cuchillo y liberé a Sam para que pudiera ayudarme. El cuchillo se acercó lo bastante a su piel como para provocarle un respingo un par de veces. Yo lo hacía lo mejor que sabía y la verdad es que no le hice sangre. Hay que reconocer que Sam corrió hasta donde estaba Castro en un tiempo récord y que empezó a liberarle mientras yo volvía con Eric. Dejé el cuchillo en el suelo, a mi lado. Ahora que ya tenía un aliado capaz de utilizar manos y piernas, pude concentrarme mejor y desaté por fin las piernas de Eric (pensando que de este modo, al menos, podría echar a correr) y después, más lentamente, sus brazos y sus manos. La plata le había herido en varios puntos y Sigebert había procurado que le tocase las manos. Tenían un aspecto horroroso. Las cadenas habían castigado a Castro más si cabe, pues Sigebert le había despojado de su preciosa capa y de prácticamente toda la camisa.

Justo cuando estaba liberándolo del último eslabón, Eric me empujó hacia un lado, se hizo con el cuchillo y se puso en pie a tal velocidad que no vi más que una imagen confusa. Lo siguiente que vi fue a Eric encima de Sigebert, que había levantado el coche para liberar sus piernas. Había empezado a salir de debajo del vehículo y en poco tiempo habría empezado a andar.

¿He mencionado que había un cuchillo enorme? Y debía de estar bien afilado, además, pues oí a Eric decirle a Sigebert:

—Ve con tu creadora. —Y le cortó la cabeza al vampiro.

—Oh —dije temblorosa, y caí sentada de golpe sobre la fría gravilla del aparcamiento—. Oh, caray. —Todos nos quedamos donde estábamos, jadeantes, durante unos buenos cinco minutos. Entonces, Sam, que estaba junto a Felipe de Castro, se enderezó y le ofreció una mano. El vampiro la cogió y se presentó a Sam, que automáticamente se presentó a su vez.

—Señorita Stackhouse —dijo el rey—, estoy en deuda con usted.

Tenía toda la razón.

—No tiene importancia —repliqué, con un tono de voz que no sonó tan estable como a mí me habría gustado.

—Gracias —dijo—. Si el coche ha quedado inservible, hasta el punto de no poder repararse, le compraré muy complacido otro nuevo.

—Oh, gracias —dije con total sinceridad mientras me incorporaba—. Intentaré volver a casa con él. No sé cómo podré explicar los daños. ¿Cree que en el taller se lo creerán si les cuento que choqué contra un caimán? —Sucedía de vez en cuando. ¿No resultaba extraño que ahora me preocupara el seguro del coche?

—Dawson se ocupará del tema —dijo Sam. Su voz sonaba tan extraña como la mía. También él había creído que iba a morir—. Ya sé que habitualmente repara motos, pero estoy seguro de que podrá arreglarte el coche. Trabaja siempre por su cuenta.

—Hagan lo que sea necesario —dijo con grandilocuencia Castro—. Lo pagaré. Eric, ¿te importaría explicarme lo que acaba de suceder? —Su voz sonaba notablemente más intransigente.

—Eso tendrías que preguntárselo a los tuyos —replicó Eric, con cierta justificación—. ¿No te dijeron que Sigebert, el guardaespaldas de la reina, había muerto? Pues aquí lo tienes.

—Tienes razón. —Castro miró el cuerpo en el suelo—. De modo que se trataba del legendario Sigebert. Se reunirá con su hermano, Wybert. —Se le veía satisfecho.

Realmente, aquel par de hermanos eran únicos, pero no sabía que fuesen famosos entre los vampiros. Su descomunal físico, su inglés cortado y primitivo, su profunda devoción hacia la mujer que los convirtió hace tantos siglos… Era una historia capaz de fascinar a cualquier vampiro en sus cabales, por supuesto. Noté entonces que empezaba a flaquear y Eric, veloz como una centella, corrió a cogerme en brazos. Un momento muy al estilo de Scarlet y Rhett, estropeado sólo por el hecho de que estaban presentes dos hombres más, de que nos encontrábamos en un insípido aparcamiento y de que me sentía infeliz por los daños sufridos por mi coche. Y también un poco conmocionada.

—¿Cómo lo ha hecho para poder con tres tipos fuertes como vosotros? —pregunté. No me molestaba que Eric me hubiera cogido en brazos. Me hacía sentirme diminuta, una sensación de la que no disfrutaba muy a menudo.

Hubo un momento de desconcierto general.

—Yo estaba de pie de espaldas al bosque —explicó Castro—. Él tenía las cadenas preparadas para tirarlas… con un lazo. Lanzó primero sobre mí y, naturalmente, fue una auténtica sorpresa. Antes de que Eric pudiera abalanzarse sobre él, lo cogió también. El dolor provocado por la plata… enseguida nos tuvo sometidos. Cuando él —realizó un ademán con la cabeza en dirección a Sam— llegó en nuestra ayuda, Sigebert lo golpeó, lo dejó inconsciente, cogió una cuerda del maletero del furgón de Sam y lo ató.

—Estábamos demasiado inmersos en nuestra discusión para estar alerta —dijo Eric. Su voz sonaba lúgubre, y no lo culpé de ello. Pero decidí mantener la boca cerrada.

—Vaya ironía que necesitemos que una chica humana venga a rescatarnos —dijo despreocupadamente el rey, pronunciando el mismo pensamiento que yo había decidido no expresar en voz alta.

—Sí, muy gracioso —dijo Eric con una voz en absoluto graciosa—. ¿Por qué has vuelto, Sookie?

—Sentí tu…, tu rabia al ser atacado. —Una «rabia» que yo interpreté como «desesperación».

El nuevo rey parecía muy interesado.

—Un vínculo de sangre. Qué interesante.

—No, en realidad no —dije—. Sam, me pregunto si te importaría llevarme a casa. No sé dónde habrán dejado sus coches estos caballeros, o si han venido hasta aquí volando. Me pregunto cómo habrá averiguado Sigebert dónde estabais.

Felipe de Castro y Eric compartían una expresión casi idéntica de estar pensando profundamente en el tema.

—Lo averiguaremos —dijo Eric, y me dejó en el suelo—. Y cuando lo hagamos, rodarán cabezas. —Eric sabía cómo hacer rodar cabezas. Era una de sus aficiones favoritas. Apostaría dinero a que Castro compartía esa misma predilección, pues vi que el rey se regocijaba sólo de pensarlo.

Sam buscó las llaves en su bolsillo sin decir palabra y subí con él a su furgón. Dejamos a los dos vampiros enfrascados en su conversación. El cadáver de Sigebert, todavía parcialmente oculto debajo de mi pobre coche, había casi desaparecido, dejando un residuo graso y oscuro sobre la gravilla del aparcamiento. Es lo bueno que tienen los vampiros: nadie tiene que ocuparse de hacer desaparecer el cadáver.

—Llamaré a Dawson esta misma noche —dijo inesperadamente Sam.

—Oh, Sam, muchas gracias —dije—. Me alegro mucho de que estuvieras aquí.

—Es el aparcamiento de mi bar —dijo, y tal vez fuera sólo por mi reacción de culpabilidad, pero creí detectar cierto tono de reproche. De pronto me di cuenta de que Sam se había encontrado en aquella situación en su propia casa, una situación en la que él no se jugaba nada y por la que no tenía ningún interés, y que había estado a punto de morir como resultado de ello. ¿Y por qué estaba Eric en el aparcamiento de la parte trasera del Merlotte's? Porque quería hablar conmigo. Y Felipe de Castro había aparecido por allí porque quería hablar con Eric..., aunque no estaba muy segura acerca de qué. Pero el caso era que si estaban allí era por mi culpa.

—Oh, Sam —dije casi llorando—. Lo siento mucho. No sabía que Eric estaría esperándome y es evidente que tampoco sabía que el rey llegaría detrás. Aún no sé qué hacía allí. Lo siento mucho —repetí, y lo repetiría un centenar de veces si con ello conseguía eliminar aquel tono de la voz de Sam.

—No ha sido culpa tuya —dijo—. Fui yo quien le pidió a Eric que viniese. Es culpa de ellos. No sé qué hacer para alejarte de ellos.

—Ha sido horrible, pero me parece que no te lo estás tomando como deberías.

—Lo único que quiero es que me dejen en paz —dijo inesperadamente—. No quiero verme involucrado en temas políticos sobrenaturales. No quiero tener que tomar partido en toda esa mierda de los hombres lobo. No soy un hombre lobo. Soy un cambiante, y los cambiantes no están organizados. Somos demasiado distintos. Y odio el politiqueo de los vampiros más aún que el de los hombres lobo.

—Estás enfadado conmigo.

—¡No! —Me dio la impresión de que le costaba decir lo que iba a decir—. ¡Tampoco quiero todo eso para ti! ¿No eras más feliz antes?

—¿Te refieres a antes de que conociera a los vampiros? ¿A antes de que conociera todo ese mundo que está más allá de todos los límites?

Sam asintió.

—En cierto sentido sí. Estaba bien eso de tener un camino claro por delante de mí —dije—. El politiqueo y las batallas me tienen harta. Pero mi vida no era ningún regalo, Sam. Cada día tenía que pelear para actuar como si fuera una persona normal y corriente, como si no supiera todo lo que sé sobre las demás personas. El engaño y la infidelidad, los pequeños actos deshonestos, la falta de consideración. Las opiniones realmente horribles que los unos tienen de los otros. Su falta de caridad. Cuando sabes todo eso, resulta complicado salir adelante. Conocer el mundo sobrenatural lo pone todo en una perspectiva distinta. No sé por qué. Las personas no son ni mejores ni peores que los seres sobrenaturales, y tampoco son todo lo que existe.

—Supongo que te comprendo —dijo Sam, aunque algo dubitativo.

—Además —dije muy despacio—, me gusta que me valoren precisamente por lo mismo que lleva a la gente normal a pensar que estoy loca.

—Esto sí que lo entiendo —dijo Sam—. Pero eso tiene un precio.

—Oh, de eso no me cabe la menor duda.

—¿Estás dispuesta a pagarlo?

—Hasta cierto punto.

Enfilamos el camino de acceso a mi casa. No había luces encendidas. La pareja de brujas debía de haberse acostado ya pues, de lo contrario, estarían charlando o formulando hechizos.

—Llamaré a Dawson —dijo Sam—. Mirará el coche para ver si puedes conducirlo o lo llevará en una grúa hasta su taller. ¿Crees que encontrarás a alguien que te lleve hasta el trabajo?

—Sí, seguro que sí —dije—. Puede llevarme Amelia.

Sam me acompañó hasta la puerta trasera como si me estuviese llevando a casa después de una cita. La luz del porche estaba encendida, todo un detalle por parte de Amelia. Sam me abrazó, lo cual fue para mí una auténtica sorpresa, y acercó su cabeza a la mía. Nos quedamos los dos disfrutando un buen rato de nuestro mutuo calor.

—Sobrevivimos a la guerra de los hombres lobo —dijo—. Superaste el golpe de estado de los vampiros. Ahora nos hemos salvado del ataque del guardaespaldas enloquecido. Espero que sigamos así.

—Ahora eres tú el que empieza a asustarme —dije al recordar todas las demás cosas a las que también había sobrevivido. Podría estar muerta, no me cabe la menor duda.

Me rozó la mejilla con sus cálidos labios.

—A lo mejor es bueno que sea así —dijo, y se volvió para regresar a su coche.

Lo miré subir al mismo y echar marcha atrás. A continuación, abrí la puerta y me dirigí a mi habitación. Después de la adrenalina, el miedo y el ritmo acelerado de vida (y muerte) del aparcamiento del Merlotte's, mi habitación parecía un lugar tranquilo, limpio y seguro. Aquella noche había hecho todo lo posible por matar a alguien. Había sido pura casualidad que Sigebert sobreviviera a mi intento de homicidio con coche. Por dos veces. Me di cuenta de que no sentía ningún tipo de remordimiento. Sería un fallo por mi parte, pero en aquel momento me daba igual. Es evidente que había cosas de mi carácter que no aprobaba y quizá, de vez en cuando, tenía momentos en los que no me gustaba mucho cómo era. Pero afrontaba los días tal y como llegaban, y hasta el momento había sobrevivido a todo lo que la vida me había puesto por delante. Sólo cabía esperar que la supervivencia valiera el precio que tenía que pagar por ella.

Capítulo 20

Para consuelo mío, me desperté en una casa vacía. Los impulsos mentales de Amelia y Octavia no estaban bajo mi tejado. Permanecí acostada en la cama disfrutando de aquella idea. Tal vez cuando volviera a tener un día libre, podría pasarlo completamente sola. No me parecía una posibilidad muy factible, pero las chicas podemos soñar, ¿no? Después de planificar la jornada (llamar a Sam para averiguar el estado de mi coche, pagar algunas facturas, ir a trabajar...), me metí en la ducha y me lavé a fondo. Utilicé toda el agua que me apeteció. Me pinté las uñas de los pies y de las manos, me puse unos pantalones de chándal y una camiseta y me preparé café. La cocina estaba reluciente; bendita sea Amelia.

El café estaba estupendo, la tostada untada con mermelada de arándanos, deliciosa. Incluso mis papilas gustativas se sentían felices. Después de limpiar los cacharros del desayuno, canturreaba por el puro placer de estar sola. Regresé a mi habitación para hacer la cama y maquillarme un poco.

Y, naturalmente, fue entonces cuando una llamada a la puerta de atrás casi me hace saltar del susto. Pisé unos zapatos de camino a la puerta.

Era Tray Dawson, sonriente.

—Hola, Sookie, tu coche está bien —dijo—. He tenido que hacer algunos cambios aquí y allá y ha sido la primera vez que saco ceniza de vampiro de un chasis, pero el coche funciona.

—¡Oh, gracias! ¿Quieres pasar?

—Sólo un minuto —dijo—. ¿Tendrás por casualidad una Coca-Cola en la nevera?

—Claro que sí. —Le serví el refresco, le pregunté si le apetecían unas galletas o un sándwich de mantequilla de cacahuete para acompañarlo y, después de que rechazara mi oferta, me disculpé para poder acabar de maquillarme. Me imaginé que Dawson me acompañaría hasta el coche, pero resultó que había venido con él hasta casa, por lo que era yo quien debía llevarlo de vuelta.

Me senté en la mesa, delante de aquel hombretón, con el talonario abierto y un bolígrafo y le pregunté cuánto le debía.

—Ni un centavo —dijo Dawson—. El nuevo lo ha pagado.

—¿El nuevo rey?

—Sí, me llamó a media noche. Me contó la historia, más o menos, y me preguntó si podía echarle un vistazo al coche a primera hora de la mañana. Cuando llamó estaba despierto, de modo que no me molestó. Esta mañana me he acercado al Merlotte's y le he dicho a Sam que había desperdiciado una llamada telefónica porque ya estaba al corriente del asunto. Sam ha conducido el coche hasta el taller y yo le he seguido. Lo hemos subido al potro y lo he mirado a fondo.

Un discurso muy largo para Dawson. Guardé el talonario en el bolso y le escuché con atención. Le pregunté si le apetecía más Coca-Cola señalándole el vaso con el dedo. Negó con la cabeza para darme a entender que ya había bebido bastante.

—Hemos tenido que apretar unas cuantas cosas, sustituir el depósito de líquido del limpiaparabrisas. Sabía que en Rusty's Salvage tenían otro coche como el tuyo y no he tardado nada en arreglarlo todo.

No pude sino darle de nuevo las gracias. Acompañé a Dawson a su taller. Desde la última vez que había estado allí, vi que había arreglado el jardín delantero de su casa, una casita modesta pero aseada justo al lado del taller. Dawson había almacenado además en algún lado todas las piezas de moto, en lugar de tenerlas por allí tiradas, una solución útil pero poco atractiva. Y su camioneta estaba impoluta.

Cuando Dawson salió del coche, le dije:

—Te estoy muy agradecida. Sé que los coches no son tu especialidad y aprecio mucho que te hayas ofrecido a reparar el mío. —El mecánico del inframundo, ése era Tray Dawson.

—Lo he hecho porque he querido —dijo Dawson, e hizo una pausa—. Si lo ves posible, me gustaría que le hablaras de mí a tu amiga Amelia.

—No tengo mucha influencia sobre Amelia —dije—. Pero no tendré ningún problema en contarle que eres una persona excelente.

Me respondió con una amplia sonrisa, sin cortarse. Creo que nunca había visto a Dawson esbozar una sonrisa como aquélla.

—Amelia parece muy sana —dijo, y como yo no tenía ni idea de cuáles eran los criterios de admiración de Dawson, aquélla fue una buena pista.

—Tú llámala, que yo le daré referencias —dije.

—Trato hecho.

Nos despedimos contentos y felices y él cruzó dando grandes zancadas el aseado jardín en dirección al taller. No sabía si Dawson sería o no del gusto de Amelia, pero haría lo posible para convencerla de que le diera una oportunidad.

Mientras conducía de vuelta a casa presté atención al coche por si oía algún ruido extraño. Funcionó sin problemas.

Amelia y Octavia llegaron justo cuando yo me iba a trabajar.

—¿Qué tal estás? —preguntó Amelia, como si supiera que algo había pasado.

—Bien —respondí automáticamente. Entonces comprendí que pensaba que la noche anterior no la había pasado en casa. Que creía que había estado pasándomelo bien con alguien—. Recuerdas a Tray Dawson, ¿verdad? Lo conociste en el apartamento de María Estrella.

—Claro.

—Te llamará. Sé cariñosa con él.

La dejé sonriendo mientras yo subía en el coche.

Por una vez, el trabajo fue aburrido y normal. Terry ocupaba el puesto de Sam, pues a éste no le gustaba nada trabajar los domingos por la tarde. El Merlotte's tenía un día tranquilo. Los domingos abríamos tarde y cerrábamos temprano, de modo que a las siete ya estaba lista para volver a casa. En el aparcamiento no apareció nadie y pude acercarme directamente al coche sin que nadie se me acercara dispuesto a mantener una larga y estrambótica conversación y sin que nadie me atacara.

Tenía recados que hacer en la ciudad a la mañana siguiente. Me quedaba poco dinero en efectivo, de manera que me acerqué en coche hasta el cajero automático y saludé por el camino a Tara Thornton du Rone. Tara me sonrió y me devolvió el saludo. El matrimonio le sentaba bien y esperaba que ella y J.B. fueran más felices que mi hermano y su esposa. Alejándome en coche del banco, y para mi asombro, vi a Alcide Herveaux saliendo de las oficinas de Sid Matt Lancaster, un anciano y afamado abogado. Me detuve en el aparcamiento de Sid Matt y Alcide se acercó para hablar conmigo.

La conversación fue delicada. Para ser justa, tengo que decir que Alcide había tenido que ocuparse de muchas cosas últimamente. Su novia había muerto brutalmente asesinada. Varios miembros de su manada habían muerto también. Tenía una tapadera enorme que preparar. Pero ahora era el líder de su manada y había celebrado su victoria al estilo tradicional. Visto en retrospectiva, sospecho que debió de sentirse bastante incómodo teniendo que mantener relaciones sexuales en público con una joven, especialmente con la muerte de su novia tan reciente. Leía en su cabeza un embrollo de emociones y cuando se acercó a la ventanilla de mi coche estaba ruborizado.

—Sookie, no había tenido oportunidad de agradecerte toda tu ayuda aquella noche. Fue una suerte para nosotros que tu jefe decidiera acompañarte.

«Sí, y pensando que tú no me habrías salvado la vida como él hizo, también me alegro yo».

—Ningún problema, Alcide —dije, en un tono de voz maravillosamente templado y tranquilo. Pensaba tener un buen día, maldita sea—. ¿Todo solucionado por Shreveport?

—La policía sigue sin encontrar pistas —dijo, mirando a su alrededor para asegurarse de que nadie fuera a oírlo—. Todavía no han encontrado el escenario de los hechos y ha llovido mucho, además. Confiamos en que más temprano que tarde cierren la investigación.

—¿Seguís aún planeando el gran anuncio?

—Tendrá que ser pronto. Los jefes de otras manadas de la zona se han puesto en contacto conmigo. Nosotros, a diferencia de los vampiros, no celebramos una reunión de todos los líderes. Ellos tienen un rey para cada estado y nosotros tenemos un montón de jefes de manada. Me parece que elegiremos un representante entre los diversos jefes de manada, uno para cada estado, y que esos representantes celebrarán una reunión a nivel nacional.

—Parece un paso en la dirección adecuada.

—Además, tendríamos que preguntar a los demás cambiantes si quieren acompañarnos. Sam, por ejemplo, podría pertenecer a mi manada de un modo auxiliar, aun no siendo hombre lobo. Y estaría bien que los lobos solitarios, como Dawson, asistiesen a las fiestas de la manada..., que viniesen a aullar con nosotros.

—Me da la sensación de que a Dawson ya le gusta su vida tal y como es —dije—. Y tendrás que hablar con Sam, no conmigo, sobre si desea asociarse formalmente con vosotros.

—Claro. Me parece que tienes bastante influencia sobre él. Por eso te lo he mencionado.

Yo no lo veía exactamente así. Sam tenía mucha influencia sobre mí, pero dudaba de que yo la tuviera sobre él. Alcide empezó a cambiar de postura, una actitud que me transmitió con la misma claridad que su cerebro que iba a despedirse para continuar con los asuntos que le habían llevado hasta Bon Temps.

—Alcide —dije de manera impulsiva—. Tengo una pregunta.

—Por supuesto.

—¿Quién se ocupa de los hijos de los Furnan?

Me miró y enseguida apartó la vista.

—La hermana de Libby. Tiene ya tres, pero dijo que estaría encantada de ocuparse de ellos. Tenemos dinero para sacarlos adelante. Cuando llegue el momento de ir a la universidad, ya veremos lo que se puede hacer por el chico.

—¿Por el chico?

—Él es de la manada.

De haber tenido un ladrillo en la mano, no me habría importado utilizarlo contra Alcide. Dios mío bendito. Respiré hondo. Lo que importaba no era el sexo de la criatura. Sino su sangre pura.

—Es posible que el dinero del seguro dé también para que pueda ir la chica —dijo Alcide, que no era tonto—. La tía no nos lo ha dejado claro del todo, pero sabe que la ayudaremos.

—¿Y sabe ella quién le ayudará?

Alcide negó con la cabeza.

—Le dijimos que se trata de una sociedad secreta a la que pertenecía Furnan, algo similar a los masones.

Pensé que ya no había más que decir.

—Buena suerte —dije. Si bien creo que ya había dispuesto de bastante fortuna, aun teniendo en cuenta la muerte de dos mujeres que habían salido con él. Al fin y al cabo, Alcide había sobrevivido y alcanzado la meta de su padre.

—Gracias, y gracias de nuevo por tu contribución a esa buena suerte. Continúa considerándote amiga de la manada —dijo muy serio. Sus preciosos ojos verdes se quedaron mirándome fijamente—. Y recuerda que eres una de mis mujeres favoritas —añadió inesperadamente.

—Un cumplido muy agradable, Alcide —dije, y arranqué el coche. Me gustaba haber podido hablar con él. Alcide había madurado mucho en el transcurso de las últimas semanas. En conjunto, se estaba transformando en un hombre mucho más susceptible de mi admiración que el que era antes.

Jamás olvidaría la sangre y los gritos de aquella horripilante noche en el solitario parque de oficinas de Shreveport, aunque empezaba a tener la sensación de que algo bueno había salido de todo aquello.

Cuando llegué a casa, me encontré con que Octavia y Amelia estaban en el jardín pasando el rastrillo. Una idea estupenda. Pasar el rastrillo era una de las tareas que más odiaba en el mundo, pero si no se hacía un par de veces en otoño, la acumulación de agujas de pino era horrorosa.

Me había pasado el día dándole las gracias a todo el mundo. Aparqué detrás y rodeé la casa hasta llegar delante.

—¿Lo metes en bolsas de basura o lo quemas? —me gritó Amelia.

—Oh, lo quemo cuando se levanta la prohibición de encender fuego —dije—. Es muy amable por vuestra parte haber pensado en hacer esto. —No pretendía ser efusiva... pero que hagan por ti la tarea que menos te gusta es una delicia.

—Necesito hacer ejercicio —dijo Octavia—. Ayer estuvimos en el centro comercial de Monroe y ya caminé un poco.

Tenía la sensación de que Amelia trataba a Octavia más como una abuela que como una maestra.

—¿Ha llamado Tray? —pregunté.

—Por supuesto. —Amelia esbozó una amplia sonrisa.

—Le gustas.

Octavia se echó a reír.

—Estás hecha una *femme fatale,* Amelia.

Se la veía contenta y dijo:

—Me parece un tipo interesante.

—Un poco mayor que tú —dije, simplemente para que lo supiera.

Amelia se encogió de hombros.

—No me importa. Estoy dispuesta a salir un día con él. Pienso que Pam y yo somos más colegas que pareja. Y desde que encontré esa camada de gatitos, estoy abierta a tratar con chicos.

—¿Crees de verdad que Bob eligió? ¿Que no fue más bien una cuestión de instinto? —pregunté.

Justo en aquel momento apareció en el jardín el gato en cuestión, curioso por averiguar qué hacíamos allí fuera teniendo en la casa un sofá estupendo y unas cuantas camas.

Octavia soltó un sonoro suspiro.

—Oh, demonios —murmuró. Se enderezó y extendió las manos—. *Potestas mea te in formam veram tuam commutabit natura ips reaffirmet Incantationes praeviae deletae sunt* —dijo.

El gato parpadeó mirando a Octavia. Emitió a continuación un sonido muy peculiar, una especie de grito que jamás había oído salir de la garganta de un gato. De pronto quedó rodeado por una atmósfera espesa y densa, nublada y llena de chispas. El gato volvió a gritar. Amelia miraba al animal boquiabierta. Me dio la impresión de que Octavia estaba resignada y un poco triste.

Pero el gato se retorció sobre la hierba descolorida y de pronto apareció una pierna humana.

—¡Por todos los santos! —dije, y me tapé la boca con la mano.

Ahora tenía ya dos piernas, dos piernas peludas, y a continuación apareció el pene, y después, sin dejar de gritar, empezó a convertirse en hombre. Transcurridos dos horribles minutos, el brujo Bob Jessup estaba tendido sobre el césped, tembloroso pero con su forma humana totalmente recuperada. Transcurrido un minuto más, dejó de gritar para sólo retorcerse. No era un gran avance, la verdad, pero nuestros tímpanos lo agradecieron.

Entonces se incorporó, se abalanzó sobre Amelia decidido a estrangularla hasta acabar con ella.

Lo agarré por los hombros para apartarlo de ella.

—¿No querrás que utilice de nuevo mi magia, verdad? —preguntó Octavia.

Fue una amenaza de lo más efectiva. Bob soltó a Amelia y se quedó jadeando.

—¡No puedo creer que me hicieras eso! —dijo—. ¡No puedo creer que haya pasado estos últimos meses convertido en gato!

—¿Cómo te encuentras? —le pregunté—. ¿Te sientes débil? ¿Necesitas ayuda para entrar en la casa? ¿Quieres algo de ropa?

Se miró por encima. Llevaba un tiempo sin utilizar ropa y de repente se puso colorado, casi por completo.

—Sí —dijo secamente—. Sí, me gustaría ponerme algo de ropa.

—Ven conmigo —dije. Cuando entré con Bob en casa empezaba a anochecer. Bob era un tipo más bien pequeño y pensé que tenía un par de sudaderas que le irían bien. No, Amelia era algo más alta y era justo que fuera ella quien realizara la donación de ropa. Me fijé que Amelia había dejado en la escalera una cesta llena de ropa doblada para subir cuando fuera de nuevo a su habitación. Y mira por dónde, había una sudadera vieja de color azul y unos pantalones de chándal negros. Le entregué las prendas a Bob sin decir palabra y él las cogió con manos temblorosas. Seguí inspeccionando el montón y encontré un par de calcetines sencillos de color blanco. Bob se sentó en el sofá para ponérselos. Y hasta ahí pude llegar en cuanto a vestirle. Tenía los pies más grandes que yo y que Amelia, por lo que los zapatos quedaron descartados.

Bob se rodeó con sus propios brazos como si temiera volver a desaparecer. Tenía el pelo pegado a la cabeza. Pestañeó, y me pregunté qué habría sido de sus gafas. Confiaba en que Amelia las hubiera guardado en algún lado.

—¿Te apetece beber algo, Bob? —le pregunté.

—Sí, por favor —dijo. Le costaba que su boca articulara palabras. Se llevó la mano a la boca con un gesto curioso y me di cuenta de que era un movimiento igual al que realizaba mi gata

Tina cuando levantaba la pata para lamérsela antes de utilizarla para peinarse. Bob se dio cuenta entonces de lo que estaba haciendo y bajó de golpe la mano.

Pensé en traerle leche en un cuenco, pero decidí que resultaría insultante. Le serví un poco de té con hielo. Lo bebió, pero puso mala cara.

—Lo siento —dije—. Debería haberte preguntado si te gusta el té.

—Me gusta el té —dijo, y se quedó mirando el vaso como si acabara de relacionar el té con el líquido que acababa de tener en la boca—. Lo que pasa es que ya no estoy acostumbrado.

Sí, ya sé que es horroroso, pero abrí la boca dispuesta a preguntarle si le apetecían unas croquetas para gato. Amelia guardaba una bolsa de 9Lives en una estantería del porche de atrás.

—¿Qué tal un bocadillo? —le pregunté. No sabía de qué tema podía hablar con Bob. ¿De ratones?

—Claro que sí —respondió. Vi que no sabía qué hacer a continuación.

Le preparé uno de mantequilla de cacahuete y mermelada, y otro de jamón y encurtidos con pan integral y mostaza. Se los comió los dos, masticando muy despacio y con cuidado.

—Perdóname —dijo entonces, levantándose en busca del baño. Cerró la puerta y permaneció allí un buen rato.

Amelia y Octavia ya estaban en casa cuando apareció de nuevo Bob.

—Lo siento mucho —dijo Amelia.

—Yo también —dijo Octavia. Parecía más vieja y más menuda.

—¿Durante todo este tiempo has sabido cómo transformarle? —Intenté que mi voz fuese equilibrada e imparcial—. ¿Tu intento fracasado no fue más que un fraude, entonces?

Octavia movió afirmativamente la cabeza.

—Temía no poder venir más por aquí si no me necesitabas. Habría tenido que quedarme en casa de mi sobrina. Y esto es mucho más agradable. Pero me remordía la conciencia y sabía que tenía que hacer algo pronto, sobre todo porque estoy viviendo aquí. —Movió su canosa cabeza de un lado a otro—. Soy una mala mujer por haber permitido que Bob siguiera unos días más en forma de gato.

Amelia estaba conmocionada. Era evidente que la caída en desgracia de su maestra era algo asombroso para Amelia, algo que eclipsaba su sentimiento de culpa por lo que en su día le había hecho a Bob. Amelia era, sin lugar a dudas, una persona que vivía el presente.

Bob salió del baño y se acercó a nosotras.

—Quiero regresar a mi casa de Nueva Orleans —dijo—. ¿Dónde demonios estamos? ¿Cómo llegué hasta aquí?

El rostro de Amelia perdió toda su expresividad. Octavia estaba seria. Salí sin hacer ruido de la estancia. Cuando las dos mujeres le contaran a Bob lo del Katrina, la situación sería desagradable. No me apetecía estar presente mientras Bob, además de todo lo que le había caído encima, intentaba procesar aquella terrible noticia.

Me pregunté dónde viviría Bob, si su casa o apartamento seguiría aún en pie, si sus propiedades continuarían intactas. Si su familia estaría viva. Escuché la voz de Octavia subiendo y bajando de volumen, y después un terrible silencio.

Capítulo
21

Al día siguiente fui con Bob a Wal-Mart para comprarle un poco de ropa. Amelia había obligado a Bob a aceptar algo de dinero y el chico no había tenido otro remedio que claudicar. Tenía ganas de alejarse de Amelia. Y no lo culpaba por ello.

De camino hacia la ciudad, Bob no paró de parpadear, observándolo todo asombrado. Cuando entramos en la tienda, fue corriendo al pasillo más cercano y se frotó la cabeza contra la esquina. Sonreí a Marcia Albanese, una anciana adinerada que era miembro del comité de dirección de la escuela. No la había visto desde la fiesta de despedida de soltera de Halleigh.

—¿Quién es tu amigo? —preguntó Marcia. Era una pregunta tanto de sociabilidad natural como de curiosidad. No preguntó por los frotamientos de cabeza, lo que me granjeó su simpatía para siempre.

—Te presento a Bob Jessup, Marcia, que está de visita en la ciudad —dije, deseando haber preparado de antemano alguna historia. Bob saludó a Marcia con un ademán de cabeza y, con los ojos abiertos como platos, le tendió la mano. Al menos no la empujó con la cabeza, ni le pidió que le rascase las orejas. Marcia le estrechó la mano y le dijo a Bob que estaba encantada de conocerle.

—Gracias, encantado —dijo Bob. Estupendo, lo había dicho casi con total normalidad.

—¿Estarás mucho tiempo en Bon Temps, Bob? —preguntó Marcia.

—Oh, no, Dios mío, no —respondió Bob—. Disculpe, tengo que comprarme unos zapatos. —Y desapareció (con movimientos suaves y sinuosos) hacia los pasillos de calzado de caballero. Llevaba unas chancletas de color verde fluorescente que le había dado Amelia y que le quedaban pequeñas.

Marcia se quedó desconcertada y a mí no se me ocurrió ninguna explicación válida.

—Hasta la próxima —dije, y seguí la estela de Bob. Se compró unas zapatillas deportivas, unos cuantos calcetines, dos pares de pantalones, dos camisetas, una chaqueta y algo de ropa interior. Le pregunté a Bob qué le apetecería para comer y me pidió si podía prepararle croquetas de salmón.

—Por supuesto que puedo —dije, aliviada al ver que me pedía algo muy fácil. Compramos las latas de salmón que necesitaba. Quería también pudin de chocolate, otra receta fácil. Dejó a mi elección el resto del menú.

Aquella noche cenamos pronto, antes de que yo me marchara a trabajar, y Bob se quedó encantado con las croquetas y el pudin. Tenía mucho mejor aspecto, pues se había duchado y vestido con la ropa nueva. Incluso empezó a hablar con Amelia. A partir de su conversación entendí que Amelia le había mostrado las páginas web sobre el Katrina y sus supervivientes y que Bob se había puesto en contacto con la Cruz Roja. La familia con quien se había criado, la de su tía, vivía en la bahía de San Luis, al sur del estado de Misisipi, y sabíamos de sobra lo que había sucedido allí.

—¿Qué harás ahora? —le pregunté, imaginándome que había dispuesto ya de tiempo para pensar.

—Iré a ver —dijo—. Intentaré averiguar qué ha sido de mi apartamento en Nueva Orleans, pero lo que más me importa es mi familia. Y tengo que pensar en algo que contarles, tengo que explicarles dónde he estado y por qué no me había puesto en contacto con ellos hasta ahora.

Nos quedamos en silencio, pues aquello era un enigma.

—Podrías decirles que has estado bajo los efectos del hechizo de una bruja mala —dijo abatida Amelia.

Bob resopló.

—Es posible que me creyeran —dijo—. Saben que no soy una persona normal. Pero no creo que se traguen que el hechizo durara tanto tiempo. Podría decirles, tal vez, que perdí la memoria. O que fui a Las Vegas y me casé.

—¿Mantenías contacto regular con ellos antes del Katrina? —le pregunté.

Se encogió de hombros.

—Cada par de semanas —dijo—. No puede decirse que estemos muy unidos. Pero lo que es evidente es que después del Katrina me habría puesto en contacto con ellos. Les quiero. —Apartó un buen rato la vista.

Estuvimos pensando en diversas ideas, pero no encontrábamos una razón creíble que explicara por qué había estado tanto tiempo desconectado. Amelia dijo que iría a comprarle a Bob un billete de autobús para Hattiesburg, para que desde allí encontrara un medio de transporte hasta la zona más afectada y pudiera localizar a su gente.

Amelia estaba limpiando su conciencia gastándose dinero en Bob. Yo no tenía ninguna objeción al respecto. Era lo que tenía que hacer; y esperaba que Bob encontrara a los suyos o que como mínimo averiguara qué había sido de ellos, dónde vivían ahora.

Antes de irme a trabajar, me quedé un par de minutos en el umbral de la puerta de la cocina mirándolos a los tres. Intenté ver en Bob lo que Amelia había visto, el elemento que con tanta fuerza le había atraído. Bob era delgado y no especialmente alto y su pelo negro se le quedaba pegado a la cabeza de forma natural. Amelia había encontrado sus gafas, que eran de montura negra y gruesas. Había visto hasta el último centímetro de Bob y me había percatado de que la Madre Naturaleza había sido generosa con él en el asunto de las partes masculinas, pero aquello no era suficiente para explicar las ardientes escapadas sexuales de Amelia con el chico.

Entonces Bob se echó a reír, era la primera vez que reía desde que había vuelto a convertirse en humano, y lo entendí. Bob tenía los dientes blancos y uniformes, los labios gruesos, y cuando sonreía adquiría un matiz sexy, intelectual e irónico.

Misterio resuelto.

Cuando volviera a casa ya se habría marchado, de modo que me despedí de Bob con la idea de que nunca volvería a verlo, a menos que él decidiera regresar a Bon Temps para vengarse de Amelia.

Mientras iba en coche hacia la ciudad, me pregunté si podría tener un gato de verdad. Al fin y al cabo, teníamos ya la cajita de arena y la comida para gatos. Se lo preguntaría a Amelia y Octavia en un par de días. Esto les daría tiempo para dejar de estar inquietas por la ausencia de gato en casa.

Cuando entré en el bar, preparada ya para trabajar, vi a Alcide Herveaux sentado en la barra charlando con Sam. Era extraño que volviera a aparecer por allí. Me detuve un segundo pero enseguida ordené a mis pies que siguieran adelante. Le saludé con un movimiento de cabeza y le hice un gesto con la mano a Holly para indicarle que la relevaba. Ella levantó un dedo para darme a entender que se iría en cuanto se ocupase de la cuenta de un cliente que aún tenía pendiente. Me saludó una mujer, un hombre me preguntó qué tal estaba y al instante me sentí cómoda. Aquél era mi lugar, mi casa lejos de casa.

Jasper Voss quería otro ron con Coca-Cola, Catfish quería una jarra de cerveza para él, su esposa y otra pareja, y a una de nuestras alcohólicas, Jane Bodehouse, le apetecía comer algo. Me dijo que le daba igual lo que fuera, de modo que le serví una cestita de tiras de pollo rebozadas. Conseguir que Jane comiese era todo un problema, y me imaginé que dejaría como mínimo la mitad de la cestita sin tocar. Jane estaba sentada en la barra, en el extremo opuesto a donde estaba sentado Alcide, y Sam movió en aquel momento la cabeza para indicarme que me sumara a ellos.

Serví el pedido de Jane y me acerqué a ellos a regañadientes. Me apoyé en el final de la barra.

—Sookie —dijo Alcide—. He venido a darle las gracias a Sam.

—Muy bien —dije sin rodeos.

Alcide asintió sin mirarme a los ojos.

Pasado un momento, el nuevo líder de la manada dijo:

—Ahora nadie se atreverá a extralimitarse. Si Priscilla no hubiera atacado en el momento que eligió, cuando estábamos todos unidos y conscientes del peligro al que nos enfrentábamos como grupo, podría habernos mantenido divididos y sembrando cizaña hasta que acabáramos matándonos los unos a los otros.

—Ella se volvió loca y vosotros tuvisteis suerte —dije.

—Nos unimos gracias a tu talento —dijo Alcide—. Y siempre serás amiga de la manada. Igual que Sam. Pídenos lo que quieras, en cualquier momento, en cualquier lugar, y allí estaremos. —Saludó con un movimiento de cabeza a Sam, dejó el dinero en la barra y se marchó.

—Eso de tener un favor guardado en la reserva no está nada mal, ¿verdad? —dijo Sam.

Me vi obligada a sonreírle.

—Sí, es una buena sensación. —De hecho, de repente me sentía de lo más animada. Y cuando miré hacia la puerta, descubrí por qué. Eric acababa de entrar, venía acompañado por Pam. Se sentaron en una de mis mesas y hacia allí me dirigí consumida por la curiosidad. Y también por la exasperación. ¿No podían quedarse en su casa?

Ambos pidieron TrueBlood, y cuando hube servido su pollo a Jane Bodehouse y Sam hubo calentado las botellas, regresé a su mesa. Su presencia no habría alterado el ambiente si Arlene y sus colegas no hubieran estado aquella noche en el bar.

Sus sonrisas socarronas fueron inequívocas cuando dejé las botellas delante de Eric y Pam, y tuve que esforzarme mucho para mantener mi calma de camarera mientras les preguntaba si querían o no una copa.

—Con la botella es suficiente —dijo Eric—. Puede que la necesite para partirle el cráneo a más de uno.

Y del mismo modo en que yo había sentido antes la alegría de Eric, él sentía ahora mi ansiedad.

—No, no, no —dije casi en un susurro. Sabía que podían oírme—. Tengamos la fiesta en paz. Ya estoy harta de guerras y muerte.

—Sí —reconoció Pam—. Podemos dejar lo de la muerte para más adelante.

—Me alegro de veros, pero tengo una noche muy liada —dije—. ¿Vais de bar en bar en busca de nuevas ideas para Fangtasia o puedo hacer algo por vosotros?

—Nosotros podemos hacer algo por ti —replicó Pam. Sonrió a los dos tipos que llevaban las camisetas de la Hermandad del Sol mostrándoles los colmillos. Confiaba en que ver aquello sirviera para apaciguarlos, pero siendo como eran un par de brutos sin la mínima pizca de sentido común, lo único que consiguió el gesto fue encender aún más los ánimos. Pam dejó en la mesa la botella de sangre y se relamió.

—Pam —dije entre dientes—. Por el amor de Dios, no empeores la cosa.

Pam me lanzó una sonrisa de complicidad, simplemente para provocar reacciones.

—Pam —dijo Eric, y la provocación desapareció al momento. Pam se quedó un poco frustrada. Se sentó más erguida, posó las manos en su regazo y cruzó las piernas al nivel de los tobillos. Era la imagen de la inocencia y la discreción.

—Gracias —dijo Eric—. Querida..., me refiero a ti, Sookie, dejaste tan impresionado a Felipe de Castro que nos ha dado permiso para ofrecerte nuestra protección formal. Es una decisión que sólo puede tomar el rey, ya me entiendes, y es un contrato vinculante. Le prestaste un servicio tan grande que considera que ésta es la única forma de compensarte.

—¿Y tan importante es eso?

—Sí, amante, lo es. Significa que cuando nos llames pidiendo ayuda, estaremos obligados a acudir a prestártela y a arriesgar nuestra vida por ti. No es una promesa que los vampiros realicen muy a menudo, pues cuanto más tiempo vivimos, más celosos somos de nuestra propia vida. Por mucho que creas que pudiera ser al contrario.

—De vez en cuando encuentras alguno que desea ver el sol después de una vida tan larga —dijo Pam, como si quisiera dejar las cosas bien claras.

—Sí —dijo Eric frunciendo el entrecejo—. De vez en cuando. Pero es todo un honor para ti, Sookie.

—Os estoy muy agradecida por comunicarme la noticia, Eric, Pam.

—Esperaba, naturalmente, que estuviera por aquí tu preciosa compañera de casa —dijo Pam. Me miró con lascivia. Así que era posible que eso de que Pam anduviera detrás de Amelia no fuera del todo idea de Eric.

Me eché a reír.

—Esta noche tiene mucho en qué pensar —dije.

Estaba tan concentrada pensando en la protección que me brindarían a partir de ahora los vampiros, que no me fijé en que se me había acercado el más bajito de los seguidores de la Hermandad del Sol. Se abrió paso de tal manera que chocó contra mi hombro, empujándome deliberadamente a un lado. Me tambaleé antes de recuperar el equilibrio. No todo el mundo se dio cuenta de lo sucedido, sólo algunos clientes. Sam ya había empezado a caminar hacia el otro lado de la barra y Eric se había puesto en pie cuando me volví y estampé la bandeja en la cabeza de aquel idiota con todas mis fuerzas.

Él se tambaleó también.

Los que se habían percatado de aquella falta de respeto se pusieron a aplaudir.

—Bien hecho, Sookie —gritó Catfish—. Oye, tú, gilipollas, deja tranquila a la camarera.

Arlene estaba ruborizada y rabiosa, y a punto estuvo de explotar allí mismo. Sam se aproximó a ella y le murmuró algo al oído. Se puso más colorada si cabe y le miró de reojo, pero mantuvo la boca cerrada. El tipo más alto de la Hermandad del Sol llegó en ayuda de su colega y ambos salieron del bar. Ninguno de los dos dijo nada (no estaba muy segura de que el pequeño pudiese hablar) pero era como si llevasen tatuado en la frente: «Esto no quedará así».

Comprendí entonces lo útil que podría llegar a ser la protección de los vampiros y mi categoría de «amiga de la manada».

Eric y Pam terminaron sus bebidas y permanecieron sentados el tiempo suficiente como para demostrar que no pensaban salir pitando por no sentirse bien recibidos ni para correr a perseguir a los fieles de la Hermandad. Eric me dejó una propina de veinte dólares y me lanzó un beso al salir de la puerta —lo mismo hizo Pam—, lo que me granjeó una mirada extra especial de mi antigua «mejor amiga para siempre», Arlene.

Trabajé demasiado duro el resto de la noche como para tener tiempo para pensar en cualquiera de las cosas interesantes que habían sucedido a lo largo de la jornada. Cuando se fueron todos los clientes, incluida Jane Bodehouse (su hijo vino a recogerla), nos dedicamos a instalar la decoración de Halloween. Sam había comprado calabazas pequeñas para cada mesa y les había pintado una cara. Me dejó sin palabras, pues las caras estaban muy bien hechas y había algunas que incluso recordaban a clientes del bar. De hecho, había una igualita a mi querido hermano.

—No sabía que pintabas tan bien —le dije, y me miró satisfecho.

—Ha sido divertido —dijo mientras colgaba una guirnalda de hojas de otoño (hechas de tela, naturalmente) rodeando el espejo de la barra y entre las botellas. Clavé con chinchetas un esqueleto de cartón de tamaño natural que tenía remaches en las articulaciones para poder cambiarlo de posición. Lo puse como si estuviera bailando. En el bar no podíamos permitirnos el lujo de tener esqueletos deprimentes. Teníamos que tener esqueletos felices.

Incluso Arlene se relajó un poco porque, aun teniendo que quedarnos más tiempo después de cerrar, era una actividad distinta y divertida.

Me despedí de Sam y de Arlene dispuesta a marcharme a casa y acostarme. Aunque Arlene no me respondió, tampoco me lanzó aquella mirada de asco con la que solía obsequiarme.

Pero, naturalmente, mi jornada no había tocado a su fin.

Cuando llegué a casa, encontré a mi bisabuelo sentado en el porche. Me resultó muy curioso verlo en el columpio del porche, bajo la extraña combinación de oscuridad y luz que la lámpara de seguridad y la noche conseguían crear. Por un momento deseé ser tan bella como era él y sonreí para mis adentros.

Aparqué el coche delante de casa y salí. Intenté subir en silencio los peldaños para no despertar a Amelia, cuya habitación daba a la fachada. La casa estaba oscura, por lo que seguro que se habían acostado ya, a menos que se hubiesen retrasado en la terminal de autobuses al despedirse de Bob.

—Bisabuelo —dije—. Me alegro de verte.

—Estás cansada, Sookie.

—Bueno, la verdad es que acabo de salir de trabajar. —Me pregunté si alguna vez se cansaría. No me imaginaba a un príncipe de las hadas cortando leña o intentando encontrar por dónde perdía agua una tubería.

—Quería verte —dijo—. ¿Has pensando ya en algo que pueda hacer por ti? —Lo dijo muy esperanzado.

Era una noche para recibir apoyo positivo de los demás. ¿Por qué no tendría más noches así?

Me lo pensé un minuto. Los hombres lobo habían sellado la paz, a su manera. Había encontrado a Quinn. Los vampiros tenían un nuevo régimen. Los fanáticos de la Hermandad habían abandonado el bar sin causar problemas. Bob volvía a ser un hombre. No imaginaba que Niall quisiese ofrecerle a Octavia una habitación en su casa, dondequiera que ésta estuviese. Por lo que yo sabía, lo normal es que tuviera una junto a algún arroyo cantarín o debajo de un roble en las profundidades del bosque.

—Quiero una cosa —dije sorprendida por no haberlo pensado antes.

—¿De qué se trata? —preguntó satisfecho.

—Quiero conocer el paradero de un hombre llamado Remy Savoy. Es posible que abandonara Nueva Orleans después del Katrina. Y es posible que lleve con él a un niño pequeño. —Le proporcioné a mi bisabuelo la última dirección conocida de Savoy.

Niall se mostró confiado.

—Lo encontraré para ti, Sookie.

—Te estaría muy agradecida.

—¿Alguna cosa más? ¿Es eso todo?

—He de decir..., tal vez te parezca descortés, pero no puedo evitar preguntarme por qué tienes tantas ganas de hacer algo por mí.

—¿Y por qué no habría de tenerlas? Eres la única pariente que tengo con vida.

—Pero me da la impresión de que has estado satisfecho sin mí durante los primeros veintisiete años de mi vida.

—Mi hijo no me dejaba acercarme a ti.

—Sí, ya me lo dijiste, pero no lo entiendo. ¿Por qué? Tampoco es que él se me apareciese nunca para darme a entender que yo le importara. Jamás se manifestó, ni... —Ni jugó al Scrabble conmigo, ni me envió un regalo de graduación, ni me alquiló una limusina para asistir al baile del instituto, ni me compró un vestido bonito, ni me acogió entre sus brazos las muchas veces que había llorado (hacerse mayor no resulta sencillo para una telépata). No había evitado que mi tío abuelo abusase de mí, ni había rescatado a mis padres (siendo mi padre su hijo) cuando se ahogaron debido a aquella riada, ni había evitado que un vampiro prendiera fuego a mi casa mientras yo dormía dentro. Los cuidados y la vigilancia que mi supuesto abuelo Fintan había hecho presuntamente por mí no se habían manifestado de una forma tangible, y si lo habían hecho de forma intangible, no me había dado cuenta de ello.

¿Me habrían sucedido cosas aún más horribles? Me costaba imaginarlo.

Tal vez mi abuelo se hubiera dedicado a ahuyentar cada noche las hordas de demonios babeantes que acechaban en la ventana de mi habitación, pero no podía estarle agradecida si no lo sabía.

Niall estaba molesto, una expresión que hasta el momento no había visto en él.

—Hay cosas que no puedo decirte —replicó finalmente—. Cuando pueda hablar de ellas, lo haré.

—De acuerdo —dije secamente—. Pero tengo que decir que esto no es exactamente el dar y recibir que habría querido tener con mi bisabuelo. Yo te lo cuento todo y tú no me cuentas nada.

—Tal vez no sea lo que tú desearas, pero es lo que puedo darte —dijo Niall con cierta frialdad—. Te quiero, y confiaba en que lo más importante fuera eso.

—Me alegra oírte decir que me quieres —dije muy lentamente, pues no quería correr el riesgo de verle alejarse de «Sookie, la Exigente»—. Pero si te comportaras en consecuencia sería aún mejor.

—¿No me comporto como si te quisiera?

—Apareces y desapareces a tu antojo. Tus ofertas de ayuda no son de ayuda práctica, como suele ser el caso con la mayoría de abuelos, o de bisabuelos. Reparan el coche de su nieta con sus propias manos, o le ofrecen ayuda con la matrícula de la universidad, o le pasan el cortacésped para que ella no tenga que hacerlo. O la llevan a cazar. Tú nunca harás nada de todo eso.

—No —dijo—. No lo haré. —La sombra de una sonrisa iluminó su cara—. Ir a cazar conmigo no te gustaría.

De acuerdo, no pensaba darle muchas vueltas al tema.

—De modo que no tengo ni idea de cómo podemos llevarnos. Estás fuera de mi marco de referencia.

—Lo comprendo —dijo muy serio—. Todos los bisabuelos que conoces son humanos, y yo no lo soy. Tampoco tú eres lo que me esperaba.

—Sí, ya lo veo. —¿Acaso conocía a otros bisabuelos? Los abuelos no eran frecuentes entre los amigos de mi edad, y mucho menos los bisabuelos. Pero los que había conocido eran humanos al cien por cien—. Espero que no te hayas llevado un chasco.

—No —dijo—. Más bien una sorpresa. No un chasco. Soy tan malo en cuanto a predecir tus acciones y reacciones como lo eres tú al hacerlo con las mías. Tendremos que ir trabajando poco a poco en ello. —Me descubrí preguntándome de nuevo por qué no mostraba interés por Jason, cuyo nombre activó en mi interior una punzada de dolor. Algún día, pronto, tendría que hablar con mi hermano, pero en aquel momento no podía hacerme a la idea. A punto estuve de pedirle a Niall que mirara qué tal estaba Jason, pero cambié de idea y permanecí en silencio. Niall me observó.

—Hay algo que no quieres decirme, Sookie. Me preocupa cuando haces estas cosas. Pero mi amor es sincero y profundo y te encontraré a Remy Savoy. —Me dio un beso en la mejilla—. Hueles a familia —dijo con aprobación.

Y se esfumó.

De nuevo una conversación misteriosa con mi misterioso bisabuelo había concluido cuando él había querido. Otra vez. Suspiré, busqué las llaves en el bolso y abrí la puerta. La casa estaba en silencio y oscura y avancé por el salón y el pasillo haciendo el mínimo ruido posible. Encendí la lámpara de la mesita y llevé a cabo mi rutina nocturna, cerrando las cortinas para protegerme del sol matutino que intentaría despertarme de aquí a muy pocas horas.

¿Me había comportado como una borde desagradecida con mi bisabuelo? Cuando repasé lo que le había dicho, me pregunté si habría dado muestras de ser una persona exigente y quejica. Pero haciendo una interpretación más optimista del encuentro, pensé que más bien se habría llevado la impresión de que era una mujer firme, de esas con las que la gente no quiere problemas, del tipo de mujer que dice lo que piensa.

Puse la calefacción antes de acostarme. Octavia y Amelia no se habían quejado, pero la verdad era que las últimas mañanas habían sido gélidas. El ambiente se inundó de ese olor a cerrado que siempre desprende la calefacción cuando se enciende por primera vez y arrugué la nariz al acurrucarme bajo la sábana y la manta. El leve zumbido del radiador me acunó en mis sueños.

Llevaba un rato oyendo voces antes de darme cuenta de que provenían del otro lado de la puerta de mi habitación. Pestañeé, vi que era de día y volví a cerrar los ojos. Traté de dormirme de nuevo. El ruido continuaba y me percaté de que alguien discutía. Abrí levemente un ojo para vislumbrar la hora en el despertador digital de la mesita de noche. Las nueve y media. Qué rabia. Viendo que las voces no amainaban ni se largaban, abrí a regañadientes los dos ojos a la vez, comprendí que no hacía buen día, me senté en la cama y bajé la manta. Me acerqué a la ventana de la izquierda de la cama y miré hacia fuera. Gris y lluvioso. Las gotas de lluvia golpeaban el cristal; sería un día de aquéllos.

Fui al baño y, ahora que estaba ya completamente despierta y en movimiento, oí que las voces de fuera se acallaban. Abrí la puerta y me encontré cara a cara con mis compañeras de casa. No fue una gran sorpresa, la verdad.

—No sabíamos si despertarte —dijo Octavia. Estaba ansiosa.

—Pero yo he pensado que debíamos hacerlo, pues un mensaje de origen mágico es importante, evidentemente —dijo Amelia. Por la cara que puso Octavia, Amelia debía de haber repetido esa frase muchas veces.

—¿Qué mensaje? —pregunté, decidiendo ignorar la parte de la discusión de la conversación.

—Éste —dijo Octavia, entregándome un sobre grande y abultado. Estaba hecho de papel de buena calidad, del tipo que se utiliza para las mejores invitaciones de boda. En el exterior estaba escrito mi nombre. Sin dirección, sólo mi nombre. Más aún, estaba lacrado con cera. El sello grabado representaba una cabeza de unicornio.

—De acuerdo —dije. Estaba segura de que sería una carta de lo más excepcional.

Me dirigí a la cocina para servirme una taza de café y buscar un cuchillo, en ese orden, con las brujas siguiendo mis pasos como un coro griego. Después de servirme el café y coger una silla para sentarme a la mesa, deslicé el cuchillo por debajo del lacre y lo separé con cuidado. Abrí el sobre y extraje una tarjeta. En ella había una dirección escrita a mano: 1245 Bienville, Red Ditch, Luisiana. Eso era todo.

—¿Qué significa esto? —preguntó Octavia. Amelia y ella se habían quedado de pie a mis espaldas para verlo todo.

—Es la dirección de una persona a la que he estado buscando —dije, algo que no era del todo verdad pero se le acercaba.

—¿Dónde está Red Ditch? —preguntó Octavia—. Nunca lo había oído. —Amelia había sacado ya el mapa de Luisiana del cajón de debajo del teléfono. Buscó la ciudad recorriendo con el dedo las columnas de nombres.

—No queda muy lejos —dijo—. ¿Lo veis? —Puso el dedo sobre un puntito diminuto localizado aproximadamente a una hora y media en coche al sudeste de Bon Temps.

Tragué el café lo más rápidamente que pude y me puse unos vaqueros. Me maquillé someramente, me cepillé el pelo, crucé la puerta y corrí hacia el coche, mapa en mano.

Octavia y Amelia me siguieron, muertas de curiosidad por saber qué pensaba hacer y qué importancia tenía para mí aquel mensaje. Pero tendrían que quedarse en ascuas, al menos de momento. Me pregunté a qué venían tantas prisas. No me imaginaba que la persona a la que buscaba fuera a esfumarse, a menos que Remy Savoy fuera también un hada, lo que me parecía altamente improbable.

Tenía que estar de vuelta para trabajar en el turno de noche, pero disponía de tiempo de sobra.

Conduje con la radio puesta y aquella mañana me apetecía música country. Me acompañaron en el viaje Travis Tritt y Carrie Underwood y podría decirse que cuando llegué a Red Ditch, sentía de verdad mis raíces. Red Ditch era mucho más pequeño que Bon Temps, lo que ya es decir.

Me imaginé que me resultaría sencillo encontrar Bienville Street, y estaba en lo cierto. Era el tipo de calle con la que tropiezas en cualquier lugar de Estados Unidos: casitas pequeñas y pulcras, rectangulares, con espacio para un coche en el garaje y un jardincito. En el caso del 1245, el jardín estaba vallado y vi un pequeño perro de color negro correteando alegremente por él. No había caseta, así que el chucho debía de rondar tanto por fuera como por dentro de la casa. Se veía todo limpio, aunque no de forma obsesiva. Los arbustos que rodeaban la casa estaban bien recortados y el jardín rastrillado. Le di un par de vueltas y me pregunté qué hacer. ¿Cómo iba a descubrir lo que quería saber?

En el garaje había una camioneta aparcada, lo que quería decir que probablemente Savoy estaba en casa. Respiré hondo, aparqué delante de la casa y puse en práctica mi habilidad extrasensorial. Pero resultaba complicado en un vecindario lleno de los pensamientos de la gente que allí habitaba. Creí escuchar la señal de dos cerebros en la casa que observaba, pero era difícil estar segura del todo.

—Joder —dije, y salí del coche. Guardé las llaves en el bolsillo de la chaqueta y me dirigí a la puerta de entrada. Llamé.

—Espera, hijo —dijo la voz de un hombre en el interior.

Y oí la voz de un niño que decía:

—¡Papá, yo! ¡Voy yo!

—No, Hunter —dijo el hombre, y se abrió la puerta. Nos separaba una puerta mosquitera. La abrió en cuanto vio que se trataba de una mujer—. Hola —dijo—. ¿En qué puedo ayudarte?

Bajé la vista hacia el niño que se abría paso entre sus piernas para verme. Tendría unos cuatro años de edad. Era el vivo retrato de Hadley. Entonces volví a mirar al hombre. Algo había cambiado durante mi prolongado silencio.

—¿Quién eres? —preguntó con una voz completamente distinta.

—Soy Sookie Stackhouse —respondí. No se me ocurría ninguna manera más astuta de explicarme—. Soy la prima de Hadley. Acabo de descubrir dónde vivís.

—No puedes reclamar ningún derecho sobre él —dijo el hombre con voz muy tensa.

—Por supuesto que no —repliqué sorprendida—. Sólo quería conocer al niño. No tengo mucha familia.

Hubo otra pausa importante. El hombre sopesaba mis palabras y mi conducta y estaba decidiendo si cerrarme la puerta en las narices o dejarme pasar.

—Es guapa, papá —dijo el niño, y el comentario inclinó la balanza a mi favor.

—Pasa —dijo el ex marido de Hadley.

Observé la pequeña sala de estar, donde había un sofá y un sillón, un televisor, una estantería llena de DVD y libros infantiles, y juguetes por todas partes.

—Trabajé el sábado, de modo que hoy tengo el día libre —dijo él, por si acaso me había imaginado que estaba en el paro—. Oh, soy Remy Savoy. Supongo que ya lo sabías.

Asentí.

—Y éste es Hunter —dijo, y el niño se hizo el vergonzoso. Se escondió detrás de las piernas de su padre y me miró—. Siéntate, por favor —añadió Remy.

Cogí el periódico que había sobre el sofá y lo dejé en un extremo del mismo para sentarme, intentando no mirar fijamente ni al hombre ni al niño. Mi prima Hadley era muy llamativa y se había casado con un hombre atractivo. Aunque resultaba difícil decir qué era lo que le ayudaba a dar esa impresión. Tenía la nariz grande, la mandíbula un pelín prominente y los ojos un poco separados. Pero la suma de todo ello era un hombre al que la mayoría de mujeres miraría dos veces. Tenía el pelo entre rubio y castaño, grueso y cortado a capas, la parte de atrás le cubría el cuello de la camisa. Llevaba una camisa de franela desabrochada encima de una camiseta blanca. Vaqueros. Descalzo. Un hoyuelo en la barbilla.

Hunter llevaba pantalones de pana y una sudadera con un gran balón de futbol estampado en la parte delantera. Se veía que era ropa nueva, a diferencia de la de su padre.

Acabé de mirarlos antes de que Remy acabara de mirarme a mí. No veía nada en mi cara que le recordara a Hadley. Mi cuerpo era más redondo que el de ella, el color de mi piel más claro y yo no tenía rasgos tan marcados. Pensó que no parecía una mujer de mucho dinero. Pensó que era guapa, igual que pensaba su hijo. Pero no se fiaba de mí.

—¿Cuánto tiempo hace que no tienes noticias de ella? —le pregunté.

—No tengo noticias de Hadley desde pocos meses después del nacimiento del niño —dijo Remy. Pese a estar acostumbrado, sus pensamientos seguían imbuidos de tristeza.

Hunter estaba sentado en el suelo, jugando con unos camiones. Cargó varias piezas de Duplo en un volquete, que retrocedió muy lentamente, guiado por sus manitas, hacia un camión de bomberos. Ante el asombro del hombrecillo de Duplo sentado en la cabina del camión de bomberos, el volquete soltó toda su carga encima de él. Hunter quedó encantado con el resultado y dijo:

—¡Mira, papá!

—Ya lo veo, hijo. —Remy me miró fijamente—. ¿Por qué has venido? —preguntó, decidido a ir al grano.

—Sólo hace un par de semanas que descubrí la posible existencia de un niño —dije—. No tenía ningún sentido seguirte la pista hasta que me enteré de eso.

—Nunca conocí a su familia —dijo—. ¿Cómo supiste que se había casado? ¿Te lo contó ella? —Y entonces, aun sin quererlo, dijo—: ¿Se encuentra bien?

—No —respondí. No quería que Hunter tomara interés por la conversación. El pequeño estaba cargando de nuevo todas las piezas de Duplo en el volquete—. Murió antes del Katrina.

Oí que la sorpresa detonaba como una pequeña bomba en su cabeza.

—Oí decir que se había convertido en vampiro —dijo inseguro, con voz temblorosa—. ¿Te refieres a esa clase de muerte?

—No, me refiero a una muerte definitiva.

—¿Qué sucedió?

—Fue atacada por otro vampiro —dije—. Estaba celoso de la relación que Hadley mantenía con su, con su...

—¿Novia? —La amargura en la voz y el cerebro de su ex marido era inequívoca.

—Sí.

—Ha sido un bombazo —dijo, pero en su cabeza la explosión se había ya apagado y quedaba tan sólo una sombría resignación, una pérdida de orgullo.

—No supe nada de todo esto hasta después de su muerte.

—¿Eres su prima? Recuerdo que me había contado que tenía dos... Tienes un hermano, ¿no?

—Sí —respondí.

—¿Sabías que se había casado conmigo?

—Lo descubrí hace unas semanas, cuando recogí su caja de seguridad. No sabía que había habido un hijo. Pido disculpas por ello. —No sabía muy bien por qué debía hacerlo o de qué modo podría haberme enterado de su existencia, pero sentía no haberme planteado siquiera la posibilidad de que Hadley y su marido hubieran tenido un hijo. Hadley era un poco mayor que yo y me imaginé que Remy tendría unos treinta o treinta y pico.

—Se te ve bien —dijo de pronto, y me sonrojé al comprenderlo al instante.

—Hadley te contó que tenía un problema. —Aparté la vista y miré al niño, que se puso de repente de pie, anunció que tenía que ir al baño y abandonó corriendo la estancia. No pude evitar sonreír.

—Sí, algo me dijo…, que lo habías pasado mal en el colegio —dijo con mucho tacto. Hadley le había contado que yo estaba como una cabra. Y al no ver indicios de ello se preguntaba por qué se lo habría dicho Hadley. Apartó la vista hacia la dirección que había seguido el niño y supe que estaba pensando que tenía que ir con cuidado porque Hunter estaba presente, que tenía que estar alerta por si se presentaban signos de mi inestabilidad…, aunque Hadley nunca le había concretado de qué tipo de locura se trataba.

—Es cierto —dije—. Lo pasé mal. Hadley no fue de gran ayuda. Pero su madre, mi tía Linda… fue una mujer estupenda antes de que el cáncer se la llevara. Siempre se portó muy bien conmigo. Y de vez en cuando, mi prima y yo tuvimos buenos momentos.

—Podría decir lo mismo. Tuvimos buenos momentos —dijo Remy. Tenía los antebrazos reposando sobre sus rodillas y sus manazas, llenas de cicatrices y rasguños, colgando en medio. Era un hombre que conocía bien el trabajo duro.

Se oyó un ruido en la puerta y, sin molestarse a llamar, entró una mujer.

—Hola, pequeño —le dijo sonriente a Remy. Cuando se percató de mi presencia, la sonrisa vaciló hasta desaparecer.

—Kristen, te presento a una pariente de mi ex mujer —dijo Remy, sin precipitación ni excusas en su tono de voz.

Kristen tenía una melena castaña, grandes ojos marrones y unos veinticinco años de edad. Iba vestida con pantalones de algodón y un polo con un logotipo en el pecho, un pato sonriente. Encima del pato se leía: «Jerry's Detailing».

—Encantada de conocerte —dijo con poca sinceridad Kristen—. Soy Kristen Duchesne, la novia de Remy.

—Encantada —dije, más sinceramente—. Sookie Stackhouse.

—¡No le has ofrecido nada de beber, Remy! ¿Te apetece una Coca-Cola o un Sprite, Sookie?

Sabía lo que había en la nevera. Me pregunté si viviría allí. La verdad es que no era asunto mío, siempre y cuando se portara debidamente con el hijo de Hadley.

—No, gracias —dije—. En un minuto me marcho. —Hice un poco la escenita de mirar el reloj—. Tengo que trabajar esta noche.

—Oh, ¿dónde trabajas? —preguntó Kristen. Estaba un poco más relajada.

—En el Merlotte's. Es un bar de Bon Temps —respondí—. A unos ciento treinta kilómetros de aquí.

—Sí, es la ciudad de tu esposa —dijo Kristen, mirando a Remy de reojo.

—Me temo que Sookie ha traído noticias. —Pese a que su tono de voz era firme, sus manos se retorcían—. Hadley ha muerto.

Kristen respiró hondo pero tuvo que callarse el comentario al ver que Hunter entraba corriendo en la estancia.

—¡Papá, me he lavado las manos! —gritó, y su padre le sonrió.

—Muy bien hecho, hijo —dijo Remy, y alborotó el pelo oscuro del chiquillo—. Dile hola a Kristen.

—Hola, Kristen —dijo Hunter sin mucho interés.

Me levanté. Me habría gustado tener una tarjeta de visita que dejarles. Me parecía extraño e incorrecto lo de simplemente levantarme e irme. Pero la presencia de Kristen me resultaba raramente inhibidora. Cogió a Hunter y se lo colgó a la cadera. El niño pesaba ya mucho para ella y, aun no siendo un gesto fácil, Kristen hizo que pareciera una cosa sencilla y habitual. Le gustaba el pequeño, lo leía en su cabeza.

—A Kristen le gusto —dijo Hunter, y me quedé mirándolo.

—Claro que sí —dijo Kristen, y se echó a reír.

Remy nos observaba a Hunter y a mí con inquietud, con una expresión que empezaba a denotar preocupación.

Me pregunté cómo explicarle a Hunter nuestro parentesco. Pensándolo bien, podría decirse que era para él algo parecido a una tía. A los niños les trae sin cuidado lo de los primos segundos.

—Tía Sookie —dijo Hunter, poniendo a prueba esas palabras—. ¿Tengo una tía?

Respiré hondo. «Sí, la tienes, Hunter», pensé.

—Nunca había tenido una tía.

—Pues ahora ya tienes una —le dije, y miré a Remy a los ojos. Expresaban miedo. No había conseguido aún sacudírselo de encima.

Aun estando Kristen presente, había algo que tenía que decirle. Sentía la confusión de la chica y su sensación de que allí ocurría algo que se le escapaba. Pero no tenía espacio en mi vida para preocuparme encima de Kristen. La persona más importante en la escena era Hunter.

—Me necesitarás —le dije a Remy—. Cuando crezca un poco, tendrás que hablar con él. Mi número está en el listín y no pienso marcharme a ninguna parte. ¿Entendido?

—¿Qué sucede? —dijo Kristen—. ¿Por qué nos ponemos tan serios?

—No te preocupes, Kris —dijo amablemente Remy—. Son simplemente asuntos de familia.

Kristen dejó al terremoto Hunter en el suelo.

—Ya —dijo, con el tono de voz que emplea quien sabe perfectamente bien que no le van a dar gato por liebre.

—Stackhouse —le recordé a Remy—. No lo pospongas hasta muy tarde, cuando la tristeza sea ya insuperable.

—Entendido —dijo. El que se veía realmente triste era él, y no lo culpaba por ello.

—Tengo que irme —volví a decir para tranquilizar a Kristen.

—¿Te marchas, tía Sookie? —preguntó Hunter. No estaba aún muy dispuesto a abrazarme, pero se lo planteó. Le gustaba—. ¿Volverás?

—Algún día, Hunter —dije—. A lo mejor tu papá te trae un día a mi casa.

Le estreché la mano a Kristen, y a Remy, un gesto que ambos consideraron extraño, y abrí la puerta. Y cuando posé el pie en el primer peldaño, Hunter me dijo en silencio:

«Adiós, tía Sookie».

«Adiós, Hunter», le respondí.